EVEREST

1854

KLAUS MANN

1906'da Münih'te doğdu. 1930'larda sürgün edilmiş yazarlar arasında öne çıktı. Romanlarının yanı sıra pek çok politik makale ve hiciv yayınladı. Thomas Mann'ın oğlu olan yazar, sürgünde seçkin bir çevreyle tanıştı, Jean Cocteau ve René Crevel gibi yazar ve sanatçılarla arkadaş oldu. 1941'de faşizme karşı savaşmak için Amerikan Ordusu'na yazıldı. Savaştan sonra Almanya'ya döndü, ama ülkeye yeniden adapte olamadı. Kısa bir süre sonra yeniden Fransa'ya döndü ve 1949 yılında Cannes'da hayata veda etti. İlk defa 1936 yılında basılan *Mephisto*, kişilik hakları nedeniyle yasaklandı ve ancak 1981 yılında yeniden yayınlandı. Tekrar yayınlanmasının ardından kısa süre içinde kült statüsüne erişti ve her zaman gündemde kalan, tartışma yaratan bir roman oldu.

M. SAMİ TÜRK

1986 İstanbul doğumludur. Lisans öğrenimini Marmara Üniversitesi Alman Dili ve Edebiyatı Bölümü'nde, yüksek lisans öğrenimini İstanbul Üniversitesi'nin aynı bölümünde tamamlamıştır. Doktora çalışmasına da devam ettiği Sakarya Üniversitesi'nin yine aynı bölümünde, 2011 yılından beri öğretim görevlisi olarak çalışmaktadır. Evli ve bir çocuk babasıdır.
Daha önce E.T.A. Hoffmann, Robert Musil, Thomas Mann, Arthur Schnitzler, Thomas Bernhard, Elfriede Jelinek, W. G. Sebald gibi yazarlardan edebî, C. G. Jung ve Thomas Macho'dan fikrî eserler çevirmiştir.

KLAUS MANN

MEPHISTO

Bir Kariyerin Romanı

Türkçesi: M. Sami Türk

§

Yayın No **1854**
Modern Klasikler **72**

Mephisto - Bir Kariyerin Romanı
Klaus Mann

Kitabın Özgün Adı: *Mephisto - Roman Einer Karriere*

Editör: Mehmet Barış Albayrak
Almanca aslından çeviren: M. Sami Türk
Kapak tasarımı: Emir Tali
Sayfa tasarımı: M. Aslıhan Özçelik

1. Basım: Haziran 2019

ISBN: 978 - 605 - 185 - 401 - 4
Sertifika No: 43949

Baskı ve Cilt: Melisa Matbaacılık
Matbaa Sertifika No: 12088
Çiftehavuzlar Yolu Acar Sanayi Sitesi No: 8
Bayrampaşa/İstanbul
Tel: (0212) 674 97 23 Faks: (0212) 674 97 29

EVEREST YAYINLARI
Ticarethane Sokak No: 15 Cağaloğlu/İSTANBUL
Tel: (212) 513 34 20-21 Faks: (212) 512 33 76
e-posta: info@everestyayinlari.com
www. everestyayinlari.com
www. twitter. com/everestkitap
facebook.com/everestyayinlari

MEPHISTO

Bir Kariyerin Romanı

içindekiler

Aktris Therese Giehse'ye ithaf olunur.

"Oyuncudaki tüm insan hatalarını affederim,
insandaki hiçbir oyuncu hatasını affetmem."

Goethe, *Wilhelm Meister*

Prolog

1936

"Geçenlerde Batı Almanya'daki sanayi merkezlerinden birinde sekiz yüzden fazla işçiyi mahkûm etmişler, hepsi ağır hapis cezası almış, hem de tek celsede."

"Benim duyduğum kadarıyla yalnızca beş yüz kişiymiş, yüz tanesini de mahkûm etmeyip fikirleri yüzünden gizlice öldürmüşler."

"Maaşlar gerçekten bu kadar kötü mü?"

"Felaket. Üstelik düşmeye de devam ediyor; bir yandan da her şeye zam üstüne zam."

"Opera Binası'nın bu akşamki dekorasyonu için altmış bin mark harcanmış. Buna en azından kırk bin de diğer masrafları ekle – balo hazırlıkları yüzünden beş gün kapalı kalmasının kamu bütçesine getirdiği maliyeti saymıyorum bile."

"Naçizane, küçük bir doğum günü partisi."

"O gürültü patırtıya katlanmak zorunda olmak mide bulandırıcı."

İki yabancı genç diplomat, yüzlerinde sevecen bir gülümsemeyle askeri tören üniforması giymiş bir subayın önünde eğildiler, subay da onlara monoklünün ardından şüpheyle baktı. Üniformalının konuşulanları duyamayacak kadar uzaklaştığına kanaat getirince, sohbetlerine devam ettiler.

"Bütün büyük generaller burada."

Öteki muziplikle, "Hepsi de barış için can atıyor," diye ekledi.

Beriki neşeyle gülümseyerek, "Ne zamandan beri?" diye sorduktan sonra, Japon Elçiliği'nden gelen kısa boylu, narin bir hanımefendiyi selamladı. Kadın, izbandut gibi bir bahriye subayının kolunda, küçük adımlarla yürüyordu.

"Her şeye hazırlıklı olmalıyız."

Dışişleri Bakanlığı'ndan bir bey, bu iki genç elçilik ataşesine katılınca, hemen salon dekorasyonunun ihtişam ve güzelliğini övmeye koyuldular.

Dışişleri'ndeki bey biraz mahcup, "Evet, Başbakan böyle şeylerden çok hoşlanır," dedi.

İki genç diplomat neredeyse bir ağızdan, "Zaten her şey pek zarif olmuş," diye onayladılar.

Wilhelm Caddesi'nden gelen adam acı çekerek, "Elbette," diye karşılık verdi.

İki yabancıdan biri, "Böyle muhteşem bir organizasyona bugün Berlin'den başka bir yerde rastlayamazsınız," dedi. Dışişleri'nden gelen adam nazik bir tebessümde karar kılmadan önce bir saniye tereddüt etti.

Bir duraklama yaşandı. Üç adam da etrafa bakıp şenlik gürültüsüne kulak kabarttı. Nihayet gençlerden biri sessizce, "Fevkalade," dedi – bu sözünde iğneleme yoktu, etrafındaki muazzam lüksten etkilenmiş, neredeyse korkmuş gibiydi. Parfüme bulanmış mekândaki ışıkların parıltısı öyle güçlüydü ki gözleri kamaşıyordu. Gözlerini kısmıştı, hareketli şaşaaya saygıyla ama bir yandan da işkillenerek bakıyordu. 'Neredeyim ben böyle?' diye düşündü – İskandinav ülkelerinin birinden geliyordu. 'Bulunduğum yer kuşkusuz çok güzel ve masraftan sakınmadan düzenlemiş, yine de biraz ürkütücü. Şu süslü püslü insanların neşesi içimi rahatlatıyor diyemem. Kuklalar gibi tuhaf kasılmalarla ve tutuk tutuk hareket ediyorlar. Gözlerine sinmiş bir şeyler var, bakışları iyi değil, bakışlarında çok fazla korku, çok fazla gaddarlık görülüyor. Benim memleketimde insanlar başka türlü, daha dostça ve özgürce bakarlar. Kuzeyde, bizim oralarda insanların gülüşleri de başkadır. Bunların gülüşlerindeyse bir alaycılık, bir çaresizlik var; küstah, kışkırtıcı, aynı zamanda da ümitsizler, fazlasıyla üzücü. İnsan böyle güler mi hiç? Doğru dürüst bir hayat yaşayan hiç kimse böyle gülmez...'

Başbakanın kırk üçüncü yaş günü için tertiplenen balo, opera binasının her yerinde kutlanıyordu. Şık kalabalık, geniş fuayelere ve hollere akın ediyordu. Tırabzanlarına kıymetli perdeler asılmış localarda şampanya şişeleri gürültüyle patlıyordu. Ön sıralardaki sandalyeler çıkarılmış, orada dansa başlanmıştı. Sahnedeki orkestra, Richard Strauss'un senfonilerini icra edecek kadar kapsamlıydı. Ama küstah bir kakofoni içinde yalnızca askeri marşlar ve Reich'ta zenci ahlaksızlığı diye ayıplansa da başbakanın doğum gününde mahrum kalmak istemediği şu caz müziği çalıyordu.

Ülkede sözünün geçmesini isteyen herkes buraya toplanmıştı – boğaz ağrısını ve yıpranmış sinirlerini bahane eden diktatörden ve biraz hödük oldukları gerekçesiyle davet edilmeyen, partinin birtakım ileri gelen üyelerinden başka eksik yoktu. Diğer taraftan çok sayıda prens, bu prenslerin aileleri ve yüksek aristokrasinin neredeyse tamamı boy göstermişti; keza silahlı kuvvetlerin tüm generalleri; nüfuzlu çok sayıda sermayedar ve büyük sanayici; çoğunlukla küçük veya uzak ülkelerin temsilciliklerinden diplomatlar; birkaç bakan, birkaç meşhur oyuncu –kutlama sahibinin tiyatroya duyduğu lütufkâr zaaf biliniyordu– ve hatta diktatörün şahsi dostluğuna layık bulunmuş çok şık görünen bir yazar bile vardı.

İki binin üstünde davetiye yollanmıştı. Bunlardan yaklaşık bin tanesi, sahiplerine kutlamanın zevkini ücretsiz çıkarma hakkı veren şeref kartlarıydı. Kalan bin tanesinin giriş için ellişer mark ödemesi gerekmişti: Böylelikle muazzam masrafların bir kısmı karşılanmış oluyor, kalanıysa başbakanın yakın çevresine asla giremeyecek, yani asla yeni Alman toplumunun seçkinlerinden olamayacak vergi mükelleflerinin sırtına biniyordu.

Ren Bölgesi'nden bir silah fabrikatörünün hanımı Güney Amerikalı bir diplomatın karısına, "Ne harika bir kutlama!" diye seslendi. "Ah, öyle çok eğleniyorum ki! Keyfim gayet yerinde, keşke Almanya'da da, dünyanın dört bir yanında da herkesin keyfi yerinde olsa!"

Güney Amerikalı diplomatın pek Almanca bilmeyen ve canı sıkılan karısı asık suratla gülümsedi. Karşılaştığı heyecansızlıktan hüsrana uğrayan fabrikatörün keyifli hanımı ise başkalarının yanına gitmeye karar verdi.

Nazikçe, "Affedersiniz, şekerim!" deyip parlayan eteklerini topladı. "Gidip Kölnlü eski bir arkadaşı karşılamam lazım – kendisi devlet tiyatroları müdürünün, bilirsiniz, büyük Hendrik Höfgen'in annesi olur."

Bunu duyan Güney Amerikalı ağzını ilk defa açıp İngilizce sordu: "Henrik Hopfgen kim?" – bu soru fabrikatörün hanımını hafif bir çığlık atmaya sevk etti:

"Ne?! Bizim Höfgen'i tanımıyor musunuz? Höfgen, güzelim, Hopfgen değil! Ayrıca Henrik değil, Hendrik; o ufak d harfine pek önem verir!"

Derken bir adım atıp Führer'in dostu olan yazarın kolunda salonu vakarla adımlayan kibar ve yaşlı kadının yolunu kesti. "Sevgili Frau Bella! Görüşmeyeli ne kadar olmuş! Nasılsınız, tatlım? Arada memleketimiz Köln'ü özlediğiniz olmuyor mu? Gerçi buradaki mevkiiniz harika! Ya sevgili Fräulein Josy nasıl? Her şey bir yana, büyük oğlunuz Hendrik, o ne yapıyor! Tanrım, ne işler başardı! Neredeyse bakanlık kadar önemli bir mevkiye ulaştı! Ah sevgili Frau Bella, Köln'de hepimiz size ve muhteşem çocuklarınıza hasret kaldık!"

İşin aslı şu ki bu milyoner kadın, henüz Köln'de yaşarken ve oğlu o müthiş kariyerine henüz başlamışken Bella Höfgen'i hiç umursamazdı.

İki kadın üstünkörü tanışıyorlardı, Frau Bella fabrikatörün villasına hiç davet edilmemişti. Oysa bu neşeli ve keyifli zengin, oğlu başbakanın yakın dostlarından sayılan kadının elini artık bırakmak nedir bilmiyordu.

Frau Bella tenezzülen gülümsedi. Kıyafeti basitti ama saygıya layık belli bir alımlılığı da yok değildi. Dümdüz, siyah ipekten ropunda beyaz bir orkide ışıldıyordu. Sade yapılmış kır saçı, fazlaca genç işi görünen, incelikli bir özenle makyajlanmış suratıyla ilginç bir tezat teşkil ediyordu. Frau Bella, görkemli kolyesini, uzun küpelerini, Paris malı tuvaletini ve tüm ihtişamını Almanya'nın hararetli savaş hazırlıklarına borçlu olan bu geveze kadına, camgöbeği iri gözleriyle soğuk ve temkinli bir nezaketle bakıyordu.

Frau Höfgen gururlu bir tevazuuyla, "Şikâyetim yok, hepimizin durumu oldukça iyi," dedi. "Josy genç Kont Donnersberg'le nişanlandı. Hendrik biraz fazla yoruluyor, yapacak çok işi var."

"Tahmin ediyorum." Sanayicinin karısı saygıyla bakıyordu.

Frau Bella, "Size dostumuz Cäsar von Muck'u takdim edeyim," dedi.

Yazar, tekrar gevezelik etmeye başlayan zengin kadının takıp takıştırdığı eline doğru eğildi hemen. "Gerçekten memnun oldum, çok enteresan, sizi fotoğraflarınızdan hemen tanıdım. Köln'de Tannenberg piyesinize hayran kalmıştım, epey güzel bir temsildi, elbette Berlin'den alışkın olduğumuz harika performanslar yoktu ama gerçekten çok düzgündü, hiç şüphe yok ki saygı duyulacak bir işti. Bu arada öyle harika bir seyahat yapmışsınız ki bütün dünya seyahatnamenizden bahsediyor. En kısa zamanda okumak niyetindeyim."

Yazar kısaca, "Yabancı diyarlarda nice güzellikler, nice çirkinlikler gördüm," dedi. "Fakat bu ülkeleri sadece bakınıp duran, oraların tadını çıkaran birisi olarak değil, daha ziyade gayet faal biri, bir öğretmen olarak gezdim. Sanırım dışarıda yeni Almanya'mız için yeni dostlar edinmeyi de başarabildim."

Yazar, insanın içine işleyen ve ateşli saflığı birçok kültür sanat yazısında övülen çelik mavisi gözleriyle, Ren Bölgesi'nden gelen kadının devasa takılarının fiyatı hakkında tahmin yürüttü. 'Bir dahaki sefere Köln'de konferansım veya prömiyerim olursa villasında kalabilirim,' diye düşünürken konuşmaya devam etti: "Reich'ımız hakkında dünyada o kadar yalan, o kadar kötü yanlış anlamalar dolaşıyor ki bizim saf aklımız almaz."

Yazarın yüzü, herkesin "ahşap oyması" diyeceği türdendi: Alnı kırış kırış, sarı kaşlarının altındaki gözleri çelik mavisiydi, hafif Saksonya şivesi konuşan ağzı büzülmüştü. Silah fabrikatörünün karısı adamın hem görünüşünden hem konuşmasından çok etkilenmişti. Bir "Ah" çekerek coşkuyla baktı. "Olur da Köln'e gelirseniz bizi mutlaka ziyaret etmelisiniz!"

Yazarlar akademisi başkanı ve her yerde gösterilen *Tannenberg* piyesinin yazarı devlet müşaviri Cäsar von Muck şövalye edasıyla eğildi: "Benim için gerçek bir zevk olacak, hanımefendi." Bunu söylerken elini kalbine koyacak kadar ileri gitti.

Sanayicinin karısı ona bayılmıştı. "Sizi tüm akşam dinlemek enfes olacak, ekselans!" diye haykırdı. "Başınızdan neler geçmiştir kim bilir! Bir ara devlet tiyatrolarının da müdürüydünüz, değil mi?"

Bu soru hem kibar Frau Bella hem de *Tannenberg* tragedyasının yazarınca biraz densizlik olarak karşılandı. Yazar da belli bir sertlikle, "Elbette," demekle yetindi. Zengin Kölnlü bir şey fark etmedi. Daha ziyade tamamen yersiz bir muziplikle, "Halefinizi, şu bizim Hendrik'i biraz olsun kıskanmadınız mı acaba?" dedi. Şimdi kalkmış, bir de parmağıyla tehdit ediyordu. Frau Bella nereye baksın, bilemedi.

Cäsar von Muck ise görgülü ve soğukkanlı olmakla kalmayıp kahramanlara yaraşır bir asaleti olduğunu ispatladı. Ahşap oyması yüzüne, başta biraz acı gibi görünse de sonradan mülayim, iyicil, hatta bilgece bir gülümseme yayıldı. "Bu ağır yükü dostum Höfgen'e memnuniyetle, hatta canıgönülden devrettim, bu işe kendisi kadar layık başka biri yoktur."

Sesi titriyordu, kendi alicenaplığından ve davranışındaki güzellikten çok duygulanmıştı. Tiyatro müdürünün annesi Frau Bella etkilenmiş bir tavır takındı. Silah kralının hayat arkadaşına gelince, meşhur tiyatro yazarının soylu ve haşmetli tutumu kendisine öyle tesir etmişti ki ağladı ağlayacaktı. Cesurca nefsine hâkim olarak gözyaşlarını bastırdı, ipek mendiliyle gözlerini üstünkörü silip Ren bölgesine özgü o neşeli ruh haliyle omuzlarını kaldırdı. Sonra da tekrar ışıltılar saçarak sevinçle haykırdı: "Harika bir kutlama değil mi?"

Harika bir kutlamaydı, hiç şüphe yoktu. O ne ihtişam, o ne gürültüydü! Mücevherler mi yoksa rütbeler mi daha çok ışıltı yayıyor, tespit etmek mümkün değildi. Avizelerin bonkör ışığı, kadınların çıplak, beyaz sırtlarında ve allı morlu suratlarında, semiz adamların kalın enseleri, kolalı gömlekleri ve şeritli üniformalarında, serinletici içkilerle etrafta dolanan uşakların terli yüzlerinde raks ediyordu. Alman kadınlarının çiçek özlü Paris parfümlerinden, sanayicilerin purolarından, dar ve şık SS üniformaları içindeki sırım gibi delikanlıların pomatlarından çeşitli kokular yayılıyorlardı. Prensler ile prenseslerden, Gizli Devlet Polisi'nin müdürlerinden, gazete patronlarından, film yıldızlarından, ırk veya savunma bilimi kürsüsünü işgal eden profesörlerden, zenginlikleri ile uluslararası ilişkileri bu çok özel faaliyete katılmalarını sağlayacak kadar güçlü az sayıdaki Yahudi bankerden hoş kokular yükseliyordu. Bütün salonlara suni kokular püskürtülmüştü; insanların tüm ülkeye yayılmış o yavan ve tatlı kan kokusunu almaları istenmiyordu. Gerçi bu kan kokusu seviliyordu ama böyle kibar bir toplantıda ve yabancı diplomatların yanında azıcık utanç verebilirdi.

Reich'ın ordusundan yüksek rütbeli biri diğerine, "Güzelmiş," dedi. "Ne lüks içinde yaşıyormuş şişko!"

"Biz tahammül ettiğimiz müddetçe," dedi diğeri. Keyifli bir yüz ifadesi takındılar, çünkü fotoğrafları çekiliyordu.

Bir film aktrisi, dans ettiği Hohenzollern Hanedanı prensine, "Lotte'nin üstündeki elbise üç bin mark," dedi. Lotte, kırk üçüncü yaş gününü masal prensiymiş gibi kutlatan, sayısız unvanın sahibi zorbanın karısıydı. Taşralı bir oyuncuydu, iyi kalpli, sade, tam bir Alman kadınıydı. Masal prensi ise düğün günü iki proleteri idam ettirmişti.

Hohenzollern prensi, "Benim ailem böyle külfetlere hiç girmedi," dedi. "Hem aziz çiftimiz ne zaman teşrif edecek? Bizi meraktan çatlatmak istiyorlar herhalde!"

Başbakanın karısının eski meslektaşı soğuk bir edayla, "Lotteciğim işini bilir," dedi.

Tam anlamıyla harika bir kutlamaydı. Şeref davetiyesi olanlar da, içeri girebilmek için elli mark ödemesi gerekenler de kutlamanın tadını alabildiğine çıkarıyor gibilerdi. Dans ediyor, gevezelik ediyor, flört ediyorlardı. Kendilerine, birbirlerine ama en çok da güce, böylesine lüks eğlenceleri mümkün kılan güce hayranlık duyuyorlardı. Loca ve hollerde, baştan çıkarıcı büfelerin başında hararetli sohbetler yapılıyordu. Kadınların tuvaletleri, adamların servetleri ve hayır amaçlı tombalanın getireceği ödüller hakkında tartışıyorlardı. Söylediklerine göre en kıymetli parça, pırlantalardan yapılmış bir gamalı haçtı, çok hoş ve pahalı bir şeydi, broş veya kolye ucu olarak kullanılabilecekti.

Bazılarının iddiasına göre, tank ve makineli tüfek şeklinde aslına sadık yapılmış Lübeck kurabiyeleri gibi hayli eğlenceli teselli ödülleri de olacaktı. Kimi kadınlar keyifle, değerli bir gamalı haçtansa tatlı haline getirilmiş cinayet silahlarından birini tercih edeceklerini öne sürüyorlardı. Bol bol ve içten gülüşmeler oluyordu. Kutlamanın siyasi arka planı hakkında kısık sesle konuşanlar da vardı. Diktatörün gelmekten vazgeçmesi ve partinin çoğu ileri geleninin davet edilmemesi şaşkınlık yaratmıştı, oysa burada soylu ailelerden oluşan büyük bir kalabalık vardı. Bu duruma, fısıltıyla yayılan bazı belirsiz ve manidar söylentiler eklendi. Diktatörün sağlık durumu hakkında önüne gelen türlü dedikodular anlatıyor, bu dedikodular hem yabancı basın mensupları ile diplomatların hem de Reich ordusunun bazı mensupları ile ağır sanayicilerin yanında kısık sesle ve ihtirasla dile getiriliyordu.

İngiliz basınından biri, ağzını mendille kapayarak Parisli meslektaşına, "Demek mesele gerçekten kanser olması," dedi. Ama baltayı taşa vurmuştu. Pierre Larue kırılgan cüce görünümüne rağmen fazlasıyla sinsi biriydi, kahramanlığa ve yeni Almanya'nın üniformalı yakışıklı delikanlılarına bayılıyordu. Ayrıca bir gazeteci değil, Avrupa başkentlerinin sosyal, edebi ve siyasi hayatı hakkında zevzek kitaplar yazan ve yaşam gayesi, meşhur kimselerle tanışmaktan ibaret olan zengin bir adamdı. Suratı ufak ve sivri, sesi hasta ve yaşlı kadınlar gibi usandırıcı olan bu tuhaf ve kötü şöhretli cüce, herkese ülkesindeki demokrasiyi hor gördüğünü, Clemenceau'yu hergele, Briand'ı ise aptal bulduğunu anlatıyor, buna karşılık yüksek rütbeli gestapo memurlarını yarı tanrı, yeni Alman rejiminin başındakileri de kusursuz birer tanrı saydığını açıklıyordu.

"Ne rezillikler yayıyorsunuz, beyefendi!" Bücür adam korkutucu bir edayla bakıyor, sesi, ölü yapraklar gibi kupkuru hışırdıyordu. "Führer'in sağlık durumu harika. Biraz üşütmüş, o kadar."

Bu ufak hilkat garibesinin, konuşulanları gidip ispiyonlaması işten bile değildi. İngiliz muhabir asabileşti, kendini haklı çıkarmaya çalışıyordu: "İtalyan bir meslektaş laf arasında ima etmişti..."

Fakat vücudu sarıp sarmalayan üniformaların sıska hayranı sözünü bıçak gibi kesti: "Yeter, beyefendi! Başka bir şey duymak istemiyorum! Ne sorumsuz laflar bunlar! Müsaadenizle," dedi ve sesini yumuşatarak ekledi: "Bulgaristan'ın eski kralına selam vermem lazım. Hessen Prensesi yanında; ekselansları prensesle, babasının Roma'daki sarayında tanışmıştım." Solgun ve sivri ellerini göğsünde kavuşturarak, entrikalı bir başrahibin yüz ifadesi ve tutumuyla oradan ayrıldı.

İngiliz arkasından mırıldandı: "Damned snob."[1]

Salonda bir hareketlenme oldu, duyulacak seviyede bir uğultu çıktı: Propaganda bakanı içeri girmişti. Bu akşam buraya gelmesi beklenmiyordu, hâlâ ortalarda görünmeyen doğum günü çocuğuyla gergin ilişkisinden herkes haberdardı – bu arada şişko doğum günü çocuğu, teşrifini bu geceki eğlencenin zirvesine taşımak için kendisini hâlâ gözlerden saklıyordu.

Milyonların manevi hayatının efendisi konumundaki propaganda bakanı, önünde eğilen şaşaalı kalabalığın arasından topallayarak hızla geçti. Geçtiği yerde buz gibi bir hava esiyordu. Sanki zevk düşkünü, ödlek ve acınası fanilerin sıradan curcunasının ortasına fena, tehlikeli ve gaddar bir tanrı inivermişti. Bütün konuklar birkaç saniyeliğine dehşetten tutulur gibi oldu. Dans edenler edalı pozlarının tam ortasında donmuştu. Hem tevazu hem nefretle dolu ürkek bakışlar, yüreklere korku salan cüceye takılmıştı. Etrafa yaydığı korkunç etkiyi, etsiz ve kemikli ağzını kulaklarına vardıran zarif gülümsemeyle biraz yumuşatmaya çalışıyordu. Sinsice ışıldayan çukur gözlerindeki dostane ifadeyle, yarattığı büyülenmeyi yatıştırmaya çalışıyordu. Sakat ayağını ardında edalı edalı sürükleyerek kutlama salonunu hızla geçip bu iki bin kişilik fırsatçı, dolandırıcı, dolandırılmış ve deliler

---

1 İng. "Lanet züppe" (ed.n.).

topluluğuna, yırtıcı kuşları andıran sahte ve manidar profilini gösterdi. Milyonerler, elçiler, alay komutanları ve film yıldızlarının yanından pis pis sırıtarak geçti. Devlet tiyatrosu müdürü, devlet müşaviri ve senatör Hendrik Höfgen'in yanına gelince durdu.

Buyurun, bir sansasyon daha! Müdür Höfgen, başbakanın bilinen gözdelerinden biriydi, propaganda bakanı karşı çıkmasına rağmen başbakan, devlet tiyatrolarının başına onun geçirilmesini kabul ettirmişti. Uzun ve şiddetli bir mücadeleden sonra, propaganda bakanını himayesindeki yazar Cäsar von Muck'u feda etmeye ve yolculuğa çıkarmaya zorlamıştı. Şimdiyse selam verip konuşarak, düşmanının adamına açıktan saygı gösteriyordu. Zeki propaganda ustası bununla seçkin bir uluslararası topluluğun önünde, Alman rejiminin başındakiler arasında anlaşmazlık ve çekişme bulunmadığını, reklam müdürü olan kendisi ile hava kuvvetleri komutanı arasındaki kıskançlığın, düşmanın çirkin söylentilerinden başka bir şey olmadığını mı göstermek istiyordu? Yoksa ismi başkentte ağızdan ağza dolaşan Hendrik Höfgen, hava kuvvetleri komutanı ve propaganda bakanıyla aynı anda samimi bir ilişki kurmayı başaracak kadar muazzam bir kurnazlığa mı sahipti? Bir iktidar sahibini diğerine karşı kullanıp iki büyük rakipten de fayda mı sağlıyordu? Efsanevi becerikliliğinden beklenmeyecek iş değildi hani...

Olup bitenler son derece ilginçti! Pierre Larue bu sansasyonel çarpışmayı yakından seyretmek için Bulgaristan'ın eski kralını sap gibi ortada bırakıp –rüzgârda uçuşan bir tüy gibi meraka kapılarak– pıtır pıtır adımlarla salonu bir uçtan bir uca kat etti. Cäsar von Muck'un çelik gözleri şüpheyle kısıldı, Kölnlü milyoner bu yüce durumdan duyduğu heyecan ve sevinçten, şehvetle inledi. Büyük adamın annesi Frau Bella Höfgen'e gelince, o da yakınındakilere merhametle ve güya cesaret vererek gülümsemek suretiyle sanki şöyle demek istiyordu: Benim Hendrik'im büyüktür, ben de onun kibar annesiyim. Yine de karşımızda hemen diz çökmeniz gerekmez. Diğer insanlara göre daha üstün olsak da neticede o da ben de etten kemikteniz.

Propaganda bakanı, müdüre candan bir gülümsemeyle, "Nasılsınız, sevgili Höfgen?" diye sordu.

Müdür gülümsedi ama öyle ağzı kulaklarına varacak kadar değil, adeta acı veriyormuş gibi bir zarafetle. "Teşekkür ederim, sayın bakan!" dedi. Sessizce, şarkı söyler gibi bir tonla fakat tane tane konuşuyordu. Bakan, elini hâlâ bırakmamıştı. "Eşiniz hanımefendinin keyfi nasıl acaba?" diye sordu müdür. Yüce muhatabının yüz ifadesi bir anda ciddileşti. "Bu akşam biraz halsiz." Bunu söylerken elini bıraktı. Höfgen duygulu bir edayla iç çekti: "Bunu duyduğuma çok üzüldüm."

Elbette, salondaki herkes gibi o da biliyordu ki propaganda bakanının karısı, başbakanın hanımına duyduğu hasetten içten içe eriyip mahvolmuştu. Diktatörün kendisi evlenmediğinden reklam müdürünün nikâhlı karısı, Reich'ın first leydisi olmuş, tanrının istediği bu vazifeyi de usulünce yerine getirmişti, azılı düşmanı bunu inkâr edemezdi. Sonra şu vasat oyuncu Lotte Lindenthal ortaya çıkmış ve gösteriş meraklısı şişkoyu ayartıp onunla evlenmişti. Propaganda bakanının karısı tarifsiz ıstıraplar içindeydi. First leydi mevkii elden gidiyordu! Başka bir kadın, onun yerine geçmeye çalışıyordu! Adam bir komedyen bozuntusuna öyle tapınmıştı ki, kadını kraliçe Louis sanırdınız! Ne zaman Lotte şerefine bir kutlama olsa, reklam müdürünün karısının sinirden migreni tutuyordu. Bu akşam da yatakta kalmıştı.

"Eşiniz hanımefendi de gelse muhakkak çok eğlenirdi." Höfgen hâlâ vakur bir tavır sergiliyordu. Söylediklerinde alaydan eser yoktu. "Ne yazık ki Führer de gelmekten vazgeçti. İngiliz ve Fransız elçileri de gelemediler."

Yumuşacık bir sesle dile getirdiği tespitleriyle asıl dostu ve hamisini, yani tüm şöhretini borçlu olduğu başbakanı kıskanç propaganda bakanına satıyor ama her ihtimale karşı yedekte tutmaktan da geri durmuyordu.

Becerikli sakat, teklifsiz ama biraz da alaylı bir tonda sordu: "Peki burada hava nasıl?"

Devlet tiyatroları müdürü çekimser konuştu: "Eğleniyor gibiler."

İki makam sahibi, etraflarına meraklılar doluştuğu için sessizce sohbet ediyordu, çok sayıda fotoğrafçı da yanlarına gelmişti. Silah fabrikatörünün karısı, solgun ve kemikli ellerini göğsünün üstünde kendinden geçmişçesine ovuşturan Pierre Larue'ya fısıldadı: "Şu bizim müdür ile bakan müthiş bir çift değiller mi? İkisi de o kadar nüfuzlu, ikisi de o kadar yakışıklı ki!" Dolgun ve süslü bedenini, ufaklığın kırılgan vücuduna yapıştırıyordu. Cermen kahramanlığının, zımba gibi gençlerin, Führer fikrinin ve yüksek aristokrasinin sevdalısı bu Fransız, bu kadın bedenlerinin ensesinde solumasından rahatsız oluyordu. Biraz geri çekilmeye çalışırken cırıldadı: "Müthiş! Çok zarif! Eşsiz!" Renli kadın da destekledi: "Bizim Höfgen – adamın hası! Tam bir dâhi, benzerine ne Paris'te rastlanır ne Hollywood'da! Tam bir Alman, doğru, dürüst ve sade! Onu daha şu kadarken tanırdım."

Milyoner kadın öne doğru uzattığı eliyle, Köln'deki hayır cemiyetlerinde annesinden yüz çevirdiği zamanlar Hendrik'in ne kadar küçük olduğunu gösteriyordu.

"Müthiş bir delikanlı!" diyordu, gözleri öyle şehvani bir hal aldı ki Larue panik içinde firar etti.

Hendrik Höfgen'i ellili yaşlarda sanırdınız, hâlbuki ancak otuz dokuzundaydı – işgal ettiği yüce makam için çok gençti. Kemik gözlüklü solgun çehresi, başkaları tarafından gözetlendiğini anlayınca, ancak çok heyecanlı ve kibirli insanların kendilerini zorlayarak takınabileceği donuk bir ifadeye bürünürdü. Kel kafasının asil bir biçimi vardı. Kurşuni beyaz suratında, kalkık sarı kaşlarından çukurlaşmış şakaklarına yürüyen, yıpranmış ve hassas bir ıstırap çizgisi göze çarpıyordu; ayrıca biçimli ve güçlü çenesini gururla kaldırıyor, böylece kulakları ile çenesinin arasındaki zarif çizgiyi cesur ve hâkim bir tarzla vurguluyordu. Geniş ve rengi atmış dudaklarında nice anlamlar barındıran, hem alaycı hem de merhamet uyandıran, buz gibi bir gülümseme vardı. Gözleri ışığı yansıtan iri gözlük camlarının içinden ara sıra görünür ve etkili bir hal alırdı. Ve böylece, gözlerindeki tüm yumuşaklığa rağmen buz gibi, görünüşteki tüm hüznüne rağmen çok zalim olduğu korkuyla anlaşılırdı. Yeşil ile gri arası bir renkle parlayan gözleri, kıymetli ama uğursuz taşları, bir yandan da kötü ve tehlikeli bir balığın hırslı gözlerini andırırdı. Kadınların hepsi ve erkeklerin çoğu, Hendrik Höfgen'in yalnızca nüfuzlu ve bir hayli maharetli değil yakışıklılığıyla da dikkat çeken biri olduğu fikrindeydi. Bilinçli ve hesaplı bir edadan ötürü neredeyse dimdik olan disiplinli duruşu ve pahalı frakı, özellikle kalça bölgesinin şişmanlığını yabancı gözlerden saklıyordu.

"Bu arada Hamlet karakterinizden ötürü de tebrik ederim, azizim," dedi propaganda bakanı. "Fevkalade bir performans. Alman sahnesi sizinle gurur duyuyor."

Höfgen güzel çenesini biraz aşağı bastırarak başını eğdi: Göz alıcı, yüksek yakasının üst tarafında birçok kırışık meydana geldi. "Hamlet'te başarısız kalan, oyunculuk payesini hak etmez." Sesi tevazudan inliyordu. Bakan da tam, "Trajediyi epey hissetmişsiniz," diye bir tespitte bulunmuştu ki salonda büyük bir gürültü koptu.

Hava kuvvetleri komutanı general ile eskiden aktris olan hanımı Lotte Lindenthal ortadaki büyük kapıdan içeri girmişlerdi: Uğultulu bir alkış tufanı ve salonu inleten nidalarla karşılandılar. Asil çift, sevinç çığlıklarının yükseldiği bir grup insanın arasından ortaya çıktı. Böylesi bir giriş, krallara bile nasip olmamıştır. Coşku muazzam görünüyordu: Her biri pek nazik iki bin insan, başbakana ve diğer konuklara olabildiğince yüksek sesle bağırıp el çırparak, bu yüce adamın 43. yaş gününe ve genel olarak milli devlete duyduğu büyük ilgiyi ispatlamak istiyordu. "Çok yaşa!," "Yaşasın!" ve "Tebrik ederiz!" diye bağrışıyorlardı. Çiçekler atıyorlar, Frau Lotte de bu çiçekleri vakur bir letafetle kabul ediyordu. Orkestra uzun bir fanfar çalıyordu. Propaganda bakanının suratı nefretle büzüştüyse de buna belki de Hendrik Höfgen'den başka dikkat eden olmadı. Höfgen kıpırdamadan duruyor, hamisini derli toplu ve dimdik bir duruşla bekliyordu.

Şişkonun bu akşam hangi fantastik üniformayla geleceğine dair bahse girmişlerdi. İçerdekileri olabilecek en sade kıyafetle şaşırtması adeta çileci bir cilveydi. Giydiği camgöbeği üniforma dar kalıplı bir hırka etkisi bırakıyordu. Göğsünde yalnızca ufacık gümüş bir rütbe yıldızı ışıldıyordu. Gri pantolonun sarmaladığı –normalde uzun paltoların altında saklamaktan hoşlandığı– bacakları hayli genişti, üzerlerine basıp yavaşça ilerlediği birer direğe benziyorlardı. Devasa endamının muazzam büyüklüğü ve genişliği, etrafına korku ve derin bir saygı yaymak için pek elverişliydi – zira bu adamın komik bir yanını bulmak için sebep de yoktu: Bu yağ ve et yığının bir işaretiyle ne kadar kan aktığını ve şerefine belki ne kadar daha kan akacağını düşündüklerinde en cesurların bile neşesi kaçıyordu. Kısa ve kabarık boynunun üstündeki hacimli kafası, adeta kırmızı sıvıyla dolu bir kalıba dökülmüş gibi duruyordu: Ancak Sezar'ın başını yüzsen böyle görünürdü. Bu yüzde insaniyet namına bir şey kalmamıştı, çiğ ve biçimsiz ettendi, kütük gibiydi.

Başbakan, iri bir kubbe yaparak göğsünün ortasında kabaran karnını, şatafatlı kalabalığın arasında haşmetle ittiriyordu. Başbakan, sırıtıyordu.

Karısı Lotte sırıtmıyor, gülücükler saçıyordu, her hareketi Kraliçe Louis'e benziyordu. Fiyatıyla kadınların ağzına dedikodu veren robu pek tantanalıydı, dümdüz aşağı akıyordu, ışıl ışıl gümüş örgüden dikilmişti, etekleri ise şahaneydi. Buğday sarısı saçlarındaki pırlantalı alınlığıyla göğsündeki inciler ile zümrütler bu şaşaalı toplulukta ağırlık ve parıltı açısından hayranlık duyulacak ne varsa hepsini aşıyordu. Taşralı aktrisin kocaman mücevherleri milyonlar değerindeydi; bunları, verdiği nutuklarda bakanların ihtişam merakı ile rüşvetçiliğini yerden yere vuran bir kocanın çapkınlığına ve tebaada kayırılan, hali vakti yerinde bazı kimselere borçluydu. Kendisine gösterilen bunca dikkati, anaç, saygıdeğer ve naif kadın imajını pekiştiren gösterişsiz bir neşeyle kabul etmekte üstüne yoktu. Hep başkalarını düşünen, saflığına toz kondurulmayacak biri olarak görülüyordu. Alman kadınları arasında bir ideal haline gelmişti. İneklerinkine benzeyen iri, yuvarlak, biraz çıkık ve nemli nemli ışıldayan mavi gözleri, güzel sarı saçları ve kar beyaz göğüsleri vardı. Frau Lotte de biraz şişmandı – başkanlık sarayında bol bol yiyip içiliyordu. Bazen kocasının yanında iyi Yahudilere destek çıktığını hayranlıkla anlatanlar oluyor – buna rağmen Yahudiler toplama kamplarına gidiyordu. Ona başbakanın iyilik meleği diyorlardı, ne var ki karısı danışmanlığını yapmaya başladıktan beridir korkunç adamın pek yumuşadığı söylenemezdi. Frau Lotte'nin en meşhur rollerinden biri Schiller'in *Hile ve Aşk* piyesindeki Leydi Milford, yani, kıymetli taşların parasının neyle ödendiğini öğrendiği için mücevherlerinin parıltısına ve zorba prensinin yakınlığına daha fazla tahammül edemeyen bir metresin rolüydü. Devlet tiyatrosunda son defa sahne aldığında Minna von Barnhelm'i oynamıştı, böylelikle pilot generalin köşküne yerleşmeden önce, bugün yaşıyor olsa kocasını ve dar kafalı yoldaşlarını kovacak bir yazarın cümlelerini son bir defa daha okumuştu. Totaliter devletin korkunç sırları yanı başında konuşuluyor, ama o şefkatli tavırlarla gülümsüyordu. Sabahları kocasının omzunun üstünden başını uzattığında, Rönesans devri yazı masasında idam hükümleri görüyor, kocası da bunları imzalıyordu; akşamları beyaz göğüslerini ve kuaförden çıkma buğday sarısı saçlarını opera prömiyerlerinde veya kendisiyle muhatap olmaya layık bulunan seçilmişlerin süslü sofralarında gösteriyordu. Ona kimse dokunamaz, saldıramazdı, zira dünyadan bîhaber ve duygulu bir kadındı. İki bin hırslı ve satılmış züppe, şerefine gürültü çıkarıyor diye etrafını "halkın sevgisi" sarıyor sanıyordu. Bu şatafatın içinde gezinip gülücükler dağıtıyordu –

fazlasını asla dağıtmazdı. Ona bu kadar mücevherat yolladığı için tanrının, kendisine ciddi ciddi teveccüh ettiğine inanıyordu. Hayalgücü ve zekâ eksikliği, bu güzel zamana belki hiç benzemeyecek bir geleceği düşünmekten koruyordu onu. Işığa ve herkesin hayranlığına gark olup başını dik tutarak yürüdüğüne bakılırsa, kalbinde bu büyünün devam ettiğine dair en ufak şüphe yoktu. Bu debdebe –bunu iddia ederken kendinden gayet emindi– üzerinden asla eksik olmayacak, zulüm görenler asla intikam almayacak, karanlık ona asla elini uzatmayacaktı.

Fanfar yüksek sesle ve uzun uzadıya çalıyor, iltifat bağırışları hâlâ devam ediyordu. Lotte ile şişko kocası propaganda bakanı ile Höfgen'in yanına varmıştı. Üç adam, selam merasimini işaret ederek üstünkörü ellerini kaldırdı. Sonra Hendrik ciddi ve samimi bir gülümsemeyle sahnede defalarca sarıldığı bu yüce kadının eline doğru eğildi. Ülkedeki dört güçlü, dört kudret sahibi insan, dört komedyen: reklam müdürü, idam hükümleri ve bombardıman uçakları uzmanı, evli duygusal kadın ve kel entrikacı, burada, seçkin bir kalabalığın yanıp tutuşan merakı karşısında dikiliyorlardı. Seçkin kalabalık, şişkonun, müdür beyin omzuna sertçe vurup "Nasılmış bakayım Mephisto?" diye homurdanır gibi gülerek soru sormasını seyretti.

Estetik açıdan bakınca durum Höfgen için avantajlıydı: İri yapılı çiftin yanında zayıf ve çevik, sakat reklam cücesinin yanındaysa uzun boylu ve kellifelli duruyordu. Ne kadar solgun ve nahoş olsa da suratı, etrafındaki diğer üç surata göre hiç değilse sevecen bir tezat teşkil ediyor, hassas şakakları ve güçlü bir vurguya sahip çenesiyle, görmüş geçirmiş birinin çehresi gibi görünüyordu; eti budu yerinde koruyucusunun suratı şişmiş bir maske, duygusal kadının suratı ahmak bir peçe, propagandacınınkiyse biçimsiz bir yığındı.

Duygusal kadın içli bir bakışla, yüreğinde gizli –ama çok da gizli olmayan– bir meyil hissettiği müdüre, "Hamlet'inizi ne kadar harika bulduğumu henüz söylemedim, Hendrik," dedi. Hendrik kadının elini sıkıp bir adım daha yanaşarak tabiat vergisi bakışlarına, benzer şekilde samimiyetle bakmaya çalıştı. Gelgelelim bu teşebbüsü, en baştan başarısızlığa mahkûmdu: Balıklarınki gibi donuk gözleri, bu denli yumuşak bir sıcaklığa izin vermiyordu. Bu yüzden ciddi, biraz sinirli ve resmî bir yüz ifadesi takınıp mırıldandı: "Bir şeyler söylemem lazım." Sonra sesini yükseltti.

Parlak, eğitimli ve madeni bir sesi vardı; koca salonun en ücra köşelerine dek duyulan etkili sesiyle bağırdı: "Sayın başbakan! Haşmetmeaplar, ekselanslar, hanımlar ve beyler! Gurur duyuyoruz – evet, sayın başbakan; bu kutlamayı bugün bu binada, sizinle ve olağanüstü karınızla yapmaktan gurur ve memnuniyet duyuyoruz..."

Söylediği ilk sözlerle iki bin kişilik topluluğun hummalı sohbeti kesilivermişti. Mükemmel bir sessizlik ve dalkavukça bir hareketsizlikle, hem senatör hem de devlet müşaviri olan müdürün, başbakanı için yaptığı uzun, coşkulu ve beylik nutkunu dinlediler. Tüm gözler Hendrik Höfgen'e doğrultulmuştu. Herkes ona hayrandı. İktidarın bir parçasıydı çünkü o. Devam ettiği müddetçe bu iktidarın parıltısından nasibini alacaktı. İktidarın en zarif ve maharetli temsilcilerinden biriydi. Sesi efendisinin 43. yaş günü münasebetiyle çok şaşırtıcı sevinç nidalarına yol açıyordu. Çenesini iyice kaldırmıştı, gözleri ışıldıyor, iradeli ve cesur jestlerini güzelce sergiliyordu. Doğru bir söz söylemekten itinayla kaçınıyordu. Kafa derisi yüzülmüş Sezar, reklam müdürü ve inek gözlü kadın, Hendrik'in ağzından sadece yalan çıksın, yalandan başka bir şey duyulmasın diye nöbet tutuyor gibiydiler: Gizli bir sözleşme bunu istiyordu, hem bu salonda hem de tüm ülkede.

Ustalıkla yükselttiği bir tempoyla konuşmasının sonuna yaklaşırken, salonun arkalarında mütevazı bir yeri olan, çocuksu görünümlü, kısa boylu, hoş bir hanımefendi –meşhur bir yönetmenin karısıydı– yanındaki kadına sessizce fısıldadı: "Konuşması bitince yanına gidip elini sıkacağım. Muhteşem değil mi? Onu eskiden beri tanırım. Evet, Hamburg'da beraber çalışmıştık. Ne keyifli zamanlardı! Adam o günden bu yana ne kariyer yaptı ama!!"

I

H. S. T.

Dünya savaşının son yıllarında ve Kasım İhtilali'nden sonraki ilk yıllarda edebi tiyatro Almanya'da büyük önem kazandı. Bu sıralarda müdür Oskar H. Kroge'nin durumu, zor iktisadi şartların aksine oldukça iyiydi. Frankfurt'ta oda oyunları sergileyen bir sahneyi idare ediyordu. Wedekind ya da Strindberg'in bir piyesi yeniden sahnelenecekse ya da Georg Kaiser, Sternheim, Fritz von Unruh, Hasenclever yahut Toller'in ilk temsilleri yapılacaksa, şehrin entelektüelleri ile tartışma ve alkıştan hoşlanan heyecanlı gençler, samimi bir havayla dolu dar bodrum katında bir araya gelirlerdi. Kendisi de denemeler ve methiye şiirleri yazan Oskar H. Kroge, tiyatroyu ahlaki bir kurum olarak görüyordu: Sahneden hareketle, artık vakti gelen özgürlük, adalet, barış gibi idealler ışığında yeni bir nesil yetiştirilecekti. Oskar H. Kroge coşkulu, güvenilir ve saftı. Pazar sabahı, Tolstoy veya Rabindranath Tagore piyesi temsilinden önce cemaatine hitapta bulunurdu. Konuşmasında "insanlık" sözü çok sık geçerdi, ayakta durulan kısımda itişen gençlere heyecanla seslenirdi: "Kendinizi bulma cesaretini gösterin kardeşlerim!" Sözlerini Schiller'in, "Kucaklarım sizi, milyonlar!" sözleriyle bitirirken alkış tufanı kopardı.

Oskar H. Kroge Frankfurt'ta ve ülkenin, fikirsel tiyatronun cesur deneylerine ilgi duyan her yerinde çokça sevilir, sayılırdı. Alnı açık ve buruşuk, saçları seyrek ve ak, ince altın çerçeveli gözlüğün ardındaki bakışları iyi niyetli ve zeki olan yüzü, avangardın küçük revülerinde, hatta bazen büyük dergilerde sıklıkla görülürdü. Oskar H. Kroge dışavurumcu tiyatronun en faal ve başarılı öncülerindendi.

Frankfurt'taki, duygulara hitap eden o küçük binadan vazgeçmesi şüphesiz hata olmuştu; kendisi de çok geçmeden bunun farkına varacaktı. 1923'te kendisine müdürlüğü teklif edilen Hamburg Sanatçı Tiyatrosu elbette daha büyüktü. Bu nedenle teklifi kabul etti. Fakat Hamburg seyircisi tutkulu ve iddialı deneyler için, oda tiyatrosuna sadık o coşkulu Frankfurt muhitine nazaran hiç de uygun olmadığını gösterdi. Kroge, Hamburg Sanatçı Tiyatrosu'nda kendi arzuları haricinde hâlâ "Sabin Kadınlarının Kaçırılması" ve "Schöller Pansiyonu" piyeslerini göstermek zorunda kalıyordu. Bundan ıstırap duyuyordu. Ertesi haftanın oyun planının tespit edildiği her cuma, kurumun ticari müdürü Herr Schmitz'le ufak bir mücadele oluyordu. Schmitz cezbedici oyunlar olduğu için, programda fars ve revaçtaki piyesleri görmek istiyordu; Kroge ise edebiyat repertuarında ısrar ediyordu. Kroge'yle samimi dostluğu olan ve ona hayranlık besleyen Schmitz çoğunlukla pes ediyordu. Sanatçı tiyatrosu edebî kalıyor, bu da zarar etmek anlamına geliyordu.

Kroge Hamburg gençliğinin ilgisizliğinden ve yüce şeylere yabancılaşmış kitlenin yeni fikirlere uzaklığından yakınıyordu. "Ne çabuk geçti!" diye acıyla belirtti. "1919 yılında Strindberg'e, Wedekind'e koşuyorlardı; 1926'da ise tek istedikleri operet." Oskar H. Kroge iddialıydı ama pek ileri görüşlü değildi. 1936'da durumun nasıl olacağını tasavvur edebilse, 1926 yılından şikâyet eder miydi? "İyi şeyler kimseyi çekmiyor artık," diye garazlanıyordu. "Dün 'Dokumacılar'da bile salonun yarısı boştu."

"Sıkışsak da dükkânı döndürüyoruz." Müdür Schmitz dostunu teselliye çalışıyordu: Kroge'nin kedileri andıran, iyi niyetli, çocuksu ve yaşlı suratındaki kırışıklar ona acı veriyordu, al çehresinde endişelenmek ve kırışıklarının artması için yeterince sebebi vardı. "Ama nasıl!" Kroge'nin teselli kabul edeceği yoktu. "Ama nasıl döndürüyoruz! Hamburglular tiyatroya gelsin diye Berlin'den meşhur misafirler davet etmemiz gerekiyor – tıpkı bu akşamki gibi."

Kroge'nin dostu olan, Frankfurt'tayken bile yanında dramaturg ve oyuncu olarak çalışan Hedda von Herzfeld şöyle dedi: "Her şeyi yine kapkara görüyorsun, Oskar! Dora Martin'i ağırlamak ayıp değil, o harika bir kadın, hem Höfgen oynayınca da geliyor bizim Hamburglular." Höfgen'in adını telaffuz ederken Frau von Herzfeld mantıklı ve şefkatli bir ifadeyle gülümsedi. Etli burunlu, iri gözlü, rengi kehribara çalan, hüzünlü, zeki, büyük ve donuk, pudralı yüzünde mütevazı bir ışık parıldadı.

Kroge huysuz bir tonla "Höfgen'e çok para gidiyor," dedi.

"Martin'e de öyle," diye ekledi Schmitz. "Büyüsüne diyecek yok; büyük kalabalıkları çekiyor, ona da tamam: ama gecelik ücreti bin mark, bu da biraz fazla."

"Berlinli yıldızların istekleri," diye alay etti Hedda. Berlin'de hiç işi olmamıştı, başkentteki faaliyetleri küçümsediğini iddia ediyordu.

"Höfgen için ayda bin mark abartılı," diye öne sürdü Kroge, aniden gerilmişti. Meydan okurcasına, "Ne zamandır bin alıyor ki?" diye Schmitz'e sordu. "Hep sekiz yüz alıyordu, bu da oldukça yeterliydi."

"Ne yapayım?" Schmitz af diledi. "Büroma daldı, kucağıma oturdu." Frau von Herzfeld keyifle, Schmitz'in anlatırken biraz kızardığını tespit etti. "Çenemi gıdıklayıp, 'Bin mark olsun! Bin, müdürcüğüm! Ne güzel, yuvarlak bir rakam bu!' deyip durdu. Ne yapsaydım, Kroge? Siz söyleyin!"

Avans veya zam istediğinde küçük, asabi bir kasırga gibi Schmitz'in bürosuna dalmak Höfgen'in zekice alışkanlıklarındandı. Böylesi hallerde fazlaca taşkınlık edip kapris yapardı, saçlarını karıştırıp işaret parmağını neşeyle karnına soktuğunda beceriksiz, şişman Schmitz'in kendini kaybettiğini bilirdi. Mesele bin marklık maaş olunca kucağına bile oturmuştu; Schmitz kızara bozara itiraf etmişti bunu.

"Çocukluk bunlar!" Kroge seyrek saçlı başını sinirle salladı. "Höfgen neresinden baksan çocuk gibi. Neyi varsa sahte, edebi zevkinden tutun da sözümona komünistliğine kadar. Sanatçı değil, komedyen."

"Hendrik'le ne alıp veremediğin var?" Frau von Herzfeld alaycı bir ses tonu yakalamak için kendini zorladı; cazibesine çabucak kapıldığı Höfgen'den söz edilince aslında alay edecek durumu olmazdı. "Elimizdeki en iyi oyuncu o. Berlin'e kaptırmazsak iyi olur."

"Ben ondan hiç de o kadar gurur duymuyorum," dedi Kroge. "Becerikli bir taşra oyuncusundan başka bir şey değil, hem bunu kendi de iyi biliyor."

Schmitz, "Bu akşam nerede acaba?" diye sordu. Bunun üzerine Frau von Herzfeld genizden hafifçe güldü: "Paravanın arkasındaki gardırobuna saklanmış, küçük Böck anlattı bana. Berlin'den misafir gelince feci heyecanlanıyor, kıskançlığı tutuyor. Sonra asla onlar kadar iyi olamayacağını söylüyor – ardından da histerik bir halde paravanların arkasına saklanıyor. Galiba Martin onu epey şaşkına çevirmiş, nefretle karışık bir tür sevgi bu. Bu akşam ağlama nöbetine yakalanmış."

"Aşağılık kompleksi neymiş, görün!" diye bağıran Kroge zaferle etrafına baktı. "Kendini ne kadar iyi biliyor işte!"

Üçü, Hamburg Sanatçı Tiyatrosunun baş harfleriyle kısaca "H. S. T." denen tiyatro kantininde oturuyordu. Örtüleri lekeli masaların üstünde tozlu bir resim galerisi vardı; onlarca yıl boyunca burada prodüksiyon yapanların fotoğraflarıydı bunlar. Sohbet esnasında Frau von Herzfeld yukarı bakıp, Schmitz ile Kroge'nin gözden kaçırdığı saf ve duygusal kişilere, komik ihtiyarlara, kahraman babalarına, genç sevgililere, entrikacılara ve salon kadınlarına gülümsedi.

Aşağıda, boğuk sesi bir Antik Yunan delikanlısının baştan çıkaran sıskalığına sahip olan ve birçok trajedi barındıran gizemli gözleri iri ve çocuksu görünen, büyük Alman şehirlerinin seyircilerini büyüleyen Dora Martin, revaçtaki bir piyesin sonlarını oynuyordu. İki müdürle birlikte Frau von Herzfeld, ikinci perdeden sonra localarından çıkmışlardı. Tiyatronun diğer üyeleri, yarı hayranlık yarı nefret duydukları Berlinli meslektaşlarını sonuna dek seyretmek için salonda kalmışlardı.

"Beraberinde getirdiği kumpanyasını gerçekten eleştirmeye bile değmez," diye küçümsercesine bir tespitte bulundu Kroge.

"Ne istiyorsunuz?" diye sordu Schmitz. "Yola çıkarken yanına bir de pahalı oyuncular alırsa gecelik bin markını nasıl kazanacak?"

Akıllı birisi olan Herzfeld ise, "Ama kadın gün geçtikçe daha iyiye gidiyor," dedi. "Her türlü yapmacıklığı beceriyor. Ruh hastası bir bebek gibi konuşabiliyor: İşinin hakkından geliyor."

"Ruh hastası bebek fena değilmiş," diyerek güldü Kroge. Pencereden bakıp, "Aşağıda işleri bitmiş galiba," diye ekledi. İnsanlar kantinden geçip tiyatronun sokağa açılan kapısından çıkarak Arnavut kaldırımlı yoldan yukarı yürüyorlardı.

Kantin yavaş yavaş doldu. Oyuncular saygıyla dolu bir samimiyetle müdürlerin masasını selamlayıp pos bıyıklı, mor burunlu, güdük, kuvvetli bir ihtiyar olan kantinciyle şakalaştılar. Kantinin sahibi Hansemann Baba, tiyatro için en az genel müdür Schmitz kadar önemli bir şahsiyetti. Eşref saatindeyken Schmitz'den avans alabilirdiniz ama ayı yarılayıp da maaşı tüketmiş, avans da alamamışsanız Hansemann'a borç yazdırabilirdiniz. Herkesin ona veresiye borcu vardı, Höfgen'in yüz marktan fazla borcu olduğu iddia ediliyordu. Yani Hansemann'ın güvenilmez müşterilerinin şakalarına takılmaya hiç ihtiyacı yoktu; yüzü hareketsiz ve alnında tehditkâr bir ciddiyet, konyak, bira ve kimsenin parasını vermediği jambonları servis ediyordu.

Herkes Dora Martin hakkında konuşuyordu; performans seviyesine ilişkin herkesin kendi fikri vardı, kesinlikle çok para kazandığı konusunda ise hemfikirdiler.

Motz açıklamada bulundu: "Yıldızlarla çalışmak Alman tiyatrosunu batıracak." Arkadaşı Petersen sinirlenerek başını salladı. Petersen kahramanlık hırsı olan ve baba rollerini oynayan bir oyuncuydu ama ona kalsa kralları veya tarihi piyeslerdeki asil kahramanları tercih ederdi. Maalesef bu roller için çok kısa ve şişmandı – dimdik ve mücadeleci duruşuyla eksiğini telafiye çalışıyordu. Sahte bir dürüstlük ifadesi gösteren yüzüne, ak düşmüş gemici sakalı iyi giderdi; ama sakalı olmadığından uzun, tıraşlı üst dudağı ve manalı manalı ışıldayan ufacık, masmavi gözlerinin olduğu çehresi biraz kel duruyordu. Motz onu Petersen'in kendisini sevdiğinden daha çok seviyor ve bunu herkes biliyordu. Petersen başını sallayınca Motz doğrudan ona dönüp samimi ve anlamlı bir tonla, "Bu kötü idare hakkında çok konuştuk, öyle değil mi, Petersen?" dedi. Petersen temiz yürekli bir ifadeyle "Elbette bayan!" diye onaylayıp sapık ve şeytani genç kız makyajı yapılmış Rahel Mohrenwitz'e göz kırptı, siyah kâküllerden tıraşlı kaşlarına ve çocuksu, ablak ve biçimsiz duran suratındaki siyah çerçeveli monokle kadar makyajı tamdı.

Motz azimle, "Berlin'de Martin'in fiyakaları iş yapıyor olabilir," dedi. "Ama bizim gibileri kandıramaz, nihayetinde hepimiz tiyatronun kurdu olmuşuz." Alkış beklentisiyle etrafına baktı. Motz'un uzmanlığı, komik yaşlı kadın rolüydü; ara sıra olgun salon kadınlarını da oynayabiliyordu. Sık sık kahkahalarla gülmekten hoşlanıyor, gülerken altın dişlerinin parıldadığı ağzının kenarlarında derin kırışıklar çıkıyordu. Elbette şu an vakur, ciddi, neredeyse öfkeli bir çehresi vardı.

Rahel Mohrenwitz uzun sigarasının ucuyla kibirli kibirli oynarken, "Martin'in aslında cidden güçlü bir şahsiyeti olduğu pek inkâr edilemez," dedi. "Sahnede ne yaparsa yapsın, her defasında varlığını alabildiğine ortaya koyuyor; ne kastettiğimi anlıyorsunuzdur..." Herkes anlıyordu; Motz ise reddedercesine başını salladı, o sırada ufak Angelika Siebert tiz, çekingen sesiyle açıklama yapıyordu: "Ben Martin'e hayranım. Bence o kadından büyüleyici bir güç yayılıyor..." Bu kadar uzun ve cüretkâr bir cümle söylediği için kıpkırmızı kesilmişti. Herkes biraz duygulanarak ona doğru baktı. Ufak Siebert cazibeliydi. Kısacık kestirdiği ve sola taradığı sarı saçları yüzünden kafası, on üç yaşındaki bir oğlanın başına benziyordu. Miyop olmaları açık renkli masum gözlerinin çekiciliğini azaltmıyor, bazılarına göre Angelika'nın bütün cazibesi bir şeye bakarken gözlerini kısmasından kaynaklanıyordu.

Yakışıklı Rolf Bonetti, "Bizim ufaklık yine hayallere dalmış," deyip biraz yüksek sesle güldü. Rolf grubun seyircilerden en fazla aşk mektubu alan üyesiydi; gururlu, yorgun, bıkkın yüz ifadesi de bundandı. Fakat ufak Angelika'ya karşı talipli taraftı: Kaç zamandır onu elde etmeye uğraşıyordu. Sahnede onu sık sık kollarına alabiliyordu, rol gereğiydi bu. Ama Angelika rol haricinde çekingen duruyordu. İnanılmaz bir inatla şefkatini, en ufak bir karşılık bulma veya arzulanma ümidinin olmadığı tarafa harcıyordu. Tüm o dokunaklılığı ve cazibesiyle çok sevilip şımartılmak için yaratılmış gibiydi. Fakat kalbindeki tuhaf inat yüzünden Rolf Bonetti'nin hararetli yeminleri karşısında soğuk ve alaycı kalıyor, Hendrik Höfgen'in kendisine karşı sergilediği buz gibi küçümsemeye içli içli ağlıyordu.

Rolf Bonetti işinin ehli biri gibi, "Martin kadın olarak bir felaket, bir hermafrodit o, balık gibi soğuk," dedi.

Angelika sessiz ama kararlı, "Bence güzel biri," dedi. "Bana kalırsa dünyanın en güzel kadını." Derken gözleri doldu: Angelika çoğu zaman yerli yersiz ağlardı. Hayal görür gibi ekledi: "Ne garip – Dora Martin ile Hendrik arasında esrarengiz bir benzerlik seziyorum..." Bu herkesi şaşırttı.

"Martin Yahudi." Alakasızca lafa dalan bu kişi Hans Miklas idi. Herkes şaşırıp biraz da iğrenerek ona doğru baktı. Motz bu mahcup suskunluğu, "Miklas eğleniyor yine," diyerek bozup gülmeye çalıştı. Kroge hayret ve tiksinmeyle alnını kırıştırırken Frau von Herzfeld başını sallamakla yetindi, biraz da benzi solmuştu. Sessizlik uzun ve sıkıcı olunca –genç Miklas solgun ve inatçı, tezgâha yaslanmış dikiliyordu– müdür Kroge nihayet oldukça keskin bir ifadeyle, "Bu da nesi?" diyerek elinden geldiğince kötü bir yüz ifadesi takındı. O zamana kadar sessizce Hansemann babayla sohbet eden başka bir genç oyuncu cesaretle ve ara bulmaya çalışarak, "Hoppala, baltayı taşa vurdun! Boş ver, Miklas, olur böyle şeyler, normalde uslu çocuksundur sen!" dedi. Bunları söylerken muzır adamın omzuna vurup öyle içten güldü ki herkes yumuşayıverdi; Kroge bile, zorla gülüyormuş gibi bir kahkaha atmaya karar verdi. Avucunun içiyle kasıklarına vuruyor, vücudunu öne doğru savuruyordu, nedense birden çok eğlenmiş gibiydi. Miklas ise ciddiyetini bozmadı; inatçı, solgun yüzünü yana çevirdi, dudakları nefretle büzüşmüştü. "Yahudi ama." Bunu öyle sessiz söylemişti ki neredeyse kimse duymadı; tek duyan az evvel sıkılmadan vaziyeti kurtaran Otto Ulrichs'ti, Miklas şimdi de onu ciddi gözlerle süzüyordu.

Müdür Kroge kahkahasıyla genç Miklas'ın yanlış tavrını tamamıyla komik tarafından ele aldığını iyice ortaya koyduktan sonra Ulrichs'e işaret etti.

"Ulrichs, bir dakika gelsenize!" Ulrichs müdürlerin ve Frau von Herzfeld'in yanına, masaya oturdu.

"İşinize karışmak istemem, gerçekten istemem." Kroge meselenin canını çok sıktığını belli ediyordu. "Ama komünist toplantılarda çok sık boy göstermeye başladınız. Dün yine bir yerlere katılmışsınız. Bu size zarar verir, Ulrichs, bize de." Kroge sessiz konuşuyordu. "Şu dar görüşlü gazeteler nasıldır, bilirsiniz, Ulrichs," dedi inandırıcı bir şekilde. "Zaten insanlar bize şüpheyle bakıyor. İçimizden biri kalkıp siyaseten dikkatleri üstüne çekerse başımıza iş açabilir, Ulrichs." Kroge alelacele konyağını içip bitirdi, biraz da kızarmıştı.

Ulrichs sakin sakin cevap verdi. "Bu konuyu açmanız, müdür bey, çok hoşuma gitti. Ben de hakkında düşündüm elbette. Belki de ayrılmamız daha hayırlıdır, müdür bey, inanın, bu teklifi yapmak hiç kolay gelmiyor bana. Ama siyasi faaliyetlerimden vazgeçemem. Tiyatrodaki işimi bile buna feda edebilirim ki fedakârlıktık bu, çünkü burada olmayı seviyorum." Hoş, kapalı ve sıcak bir sesle konuşuyordu. O konuşurken Kroge, bir baba sevgisiyle zeki, karakterli yüzüne bakıyordu. Otto Ulrichs yakışıklı biriydi. Siyah saçlarının açıkta bıraktığı geniş, sevecen alnı ile dar, koyu kahve, zeki ve neşeli gözleri güven veriyordu. Kroge çok seviyordu onu. Bu yüzden şimdi neredeyse öfkelendi.

"Boş versenize Ulrichs!" diye bağırdı. "Lafı dahi edilemez. Gitmenize asla izin vermeyeceğimi biliyorsunuz!"

"Sizi gözden çıkaramayız!" diye ekledi Schmitz, bu şişman adam bazen garipçe titreyen, ince ve hoş sesiyle insanı şaşırtıyordu. Herzfeld de tasdik ederek başını salladı. "Sizden ricam yalnız birazcık geride durmanız," diye temin etti Kroge.

Ulrichs içtenlikle şöyle dedi: "Hepiniz bana karşı çok naziksiniz –gerçekten çok naziksiniz– ben de size çok laf getirmemeye çaba göstereceğim." Herzfeld samimiyetle gülümsedi. "Siyasi olarak sizinle hemen hemen aynı fikirleri paylaştığımızı biliyorsunuzdur herhalde," dedi sessizce.

Frankfurt'ta evlendiği ve soyadını taşıdığı adam komünistti. Adam ondan çok daha gençti ve evi terk etmişti. Şu anda Moskova'da film yönetmeni olarak çalışıyordu.

Kroge bir şeyler öğretir gibi kaldırdığı işaret parmağıyla, "Neredeyse," diye vurguladı. "Tam olmasa da, neredeyse. Moskova'da bütün rüyalarımız gerçekleşmedi. Fikir sahibi insanların rüyaları, talepleri, ümitleri diktatörlükte gerçekleşir mi?"

Ulrichs ciddiyetle cevap verirken küçük gözleri daha da daralıp neredeyse tehditkâr bir hal aldı: "Sadece fikir sahiplerinin –veya kendilerine böyle diyenlerin– ümitleri ve talepleri yok. Proletaryanın talepleri daha acil. Bunlar da günümüz şartlarında ancak diktatörlükle gerçekleşebilir." Müdür Schmitz şaşkına dönmüş bir ifade takındı. Ulrichs sohbeti yumuşatmak için gülümseyerek devam etti: "Dünkü toplantıda sanatçı tiyatrosu neredeyse en meşhur üyesi tarafından temsil edilecekti. Hendrik sahne alacaktı – ama son anda maalesef işi çıkmış."

"Kariyeri için sakıncalı olabilecek meseleler söz konusu olduğunda Höfgen'in hep son anda işi çıkar." Kroge bunu söylerken küçümseyerek dudak bükmüştü. Hedda von Herzfeld ona yalvararak ve kederle baktı. Fakat Otto Ulrichs inançla, "Hendrik bizden," deyince, ferahlayarak gülümsedi. "Hendrik bizden," diye tekrarlardı Ulrichs. "Ve bunu da eylemleriyle ispatlayacak. Bu eylemi, Devrim Tiyatrosu olacak. Bu ay açılacakmış."

"Henüz açılmadı ama." Kroge sinsice güldü. "Şimdilik yalnız, 'Devrim Tiyatrosu' gibi güzel bir başlığı olan broşürü var. Hadi diyelim, tiyatroyu açtılar, sanıyor musunuz ki Höfgen gerçekten devrimci bir piyesle çıkmaya cesaret edecek?"

Ulrichs oldukça şiddetle karşılık verdi: "Ben buna gerçekten inanıyorum! Hem piyes seçildi bile – devrimci olduğu da söylenebilir."

Kroge yorgun ve küçümser bir şüpheyle, "Göreceğiz bakalım," dedi. Ulrichs'in sinirden kıpkırmızı kesildiğini fark eden Hedda von Herzfeld artık konuyu değiştirmenin iyi olacağını düşünüyordu.

"Şu Miklas'ın demin söylediği ne biçim şeydi öyle? Bu çocuğun Yahudi düşmanı ve nasyonal sosyalistlerle alakası olduğu doğru demek?" "Nasyonal sosyalist" derken yüzünü ölü bir sıçana dokunmuş gibi çarpıttı. Schmitz küçümseyerek gülümserken Kroge, "Böyle biri şu sıra işimize yarayabilir!" dedi. Ulrichs önce Miklas onları dinliyor mu diye yandan bakıp emin olduktan sonra kısık sesle konuştu: "Hans aslında iyi adamdır, biliyorum, çünkü onunla çok sohbet etmişliğim var. Onun gibileriyle çok ilgilenmek, dikkat göstermek lazım – o zaman belki iyi tarafa çekilebilir. Onu tamamen kaybettiğimizi sanmıyorum. Dik başlılığı, sürekli mutsuzluğu yanlış anlaşıldı – ne dediğimi anlıyor musunuz?" Frau Hedda başını salladı. Ulrichs hırsla fısıldıyordu: "Böyle bir gencin kafasında her şey karışık, her şey belirsizdir; bugün şu Miklas gibi milyonlarcası dolanıyor etrafta. Bunlarda her şeyden önce bir nefret var, bu da iyi bir şey, çünkü mevcut düzene karşı. Ama gün gelir bu çocuk bir talihsizlik yaşayıp aklını çelen adamların ellerine düşerse, onun iyi nefretini bozarlar. Bütün kötülüklerin suçu Yahudilerde ve Varsay Antlaşması'nda derler, o da bu zırvalara inanıp nereye giderse gitsin asıl suçlunun kim olduğunu unutur. Meşhur bir şaşırtma manevrası, bir şey bilmeyip adamakıllı da düşünemeyen tüm bu kafası karışık gençlerde başarılı olur. Sonra da bir yığın talihsiz adam kös kös oturup nasyonal sosyalistlerin hakaretlerini işitmeye göz yumar!"

Dördü birden odanın en ücra köşesindeki bir masada şişman ve yaşlı suflöz Frau Efeu, kısa boylu gardıropçu Willi Böck ve sahne perdecisi Herr Knurr'un yanında oturan Hans Miklas'a doğru baktı. Herr Knurr'un yaka kıvrımının altında gamalı haç sakladığı, şahsi dairesinin de kapıcı locasına asmaya cesaret edemediği nasyonal sosyalist Führer'in resimleriyle dolu olduğu iddia ediliyordu. "H. S. T."ye girip çıkmayan, karşıdaki bir birahanede kendi masaları olan –Ulrichs de onları bazen orada ziyaret ediyordu– komünist sahne çalışanlarıyla Herr Knurr şiddetle tartışıyor, kavga ediyordu. Höfgen bu çalışanların masasına yanaşmaya neredeyse hiç cüret edemiyor, monoklüne gülerler diye korkuyordu. Diğer taraftan milliyetçi Herr Knurr'un varlığından ötürü "H. S. T."de ağzının tadı hepten kaçmıştı. Höfgen onun hakkında, "Bu lanet küçük burjuva," diyordu, "bakirenin, kendini hamile bırakacak herifi beklemesi gibi önderini ve kurtarıcısını bekliyor! Kapıcı locasının oradan geçmem gerekirken ceket kıvrımının altındaki gamalı haçı düşününce tüylerim diken diken oluyor..."

Hâlâ Hans Miklas konusunda olan Otto Ulrichs, "Tabii çok kötü bir çocukluk geçirmiş," dedi. "Bir defasında anlatmıştı bana. Aşağı Bavyera'da karanlık bir delikte büyümüş. Babası Dünya Savaşı'nda ölmüş, annesi de asabi, aklı başında olmayan birine benziyor, oğlu tiyatroya gitmek isteyince ortalığı ayağa kaldırıyor – tahmin edersiniz. Adam hırslı, çalışkan, kabiliyeti de var; çoğumuzdan fazla şey öğrenmiş. Başta müzisyen olacakmış, kontrpuan öğrenmiş, piyano da çalabiliyormuş, akrobasi, step dansı, akordeon, her şeyi biliyor.

Bütün gün çalışıyor, hâlbuki muhtemelen hasta, öksürüğü hiç hayra alamet değil. Elbette haksızlığa uğrayacağını, pek başarılı olamayacağını, kötü rollerde oynayacağını düşünüyor. Ona karşı bir olduğumuzu sanıyor, şu sözümona siyasi görüşü yüzünden."

Ulrichs dikkat ve ciddiyetle hâlâ genç Miklas'a doğru bakıyordu.

Birden, "95 mark aylık," deyip sandalyesinde aniden huzursuzca kıpırdanmaya başlayan müdür Schmitz'e tehdit eder gibi baktı. "Bu parayla namuslu yaşamak zor." Artık Herzfeld de Miklas'a dikkatle bakıyordu.

Hans Miklas ne zaman, sanatçı tiyatrosunun, "Yahudileşmiş" ve "Marksist" dediği yönetiminin kendisine alçakça haksızlık ettiğini düşünse, gardıropçu Böck'ün, suflöz Efeu'nun ve Herr Knurr'un yanına otururdu. Hele Höfgen yok muydu, o "iğrenç salon komünisti"nden nefret ediyordu. Miklas'a göre Höfgen kıskanç ve kendini beğenmişti, kibirliydi, her şeyi oynamak istiyordu ama bilhassa onun, yani Miklas'ın rollerini çalıyordu. Bezgin oğlan, "Moritz Stiefel'i bana bırakmamış olması alçaklık," dedi. "Zaten 'Baharda Uyanmak' piyesini kendi sahneledi, neden bir de en iyi rolü kapıyor? Bizim gibilere bir şey kalmıyor. Alçaklık bu! Hem Moritz için çok şişman ve yaşlı. Kısa pantolonla gülünç duracak." Miklas kendi ince ve adaleli bacaklarına öfkeyle baktı.

Fırça gibi kısacık kestirdiği saçları sapsarı ve çok sert duran, sulu gözlü, aptal herifin teki olan gardıropçu Böck bira bardağının üzerinden kıkırdıyordu. Artık, lise öğrencisi olarak komik görünecek Hendrik Höfgen'e mi yoksa genç Hans Miklas'ın aciz öfkesine mi gülüyordu, kimse bilmiyordu. Suflöz Efeu ise infiale kapılmıştı, bu alçaklıktır diye Miklas'ı teyit ediyordu. Bu şişman, yaşlı kadının genç adama duyduğu anne şefkati Miklas'a pratik faydalar sağlıyordu. Hem kadın siyasi olarak da aynı fikirleri paylaşıyordu. Çoraplarını yamıyor, onu akşam yemeğine davet ediyordu; ona sucuk, jambon, turşu hediye ediyordu. "Kilo al diye, delikanlı" deyip müşfik müşfik bakıyordu. Hâlbuki en çok hoşuna giden yanı pek iri olmayan, idmanlı, elastik, sırım gibi vücudunun cılızlığıydı. Gür ve koyu sarı saçları kafasının arkasında inatla dikilince Efeu, "Sokak çocuğu gibi duruyorsun!" der, çantasından tarağını çıkarırdı.

Hans Miklas sahiden de sokak çocuğu gibi duruyordu, durumu pek iyi olmayan ve yorgunluğunun hakkından dik başlılıkla gelen biri gibi göründüğüne şüphe yoktu. Hayatı zahmetle geçiyor, bütün gün çalışıyor, zayıf bedenine çok yükleniyordu; muhtemelen gerginliği ve genç yüzünün karanlık, reddedici ifadesi de bundan kaynaklanıyordu. Yüzünde fena renkler vardı; çıkık elmacık kemiklerinin altında siyah çukurlar görülüyordu, avurtları o derece çökmüştü. Renkli gözlerinin etrafındaki halkalar da neredeyse kapkaraydı. Oysa temiz, çocuksu alnı, solgun ve hassas bir aydınlıkla ışımış gibiydi; ağzı da ışıldıyordu ama sağlıksız, kıpkırmızı bir ışıltıydı: Bütün kanı, her şeyi reddedercesine büktüğü dudaklarında toplanmış, yüzünün kalanından çekilmiş gibiydi. Suflöz Efeu'nun bakışlarını pek alamadığı kalın ve baştan çıkarıcı bu dudakların altında kalan kısacık, biraz da eğik çenesi hayal kırıklığı yaratıyordu.

Efeu endişeyle, "Bu sabah provada yine korkunç görünüyordun," dedi. "Yanaklarındaki şu siyah, derin çukurlar! Öksürüğün! Boğuk boğuk geliyordu – yazık!"

Miklas kendisine acınmasına dayanamıyor, yalnız pek bir şey söylemese de böylesi acımaların hediyeye dönüşmesinden ve bu hediyeleri almaktan hoşlanıyordu. Efeu'nun yakınmalı sözlerini duymazdan geliyordu. Böcek'e, "Höfgen bütün akşam paravanın arkasında, gardırobunda saklanmış, doğru mu?" diye sordu.

Böck inkâr edemiyordu. Miklas, Höfgen'in davranışını öyle çocukça buldu ki adeta neşelendi. "Delinin teki, diyorum ya!" Bunu söylerken zafer kazanmış gibi gülüyordu. "Hepsi de kafası şuraya kadar omuzlarının arasında duran Yahudi bir kadın yüzünden!" Martin'in nasıl göründüğünü göstermek için kamburunu çıkarttı; Efeu gerçekten eğleniyordu. "Bir de yıldız olacak!" Alaylı bağırışıyla kastettiği Martin de olabilirdi, Höfgen de. Ona göre ikisi de imtiyazlı, Almanlara yakışmayan, aynı rezil güruha aitti. Pek temiz olmayan sıska ellerini kötü, ıstıraplı ve gergin genç yüzüne dayayarak, "Şu Martin yok mu!" diye konuşmaya devam etti. "Salon komünisti laflarını temcit pilavı gibi ısıtıp ısıtıp öne sürebilir, her akşam bin mark alıyor ne de olsa. Çete bunlar! Ama hepsini ortadan kaldıracaklar – Höfgen de anlamak zorunda kalacak!"

Normalde kantinde böyle tehlikeli laflar etmezdi, hele de Kroge yakınlardayken. Ama bugün kendini kaybetmişti – elbette bağıra bağıra da konuşmuyordu. Sözleri hararetli bir fısıltı seviyesinde kalıyordu. Böck sulugöz bakarken, Efeu ile Herr Knurr takdir ederek başlarını sallıyorlardı. Miklas yine sessiz ama ihtirasla, "O gün gelecek," dedi, renkli gözleri siyah halkaların arasından kor kor yanmaya başladı. Sonra felaket şekilde öksürüğü tuttu, Frau Efeu sırtına ve omuzlarına vuruyordu. Korkuyla, "Yine boğuk boğuk öksürüyor," dedi. "Sanki ta göğsünün derinlerinden geliyor öksürük."

Dar lokal duman altı olmuştu. Motz, "İçerde nefes alınmıyor," diye yakındı. "Buna en güçlü adam bile dayanmaz. Ya sesim ne olacak! Çocuklar, beni yarın yine doktor sandalyesinde görebilirsiniz." Kimsenin onu doktor sandalyesinde göresi yoktu. Hatta Rahel Mohrenwitz'in alay ederek, "Tüh, koloratur şarkıcımız!" demesiyle zaten Rahel'den pek hazzetmeyen Motz ona fena baktı. Petersen bu bakışın nedenini biliyordu. Onu daha dün baştan çıkarıcı kızın gardırobunda bulmuşlardı, Motz da ağlayıvermişti. Bugünse monoklü ve gülünç saçlarıyla gururlanan aptal bir kadının keyfini kaçırmasına hiç niyeti yoktu. Bunun yerine ellerini karnında kavuşturup keyfi yerindeymiş gibi davrandı. İçtenlikle, "Burası pek hoş," dedi. "Değil mi, Hansemann Baba?" Kantinciye göz kırptı, 27 mark borcu vardı ona, adam bu yüzden karşılık vermedi. Hemen sonrasında Petersen biftek, yanına da sahanda yumurta ısmarlıyor diye dehşete kapıldı. "Biraz sucuk yetmezdi sanki!" Gözlerine öfke yaşları dolmuştu. Motz ile Petersen arasında çok kavga gürültü olurdu, çünkü kız arkadaşına göre baba figürü oyuncusu olmak savurganlığa meylediyordu. Petersen hep pahalı şeyler söylüyordu, dağıttığı bahşişler de çok fazlaydı. "Tabii: Sahanda yumurtadan aşağısı kurtarmaz!" diye ağlaşıyordu Motz. Petersen, adam dediğin iyi beslenecek, diye mırıldanıyordu. Motz ise nevri dönüp aniden öfkeli bir alayla Mohrenwitz'e, acaba Petersen ona bir şişe sek mi ikram etti, diye sordu. Motz, "Veuve Cliquot, en iyisinden!" diye bağırıp tüm garazıyla, sekin markasını salon kadını olduğunu haklı çıkaran bir zarafetle telaffuz etti. Mohrenwitz cidden alınmıştı. "Rica ederim ama!" diye tiz sesiyle bağırdı. "Şaka mı bu?" Monoklü gözünden kaydı, sinirden kıpkırmızı olan ablak yüzü bir anda şeytaniliğini yitirdi. Kroge hayretle başını kaldırmıştı, Frau von Herzfeld alayla gülümsüyordu. Yakışıklı Bonetti ise Motz'un, hemen arkasından kapışma hevesiyle yanlarına yaklaşan Mohrenwitz'in omzuna vurdu. Ağzının etrafında hepten yorgun ve tiksintili kırışıklar belirerek, "Dalaşmayın çocuklar!" diye tavsiyede bulundu. "Bundan bir şey elde edemezsiniz. Gelin, kart oynayalım."

O an boğuk bağırışlar gelmeye başladı, herkes açılan kapıya döndü. Dora Martin eşikte dikiliyordu. Arkasında, kraliçenin maiyeti gibi, beraber seyahat ettiği ekip arkadaşları itişiyorlardı.

Dora Martin gülüyor, Hamburg Sanatçı Tiyatrosu'nun tüm mensuplarına el sallıyordu; bu sırada boğuk sesiyle, bütün ülkedeki binlerce genç aktrisin taklit ettiği o meşhur tarzıyla, her cümlede birkaç kelimeyi iyice uzatarak seslendi: "Çocuklar, davetliyiz, *pek* sıkıcı bir gala, *acayip* yazık oldu, ama gitmemiz *lazım*!" Kendi konuşma tarzını parodi etmek ister gibiydi, hecelerin uzunluğuyla başına buyruk oynuyordu. Ama bu herkesin hoşuna gidiyordu, Martin'i pek çekemeyenlerin, mesela genç Miklas'ın bile. İnkâr edilemezdi: İçeri girişi büyük etki uyandırmıştı. Açık ve zeki alnının altındaki çocuksu ve bir muammayı andıran irice açılmış, derin gözleri herkesi şaşırtıp büyülüyordu; Hansemann Baba bile budalaca, baştan çıkmış bir halde gülümsüyordu. Eskiden Martin'le arkadaş olan Frau von Herzfeld seslendi: "Çok yazık, Doracığım. Biraz olsun yanımıza oturamaz mısın?" Hedda'ya duyulan saygı Martin'le senli benli olduğu için artıyordu. Martin gülümseyen yüzünü hayır makamında salladı, yüzü kahverengi kürkünün kalkık yakası arasında neredeyse kayboluyordu, çünkü omuzlarını çok kaldırıyordu. "*Çok* yazık!" diye kuğurdu, başını sallamasıyla üzerine şapka takmadığı dalgalı saçlarının kızıl perçemi uçuştu. "Ama zaten *epey* geciktik!"

O sıra arkadan biri maiyeti arasından ite kaka geçti. Birden bire ortaya çıkan kişi Hendrik Höfgen'in ta kendisiydi. Sahnede monden rollerde giydiği ve yakından bakıldığında hayli yıpranmış ve lekeli intibaı uyandıran smokini vardı üzerinde. Omuzlarına ipekten beyaz bir şal atmıştı. Nefes nefeseydi, aceleden alnı ve yanakları kızarmıştı. Telaşla, ipek şalı uçuşarak tiyatro yıldızının eline eğilirken bedenini sarsan, delicesine bir samimiyetten de mahrum olmayan asabi gülüşü çok rahatsız edici bir izlenim bırakıyordu. Monoklünün şaşırtıcı şekilde sabit durduğu yüzü hâlâ kadının eli üzerindeyken ve hâlâ ihtirasla gülerken, "Affedersiniz" deyiverdi. "Muhteşem. Çok geciktim –şimdi neler düşüneceksiniz hakkımda– muhteşem bir şey..." Kahkahası vücudunu sarsıyor, yüzü gittikçe kızarıyordu. "Ama bu akşamdan ne kadar keyif aldığımı söylemeden," bu sırada nihayet doğruldu, "gitmenize izin vermeyecektim – ne kadar harikaydı!" Gülmekten yerinde duramamasına yol açan o acayip komik şey sanki birden yok olmuş, suratı da epey ciddileşmişti.

Biraz gülme sırası artık Dora Martin'deydi, Dora epey kısık ve büyüleyici bir gülücük attı.

"Yalancı!" dedi, inatla yaydığı "ı" sesini bir türlü bırakmıyordu. "Tiyatroda değildiniz ki! Saklandınız!" Bunu söylerken domuz derisi sarı eldiveniyle ona hafifçe vurdu. "Ama ziyanı yok," diyerek ışıl ışıl gözlerle baktı. "Çok marifetli olduğunuz söyleniyor."

Höfgen şaşkınlık veren bu tespitten önce o kadar korktu ki al al yüzünün rengi kaçtı. Sonra duygulu gelen bir sesle, "Ben mi? Marifetli mi? Asılsız bir dedikodu bu..." dedi. Sesli harfleri o da uzatabiliyordu, sadece Dora Martin'in becerebildiği bir şey değildi bu. Konuşmasındaki cilvenin kendine has bir tarzı vardı, birilerini taklit etmeye hiç ihtiyacı yoktu. Dora Martin kuğuruyor, Höfgen ise yapmacık yapmacık şakıyordu. Bu sırada, provalarda ayıp sahneleri oynayan kadınlara sunduğu gülümsemesi vardı yüzünde: Dişlerini gösteren bu gülümseme oldukça bayağıydı. Höfgen buna "pis" gülümseme diyordu. (Provalarda Rahel Mohrenwitz'e veya Angelika Siebert'e "daha pis –anlıyor musun, tatlım?– daha pis!" diye tembihliyor, nasıl yapılacağını gösteriyordu.)

Dora Martin de dişlerini gösteriyordu ama ağzı bebek gibi konuşurken ve kafası, yukarı kaldırdığı omuzlarının arasında cilveli cilveli uzanırken iri, zeki ve hüzünlü gözleri Höfgen'in yüzünde bir şeyler arıyordu. Sessizce, "Kabiliyetinizi ispatlayacaksınız!" dedi, bir saniyeliğine yalnızca bakışları değil, yüzü de ciddileşti. Ciddi, neredeyse tehditkâr bir ifadeyle, Höfgen'e başını salladı. Daha on beş dakika önce paravanın ardında saklanan Höfgen, Martin'in bakışlarına karşılık verebiliyordu. Sonra Martin yeniden güldü, kuğuruyordu: "*Çok* geç kaldık!" diye işaret edip maiyetiyle birlikte gözden kayboldu. Höfgen kantine girmişti.

Dora Martin'le karşılaşmak Höfgen'i mucizevi şekilde neşelendirmişti, artık bayram havasındaymış gibiydi. Çehresinden lütufkâr bir parıltı yayılıyordu. Şimdi herkes, demin Berlinli yıldıza bakarken nasıl hislerine yenik düşmüşse aynı hisle ona bakıyordu. Höfgen, müdür Kroge ile Frau von Herzfeld'e selam vermeden önce gardıropçu Böck'ün yanına gitmişti. "Dinle, sevgili Böck," diye şakıdı, insanı ayartırcasına dikiliyordu ortalıkta, elleri pantolonun ceplerinde, omuzları kalkık, dudaklarında da pis gülümsemesi vardı, "Bana *en azından* yedi buçuk mark borç vermelisin. Adamakıllı bir akşam yemeği yemek istiyorum ve içimden bir his, Hansemann baba bugün nakit isteyecek, diyor." Işıldayan mücevherlere benzeyen gözleriyle ve mor burnuyla, tezgâhın arkasında kıpırdamadan oturan Hansemann'a şüpheyle ve ters ters baktı.

Böck ayağa fırlamış, Höfgen'in bir taraftan masumane, diğer taraftan ürpertici talebinden korkmasıyla gözleri daha sulanmış, yanakları da koyu kırmızıya dönmüştü. Hafiften heyecanlı bir halde ceplerini karıştırır ve Hans Miklas da nefretle kısılan gözleriyle olup biteni seyrederken ufak Angelika duruma hızla müdahale etti. Çabucak ve çekinerek, "Hendrik!" dedi, "Paraya ihtiyacın varsa sana ayın birine kadar elli mark verebilirim!" Höfgen'in gözleri hemen balık gözü gibi donuklaştı. Omzunun üstünden kibirle, "Erkeklerin işine karışma, küçüğüm. Böck seve seve verir," dedi. Siebert yaşlı gözlerle geri çekilirken gardıropçu, heyecanla başını salladı. Höfgen, Böck'ün gümüş paralarını teşekkür etmeden özensizce cebe indirdi; beyaz ipek şalı hâlâ omuzlarında, salına salına lokali adımlarken Miklas, Knurr ve Efeu kaşları çatık, Böck şaşkına dönmüş, Angelika da ağlayarak peşi sıra baktılar. Zaferle gülümseyen yüzünü müdürlerin masasına çevirerek, "Yoksa Schmitz baba beni aç mı bırakacak," dedi. Oraya geçince bazıları selam verdi; Kroge bile kendini biraz gürültülü, çok gerçekçi olmayan bir içtenliğe zorladı. "N'aber, yaşlı şeytan? Akşamı atlatabildiniz mi bari?" Ağzının etrafındaki kedilerinkini andıran kırışıklar aynı Motz'unkiler gibi belirginleşti, gözlük camlarının ardındaki bakışları sahteleşti;

birden yalnız kültür politikasıyla alakalı denemeler ve övgü şiirleri yazmadığı, otuz yıldan fazladır tiyatroyla da alakası olduğu fark edildi. Höfgen ve Otto Ulrichs samimiyetle, tek laf etmeden, uzun uzun el sıkıştılar. Müdür Schmitz şaşırtıcı yumuşaklıktaki hoş sesiyle, şakayla karışık önemsiz bir şeyler söyledi; Frau von Herzfeld ise sebepsiz yere alayla gülümsedi, kehribar rengi gözleri bu esnada samimiyetten yaşararak, adeta yalvarırcasına Hendrik'e yönelmişti. Hendrik'in akşam yemeği tercihinde kendisine danışması, Hendrik'e yanaşıp ağır ağır nefes alan göğsünü ona yaklaştırması için bahane oldu. Hendrik'in pis gülümsemesi onu yıldırmıyor gibiydi: Frau von Herzfeld buna alışkındı, bu gülümseme hoşuna gidiyordu.

Hansemann Baba siparişi alırken Höfgen "Baharda Uyanmak" mizanseninden bahsediyordu. "Düzgün bir şey olacak, sanırım," dedi ciddiyetle; bu sırada meraklı gözlerini, bir komutanın birliklerinin üstünde gezdirmesi gibi lokaldeki oyuncuların üstünde gezdiriyordu. "Siebert'in Wendla'da bozabileceği bir şey yok; Bonetti ideal bir Melchior Gabor değil ama üstesinden gelir; bizim şeytani Mohrenwitz birinci sınıf bir Ilse rolü çıkarır." Bir mesele hakkında laf olsun diye değil de şimdiki gibi ciddiyetle konuşmasına sık rastlanmıyordu. Kroge dikkatle, biraz da şaşırarak kulak kabarttı. Havayı bozan yine Herzfeld oldu; kocaman, ince tüylü, pudralı yüzü Höfgen'in hemen dibinde, hiciv ve yalakalık arası bir tonla, "Moritz Stiefel'e gelince – demin en yetkili makamdan, bizzat Dora tarafından tespit edildiği üzere, bu rolü emanet ettiğimiz genç oyuncu pek yeteneksiz sayılmazmış..." dedi. Kroge hoşlanmayarak alnını kırıştırdı; Höfgen ise bu takılmayı duymazdan geliyor gibiydi. Herzfeld'in suratına, "Ya siz Frau Gabor rolünde nasıl olacaksınız acaba, azizim?" diye sordu. Bu açıktan, kaba bir alaydı. Frau Hedda'nın yeteneksiz bir oyuncu olduğu malumdu, bundan ıstırap duyduğunu da herkes bilirdi. Kurnaz kadının, mütevazı anne rollerinde bile olsa sahneye çıkmayı bir türlü bırakamamasıyla da dalga geçmekten hoşlanırlardı. Hendrik'in terbiyesizliği üzerine kayıtsızca omuz silkmeye çalıştı, fakat bunu yaparken genç olmayan suratının ablaklığına mora çalan bir kırmızılık sıçradı. Kroge bunu gördü, şefkat de denebilecek bir acımayla yüreği burkuldu. Frau von Herzfeld'le yıllar önce bir ilişkisi olmuştu.

Ulrichs konuyu değiştirmek veya zihnini gerçekten meşgul eden konuya geçmek için pat diye Devrimci Tiyatro'dan bahsetmeye başladı.

Devrimci Tiyatro, Hendrik Höfgen'in idaresinde ve komünist bir organizasyonun himayesinde, pazar günleri öğleden önce yapılacak bir faaliyetler dizisi olarak planlanmıştı. Sahneyi başlı başına siyasi bir alet olarak gören Ulrichs, yılmaz bir tutkuyla bağlıydı bu projeye. Açılış temsili için seçilen piyesi baştan aşağı iyice gözden geçirmişti. "Yaptığımız işe partide cidden merak duyanlar var," diye açıklamada bulunurken anlamlı bir komplo bakışıyla Höfgen'e bakıp Kroge, Schmitz ve Herzfeld'i atladı, ama onların bunu işitmelerinden ve bundan etkilenecek olmalarından gurur duyuyordu. Ruhu, Devrimci Tiyatro fikriyle hep şüphe ve sıkkınlığa kapılan Kroge, "Hamburglular benim tiyatroyu boykot ederlerse parti bana tazminat ödemeyecek ama," diye homurdandı. "Evet," dedi sonra, "1918'de, o zamanlar böyle tecrübelere kalkışabilirdiniz. Ama bugün..." Höfgen ile Ulrichs kibirli, gizli bir anlaşmayla ve müdürlerinin küçük burjuva çekincelerine karşı küçümseme içeren bir bakışla birbirlerine baktılar. Bakışmaları oldukça uzun sürdü, Frau von Herzfeld bunu fark edince acı çekmeye başladı. Höfgen, nihayet bir baba edasıyla küçümseyerek yüzünü Kroge ile Schmitz'e döndü. "Devrimci Tiyatro bize zarar vermeyecek –kesinlikle vermeyecek–, inanın, Schmitz baba! Gerçekten iyi olan bir şey insana leke düşürmez asla. Devrimci Tiyatro iyi olacak, harika olacak! Ardında gerçek bir inancın, hakiki bir heyecanın olduğu bir çalışma herkesi ikna eder – tutkulu arzumuzu açıkladığımızda düşmanlarımız bile susacaktır." Gözleri parlıyor, biraz esrarengiz bakıyor, kendinden geçmişçesine, büyük kararların verildiği uzak diyarlara dalmış gibi görünüyordu. Çenesini gururla kaldırmıştı; geriye attığı solgun, hassas çehresinde zaferinden emin bir ışıltı vardı. Hedda von Herzfeld, 'Duygulanmak buna denir', diye düşündü. 'Ne kadar yetenekli olursa olsun, numara olamaz.' Bir miktar etkilendiğini saklayamayan Kroge'ye zaferle baktı. Ulrichs şen bir tavır takındı.

Herkes hâlâ dokunaklı coşkusunun etkilerine tutsak olmuş otururken Höfgen duruşunu ve ifadesini aniden değiştirdi. Şaşırtıcı şekilde gülmeye başladı, masanın üstünde duvarda asılı duran bir "kahraman baba" fotoğrafını işaret ediyordu: fotoğraftaki adam kollarını tehdit edercesine kavuşturmuştu, çatık kaşlarının altından mert bakışları ve genişçe sakalı dikkat çekiyordu, muhteşem bir avcı ceketinin kolları özenle açılmıştı. Hendrik yaşlı herifi ne kadar komik bulduğunu anlata anlata bitiremiyordu. Kahkahalar arasında salata neredeyse boğazında kalacakken Hedda sırtına vurduktan sonra güçbela, henüz Kuzey Almanya Gezici

Tiyatrosu'nda baba rolleri oynarken kendisinin de buna çok benzer, hatta neredeyse aynı göründüğünü söyledi.

Hendrik sevinçle, "Küçükken bile," dedi, "ihtiyar makyajıyla o kadar muhteşem duruyordum ki. Mahcubiyetten sahnede hep belim bükük yürürdüm. 'Haydutlar'da yaşlı Moor'u oynatmışlardı bana. Yaşlı Moor'la harika iş çıkarmıştım. Oğullarımdan her biri benden yirmi yaş büyüktü."

Yüksek sesle gülüp Kuzey Almanya Gezici Tiyatrosu'ndan bahsedince bütün masalardaki meslektaşları yanına koşturdu: Biliyorlardı ki şimdi sıra anekdotlardaydı, hem de bildik eski şeyler değil, yeni ve muhtemelen oldukça iyi anekdotlarda – Hendrik kendini pek tekrar etmezdi. Motz keyifle ellerini ovuşturdu, ağzının içindeki altını gösterip hiddetli bir neşeyle, "İşler şimdi güzelleşiyor işte!" dedi. Hemen sonra Petersen'e, duble konyak sipariş ettiği için haşin bir bakış attı. Rahel Mohrenwitz, Angelika Siebert ve yakışıklı Bonetti, hepsi Hendrik'in laf yapan ağzına bakıyordu. Miklas bile ister istemez dinliyor, tiksindiği adamın şakaları yüzünden huysuz ve inatçı küçük kahkahalar kopartıyordu. Yaramaz gözdesi eğlenince, şişman Efeu da neşelendi. Sandalyesini nefes nefese Hendrik'in yakınına taşıyıp "Sizin için sakıncası yoksa!" diye mırıldandı, ağır işittiği için çorap örgüsünü bırakıp sağ elini huni yaparak kulağına dayadı.

Harika bir akşam oldu. Höfgen tam formundaydı. İnsanları büyülüyor, etkiliyordu. Sanki birkaç meslektaşı değil de koca bir topluluk vardı karşısında; espri, cazibe ve anekdot hazinesini cömertçe ve taşkınca har vurup harman savuruyordu. Baba rolleri oynamak zorunda kaldığı o gezici tiyatroda neler olmamıştı ki! Motz'un gülmekten nefesi kesiliyordu. "Çocuklar, artık dayanamıyorum!" diye bağırdı ve Bonetti komik bir beyefendilikle, mendiliyle onu yellediği için Petersen'in yine sek ısmarladığını göremedi. Fakat Höfgen tiz sesle, ellerini çırparak ve acayip esrarlı gözlerle gezici tiyatrodaki genç duygusalı taklide başlayınca Hansemann Baba bile istifini bozdu, Herr Knurr ise sırıtışını mendiliyle saklamak zorunda kaldı. Buradan daha büyük zaferle çıkılmazdı. Höfgen anlatmayı bıraktı. Petersen'in ne kadar sarhoş olduğunu görünce Motz ciddileşti. Saat sabahın ikisiydi. Her zaman orijinal fikirler bulan Mohrenwitz, Hendrik'e dekoratif ve kıymetsiz bir şey olan uzun sigara ucunu hediye etti. "Bu akşam bu kadar eğlenceli olduğun için, Hendrik." Monoklü Hendrik'in monoklünde yansıdı. Bonetti'nin yanında duran Angelika Siebert'in burnundan kan çekildi, gözleri dolup biraz tehlikeli bir hal aldı.

Frau von Herzfeld, Hendrik'i kendisiyle bir fincan kahve içmeye davet etti. Hansemann Baba boşalan lokaldeki lambaları kapatmaya başlamıştı. Hedda için loş ışık avantajdı; zekâ fışkıran mülayim gözleri ile iri, yumuşak suratı daha genç görünüyor veya en azından yaşını belli etmiyordu. Bu artık yaşlanan, zeki bir kadının çehresi değildi. Yanakları artık tüylü değil, dümdüz görünüyordu. Şarklı miskinliğiyle yarı açık dudaklarındaki gülümseme artık alaycı değil, adeta baştan çıkarıcıydı. Frau von Herzfeld sessizce ve şefkatle Hendrik Höfgen'e bakıyordu. Kendisinin normalden daha cazibeli göründüğünü düşünmüyordu; yalnızca şakaklarındaki yorgun ıstırap çizgisi ve asil çenesiyle Hendrik'in suratının bu alacakaranlıkta solgun ve belirgin durduğunu fark ediyor, bunun tadını çıkarıyordu.

Hendrik dirseklerini masaya dayamış, ellerini uzatıp parmak uçlarını birbirine yaslamıştı. Bu iddialı duruşunu, sanki elleri çok güzel, gotik bir inceliğe sahipmiş gibi ortaya koyuyordu. Fakat Höfgen'in elleri katiyen gotik değildi, daha ziyade şakakların ıstırap çizgisini çirkin kabalığıyla bozmak ister gibiydi. Ellerinin tersi çok genişti, kızıl kıllarla kaplıydı; pek de temiz olmayan ve alabildiğine uzun ve köşeli tırnaklı parmakları da genişti. Ellere asalet yoksunu, neredeyse iştah kaçıran karakterini veren de zaten tırnaklarıydı. Adi malzemeden yapılmış görünüyorlardı: parça pinçik, çatlak, parıltısız, şekilsiz ve bombesizlerdi.

Ama alacakaranlığın avantajı bu kusur ve noksanları saklıyor, yeşilimsi gözlerinin dalgın duruşunu esrarengiz ve çekici gösteriyordu.

Uzun bir suskunluktan sonra Herzfeld içtenlikle ve hafifçe, "Ne düşünüyorsunuz, Hendrik?" diye sordu.

Höfgen kısık sesle cevap verdi: "Bence Dora Martin doğru söylemiyor..." Hedda soru sormadan ve karşı çıkmadan, üst üste koyduğu ellerinden öteye, karanlığa doğru konuşmasına izin verdi. Alacakaranlığa doğru, "Kendimi ispatlamayacağım," diye yakınıyordu. "İspatlayacak bir şeyim yok. Asla birinci sınıf olmayacağım. Taşralıyım ben." Sesi kesildi, bu tuhaf vakitte yaptığı itiraflardan ve idrak ettiği şeylerden kendi bile korkuyormuş gibi dudaklarını sıkıyordu.

Frau von Herzfeld yumuşak bir sitemle, "Bu kadar mı?" diye sordu. "Başka şey düşünmüyor musunuz? Yalnızca bu mu yani?" Höfgen ses çıkarmayınca, 'Evet, galiba zihnini meşgul eden tek şey bu. Az önceki siyasi tiyatro ve devrim heyecanı – onlar da komediymiş demek,' diye düşündü.

Bunu keşfetmek içini hüsrana boğdu, fakat tuhaf bir şekilde tatmin olduğunu da hissediyordu.

Hendrik gizemle, gözlerini harelendirdi, verecek cevabı yoktu.

Yanındaki kadın, "Küçük Angelika'ya nasıl eziyet ettiğinizi fark etmiyor musunuz acaba?" diye sordu. "Başkalarına ıstırap çektirdiğinizi hissetmiyor musunuz hiç? Bir gün bütün bunların bedelini ödeyeceksiniz." Yakınan ve aranan bakışlarını üzerinden ayırmadı. "Bir gün cezasını ödemeniz ve sevmeniz lazım."

Şimdi bunu söylediğine utanıyordu. Bu kadarı kesinlikle çok fazlaydı, kendinden geçmişti. Hendrik onu şaşırtmış, kendisini fena sırıtmalarla, alaycı sözlerle cezalandırmamıştı. Bakışları daha ziyade esrarengiz, hareli ve donuktu, acil sorularına bir cevap, şüphelerine teskin ve kendisini gelecekte büyük gösteren bir fotoğraf ararcasına karanlığa takılıydı.

II

Dans Saati

Hendrik ertesi günkü provanın başlangıcını saat dokuz buçuğa koymuştu. Gruptakiler "Baharda Uyanmak" oyunundaki sürelerine göre kısmen havadar sahnede, kısmen de az aydınlatılmış ön sıralarda toplandılar. Yaklaşık on beş dakika bekledikten sonra Frau von Herzfeld, saat dokuzdan beri büroda müdür Schmitz ve Kroge'yle konuşan Höfgen'i gidip almaya karar verdi.

Höfgen daha içeri girerken herkes, bugün havasında olmadığını fark etmişti – dün akşamki hoşsohbet adamdan eser yoktu. Omuzlarını asabi asabi kaldırmış, ellerini pantolonun ceplerine sokmuş Höfgen, ön sıraları aceleyle geçip gerginlikten neredeyse kısılmış bir sesle metnin bir nüshasını rica etti: "Benimki evde kalmış." Unutkan ve dalgın olduğu için, oradaki hemen herkese hafif ama koyu bir sitemde bulunan kırgın bir ses tonuyla konuşmuştu. "Artık rica etsem?" Hem küçümseyici kısıklıkta hem keskin bir sesle konuşmayı başarıyordu. "Kimsede bana verecek metin yok mu?"

Ufak Angelika kendisininkini uzattı. Kızararak, "Metne ihtiyacım kalmadı benim," dedi. Hendrik teşekkür edeceği yerde kısaca, "Öyledir umarım!" diyerek sırtını döndü.

Gömlek yerine taktığı –veya şayet gömleği varsa onu sakladığı– kırmızı ipek şalın üstündeki suratı solgun duruyordu. Bir gözü, yarı kapalı gözkapağının altından küçümser ve kötücül bir tavırla bakıyor, diğer gözünün önünde monoklü parlıyordu. Birden, çok yükselen, içe işleyen, biraz da zangırdayan ve buyurgan bir sesle, "Başlayalım!" diye bağırdığında herkes şöyle bir irkildi.

Diğerleri sahnede çalışırken o, seyirci tarafında koşturuyordu. Moritz Stiefel'i –kendine ayırdığı rolü– oynayacağı kısımda yapacak pek işi olmayan Miklas'a oynatıyordu. Bunda büyük bir fenalık bulunabilirdi, çünkü zavallı Miklas'a kalsa Moritz'i her şeyden çok oynamak isterdi. Diğer yandan Höfgen, kışkırtıcı bir kibirle, kendisinin bir şeyler prova etmeye veya hazırlanmaya hiç mi hiç ihtiyacı olmadığını ima etmek ister gibiydi: Rejisördü o, bütün bunların üstündeydi; mahareti de dehası kadar büyüktü, kendi rolünü elinin tersiyle hallederdi; kasvetli lise öğrencisi, ümitsiz âşık, müntehir Moritz Stiefel'in nasıl kavranıp oynanacağını ancak genel provada görüp duyacaklardı.

Oysa Wendla'nın genç kız, Melchior'un genç oğlan, Gabor'un anne olarak nasıl oynanacağını şimdi gösterecekti. Şaşırtıcı bir çeviklikle sahneye sıçradı ve gerçekten de sabah güneşinin vurduğu bahçeye girip sevgilisi için tüm dünyayı kucaklamak isteyen narin kıza, yaşamaya aç, gururlu oğlana, zeki ve endişeli anneye dönüşüverdi birden. Sesi şefkatli, kabına sığmaz veya efkârlı çıkabiliyordu. Bir anda çocuk gibi, hemen sonrasındaysa yaşlı mı yaşlı görünmeyi başarabiliyordu. Muhteşem bir oyuncuydu.

Kaşlarını kısmen sinirle kısmen saygıyla kaldıran yakışıklı Bonetti'ye veya gözyaşlarıyla mücadele eden mütevazı

Angelika'ya, insanda kabiliyet oldu mu, rolüyle neler yapabileceğini etkili bir şekilde gösterince, yorgun argın ve küçümser bir edayla suratını asıyor, monoklünü gözüne yerleştirip ön sıralara geri dönüyordu. Açıklamalarına, aranjmana ve eleştirilerine oradan devam ediyordu. Alay ederek küçümseyen sözlerine maruz kalmayan yoktu, Frau von Herzfeld bile fırça yedi –yüzünü buruşturup alaycı bir gülümsemeyle de sineye çekti– ufak Angelika defalarca gözyaşlarına boğularak kulise çekilmişti; Bonetti'nin alnında öfkeden şişen damarları görülüyordu ama öfkesinden suratında siyah çukurlar çıkaran Hans Miklas'tan daha derinden ve tutkulu kızan kimse yoktu.

Herkes acı çekince Hendrik'in keyfi gözle görülür seviyede yerine geldi. Öğle arasında kantinde Frau von Herzfeld'le heyecanlı heyecanlı sohbet ediyordu. Saat iki buçukta ekibi tekrar çalışmaya çağırdı. Saat üç buçuğa geliyordu ki yakışıklı Bonetti tiksinerek dudak büktü, ellerini pantolonun ceplerine sokup şımarık bir çocuk gibi mızmızlanarak, "Bu eziyet daha ne kadar sürecek?" diye sordu. Bunun üzerine Höfgen mahvedici bir bakış atıp şöyle dedi: "Ne zaman biteceğine ancak ben karar veririm!" Ardından güzel çenesini iyice yukarı kaldırdı. Gözü korkmuş gruba, hem yaşlı hem de gergin bir dadının soluk yüzünü anımsatan, asil ve asabi bir zorbanın çehresini gösteriyordu. Herkes korkuyor, hele ufak Angelika'nın sırtından terler boşanıyordu. Birkaç saniyeliğine alçakgönüllü bir hareketsizlik içinde kaldılar, efendilerinin azat edici jestine soluk alıp vererek tepki veriyorlardı. Hendrik alkışlayıp merhametli bir neşeyle boynunu bükmeye tenezzül etti. "Devam edelim!" diye bağırırken sesinde hemen hemen kimsenin karşı koyamadığı o tiz madeni ses vardı. "Nerede kalmıştık?"

Usulca bir sonraki sahneyi prova ettiler; daha sonuna gelmeden Hendrik kol saatine baktı. Saat dörde çeyrek vardı. Bunu görünce öyle kaygılandı ki karnına ağrılar girdi. Aklına saat dörtte evinde Juliette'yle buluşacağı gelmişti. Gruba aceleci ve nazik sözlerle artık bitirmeleri gerektiğini haber verdiğinde bir yerlerine kramp girmiş gibi gülümsedi. Bir şeyler sormak için somurtarak kendisine yaklaşan genç Miklas'ı aceleyle reddetti. Karanlık sıraların arasında çıkışa doğru koştu, tiyatronun ana girişiyle kantin arasındaki dik yolu koşarak kat etti, nefes nefese "H. S. T."ye vardı, kahverengi deri paltosunu ve yumuşak gri şapkasını askıdan aldığı gibi orayı derhal terk etti.

Pardösüsünü ancak sokakta giydi. Bir yandan da düşünüyordu. 'Ne kadar acele edersem edeyim yayan gidersem birkaç dakika gecikeceğim. Julietteçiğim beni korkunç karşılayacaktır. Taksi ya da tramvay. Ama cebimde yalnız beş mark var. Juliette'ye sunabileceğimin asgarisi. Öyleyse taksi düşünülemez, tramvay da öyle, çünkü geriye dört mark seksen beş fenik kalır; Julietteçiğim için çok az, hem de madeni para, bundan beni kesinlikle men etmişti.'

Bunları düşünürken hızını hiç kesmemiş, aslında araba tutmayı veya tramvaya binmeyi ciddi ciddi düşünmemişti, çünkü beş markı bozdursa kız arkadaşı gerçekten kızacaktı, halbuki küçük gecikmesine göstereceği sözümona şiddetli öfke, beraberliklerinin neredeyse kaçınılmaz bir parçasıydı.

Açık ve çok soğuk bir kış günüydü, Hendrik önünü kapatmayı unuttuğu hafif, deri paltosuyla üşüyordu. Bilhassa elleriyle ayaklarının üşüdüğünü hissediyordu; eldiveni yoktu, ayakkabı namına giydiği sandalet gibi tokalı pabuçlar kesinlikle mevsime uygun değildi. Isınmak ve zaman kazanmak için, oldukça tuhaf hoplayıp zıplamalara benzer iri adımlar atıyordu. Yoldan geçenlerin çoğu garip genç adamın peşinden gülümseyerek veya tasvip etmeyerek bakıyordu; Höfgen hafif ve orijinal ayakkabılarıyla yarı deli, yarı tanrı niteliğinde görünen bir çabuklukla hareket ediyordu. Ayrıca yalnız hoplayıp zıplamıyor, bir de üstüne kâh Mozart'tan kâh revaçtaki operetlerden melodilerle şarkı söylüyordu. Koşan adamımızın şarkılarına ve sıçramalarına öyle her gün görülemeyecek türlü el kol hareketleri eşlik ediyordu. Şimdi de bir menekşe demetini havaya fırlatıp yakalayarak oyun oynuyordu. Demet, paltosunun en üst iliğine iliştirilmişti, gruptaki hayranlarından biri olmalıydı; bu narin hediye galiba ufak Angelika'dan geliyordu.

Hendrik ulu orta zıplayıp şarkı söyleyerek milleti eğlendirip bir yandan da kızdırırken, o miyop ve sevecen varlığı düşünüyordu. Olan bitenleri ise fark etmiyordu, burjuva bir kadın diğerini dürterek kulağına fısıldadı: "Tiyatrodakilerden biri herhalde?" Diğeri de kıkırdadı: "Elbette sanatçı tiyatrosunda oynayan şu Höfgen. Baksana şekerim, ne gülünç hareketler yapıyor, kendi kendine konuşup duruyor!" İkisi de güldü, sokağın öbür yanındaki birkaç yeni yetme delikanlı da gülüyordu. Hendrik ise –kendini beğenmişliğinden ve mesleğinden ötürü, hareketlerine insanların ne tepki verdiğine dikkat edip hafızasında tutmaya alışkın olmasına rağmen– bu defa ne kadınları ne de liselileri fark etti. Soğukta şen şakrak koşması ve Juliette'yle buluşmaktan duyduğu sevinç hafif bir sarhoşluk hali vermişti. Artık böylesi coşkulu ruh halleri ne kadar az düşüyordu nasibine! Eskiden, evet, eskiden sık sık, belki de neredeyse hep böyle kanatlanmış ve kendini kaybetmiş gibi davranırdı. Yirmi yaşında, gezici tiyatroda babaları ve olgun kahramanları oynarken, o zamanlar neşeli gün nedir, bilirdi. O zamanlar taşkınlığı, oyunbazlığı ikbal hırsından güçlüydü. Uzun zaman olmuştu; belki de artık, çoğu zaman sandığı kadar uzun değildi. Gerçekten bu kadar değişmiş miydi? Şimdi, şu keyifli saatinde hırs namına bir şey bildiği yoktu. Hırs ve büyük kariyer kavramları şu an aklına gelse gülüp geçerdi. Şu an aklında bir tek, güneşli ve temiz hava ile gençliği, bir de birazdan sevgilisinin yanında olacağı vardı.

Bu güzel ruh hali onu iyiliksever birine dönüştürdü, mesela sürekli hor görüp incittiği Angelika'ya karşı. Şu an neredeyse şefkatle düşünüyordu onu. 'Sevimli biri, çok sevimli biri, ona bu akşam bir şeyler hediye edeyim de nihayet gün yüzü görsün. Angelika'yla birlikte yaşanmaz mıydı? Evet, rahat bir ömür olurdu, Juliette'mle olduğundan çok daha rahat.' Şu an hissettiği tüm iyilik duygusuna rağmen Angelika'yı Juliette'yle kıyasladığı için yine de alay ederek kıkırdadı – zavallı küçük Siebert'i, korkunç ve tam manasıyla ihtiyaç duyduğu büyük Juliette'yle kıyaslamıştı. Evinin önüne vardığında bu cürmünden ötürü içinden Juliette'den af diledi.

Zemin katındaki bir odada ikamet ettiği eski moda villa, otuz sene önce şehrin en seçkin caddelerinden birinde bulunuyordu. Enflasyonla birlikte bu kibar muhitin çoğu sakini fakirleşmiş, sivri çatılı villaları iyice köhnemişti – aynı etraflarındaki büyük bakımsız bahçeler gibi. Geniş bir oda için Hendrik'in kendisine aylık kırk mark ödediği, konsolosun karısı Mönkeberg de müşkül durumdaydı. Buna rağmen kabarık kollu ve dantel pelerinli tuhaf kostümlerini vakarla giyen, düz saçlarında tek bir telin bile aykırı durmaya cesaret edemediği ve dar dudaklarında ironik ama dokunaklı kırışıkların oynaştığı kusursuz, gururlu, yaşlı bir hanımefendiydi. Dul Mönkeberg, kiracısının garabetlerine ve çeşitli terbiyesizliklerine alınmayacak, daha ziyade eğlenceli taraflarına bakacak kadar üstündü. Arkadaş çevresinde –benzer incelikte, benzer yoksullukta ve neredeyse onunla aynı görünen kadınlardı bunlar– kiracısının çılgınlıklarını soğuk bir mizahla anlatırdı. "Bazen merdivenleri tek ayakla çıkıyor," deyip neredeyse hüzünle gülümserdi. "Gezmeye çıktığında da sık sık aniden kaldırıma oturuyor, düşünsenize, pis kaldırım taşına; tökezleyip düşerim, diye korkuyormuş." Bütün kadınlar kır saçlı başlarını sallayıp kısmen şaşırarak kısmen eğlenerek dantelli şallarını oynatırken konsolos eşi uzlaştırırcasına eklerdi: "Ne yaparsınız şekerim? Sanatçı... Belki de önemli bir sanatçı." Eşraftan bu yaşlı kadın, on yıldır yüzük takmadığı cılız, beyaz parmaklarını çay masasının solmuş dantel örtüsünde kıpırdattı.

Hendrik, Mönkeberg'in yanında kendini emin hissetmiyor, seçkin asaleti ve geçmişi onu ürkütüyordu. Demin evin kapısını gürültüyle kapattıktan sonra bu zarif ihtiyara holde rastlamak hiç hoşuna gitmemişti. Azametli duruşuna bakarak biraz toparlandı, kırmızı ipek şalını düzeltip monoklünü gözüne yerleştirdi. "İyi akşamlar, hanımefendi, nasılsınız?" Bu nezaket cümlesinin sonunda sesini yükseltmemişti, böylelikle cümlenin kalıp halindeki geleneksel ve alımlı, boş karakteri vurgulanmış oluyordu. Tüm zarif ihmalkârlığına rağmen küçük ve nazik hitabına neredeyse saray edası taşıyan hafif bir reveransla eşlik etmişti.

Dul Mönkeberg gülümsemedi, cevap verirken, gözleri ile dar dudaklarının etrafında tecrübenin yarattığı ironi kırışıkları biraz daha kıpırdamıştı yalnızca: "Acele ediniz, sevgili Herr Höfgen! Hocanız on beş dakikadır sizi bekliyor."

Frau Mönkeberg'in "hocanız" kelimesinden önce verdiği küçük muzip ara, Hendrik'e yüzünün kızardığını hissettirdi. 'Kızıp utanarak, kesin kıpkırmızı kesilmişimdir,' diye düşündü. Bir İspanyol soylusunun mükemmel edasıyla geri çekilirken, 'Ama bu loş ışıkta fark etmiş olamaz', diye sakinleşmeye çalıştı.

"Teşekkürler, hanımefendi." Odasının kapısını açmıştı.

Odada pembemsi bir loşluk hakimdi; içeride yalnızca döşeğin yanındaki alçak ve yuvarlak masada duran, renkli ipek örtüye sarılı lamba yanıyordu. Hendrik Höfgen renkli karanlığa kısık, alçakgönüllü, biraz titrek bir sesle seslendi: "Prenses Tebab, neredesin?"

Karanlık bir köşeden derin, gümbürtülü bir ses, "Burada, seni domuz, nerede olacak?" diye cevap verdi.

Başı eğik, kapının yanında dikilen Hendrik, hâlâ çok sessiz, "A – tamam," dedi. "Evet... şimdi görebiliyorum seni... Seni görebildiğime sevindim..."

Kadın köşeden, "Saat kaç oldu?" diye bağırdı.

Hendrik titreyerek cevap verdi: "Dört civarı – sanırım."

Hâlâ görünmeden gölgede duran kızgın şahıs, "Dört civarıymış! Dört civarıymış!" diye alaya aldı.

"Aman ne komik! Aman ne güzel!" Çok güçlü bir Kuzey Almanya şivesiyle konuşuyordu. Sesi durmadan kafayı çekip, sigara içen ve küfreden bir denizcininki gibi, bağırmaktan kısılmıştı.

Aniden sessizleşerek, "Saat dördü çeyrek geçiyor," dedi. Kulağa hoş gelmeyen aynı ürkütücü kısıklıkla onu yanına çağırdı: "Biraz daha yaklaşmaz mısın, Heinz – azıcık daha! Ama önce ışığı yak!"

"Heinz" hitabıyla Hendrik irkildi. Kimsenin, annesinin dahi kendisini böyle çağırmasına müsaade etmezdi: Yalnız Juliette cüret edebiliyordu. Ondan başka, şehirdeki hemen hiç kimse asıl adının Heinz olduğunu bilmiyordu – ah, nasıl tatlı ve zayıf bir anında açmıştı ona sırrını? Heinz, on sekiz yaşına kadar herkesin ona hitap ettiği isimdi. Ancak oyuncu ve meşhur olmak istediğinin farkına varınca daha seçkin bir isim olan "Hendrik"i benimsemişti. Ailesine bunu ciddiye almalarını kabul ettirmek ne zor olmuştu – bu olağandışı, iddialı "Hendrik"i! 'Sevgili Heinz' diye başlayan kaç mektubu cevapsız bırakmıştı – ta ki annesi Bella ile kız kardeşi Josy de nihayet bu yeni hitabı kabul edene dek. İnatla "Heinz" diyen gençlik arkadaşlarıyla ipler derhal kopartılmıştı, ayrıca zaten yavan bir geçmişin utanılacak anekdotları, onları densiz bir mizahın kişneyen kahkahalarıyla bulup çıkarmayı seven dostlarla görüşmeye izin vermiyordu. Heinz ölmüştü, artık Hendrik büyüyecekti.

Genç oyuncu Höfgen ajanslar, tiyatro müdürleri ve sanat köşesi yazarlarıyla, kafadan uydurduğu ismini doğru yazmaları için amansız mücadeleler veriyordu. Bir programda veya tanıtımda kendisinden "Henrik" diye bahsedildiğini görse öfke ve alınganlıktan titremeye başlıyordu. Bizzat seçtiği isminin ortasındaki ufak "d" harfinin onun için eşsiz büyüleyici bir anlamı vardı: Ancak, istisnasız herkes onu "Hendrik" diye tanıyınca hedefe ulaşacak, yükünü tutmuş bir adam olacaktı.

Hendrik Höfgen'in ihtiraslı düşüncelerinde –bir şahsın nitelenmesinden öte bir görev ve yükümlülük olan– isim böylesi önemli bir rol oynuyordu. Buna rağmen Juliette'nin karanlık köşesinden ona tehdit edercesine bakmasına ve nefret ettiği "Heinz" ismiyle hitap etmesine tahammül gösteriyordu.

Juliette'nin iki emrine de itaat etti, ışığın şalterini hareket ettirdi, böylece aniden parlak bir aydınlık gözlerini kamaştırdı, sonra da yüzü hâlâ eğik, Juliette'ye doğru birkaç adım attı. Ondan bir metre uzakta durdu ama bunu yapmasına da müsaade yoktu. Kadın kısık ve hayli rahatsız edici bir incelikle mırıldanıyor, mırıldanırken de dişlerini sıkıyordu: "Yaklaşsana, çocuğum!"

Höfgen yerinden kımıldamayınca onu daha gaddarca cezalandırmak için sevecen bir sesle çağrılan bir köpek gibi tuzağa düşürdü: "Yaklaşsana, yakışıklım! Tamamen yaklaş! Korkma canım!" Höfgen hâlâ hareketsiz, yüzü hâlâ eğikti; omuzlarıyla kolları dermansız, öne sarkıyor, şakakları ile kaşlarının etrafında ıstıraplı, gergin bir çizgi beliriyor, kabaran burun delikleri, daha da vahşi ama hiç de tatlı olmayan başka bir kokuyla –vücut kokusuyla– tahrik edici ve hırpalayıcı bir şekilde karışan, keskin bir tat bırakan sıradan bir parfüm kokusu alıyordu.

Kadın, biraz vakit geçip, Hendrik'in nazlı ve asil pozundan sıkılarak rahatsız olunca balta girmemiş ormanlardan kısık bir gürleme gibi gelen öfkeli bir ses çıkarttı: "Altına kaçırmış gibi durmasana orada! Kaldır başını, hey!" Daha da heybetle ekledi: "Yüzüme bak!"

Şakaklarının etrafındaki ıstırap çizgisi derinleşirken başını kaldırdı. Solgun çehresindeki yeşile çalan mavi gözleri

–hazdan veya korkudan– genişlemişti. Gözlerini hiç konuşmadan, Siyahi Venüs'ü Prenses Tebab'a dikmişti.

Juliette yalnızca anne tarafından siyahtı. Babası Hamburglu bir mühendisti; fakat kara ırk açık tenliden daha baskın çıkmıştı, "melez" değil, neredeyse "safkan" görünüyordu. Yer yer çatlak pütürlü derisinin rengi koyu kahve, bazı kısımlarında –mesela dar, bombeli alnında ve ellerinin ince ve adaleli üst taraflarında– neredeyse siyahtı. Tabiat yalnız avuçlarını açık renge boyarken kendisi, yanaklarının üst kısımlarının rengini makyaj sürerek başına buyruk değiştirmişti: Güçlü, keskin hatlı elmacık kemiklerinin üstünde suni, açık kırmızı, telaşlı bir parıltı gibi duruyorlardı. Göz bölgesi de kozmetik işlem görmüştü: Kaşları tıraşlıydı, yerlerine kömür kalemle çizik çekilmiş, kirpikleri suni olarak uzatılmış, göz kapağındaki gölgeler dar kaşlarına doğru kızıl ile mavi arası bir renkle derinleştirilmişti. Etli dudakları ise asıl renginde bırakmıştı. Gülerken de söverken de açığa çıkardığı göz kamaştıran inci gibi dişlerinin üstündeki dudaklarının, ellerini ve boynunu sarmalayan ten gibi pütürlü tonu, diş etleri ve dilinin sağlıklı kırmızısıyla kuvvetli tezat oluşturan, koyu bir morluk içindeydi. Oynak, merhametsiz ve zeki gözleri ile ışıl ışıl dişlerinin hâkim olduğu yüzündeki burnu, başta fark edilmiyor, ne kadar yassı ve basık olduğu ancak iyice bakınca anlaşılıyordu. Hakikaten varla yok arasındaydı, son derece cazibeli ve vahşi maskesinin ortasında bir yükselti gibi değil, daha ziyade çukur gibi duruyordu.

Juliette'nin bu barbar kafasına arka plan olarak, pelüş mobilyaları, bibloları ve ipek abajurlarıyla bir burjuva odası yerine bakir bir orman manzarası olsa yeriydi. Ayrıca yalnız bu kafanın sırıttığı dekorasyon değil, bizzat başındaki tacı, yani saçları da insanı hüsrana uğratıyordu. Bu alna, bu dudaklara uygun olacak kıvırcık ve siyah perçemler yerine düzlüğü ve donuk sarı boyasıyla şaşırtıyorlardı. Saç modeli sadeydi, saçları ortadan ayrılmıştı. Siyahi kadın, saçlarının hep böyle olduğu, kendisinin hiçbir şeyi değiştirmediği iddiasından hoşlanıyordu, saçların rengi ile yapısı Hamburglu bir mühendis olan babası Martens'ten miras kalmıştı.

Babasının adının ve mesleğinin gerçek olduğu kesin sayılırdı, en azından kimse tarafından inkâr edilmiyordu. Ayrıca Martens yıllar önce ölmüştü. Afrika'nın içlerinde kalırken çok çalışması pek işine yaramamıştı. Kalbi sıtma ateşinden zayıf düşmüş, kinin şırıngaları ve alkol alemlerinden perişan düşerek Hamburg'a dönmüş, orada da hemen, pek dikkat çekmeden ölmüştü. Sevgilisi olan zenci kızı Kongo'da bırakmıştı, keza babası olduğu söylenen küçük, kara varlığı da. Mühendisin ölüm haberi Afrika'ya kadar ulaşmamıştı. Bir zaman sonra Juliette annesini de kaybetmiş, sonra da uzak bir diyara, güzelliğine laf söylenemeyecek Almanya'ya doğru yola çıkmıştı. Burada baba sevgisiyle karşılaşmayı umuyordu. Ne var ki ona mühendisin mezarını bile gösterememişlerdi, zavallı babasının kemikleri de hatırası gibi kaybolup gitmişti.

Biraz step dansı yapabilmesi küçük Juliette'nin bahtını açtı. Dans etmeyi ailesinin yanındayken öğrenmişti. Çok geçmeden Hamburg'un St. Pauli semtinin en iyi kurumlarından birinde yer bulmayı başardı. Burada dikiş tutturabilir, belki enerjik kişiliğinin nasibine şerefli bir terfi de düşebilirdi – ama ateşli mizacı ve sert içeceklere duyduğu kontrolsüz meyli, olabilecek en aksi şekilde işlerini berbat etti. Bütünüyle aynı fikirleri ve duyguları paylaşmadığı tanıdıklarının ve meslektaşlarının üzerine kamçıyla yürümeyi seviyor, bundan bir türlü vazgeçemiyordu. St. Pauli çevresinde başlarda mizahi ve şirin bir mizaç gibi insanları eğlendiren ama uzun vadede biraz fazla orijinal, ayrıca rahatsız edici görülen bir alışkanlıktı bu.

Juliette işten çıkarılınca kayıtsız bir tempoyla "adım adım düşmek" denen şeyi yaşadı, şöyle ki, dans becerilerini gittikçe daha küçük ve adı çıkmış lokallerde göstermesi gerekti. Emeklerinin getirisi de gitgide o kadar düştü ki çok geçmeden ek işlerde çalışarak takviye bulmaya mecbur kaldı. Reeperbahn ve civar sokaklarda gece gezintisinden başka nasıl bir ek iş söz konusu olabilirdi ki onun için? Dimdik, mağrur, hatta neredeyse azametli bir yürüyüşle kaldırımlarda hareket ettirdiği güzel kara bedeni, her gece oradan geçen denizciler ile Hamburg şehrinin hem yoksul hem asilzade erkeklerine sunulan bu muazzam et parçası, ticaretinin en kötü yanlarından da sayılmazdı hani.

Fakat oyuncu Höfgen'in Siyah Venüs'üyle tanıştığı yer fahişeler caddesi değil gecelik üç mark ücret karşılığında kapkara ve dümdüz uzuvlarıyla sanatkârane takırtılar çıkararak step dansını sergilediği, ayyaş gemicilerin tütün dumanı ve gürültüsüyle dolu dar bir meyhane olmuştu. Siyahi dansöz Juliette Martens karanlık kabarenin programında "Prenses Tebab" diye sunuluyordu – sadece sanatçı olarak kullanabileceği ama günlük hayatta da hak iddia ettiği bir isimdi bu. Söylediklerine bakılırsa, Hamburglu mühendisin terk ettiği rahmetli annesi saf kraliyet kanı taşıyordu: Nispeten erken yaşta düşmanlarına maalesef yenik düşen, zenginliğinin haddi hesabı olmayan, cömert ve sahici bir zenci kralın kızıydı.

Hendrik Höfgen'e gelince, Juliette'nin unvanından ziyade –gerçi unvanı da olağanüstü hoşuna gitmişti– oynak ve merhametsiz gözleri ile çikolata renkli bacaklarının kaslarından etkilenmişti. Prenses Tebab numarası bittikten sonra – belki başta biraz şaşırtıcı gelen– arzusunu dile getirmek üzere sanatçının soyunma odasına haber salmıştı: Ondan dans dersi almak istiyordu. Höfgen açıklamasına, "Günümüzde sanatçı, cambaz gibi idmanlı olmalı," diye eklemişti ama prenses açıklamalarına pek hevesli görünmüyordu. Adamın arzusuna şaşırmayı bırakıp saat ücretini ve ilk randevu zamanını belirtmişti.

Hendrik Höfgen ile Juliette Martens arasındaki ilişki işte böyle başladı. Siyahi kız "öğretmen" yani efendiydi; soluk benizli adam, önünde "öğrencisi" ve kulu olarak, sık sık gelen cezaları, nadiren dile getirilen övgülerle aynı tevazuyla kabul eden bir madun olarak duruyordu.

"Bana bak!" diye emreden Prenses Tebab gözlerini korkunç şekilde devirirken Höfgen'in gözleri hem arzu hem korkuyla, kadının buyurgan çehresine takılmıştı.

Nihayet güçbela, "Bugün ne güzelsin!" diyebildi, bunu söylerken dudakları zoraki itaat ediyormuş gibi görünüyordu.

Kadın çıkıştı: "Bırak zevzekliği! Her zaman nasılsam öyleyim." Yine de bu esnada kendini beğenerek göğüslerini elledi ve dizlerine kadar gelen dar, pileli eteğini düzeltti. Siyah ipek çoraplarının sadece ufacık bir kısmı görünüyor, zira yumuşak rugandan yeşil konçlu çizmeleri baldırlarını aşıyordu. Güzel çizmeleri ile kısa eteğine ilaveten prenses, yakası ense kısmından kalkık, gri bir kürklü ceket giyiyordu. Adaleli kara bileklerinde adi yaldızlı bakırdan geniş bilezikler şakırdıyordu. Üzerindeki en zarif parça kırbaçtı – Hendrik'in hediyesiydi. Deriden örülmüştü, ışıl ışıl kırmızıydı. Juliette kırbacı kısa, sert ve tehditkâr bir ritimle yeşil konçlu çizmelerine vuruyordu.

Küçük çıkıntı halindeki dar ve bombeli alnını epey kırıştırarak, uzunca bir aradan sonra, "Yine on beş dakika geciktin," dedi. Muzip ve sessiz, "Seni daha kaç defa uyaracağım, tatlım?" diye sorup alakasız bir öfkeyle koyverdi: "Yeter! Bıktım! Patilerini uzat bana!"

Hendrik yavaş yavaş avuçlarını açıp ellerini kaldırdı. Hipnoz edilmiş gibi ardına kadar açık gözlerini sevgilisinin gazap dolu, ürkütücü suratından alamıyordu.

Juliette bir yandan vururken bir yandan da tiz, yaygaracı bir sesle sayıyordu: "Bir, iki, üç!" Zarif örgü kırbaç hemen kalın kalın kırmızı şeritlerin meydana geldiği ayalarının üstünde dehşetle ıslık çalıyordu. Duyduğu acı öyle şiddetliydi ki gözlerine yaşlar hücum etti. Ağzını büzüyordu, ilk vuruşta hafifçe bağırdı, sonra kendine hakim olup hareketsiz, soluk bir yüzle bekledi.

"Başlangıç için yeter," diyen Juliette'nin yüzünde oyunun kurallarına tamamen aykırı olan yorgun bir gülücük belirdi aniden; gülüşünde asık suratlı bir zalimlik değil, iyi niyetli bir alay, biraz da acıma vardı. Kamçıyı indirdi, kafasını çevirdi ve güzel, üzüntülü bir tavırla olduğu yerde durdu. "Üstünü değiştir!" dedi sessizce. "Çalışacağız."

Hendrik'in elbisesini değiştirirken saklanabileceği bir paravan yoktu. Juliette kısık gözlerle ve tamamen ilgisiz bir bakışla onun her hareketini seyrediyordu. Hendrik'in üstündeki her şeyi çıkarması ve mavi-beyaz çizgili, kolsuz süveter ile siyah eşofmanı giyene kadar açık tenli, biraz fazlaca yağlı, kızıl kıllı vücudunu göstermesi gerekti. Nihayet "antrenman kıyafeti" dediği yakışıksız kılıkla karşısına çıktı: Çocukça ve gülünç kıyafeti ayak bileklerinin üstünde işveyle kıvrılmış beyaz çoraplar ile önü açık, siyah ayakkabılardan, oğlan çocuklarının beden dersinde giydiği cinsten parlak siyah satenden kısa eşofmanından ve kolları ile boynunu açıkta bırakan çizgili gömlekten ibaretti.

Kadın onu, tenkit edercesine, soğuk soğuk süzdü.

"Geçen haftadan bu yana biraz daha şişmanladın, tatlım," derken kamçıyla yeşil çizmelerine muzipçe vuruyordu.

"Affedersin," dedi Höfgen sessizce. Çenesinin haşin çizgisi, hassas şakakları ve güzel biçimli, yakınan gözleri ile beyaz yüzü tüm ciddiyetini koruyordu, garip görünümlü vücuduna neredeyse trajik bir haysiyet katıyordu.

Siyahi kadın gramofonla uğraşıyordu. Gürültülü ritmiyle aniden başlayan caz müziğini duyunca kaba bir sesle, "Başla!" dedi. Bu sırada altlı üstlü bembeyaz dişlerini gösterip gözlerini hiddetle yana doğru oynattı: Höfgen'in şu an beklediği mimikler işte bunlardı.

Kadının suratı Höfgen'in karşısında yabancı bir tanrının korkunç maskesi gibi duruyordu: Bu tanrı, ormanın ortasında, gizli bir yerde tahta kurulmuştu, dişlerini gösterip gözlerini devirerek istediği şey de insanların kurban edilmesiydi. Kurbanları ona getirirler, ayaklarına kan sıçrar, basık burnuyla, aşina olduğu tatlı kokuyu alır, azametli vücudunu hızla çalınan tamtamın ritmine bırakır. Etrafında tebaası mest olup sevinçle dans eder. Kollarını bacaklarını savurur, hoplar, sallanır, sendelerler; böğürtüleri haz inleyişine, inleyişleri de hırıltıya döner, derken diz çöküp –en kıymetli şeyi, yani kan kurban ettikleri kişiyi insan nasıl sever ve hayran olabilirse öyle– sevdikleri, hayran oldukları siyah tanrının ayakları önünde secdeye kapanırlar.

Hendrik yavaşça dans etmeye başladı. Seyircilerde ve meslektaşlarında hayranlık uyandıran muzaffer rahatlığı neredeydi hani? Kaybolmuştu, adımlarını acı çekerek atıyor gibiydi – elbette aynı zamanda haz da veriyordu çektiği acılar: Sıktığı soluk dudaklarındaki kendinden geçmiş gülümsemesi ve alık bakışları bunu gayet ifşa ediyordu.

Juliette ise dans etmeyi düşünmüyordu, öğrencisini bir başına eziyet çekmeye bıraktı. Alkış tutarak, kaba bağırışlarla ve müziğin ritmine uyup sallanarak teşvik etmekle yetiniyordu. Öfkeyle, "Daha hızlı, daha hızlı!" diye bağırıyordu. "Kemiklerinde ne var senin? Bir de erkeğim mi diyorsun? Güya oyuncu olup para karşılığı kendini izleteceksin? Seni gidi sefil yaratık..."

Kamçı Höfgen'in baldırlarında ve kollarında gezindi. Bu defa gözleri dolmadı, kupkuru ve kor gibiydiler. Yalnızca sıktığı dudakları titriyordu. Prenses Tebab şiddetle bir daha vurdu.

Höfgen hiç ara vermeden yarım saat boyunca çalıştı, sanki yaptıkları biraz ürperti veren bir eğlence değil de ciddi bir egzersizdi. Sonunda nefes nefese kaldı. Sendeliyordu. Suratı kan ter içindeydi. Güçbela, "Başım dönüyor. Bırakabilir miyim?" diyebildi. Kadın saate bakarak kısa ve duygusuz bir cevap verdi: "En azından on beş dakika daha zıplaman lazım."

Müzik tekrar tıngırdamaya, Juliette de yine çılgınca el şaklatmaya başlayınca karmaşık stepi tekrardan denedi. Ama işveli açık ayakkabı ve çorap geçirdiği dermansız ayakları iflas etti. Hendrik bir saniyeliğine bocaladı, sonra sakinleşti ve titreyen eliyle alnındaki teri sildi.

Juliette, "Şaka mı ediyorsun?" diye gürledi. "Ben izin vermeden bırakıyorsun ha? Üstüme iyilik sağlık!"

Kırmızı kamçıyla Hendrik'in yüzünü hedef aldı, Hendrik tam zamanında eğilip bu korkunç hamleden kaçtı. Akşam tiyatroya alnından çenesine kadar kanlı bir kamçı iziyle gelmek... Bu kadarı biraz fazla olurdu. Sersemlemesine rağmen böyle bir lüksünün olmadığının tamamen farkındaydı. Kısaca, "Kes şunu!" dedi. Sırtını dönerken de ilave etti: "Bugünlük yeter."

Juliette şaka olmadığını anladı. Cevap vermedi, ferahlayıp hafiften iç geçirerek Hendrik'in dolgun astarlı, kırmızı ipekten, birçok yeri yırtık pijamasını giyip yatağına yatışını seyretti.

Gece yatak diye kullanılabilen koltuk, gündüz örtülerle ve renkli minderlerle kaplı oluyordu. Kanepenin yanındaki yuvarlak ve alçak sigara masasının üstünde bir lamba duruyordu.

Hendrik şakıyan, hüzünlü ve melodik sesiyle, "Şu parlak ışığı kapa!" diye rica etti. "Sonra da yanıma gel, Juliette!"

Pembe alaca karanlık içinde Juliette ona doğru yürüdü. Yanına vardığında sessizce iç geçirdi: "Güzel!"

Oldukça katı bir tavırla, "Eğlendin mi?" diye sordu Juliette. Sigara yakmıştı, Hendrik ateşi uzattı; Hendrik sigara içerken Rahel Mohrenwitz'in hediye ettiği uzun ve adi sigara ucunu kullanıyordu. "Bittim, tükendim," dedi. Bunun üzerine Juliette'nin devasa ağzında iyi niyetli ve anlayışlı bir gülümseme belirdi. "Normaldir," deyip adamın üstüne eğildi.

Hendrik geniş, soluk, kızıl kıllı ellerini onun asil, siyah ipekten ışıl ışıl dizlerine koymuştu. Hayaldeymiş gibi konuşuyordu: "Sıradan ellerim harika bacaklarında ne çirkin duruyor, sevgilim!" Juliette guruldayan bir şefkatle, "Senin her tarafın çirkin, domuzcuğum; kafan, ayakların, ellerin, her tarafın!" diyerek temin ediyordu onu.

Yanına doğru kaydı. Gri kürklü ceketini çıkarmıştı; ceketinin altında parıl parıl parlayan, kırmızı-siyah kareli ipekten dar, gömlek benzeri bir bluz vardı.

Hendrik bitkin, "Seni hep seveceğim," dedi. "Güçlüsün. Temizsin." Bunu söylerken gözlerini eğmiş, Juliette'nin ince dokunmuş daracık bluzunun altında çok belirgin duran, diri ve sivri göğüslerine bakıyordu.

Juliette ciddi, biraz da küçümsercesine, "Öylesine söylüyorsun," dedi. "Hayal alemindesin. Bazı insanlar hep böyledir, hep bir hayale kapılmak zorundadırlar. Yoksa kendilerini iyi hissetmezler."

Hendrik parmaklarıyla Juliette'nin uzun ve rahat çizmelerine dokundu. Sonra gözleri kapalı, "Ama seni hep seveceğimi biliyorum," diye fısıldadı. "Senin gibisini bir daha asla bulamam. Sen hayatımın kadınısın, Prenses Tebab."

Juliette kara, ciddi yüzünü onun beyaz ve yorgun yüzünün üstünde salladı. Memnuniyetsiz bir tavırla, "Öyle diyorsun ama oynadığın tiyatroya bile gelemiyorum," dedi.

Hendrik fısıldadı: "Buna rağmen ben yalnız senin için oynuyorum – yalnız senin için, Juliette'm. Gücümü senden alıyorum."

Juliette inatla, "Ama beni bundan kimse men edemez," dedi. "İster izin ver, ister verme, ben tiyatroya gideceğim. Bir dahaki sefere ön sıralarda oturup sen sahneye çıkınca kahkahayı koparacağım, maymunum benim."

Hendrik aceleyle: "Bırak şakayı!" dedi. Bunu söylerken korku içinde gözlerini açmış, hafiften de doğrulmuştu. Siyah

Venüs'ünün görüntüsü onu tekrar yatıştırmışa benziyordu. Gülümsedi, hatta sonra ezberinden konuşmaya bile başladı.

"Viens-tu du ciel profond ou sors-tu de l'abîme – ô Beauté?"

Juliette sabırsızca, "Bu ne saçmalık?" diye sordu.

Hendrik ona, "Şuradaki harika kitaptan," diye açıklayıp sigara masasının üstünde, lambanın yanında duran sarı, Fransızca bir nüshaya işaret etti – Baudelaire'in *Elem Çiçekleri*'iydi.

Juliette canı sıkkın, "Ben bunu anlamıyorum," dedi. Hendrik ise kapıldığı vecdin bozulmasına fırsat vermeyip devam etti: "Tu marches sur des morts, Beauté, dont tu te moques. – De tes bijoux l'Horreur n'est pas le moins charmant. – Et le Meurtre, parmi tes plus chères breloques, – Sur ton ventre orgueilleux, danse amoureusement..."

Juliette, "Nasıl böyle aptalca yalan söyleyebiliyorsun?" deyip incecik ve kapkara parmağıyla Hendrik'in konuşmakta olan ağzına dokundu.

Hendrik ise hüzünle şakıyan aynı ses tonuyla konuşmaya devam ediyordu: "Eskiden nasıl yaşadığını hiç anlatmıyorsun, Prenses Tebab. Yani, kendi kıtandayken..."

Juliette kısaca, "Hiçbir şey hatırlayamıyorum," dedi. Sonra –belki de daha fazla, usandıran sorular sormasın diye– onu öptü: dudakları kara ve çatlak, dili kıpkırmızıydı, ardına kadar açık, hayvani ağzı, Hendrik'in hırslı ve soluk dudaklarına yavaşça yanaştı.

Yüzünü yüzünden çekince Hendrik konuşmaya devam etti. "Bilmiyorum, acaba demin yalnız senin için ve yalnız senin sayende oynuyorum dememdeki maksadı anladın mı?" Hendrik böyle yumuşak ve dalgın dalgın konuşurken Juliette tecrübeli parmağını onun, donukluğunu lambanın altın bir parıltıya boğduğu seyrek, ipeksi saçlarında gezdiriyordu. Narin saçlarına aslında şefkatle değil, ciddi ve teknik bir tavırla, şekil vermek istermiş gibi davranıyordu. "Ne dediysem o," diye devam etti. "İnsanların biraz olsun hoşuna gidiyor ve bir şeyler başarıyorsam, bunu sana borçluyum. Seni görmeme, sana dokunmama borçluyum, Prenses Tebab: Benim için mucizevi bir tedavi gibisin... muhteşem bir şey, emsalsiz bir ferahlamasın..."

Juliette bir anne edasıyla, "Gevezelik ve yalanda üstüne yok, değil mi," dedi. "Hayatımda rastladığım en komik ve küçük hergelesin." Sırf susturmak için iki elini de yüzüne koymuştu, geniş bilezikleri çenesinde şangırdıyordu, açık tenli avuçları yanaklarındaydı. Hendrik nihayet sustu. Uykuya dalmak ister gibi başını iyice yastığa gömdü. Aynı anda medet umarcasına kollarını siyahi kıza doladı. Kızı sessiz sakin kucaklamış tutuyor, kız da ona bakıyordu; derken yüzündeki şefkat ve alayla karışık gülümsemeyi görmesine engel olması gerekiyormuşçasına elleriyle Hendrik'in yüzünü kapadı.

III

Knorke

Sezon devam ediyordu ve Hamburg Sanatçı Tiyatrosu için kötü bir sezon olmamıştı. Oskar H. Kroge, "Höfgen'in aldığı bin mark aylık fazla," derken kesinlikle haksızlık etmişti. Bu oyuncu ve rejisör olmasa kurum asla idare edemezdi; muazzam işler başarıyordu, yorgunluk nedir bilmemesi bir yana, yığınla fikri vardı. Genç, yaşlı her rolü, her şeyi oynuyordu: Onu kıskanmak için yalnız Miklas'ın değil Petersen'in, hatta Otto Ulrichs'in bile sebepleri vardı ama Ulrichs daha ciddi işlerle meşguldü, burjuva tiyatrosu çalışmasını pek ciddiye almıyordu. Höfgen, Noel masalındaki komik ve yakışıklı prens rolüyle çocukların kalbini kazanıyor, Fransızca konuştuğu kısımlar ve Oscar Wilde'ın komedilerindeki rolleri ise kadınları baştan çıkarıyor, Hamburg seyircisinin edebiyat meraklısı kesimi Strindberg'in "Rüya Oyunu"ndaki avukat, Büchner'in "Leonce ile Lena"sındaki Leonce performansını tartışıyordu. Hendrik zarif de olabiliyordu, trajik de. Hem "pis" bir gülümseyişi hem şakaklarında ıstırap çizgileri vardı. Kabına sığmaz esprileriyle büyülüyor, heybetle kaldırdığı çenesi, kesik kesik emirler yağdıran ses tonu ve mağrur, asabi tavırlarıyla insanları etkiliyordu; tevazuu, yardıma muhtaç, şaşkın bakışları, dünyadan bihaber narin şaşkınlığı insanın içine dokunuyordu. İyi niyetli veya alçak, burnu büyük veya şefkatli, pervasız veya beli bükük oluyor, repertuar neyi gerektiriyorsa onu yapıyordu. Schiller'in "Hile ve Aşk"ında kâh Binbaşı Ferdinand'ı kâh Sekreter Wurm'u –coşkulu âşık ile vicdansız entrikacıyı– oynuyor, oynarken kimsenin şüphe duymadığı dönüşüm kabiliyetini, kendisini naza çekerek vurgulamaya pek gerek görmüyordu. Öğleden önce "Hamlet," öğleden sonra "Yosma" adlı farsın provaları oluyordu. Bu fars yeni yılda çıkmış, çok rağbet görmüştü, Schmitz memnundu. Kroge ise "Hamlet"te küplere bindi, genel provada neredeyse temsili iptal edecekti. Edebi tiyatronun eski bayraktarı, "Böyle hainliğe tiyatromda asla tahammül etmem ben," diyerek hiddetlendi. "Hamlet öyle popüler piyesler gibi yalap şalap halledilmez!" Üstünde önü ilikli siyah elbisesi, esrarengiz bakışlı gözleri ve ıstıraplı suratıyla çok etkileyici görünen Höfgen hallediyor, ertesi gün öğleden önce Hamburg basınından belki çok iyi çalışılmamış, biraz tuluat yapılmış olsa da enfes sahneleriyle ilginç bir performans sergilediğini öğreniyordu. Angelika Siebert'in Ophelia'yı oynamasına izin verilmişti, kadın her provada neredeyse ağlamaktan heba oluyordu, prömiyerde hıçkıra hıçkıra ağlamaktan sahneye çıkamadı dense yeriydi. Lakin işin erbabı bazı kimseler bu sakıncalı mizansendeki en iyi performansın aslında onunki olduğunu düşünüyordu.

Höfgen günde on altı saat çalışıyor, hemen her hafta bir sinir nöbeti geçiriyordu. Krizleri daima çok şiddetli ve değişik hallerde ortaya çıkıyordu. Bazen yere düşüp sessizce çırpınıyor, bir başka seferinde ayakta kalabilse de korkunç şekilde bağırıyordu, hem de beş dakika boyunca hiç ara vermeden; sonra provada herkesi dehşete düşürerek, "aniden çenemi açamaz oldum, kramp girdi, felaket bir şey, yalnızca mırıldanabiliyorum," gibi iddialarda bulunmakla kalmayıp öyle de davranıyordu. Akşam seansından önce, soyunma odasında –yedi buçuk markını hâlâ geri alamamış olan– Böck'e yüzünün alt tarafına masaj yaptırıyor, inliyor, dişlerini sıkıp mırıldanıyordu. On beş dakika sonra ağzı sahnede her zamanki gibi iş görüyor, maharetle konuşup, ışıltılar saçıyor, yine başarılı oluyordu.

Bir gün Prenses Tebab onu ekince hem ağladı, hem bağırıp çırpındı: Feci bir nöbetti, nelere nelere alışkın olan grup ürküp çekinmiş, öylece etrafında dikiliyordu. Nihayet Frau von Herzfeld kuduran adamın üstüne bir miktar su boca etti. Aslında Juliette, arkadaşını böylesi bir çaresizliğe düşürecek çok az sebep veriyor, çoğunlukla tam kararlaştırılan saatte dairesine gelip kendisinden ne bekleniyorsa aynen yapıyordu. Hendrik bu yorucu öğleden sonrası eğlencelerinden güçlenip ferahlayarak, daha çok fikirle, daha başına buyruk ve daha da sertleşerek çıkıyordu. Juliette'ye onu sevdiğini, onun her şeyi olduğunu söylüyordu. Bazen söylediğine inanıyordu da. Hem Siyah Venüs'ün yanındayken hırsının kefaretini ödemiyor, karşısında kibrini törpülemiyor muydu? Onu sahiden sevmiyor muydu? Bazen gece vakti "H. S. T"den eve dönerken bu konuyu düşünüyordu. Sonra içinden şunları geçiriyordu: "Evet, onu seviyorum, burası kesin." Sonra daha derinden bir ses işitiliyordu: Neden kendini kandırıyorsun? Fakat o sesi susturmayı başarıyordu. Seslerin en derini susuyordu. Hendrik sevmeye muktedir olduğuna inanabilirdi.

Ufak Angelika ıstırap çekiyor, Höfgen umursamıyordu. Frau von Herzfeld ıstırap çekiyor, Höfgen entelektüel sohbetlerle atlatıyordu. Rolf Bonetti ne kadar inat ve hırsla onu elde etmeye uğraşsa da ufak Angelika hiç aldırmıyordu, öyle olunca da yakışıklı ve genç âşık kendini Rahel Mohrenwitz'le avutuyordu. Bunu istemeden yapıyor, yaparken yüzündeki tiksinme belirtileri kaybolmuyordu. Hans Miklas nefret ediyordu; Efeu'un verdiği tereyağlı ekmekler hariç, açlık çekiyordu, siyasi dostlarıyla Marksistlere, Yahudi ve Yahudilerin kölelerine sövüyordu; çok çalışıyor, küçük rollerde oynuyor, elmacık kemiklerinin altında gitgide kararan çukurlar çıkıyordu.

Otto Ulrichs de siyasi dostlarıyla sık sık bir araya geliyordu. Devrimci Tiyatro'nun açılışının sürekli ertelenmesi özellikle onların yanındayken onu utandırıyordu. Höfgen her hafta başka bahane uyduruyordu. Ulrichs sık sık provadan sonra dostunu kenara çekip yalvarıyordu: "Hendrik! Ne zaman başlıyoruz!" Sonra Höfgen hızlı ve tutkulu bir tavırla kapitalizmin iğrençliğinden, tiyatronun siyasete alet edilmesinden, güçlü, uğraşılmış, sanatkârane ve siyasi bir aksiyonun gerekliliğinden dem vurup nihayet, "Yosma"nın prömiyerinden hemen sonra Devrimci Tiyatro'nun provalarına başlama sözü veriyordu.

Fakat insanın hislerine hitap eden yılbaşı prömiyeri geçti, daha nice prömiyerler yapıldı, sezon sona yaklaşıyordu, bitti bitecekti: Höfgen'in meşhur sosyalist yazarlarla ümit vadeden ve dallı budaklı yazışmalar yürüttüğü güzel mektuplardan başka Devrimci Tiyatro namına bir şey yoktu. Otto Ulrichs yine rica edip diretince Hendrik, çok üzücü bir şekilde ve çok vahim şartların bir araya gelmesi sonucunda bu sezon artık çok geç olduğunu açıkladı: Maalesef bir dahaki güze kadar beklemek lazımdı. Bu defa Ulrichs'in çehresi karardı; Hendrik ise kolunu dostunun ve yoldaşının omzuna atıp önce şakıyıp titreyen, sonra şiddetlenip keskinleşen o tamamen karşı konmaz sesiyle ikna etti onu; zira şimdi de burjuvanın ahlaki yozlaşmışlığını yerden yere vurup proletaryanın uluslararası dayanışmasını övüyordu. Böylelikle Ulrichs'in gönlü oluyordu.

Uzun uzun el sıkışıp ayrıldılar.

O sıralar bu sezonunun son ve en yeni piyesi hazırlanıyordu: Theophil Marder'in komedisi "Knorke"de Hendrik Höfgen başrol oynayacaktı. Marder'in toplumu eleştiren dramatik eseri çok ünlüydü; işin ehli herkes eserin samimi üslubunu, sahnedeki yüksek etkisini, zeki ve merhametsiz muzipliğini övüyordu. "Knorke"nin ilk temsili için Berlinli eleştirmenler buraya geleceklerdi. Ayrıca yürekleri çarpa çarpa, yazarı da bekliyorlardı; çünkü Marder'in iflah olmaz kendini beğenmişliği kadar öfkeli küstahlığı ve hiç yoktan çıkarttığı sert ve uzun tartışmalara olan eğilimi biliniyordu.

Höfgen ne kadar korksa da meşhur yazarın gelmesine seviniyordu, performansının bu ferasetli ve tecrübeli adamın dikkatini çekeceğine şüphesi yoktu. İçinden, "Knorke"de iyi olmalıyım! diye yemin etti.

Kendini sadece rolüne adayabilmek için rejiyi bu defa Theophil Marder komedilerinin eski üstadı, müdür Kroge'ye devretti.

"Knorke", II. Wilhelm zamanı Alman burjuvasını tasvir edip dalga geçen hiciv serisindendi. Komedinin kahramanı acımasızca kazandığı parayla, varlığının ve vicdansız, alçak, kendinden emin sıradan zekâsıyla en üst makamlarda iktidar ve nüfuz elde eden bir sonradan görmeydi. Knorke tuhaf ama etkileyiciydi. Zıpçıktı gibi türeyen, hayat dolu, gerçek zekâdan bihaber burjuva tipini temsil ediyordu. Höfgen bu rolü şahane oynayacağını vaat ediyordu. Bu rolün dehşetli ve keskin vurguları ve bazen neredeyse dokunaklılığa varan çaresizliği onda da vardı. Her şeyini katıyordu: duruşun ve tavrın kendine güvensiz ama çekici ihtişamını; yükselmek için herkesi aldatan bir kimsenin bayağı, korkutucu derecede becerikli laflarını; koltuk sevdalısı birinin soluk, donuk, adeta kahramanca çehresini; hatta bitmesi an meselesi olan kendi baş döndürücü yükselişine doğru dehşet verici bakışını... Şüphe yoktu: Höfgen bu piyeste sansasyon yaratacaktı.

Partnerini, yani oyunda vicdansızlıkta Knorke'den aşağı kalmamakla beraber Knorke'yi sevmesiyle acizleşen hayat arkadaşını, Theophil Marder'in hararetle, hatta öfkeyle kaleme aldığı mektuplarında şiddetle tavsiye ettiği genç bir kız oynuyordu. Nicoletta von Niebuhr'un şimdilik pek tiyatro tecrübesi yoktu –nadiren, küçük şehirlerde sahne almıştı– ama kendinden emin, adeta insanı ürküten biriydi. Marder zavallı Oskar H. Kroge'yi, sert sözlerle, şayet sanatçı tiyatrosunun idaresi Fräulein von Niebuhr'u önemli rollerden birine yerleştirmezse feci bir rezalet çıkarmakla tehdit etmişti. Yazarın korkunç tarzı karşısında ürküp sinen Kroge, Nicoletta'yı "Knorke"de prova amaçlı oynattı. Nicoletta'nın yanında gelirken birçok kırmızı rugan valiz getirdi, üzerinde ateş kırmızısı bir yağmurluk giymişti. Geniş siperli siyah bir erkek şapkasının altında kemerli, iri bir burnu ve güzel, açık bir alnın altında ışıl ışıl kedi gözleri vardı. Kadının önemli bir şahsiyet olduğu hemen fark edildi: Motz "H. S. T."de bu fikrini derin bir saygıyla belirttiğinde, yeni kadının gelmesine kızan Rahel Mohrenwitz dahil karşı çıkan kimse olmadı, çünkü çok belliydi ki Nicoletta şeytani bir kadındı, bunu ispat etmek için ne monokle ne uzun sigara uçlarına ihtiyacı vardı.

Rolf Bonetti ile Petersen, acaba Nicoletta'ya güzel denebilir mi, diye tartışıyorlardı. Coşkulu Petersen'e göre "göz alıcı" birisiydi; işinin ehli, dikkatli Bonetti ise en iyi ihtimal "ilginç" olabileceğinde diretiyordu. Küçümseyerek, "Güzellik söz konusu bile değil, şu buruna baksana!" diyordu. "Ama gözleri muhteşem," diyerek kendinden geçen Petersen bunu söylerken Motz yakınlarda mı, diye etrafa bakındı. "Hele duruşu! Görkemli diyeceği geliyor insanın!" Nicoletta'nın dışarıda Höfgen'le kol kola yürümesi epey dikkat çekiyordu. Küstah burnu, ışıldayan bakışları ve açık alnıyla başı Rönesans delikanlılarının başına benziyordu: Bunu ıstırapla görüp tespit eden ve karşısındaki çifti kıskançlıkla izleyen kişi Frau von Herzfeld idi. Nicoletta baston yutmuş gibiydi. Parlak makyajlı keskin dudakları, kelimeleri kati bir netlikle biçimlendiriyordu, her cümlesi titizlik abidesiydi, seslileri çok önden söylediğinden sesler kulağa temiz ve yayvan geliyor, tek bir sessiz bile kaybolmuyor, en beylik laflar bile dil tekniğinin bir zaferine dönüşüyordu.

Nicoletta şu an şeytani bir özenle hırslı ve icap ederse entrikacı da olduğunu vurgulamaktaydı. Birkaç saattir tanıdığı Höfgen'e üstüne basa basa, "Elbette, canım!" diyordu. "Hepimiz ilerlemek istiyoruz. Bunu elde etmeyi bilmeli." Ona yandan yandan ve merakla bakan Hendrik, şu an samimi mi yoksa numara mı yapıyor, diye düşünüyordu. Karar vermesi zordu. Belki de tam bu sıradışı kararlı bilmişliği, bambaşka bir yüzünü sakladığı bir maskeydi. Fakat gizli diğer yüzünün şu an gururla sergilediği çehresi kadar küstah bir buruna ve bir o kadar keskin bir ağza sahip olup olmadığını kim bilebilirdi? Hendrik yanındaki kadının kendisini etkilediğini saklayamıyordu. Şüphe yoktu, Juliette'yi tanıdığından beri ilgili, meraklı gözlerle baktığı ilk kadındı. Bunu aynı gün Siyah Venüs'e de itiraf edince bir araba dayak yedi – bu seferki dayak, ritüel olarak ve oyun icabı değil, inanarak ve gerçek bir tutkuyla gelmiş, zira Prenses Tebab çok kızmıştı. Hendrik acı çekti, inledi, zevk aldı ve sonunda prensesini temin etti, asıl efendisi ve sevgilisi değişmeyecekti. Fakat Nicoletta'yı bir daha görünce keskin konuşma tarzı, donuk, içe işleyen bakışları ve gururlu, dimdik duruşundan büyülendi.

Bacakları aslında güzel değil, fazlaca kalındı fakat siyah ipek çoraplarla güzelliklerinden duyulacak her şüpheyi toptan bertaraf eden muzaffer bir edayla sunuyordu onları – tıpkı Hendrik'in sıradan ellerini, ince, uzun ve gotikmiş gibi göstermeyi becermesine benziyordu. Nicoletta bacak bacak üstüne attı, ışıldayan gözlerle baktı, esrarengiz bir gülücük atıp eteğini dizlerinin üstüne kadar çekti. Hendrik elbette tüm olan bitenin farkındaydı ama tam da bu yüzden ona bayılıyordu. Ayrıca işin erbabı Bonetti'nin bile bittiği bu bacaklarda yeşil konçlu çizmeleri pekâlâ tasavvur edebiliyordu – Nicoletta denen kızı gözünde daha cazip kılan bir durumdu bu. Hendrik soluk yüzünü arkaya devirip mücevher gözlerini arzuyla etrafta gezdirdi. Nicoletta hoşuna gidiyordu.

Titiz bir dille kökleri ve geçmişi hakkında anlattıkları hoşuna gidiyordu. Kendisi de sıradan şartlarda yetiştiği için, tereddüt uyandıran sıradışılıklara imreniyordu. Nicoletta ailesini tanımadığını anlatıyordu. Başını kaldırıp şen ve gururlu bir tavırla "Babam dolandırıcının tekiydi," dedi. "Annem Paris Operası'nda küçük bir dansçı, duyduğum kadarıyla da çok aptalmış ama bacaklarının enfes olduğu söyleniyor." Meydan okurcasına enfes olduğunu iddia ettiği kendi bacaklarına baktı. "Babam bir dâhiydi. Bir şekilde hep bol keseden yaşamış. Çin'de öldü, ardında on yedi çay bahçesi ile muazzam borçlar bıraktı. Bana kalan tek yadigârı afyon piposu." Otel odasında Hendrik'e bu hatırayı gösterdi. Sonra da peşinden ancak türlü şeytanlıklar beklenecek bir kesinlikle Hendrik'e çay mı, kahve mi ister, diye sordu. Siparişi garsona telefonla buz gibi bir merhametsizlikle verilmiş korkunç bir hüküm gibi iletti. Sonra ayrıntılarıyla gençliğini anlattı. "Pek bir şey öğrenmedim," dedi. "Ama amuda kalkıp yürüyebilir, yuvarlanan kürelerin üstünde koşabilir, baykuş sesi çıkarabilirim." Başucu kitabı, tavsiyeye şayan *La Vie Parisienne* dergisiydi. Kısmen, korkunç edepsizlikler yüzünden girdiği gibi kovulduğu Fransız yatılı okullarında, kısmen de babasının çocukluk arkadaşım dediği Müsteşar Bruckner'in evinde büyümüştü.

Höfgen, Müsteşar Bruckner'i daha önce duymuştu. Kitaplarıyla meşhur bir tarihçiydi ama Hendrik bu kitapları bilmiyordu. Bildiği bir şey varsa o da müsteşarın sosyal konumunun hem çok önemli hem de olağandışı olduğuydu. Araştırmacı ve düşünür bu adam yalnızca Alman ve Avrupa akademik en gözde, en konuşulan figürlerinden biri değildi, siyasi çevrelerle yakından ve nüfuzlu ilişkileri olduğu da söyleniyordu. Sosyal demokrat bir bakanla dostluğu biliniyordu, öte yandan Reich ordusuyla da ilişkileri vardı; müteveffa karısı bir generalin kızıydı. Müsteşarın Sovyet Rusya'da çıktığı konferans turnesi de çeşitli yorumlara yol açmıştı. Zira o sıralarda milliyetçi basın, aleyhinde büyük bir tahrik kampanyasına başlamıştı. Ondan beridir Bruckner'in tarih anlayışının Marksist etkide kaldığı anlaşılıyordu. Kürsüye çıktığında öğrencilerin yaygara kopardığı bile olmuştu. Uluslararası şöhreti ve sakin, üstün tavrı öfkelileri ürkütüyordu. Müsteşar her skandaldan alnı ak çıkıyordu. Dokunulmazlığını koruyordu.

Nicoletta onun hakkında, "İhtiyar harika biri," diyordu. "İnsanları da tanıyor, mesela babama çok bağlıydı. Bu yüzden ne yapsam göz yumardı – ben de karşılığında nazik sıkıcılığına sabrediyordum."

Nicoletta'nın en iyi arkadaşı, Bruckner'in kızı Barbara'ydı, kardeş gibiydiler.

"Öyle güzel bir varlık ki! Öyle iyi ki!" Nicoletta'nın yüzü bunu söylerken yumuşadıysa da telaffuzundaki muazzam düzgünlükten vazgeçemiyordu.

"Knorke"nin prömiyerine yalnız Theophil Marder değil Bruckner'in kızı Barbara da bekleniyordu. Nicoletta Hendrik'e, "Merak ediyorum, onu sevecek misin," dedi. "Belki çok hoşlanmazsın. Ama lütfen kibar davran, benim hatırım için. Biraz çekingendir," diye ekleyen Nicoletta seslileri yine üstüne basa basa söyledi.

Büyük prömiyer günü Barbara Bruckner Hamburg'a vardı; Marder ise ancak akşama doğru, Berlin hızlı treniyle geldi. Höfgen temsil başlamadan hemen önce kantinde konyak içerken tanıştı Barbara'yla. Nicoletta örnek bir tonlama ve tiz bir sesle: "İşte en sevdiğim arkadaşım Barbara Bruckner!" derken siyah, düzgün pileli şapkasının altından eliyle törensi ciddiyette bir hareket yaptı. Hendrik genç kızı iyiden iyiye inceleyemeyecek kadar heyecanlıydı. Konyağını devirip gözden kayboldu. Soyunma odasında iki büyük çiçek demeti buldu: Angelika Siebert'ten beyaz leylak ve Herzfeld'den hafif çay sarısı tonunda güller. Höfgen hayır işleyerek tanrının inayetini arkasına almak için –her prömiyerden önce biraz ağlamaklı görünen– ufak Böck'e büyük bir jestle beş mark uzattı fakat yedi buçuk marklık borcu hâlâ tamamen silinmemişti.

"Knorke" komedisinin ilk temsili harika geçiyordu: Marder'in keskin esprileri cuk diye oturuyor, diyalogların etkileyici okunuşu seyirciyi kısmen dehşetli, kısmen mutlu kahkahalara boğuyor ama her şeyden önce Höfgen ile "ısmarlama misafir oyuncu" ve taze kuvvet Nicoletta von Niebuhr arasındaki düzgün, rahat, coşkulu, her açıdan göz alıcı paslaşma heyecan uyandırıyordu. İkinci perdeden sonra her iki başrol oyuncusu da istekli seyircilerin karşısına defalarca çıkmak zorunda kaldı. Arada Theophil Marder, Höfgen'in yanına gitti, Nicoletta da eşlik etti.

Marder'in huzursuz ama içe işleyen bakışları soyunma odasındaki her nesneyi, en son da bizzat aynanın önünde bitkin bitkin oturan Hendrik'i süzdü. Nicoletta saygıyla susarak kapıda durmuştu. Uzun bir aradan sonra Marder, delici ve buyurgan bir sesle dedi ki: "Harika bi' tipmişsiniz!" Dehşetle sabitlenen gözleri Hendrik'in güzel makyajlı yüzünden ayrılmıyordu.

"Memnun kaldınız mı, Herr Marder?" Höfgen, yazarı parlayan bakışları ve yorgun gülümsemesiyle büyülemeye çalışıyordu. Theophil ise: "Şey..." deyip münasebetsizce ekledi: "Şey, Herr – isim neydi sizin?" Hendrik biraz alınmıştı, buna rağmen ilgi kazanmaya çalışan sesiyle adeta şakıyarak ismini söyledi. Bunun üzerine Marder, "Hendrik – Hendrik – garip isimmiş – çok garip!" dedi ve bunu öyle bir alayla söyledi ki Höfgen'in sırtından buz gibi soğuk terler döküldü. Ve yazar bir anda kaygı veren bir neşeyle seslendi: "Hendrik! Neden

Hendrik?! Asıl adınız Heinz olmalı! – Adı aslında Heinz ama kendine Hendrik diyor! Hahaha, iyiymiş yahu!" Tiz ve samimi bir sesle uzun uzadıya güldü. Böylesi bir ferasetten dehşete düşen Höfgen'in pembe maskesinin ardında benzi atmıştı, Höfgen titriyordu. Nicoletta hiç müdahale etmeden, donuk kedi gözleriyle keyifli keyifli bir ötekine bir berikine baktı. Theophil yine ciddileşmişti. Düşünüyor gibiydi, düşünürken de siyah bıyığının altındaki mor dudakları durmadan kıpırdıyordu. Ağzının bu heyecanlı oyunu insanı ürpertiyor, et yiyen bitkilerin veya önlerindeki yemi kapan balıkların hırsla emme hareketini hatırlatıyordu. Marder son söz olarak şöyle dedi: "Harika bi' tipmişsiniz. Çok yetenekli – kokusunu alıyorum, çok hassas bir burnum vardır. Yine konuşuruz. Sonra yemeğe gideriz. Gel, çocuğum!" Nicoletta'nın kolundan tutup soyunma odasından çıktı. Höfgen tamamen şaşkına dönmüş halde kalakaldı.

Ancak sahneye, ışıkların içine girince kendine gelebildi – burada elbette kendine gelirdi. Üçüncü perdede şimdiye dek mükemmel canlılık namına tiyatroda gösterdiği ne varsa hepsini aştı. Perde indikten sonra seyirciler çıldırdı. Kolları çiçeklerle dolu Nicoletta, Höfgen'in boynuna atılıp, "Theophil yine doğru kelimeyi bulmuş! Sen gerçekten harika bir tipmişsin!" dedi. Kroge takdir edici bir şeyler mırıldanmak için yanlarına geldi. Fräulein von Niebuhr'u kendisiyle çalışmaya devam etmenin bir zevk olacağına temin etti, şartları konuşmak için yarın öğleden önce büroya uğrasındı. Nicoletta hemen hilekâr dürüstlükteki yüzünü takındı, resmiyetle reverans yapıp kesin sözlerle müdürün bu kararından duyduğu memnuniyeti dile getirdi.

Theophil Marder iki genç kadın ile oyuncu Höfgen'i monden olmaktan ziyade ortalama ama çok pahalı bir lokale davet etti. Hendrik'in buraya hiç gelmediğini öğrenen Marder, "masaya tadını çıkartabileceğin bir şeylerin geldiği tek mekân budur," dedi; yazara bakılırsa düzgün gıdaları, iyi, eski bir tarzı vardı lokalin; başka nereye gitsen eski yağlar, kokuşmuş kızartmalar olurdu, buraya ise yaşamanın ne olduğunu hâlâ bilen kibar, yaşlı beyler girip çıkıyordu, ayrıca şarap mahzeni de bakımlıydı.

Sahiden de duvarlarında av resimleri ile güzel halıların asılı olduğu kahverengi lambrili mekânda milyonluk servetleri varmış gibi duran yaşını başını almış adamlar oturuyordu. Aralarında en vakur izlenimi bırakanın başgarson olduğuna şüphe yoktu: Theophil'in siparişlerini alırken gösterdiği saygıda biraz ironi görülüyordu. Marder, langustla başlamayı teklif etti. Nicoletta'nın da muhtemelen kendisinden öğrendiği o hilekâr dürüstlükle Höfgen'e, "Ne dersiniz, azizim Heinrich?" diye sordu. Hendrik'in itirazı yoktu. Bu muhteşem lokalde kendini biraz güvensiz ve tutuk hissediyordu. Başgarson lekeli ve bazı yerleri yağlı yağlı parlayan smokinini küçümseyerek süzüyormuş gibi gelmişti. Zarif garsonun tahmin yürüten bakışları altında hiddetli bir biçimde düşüncelerinin yıkıcılığının farkına varıyordu. Kendine beyaz şarap doldururken öfkeyle, 'Bu kapitalist istismarcılar lokaline ait değilim ben', diye düşündü. Devrimci Tiyatro'nun açılışını sürekli ertelemiş olduğu için çok pişmandı. Marder onu hüsrana uğratmıştı. Burjuva toplumunun bu acımasız, ferasetli ve tehlikeli eleştiricisi, insan insana otururken, sakıncalı gerici eğilimleri olan bir adam olduğunu belli ediyordu. Takır tukur buyurgan bir sesi, hain bakışları vardı, kravatı özenle seçilmiş, fazlasıyla kusursuz kesimli koyu renk bir takım giymişti, servis edilen langustlar arasından, işin tam erbabı gibi, en iyilerini seçiyordu. Piyeslerinde dalga geçtiği figürlerle birçok ortak vasfı yok muydu? Şimdi de şu yozlaşmış, sathi yeni devrin hiçbir noktada ölçüşemeyeceği o güzel eski gençlik zamanlarını övüyordu. Överken de daima soğuk, huzursuz ve hırslı görünen gözlerini, ağzıyla beraber parıltılı bir tuvaletin içindeki vücudunu da kıvırtan Nicoletta'ya doğrultuyordu. Barbara sessizce oturuyordu. Nicoletta'nın Marder'le provokatif flörtünden ötürü tadı kaçmış olan, belki de sadece kıskançlık eden Hendrik, dikkatini nihayet Barbara'ya verdi. O sıra kızın bakışlarını merakla üstüne doğrulttuğunu fark etti. Hendrik Höfgen korktu.

Barbara Bruckner'i, kalbinin derinliklerinde şimdiye dek hiçbir kadında idrak etmediği bir cazibeyle donanmış bularak dehşete düştü. Önüne türlü türlü kadınlar çıkmış ama bunun gibisine hiç rastlamamıştı. Kadına bakarken hızlı ama net bir özetle –sanki uzun ve kirli bir geçmişin üstünü çizmek lazımmış gibi– o güne kadar ilişkisi olduğu bütün dişi varlıkları hatırladı. Zihninden atmak için hepsini tek tek inceledi. Çok zahmete uğratmadan, pek de titizlik göstermeden kendisini aşkın kaba gerçekliğine sokan sağlam ve neşeli Renlileri düşündü: Annesi Bella'nın arkadaşı olan olgun ama dinç kadınlar; kız kardeşi Josy'nin genç ama asla çıtkırıldım olmayan arkadaşları; çok özel olmayan zevklerden aldığı tadı kaçıran ve hususi hizmetlerinde kullandığı Berlin'in ve Alman taşrasının tecrübeli, hatta hamarat denebilecek sokak kadınları; çok nadir durumlarda teveccüh gösterdiği, daha ziyade kaprisle, bazen gaddarca bazen de baştan çıkarıcı nazlarla kaçtığı süslü püslü, becerikli, her daim oynak meslektaşları: Çekingen veya coşkulu, kasvetli veya alaycı bir hayran sürüsüydü işte bunlar. Zihninde hepsi bir kere daha arzı endam etti, bir kere daha yüzlerini ve simalarını gösterip geri çekildiler, yok oldular, Barbara'nın daha demin keşfedilen olağanüstü fıtratından ötürü ortalıktan kayboldular. Büyüleyici bir kesinlikle konuşan, maceracının ilginç kızı Nicoletta bile pul pul dökülüyor, tüm o doğruculuğu ve sefihliğiyle neredeyse komik kaçıyordu. Hendrik onu feda ediyor, ona duyduğu ilgiden vazgeçiyordu – can alıcı bu tatlı kadın için şu an daha neler feda etmiyordu ki zaten? Barbara'ya bakarken hayatının merkezi ve takatinin yenilenip toparlandığı büyük güç olduğunu söylediği karanlık sevgilisi Juliette'ye ilk büyük ihaneti işlemiyor muydu? Juliette'yi asla, bacaklarında yeşil konçlu çizmelerle tasavvur ettiği Nicoletta'yla aldatmazdı, Nicoletta, Siyah Venüs'ünün en iyi ihtimal yedeği olabilirdi. Rakibiyse burada oturuyordu. Zihni, Marder ve Nicoletta'yla meşgulken Barbara merakla seyretmişti. Şimdi de –baştan çıkaran bir esrarengizlik ve gizemle harelenerek değil çaresiz bırakan gerçek bir duygulanmışlıkla– gözlerini üstüne dikince, Barbara gözlerini eğmiş, başını hafif yana çevirmişti.

İşinin erbabı birisi görse evin küçük terzisi yapmıştır diyeceği sade siyah elbisesine okul çocuğu gibi kolalı beyaz yaka takmıştı, boynu ile cılız kollarını açıkta bırakmıştı. Hassas ve biçimli oval yüzü solgundu; boynu da kolları da altın gibi parlayan, uzun bir yaz süresince mis gibi kokarak olgunlaşmış asil, narin bir elmaya benziyordu. Hendrik kendini zorlayarak Barbara'nın çehresinden bile daha çok etkisinde kaldığı bu rengin neyi hatırlattığını düşünmekteydi. Aklına Leonardo'nun kadın resimleri geldi; Marder etraflarını saran mutlak dinginlik içinde Fransız yemek tarifleriyle caka satarken, böyle seçkin ve yüce şeyler düşünebildiği için çok duygulanmıştı: Evet, Leonardo'nun bazı resimlerinde tok ve yumuşak olmakla birlikte ustalık gerektiren hassas ten renginin aynısı vardı; narin kolunu gölgelerle dolu bir karanlıkta kaldıran oğlan çocuklarından bazılarında da bu renk görülüyordu. Eski üstatların resimlerindeki Meryem Analar ve oğlan çocukları sahipti bu güzelliğe.

Barbara Bruckner'in çehresi oğlan çocuklarını ve Meryem Anaları çağrıştırıyordu. Uzuvlarının bu güzel cılızlığı, ancak ideal şekilde resmedilmiş oğlanlarda, yüzü ise Meryem Analarda bulunurdu. Onlar da uzun, siyah ve donuk ama tamamen doğal kirpiklerin örttüğü, siyaha kaçan koyu lacivert gözlerini aynı Barbara'nın şimdi yaptığı gibi açıyorlardı. İşte Barbara Bruckner'in gözleri böyleydi ve etrafı ciddiyetle kolaçan ederek, nazik bir merakla, bazen de neredeyse alaycı bakıyordu. Asil yüzünde hiç alaycı hatlar olmadığı söylenemezdi; ağlamaklı ya da buyurgan değil, daha ziyade sır küpü bir Meryem Ana yüzüydü bu. Oldukça iri ve ıslak dudaklarında dalgın ama biraz da muzır bir tebessüm vardı. Kül sarısı gür saçlarından yaptığı ense topuzunun biraz yamuk durması mahmur başına neredeyse şuh bir nitelik katıyordu. Oysa saçını tam ortadan ayırmıştı.

Mest olan Hendrik bakışlarını üstünden alamayınca Barbara nihayet, "Bana neden öyle bakıyorsunuz?" diye sordu. Hendrik yavaşça, "Bakamaz mıyım?" diye soruyla karşılık verdi.

Bunun üzerine Barbara da ardında mahcubiyetinin saklandığı laubali bir nazla, "Hoşunuza gidiyorsa..." dedi.

Hendrik'e göre, ten rengi nasıl gözüne zevk veriyorsa sesi de kulaklar için bir cümbüştü. Sesi olgun ve narin bir tona bezenmişti. Hafiften ışıldıyor, enfes şekilde koyulaşan bir parıltı barındırıyordu. Hendrik demin ona bakarken gösterdiği düşkünlükle dinliyordu bu sesi. Sırf konuşmaya devam etsin diye soru soruyordu. Hamburg'da ne kadar kalmayı düşündüğünü sordu. Muhatabı alışkın olmadığını ifşa eden bir beceriksizlikle sigarasından çekerken, "Nicoletta burada oynadığı müddetçe. Yani 'Knorke'nin başarısına bağlı," diye cevap verdi.

"Seyircilerin bu akşam uzun uzun alkış tutması işte şimdi hoşuma gitti," dedi Hendrik. "Basının tavrı da iyi olacak, sanırım."

Barbara'nın dersleri hakkında bilgi alıyordu – Nicoletta, üniversiteye gittiğini söylemişti. Barbara sosyoloji ve tarih derslerinden bahsetti. Dalgın, biraz da alayla, "Derslerle aram pek yok," dedi. Bu sırada dirseklerini masaya, yüzünü ince, esmer ellerine dayadı. Hendrik gibi çok iyi niyetli olmayan bir gözlemci, kızın Hendrik'e güzel ve dokunaklı bir mahcubiyeti varmış gibi görünen hareketlerini, beceriksiz, neredeyse galiz bulabilirdi. Duruşundaki katılık, içindeki görgülü bir profesör kızı olmayan genç taşralı kadını dışa vuruyor, bakışlarındaki zeki ve neşeli açıklığa tezat teşkil ediyordu. Sınırları dar ve belirli bir muhitte çok sevilip şımartılmış olan, bu muhitin dışındaysa aşağı duygulara meyleden bir insanın güvensizliği vardı üzerinde. Özellikle Nicoletta'nın yanındayken ikinci plana itilmeye alışkın görünüyordu. Bu yüzden de mucizevi oyuncu Hendrik Höfgen'in dikkatini böyle göstere göstere kendisine vermesine seviniyor, biraz da keyifleniyordu, ayrıca sohbeti devam ettirmekten de hoşlanmıyor değildi.

Düşünceli düşünceli, "Hemen her şeyi yaparım," dedi. "Aslında çizim yapıyorum... Tiyatro dekorasyonlarıyla çok uğraştım." Bu Hendrik için kilit kelimeydi, sohbeti canlandırdı. Uçarcasına bir şevkle, yanakları kızararak, dekoratif üslubun dönüşümlerinden, bu sahada yeni keşfedilecek veya tekrar kullanılacak, iyileştirilecek ne varsa hepsinden bahsetti. Barbara dinliyor, cevap veriyor, gözlerini süzüyor, gülümsüyor, kollarıyla beceriksizliği insanın içine dokunan hareketler yapıyor, şakacı ve dalgın gelen sesiyle anlayışlı, üstünde düşünülmüş hükümlerde bulunuyordu.

Hendrik ile Barbara kısık sesle ama hararetle sohbet ediyorlardı, sohbetlerinde samimiyet vardı. O arada Nicoletta ile Marder de baştan çıkarıcı ateşli gözlerle bakışıyorlardı. İkisi de tüm maharetini ortaya koyuyordu. Nicoletta'nın yırtıcı hayvanlarınkine benzer güzel gözleri her zamankinden daha donuktu; telaffuzundaki titizlik muzaffer bir niteliğe büründü. Gülerken ve konuşurken parlak rujlu dudaklarının arasından küçük sivri dişleri ışıldıyordu. Marder ise entelektüel kıvılcımlar savuruyordu. Mor rengi oldukça sağlıksız duran hareketli ve seğiren ağzıyla neredeyse durmadan konuşuyordu. Marder'de yoğun olarak sürekli aynı şeyleri söyleme meyli vardı. Tutkulu bir inatla, günümüzün en dikkatli ve yetkili gözlemcisinin kendisi olduğunu iddia ediyordu ve içinde yaşadığımız dönemin bütün çağlar içinde akla gelebilecek en kötüsü, yozu ve ümitsizi olduğunda diretiyordu. Bu dönemin dikkate aldığı bir fikir hareketi, genel bir eğilimi veya özel bir başarısı yoktu. Ona göre en büyük eksiklik şahsiyetlerdi; Marder bulunabilecek tek şahsiyetti, onun da kıymetini bilmiyorlardı. Bu avuntusuz çağın Avrupa'daki çöküşünün gözlemcisi, sevilecek ve uğrunda mevcut düzenden nefret edilecek bir gelecek tasavvuru ortaya koymuyor, daha ziyade, var olanı hor görmek için, iç yüzünü yalnız kendisinin anladığı bir geçmişi övüyordu. İyice heveslenen Nicoletta ise duyduklarının hiçbirine şaşırmaya niyetli değildi, yoksa kendisine burjuva çağının klasik hicivcisi demekten hoşlanan bu adamın kalkıp eski Alman ordusunun subaylarını ve Ren sanayicilerini, kusursuz disiplini ve cesareti başarıyla birleştiren ideal kimseler olarak ilan etmesi ona herhalde şaşırtıcı gelirdi. Başına buyruk amaçsız radikalliği gericiliğe dönüşüp soysuzlaşan bu ihtiyar alaycı, Prusya generallerinin ahlaki niteliklerine övgü üstüne övgü diziyor ve bugünkü neslin hantal yumuşaklığını çavuşların sinirli sesiyle tiye alıyordu. "Terbiye kalmamış! Disiplin kalmamış!" diye o kadar sesli ve öfkeli bağırıyordu ki kırmızı şarap içen yaşlı adamlar yüzlerini hayretle bu tarafa çeviriyorlardı. Hiddetlenen Marder, kadınların da her tür disiplini yitirdiğini iddia ediyordu. Artık aşktan bir şey anladıkları yoktu, fedakârlığı ticarete çevirmişlerdi, erkekler gibi onlar da yüzeyselleşip kabalaşmışlardı. Nicoletta buna öyle meydan okurcasına güldü ve Marder nezaketle ekledi: "Elbette istisnalar var!"

Fakat sonra yine sövmeye başladı. Şunu demeye getiriyordu, mecburi askerlik kaldırıldığından beri Alman erkekleri düzen ve saygıya dair anlayışlarını kaybetmişlerdi. Bugün, yırtık pırtık demokraside her şey foyaydı, sahteydi, reklamla abartılmış aldatmalardan ibaretti. Marder öfkeyle, "Başka türlü olsa," diye sordu, "devletin başındaki adam *ben* olmaz mıydım? Beynimin muazzam gücü ve yeteneği kamu hayatının bütün temel meselelerinde karar vermeye yetkili olmaz mıydı? Halbuki gerçek mevkiye dair bütün içgüdü ve ölçülerin kaybolduğu günümüzde, benim sesim, adeta kamunun çektiği vicdan azabının işitilmeyen sesidir!" Gözleri kor kordu, solgunluğu bıyığının siyahlığıyla zıtlık gösteren beyaz, zayıf yüzünü çarpıtmıştı. Nicoletta onu sakinleştirmek için yaşayan başka hiçbir yazarın eserlerinin onunkiler kadar sık sahnelenmediğini hatırlattı. Marder az buçuk tatmin olmuş bir kibirle gülümsedi. Ama hemen birkaç saniye sonra yine kaşlarını çattı. Aniden, Barbara'yla koyu bir sohbete girmiş olan Hendrik Höfgen'e bağırdı: "Siz askerlik yaptınız mı, beyefendi?"

Böylesi tehditkâr bir hitaptan hayrete düşüp dehşete kapılan Hendrik oldukça şaşkın bir yüz ifadesiyle baktı. Marder ise bekliyordu: "Cevap verin, beyefendi!" Hendrik zar zor gülümseyerek kem küm etti: "Yok, elbette yapmadım... Tanrıya şükür ki yapmadım..." Bunun üzerine Marder zaferle güldü.

"Alın size biri daha! Disiplin yok! Şahsiyet yok! Acaba disiplinli misinizdir, beyefendi? Acaba önemli bir şahsiyet misiniz? Nereye baksam her şey foya, her şey hikâye, her şey amiyane!"

Bu kadarı da terbiyesizlikti; Hendrik nasıl cevap versin, bilmiyordu. İçinde öfkesinin kabardığını hissediyordu; hanımların hatırına ve Marder'in şöhretine de imrendiği için rezalet çıkmasını önlemeye karar verdi. Ayrıca yazarın sinir hastası olduğunu düşünüyordu. Nitekim sesi insanı ürkütürcesine kısılan ve gözleri kâhin kesilen Marder'de şaşırtıcı ve sarsıcı bir değişiklik meydana geliyordu!

"Bütün bunlar felaketle bitecek." Bunu mırıldanmıştı – bir anda bu kadar korkutucu ve içe işleyen bir güç kazanan bakışları hangi mesafelere veya hangi uçurumlara bakıyordu şimdi? "En kötüsü olacak, başa gelince, beni düşünün çocuklar; geleceği gördüm. Bu devir çürüyor, pis kokuyor. Beni hatırlayın: Ben kokusunu aldım. Ben kül yutmam. Yaklaşan felaketi seziyorum. Emsalsiz bir felaket olacak. Herkesi yutacak, benden başka kimseye yazık olmayacak. Taş üstünde taş kalmayacak. Yıkılmak üzere. Dokundum, yokladım ve kenara attım. Yıkılınca hepimiz altında kalacağız. Size üzülüyorum çocuklar, çünkü hayatınızı yaşayamayacaksınız. Benim zaten güzel bir hayatım oldu."

Theophil Marder elli yaşındaydı. Üç kadınla evlenmişti. Düşmanları olmuş, onunla alay etmişlerdi; başarıyı, şöhreti ve zenginliği tanımıştı.

Susup sarsıla sarsıla nefes almakla yetindiği için beraberinde masada oturanlar tek kelime etmiyordu, Nicoletta, Barbara ve Hendrik gözlerini yere eğmişti.

Sonra Marder birden havayı değiştirdi. Kırmızı şarap doldurup nazikleşti. Az evvel hakaret ettiği Höfgen'e şimdi yetenekli oyunculuğu için iltifatta bulunuyordu. Tenezzül edip, "Biliyorum," dedi, "rol göz alıcı, diyaloğum da kıyas kabul etmez. Ama bugün kendine oyuncuyum diyen zavallı yaratıklar benim piyeslerimde bile ruhsuz olmayı beceriyorlar. Siz, Höfgen, tiyatrodan anlıyorsunuz. Körler arasında benim için şaşı sayılırsınız. Şerefe!" Kırmızı şarap kadehini kaldırdı. Keyifle, "Bizim Barbara'yla sohbetiniz fena değil galiba," dedi. Barbara kinayeli gülüşüne ciddi bakışlarla karşılık verdi. Hendrik Theophil'le kadeh tokuşturmadan önce tereddüt etti: Yazarın şu mükemmel Barbara'yla alakalı cüretkâr konuşma tarzını uygunsuz görmüştü. Yalnız şarap ve soslar hakkındaki bilgisiyle değil kadınların değeriyle ilgili yanılmaz içgüdüsüyle de açıktan hava atan Marder, Barbara'yı hiç fark etmemişti galiba. Gözleri, Barbara'nın ara ara kendisine doğrulttuğu şefkatli ve endişeli bakışlarına cevap vermekten itinayla kaçınan Nicoletta'yı görüyordu sadece.

Marder kibar garsonun az önce servis ettiği tatlıların yanına şampanya söyledi. Saat gece yarısını geçmişti, bu dört tuhaf kişiden başka müşterisi kalmayan kaliteli lokal kapılarını çoktan kapatırdı ama Marder garsonlara, normalden biraz daha fazla hizmet verirlerse adamakıllı bahşiş alacaklarını sezdirdi. Yozlaşmış bir medeniyetin uyanık vicdanı olan büyük hicivci, zararsız rahatlık konusundaki kabiliyetini gösteriyordu şimdi. Hem Prusya ve askerleriyle hem de doğu ve Yahudilerle ilgili fıkralar anlatıyordu. Ara sıra Nicoletta'ya bakıp şu tespiti yapıyordu: "Muhteşem kız! Disiplinli insan! Günümüzde nadir bulunan şey!" Veya Höfgen'e bakıp neşeyle bağırıyordu: "Şu Hendrik denen adam – ne harika bir tip! Son derece komik bir fenomen! Eğlendiriyor. Not almam lazım!"

Hendrik onun konuşmasına, övünmesine, atıp tutmasına izin verdi. Ona her zaferi layık görüyordu. Onunla irtibata geçmek için en ufak isteği yoktu. İsterse Marder bu küçük sofraya hâkim olsundu. Hendrik şakalarına neşeyle gülüyordu. Durumdan aldığı lezzet ince ve orijinaldi: Theophil'in fazlaca keyifli olması yüzünden sessizleşip zarifleştiğini hissediyordu – ki bu nadir olan bir şeydi. Hendrik, Marder'in kasıp kavuran tarzını muhtemelen pek hazzetmeyen Barbara'ya da sessiz, zarif biri olarak görünmeliydi. Barbara'nın, etrafı süzen bakışlarını sempatik bir merakla kendisine doğrulttuğunu hissediyordu. Kızın hoşuna gittiğini sanıyordu. Coşan yüreğini en güzel ümitler dolduruyordu.

Geç vakitte ayrıldılar, keyifleri yerindeydi. Hendrik eve yayan gitti. Barbara hakkında düşünmesi lazımdı. Saf âşık olma hissi onun için yepyeni bir şeydi, ayrıca sert ve seçkin alkollü içeceklerin etkisiyle bu his hoş bir şekilde şiddetlendi. Mest olmuş halde, 'Bu kızın sırrı ne?' diye düşündü. 'Sanırım mükemmel terbiyenin sırrı bu. Şimdiye kadar gördüğüm en terbiyeli kişi. Şimdiye kadar gördüğüm en doğal kişi de aynı zamanda. Benim iyi kalpli meleğim olabilirdi.'

Caddenin ortasında durdu, gece yumuşaktı ve mis gibi kokuyordu. Neredeyse yaz gelmişti. Baharın geçtiğini hiç fark etmemiş gibiydi. Oysa yazın gelmesine az kalmıştı. Kalbi hiç haberinin olmadığı, yoğun bir çalışmayla hazırlanmadığı bir histen korkuyordu.

'Barbara benim iyi kalpli meleğim olacak.'

Hendrik en büyük korkuyu, ertesi gün Prenses Tebab'la görüşmeden önce duydu. Dans hocasından, aksini isteyene kadar ziyaretlerini kesmesini rica etmek zorundaydı; onu bu karara zorlayan, Barbara'ya duyduğu yeni ve kuvvetli histi. Fakat Juliette'yi bir daha göremeyeceği düşüncesi de ruhuna azap ediyor, öfkeye kapılacak diye de tir tir titriyordu. Değişen durumu sükûnetle açıklamak için uğraşıyor fakat sesi titriyor, pis pis gülmeyi başaramıyordu, ayrıca kızarıp bozarıyordu, alnında iri ter damlaları birikmişti. Juliette kudurmuştu, bağırıyor, onu yolda rastladığı biri gibi başından savamayacağını söylüyordu; Fräulein Nicoletta yüzünden başına geliyordu bunlar, onun gözlerini oyacaktı. Hemen kırbacı görmeye hazır olan Hendrik, yatışmasını rica edip Fräulein von Niebuhr'un bu meseleyle hiç alakası olmadığını vurguladı. Prenses Tebab, "Bana hayatının merkezi olduğumu falan söylüyordun," diye tersledi.

Hendrik solgun dudaklarını ısırıp bahane sunmaya çalıştı.

Kralın kızı, "Yalan söyledin!" diye bağırdı. "Hep diyordum, kendine yalan söylüyorsun, ama yok, yalan söylediğin benmişim, insanlar ne kadar alçak, hiç bilemiyorsun!" Kindar sesi ve çehresi sözünü esirgemeden gerçek bir öfkeyi, en acı hüsranı ifade ediyordu. Gururla, "Ama peşinden koşmam," diye bitirdi lafını. "Ben birilerinin arkasından koşanlardan değilim. Madem benim seni dövdüğüm gibi dövebilen başkasını buldun – öyle olsun!"

Hendrik, peşinden koşmayacağına sevinmişti. Ona para hediye etti, kadın mırıldanarak kabul etti. Tam eşiğe kadar gelmişken, bir defa daha muzaffer gülümsemesini gösterdi. "İşimiz bitti sanma sakın," deyip şuh bir şekilde kafa salladı. "Bana yine işin düşerse, nerede bulacağını biliyorsun!"

Theophil Marder, Oskar H. Kroge'yle çetin bir tartışmaya girdikten sonra seyahate çıkmıştı. "Knorke"nin yazarı, müdürü kendisine noter tasdikli bir kâğıtla, piyesini en az elli defa sahnelemeyi vaat etmeye zorlamıştı. Kroge doğal olarak reddetmiş, Marder de bunun üzerine önce avukatla tehdit edip, istediği etkiyi uyandıramayınca Hamburg Sanatçı Tiyatrosu'nun idarecisine, disiplini ve şahsiyeti olmayan bir hiç, dolandırıcı tüccar, iş bilmez sanat cahili ve ölümün eşiğindeki kokuşmuş devrin tipik temsilcisi diye hakaretler yağdırmıştı. Doğrudan doğruya bu kadar hakaret edilmesine, Kroge gibi normalde uysal biri bile ağzını bozmadan karşılık verememişti. Bir saat boyunca dalaşmışlar, sonra Marder keyfi yerinde, Berlin Ekspresi'ne binmişti.

Hendrik, Nicoletta ve Barbara her gün buluşuyorlardı. Bazen Hendrik ile Barbara, Nicoletta olmadan da görüşüyordu. Gezmeye çıkıyorlar, Alster Nehri'nde tekne gezisi yapıyor, taraçalarda oturuyor, galerileri ziyaret ediyorlardı. Birbirlerine yaklaşıyor, konuşuyorlardı. Hendrik Barbara'ya bilmesini istediği şeyi söyledi: Görüşünü coşkuyla açıkladı, dünyada devrim olması gerektiğini ve Devrimci Tiyatro'nun vazifesinden beklentilerini ilan etti. Çocukluk hikâyesini iyice dramatize ederek anlatmaya başladı; ev durumlarını, babası Köbes'i, annesi Bella'yı, kız kardeşi Josy'yi tasvir etti.

Barbara da çocukluğundan bahsetti. Hendrik onun hayatında şimdiye kadar merkezi bir rol oynayan iki figürün kimler olduğunu kavrıyordu: sevgili babası ile endişeli bir şefkatle bağlı olduğu arkadaşı Nicoletta. Nicoletta endişelenmesi için yeterince sebep veriyordu fakat Barbara için en büyük huzursuzluğa onun Marder'le kurduğu yeni ilişki yol açmıştı. Barbara ondan tiksiniyordu, Hendrik hemen sezmişti. Ayrıca üstünkörü alaycı imalarından, Theophil'in daha Nicoletta'yı tanımadan önce, ona, yani Barbara'ya tutkuyla kur yaptığı anlaşılıyordu. Barbara ise incitici derecede olumsuz davranmıştı: Theophil'in nefreti bundandı. Nicoletta'daysa bahtı daha açık olmuştu. Nicoletta, Theophil Marder'in Avrupa'nın şu an hakikaten ciddiye alınacak, önemli tek adam olduğunu açık seçik duymak isteyen herkese bunu açıklıyordu. Barbara ne kadar derinden ve acı çekerek ayıpladığını gösterse de hemen her gün Marder'le uzun uzun telefonlaşıyordu. Bir yandan da iyi niyetli ve donuk gözlerle Barbara ile Hendrik arasındaki gelişmeleri gözlemliyordu. Pedagojik şefkati fazla gelmeye başlayan Barbara'nın bizzat hissi maceralara bulaşması hoşuna gidiyordu. Nicoletta bu ilişkiyi teşvik etmek için üzerine düşeni yapıyordu. Akşam soyunma odasına girdiğinde Hendrik'e şöyle dedi:

"Barbara'yla işi ilerletmene seviniyorum. Evleneceksiniz. Kız ne yapacağını zaten bilmiyor."

Hendrik bu ifade şekline karşı çıkıyor ama, "Sence Barbara bunu düşünüyor mu..?" diye sorarken sevinçten titriyordu.

Nicoletta'nın cırlak gülüşüyle yanıtladı: "Elbette düşünüyor. Nasıl büsbütün değiştiğini görmüyor musun? Sana yufka yürekli görünmeye çalışmasına aldanma, canım. Ben onu tanırım – eğilimlerine hep merhamet karışan kadınlardandır. Evlen onunla! Bu ikiniz için de kesinlikle en uygunu. Ayrıca kariyerin için de elverişli olacak, ihtiyar Bruckner nüfuzlu biridir."

Hendrik bunu da çoktan düşünmüştü. Aşkın verdiği daimi –veya daimi olacağına inanmak istediği– sarhoşluk, daha soğukkanlı cinsten düşünceleri zihninden tamamen uzaklaştıramıyordu. Müsteşar Bruckner büyük adamdı, fakir de sayılmazdı; kızıyla evlenmek, sağlayacağı mutluluk bir yana, birtakım avantajlar da getirecekti. Nicoletta bilmiş ve kararlı konuşmakta haklı mıydı? Barbara, Hendrik Höfgen'le birliktelik ihtimalini göze alıyor muydu? Ona duyduğu ilgi ne kadardı? Sadece mahsustan ve üstünkörü nitelikte değil miydi? Alaycı çizgileri olan Meryem Ana suratının iç yüzü anlaşılmıyordu. Altuni tınılı, tok ve derin sesi hiçbir şeyi açığa vurmuyordu. Sık sık merakla, merhamet ve dostlukla, belki de şefkatle Hendrik'e doğrulttuğu meraklı gözleri neyi ifşa ediyordu?

Öğrenmek istiyorsa acele etmeliydi, sezon neredeyse bitiyordu, son "Knorke" temsilleri yaklaşmıştı: Barbara ile Nicoletta gideceklerdi. Hendrik kararını o an verdi. Nicoletta göstere göstere Rolf Bonetti'yle büyük bir geziye çıkmaya niyetlendiğini duyurmuştu. Demek Barbara yalnızdı. Hendrik yanına gitti.

Uzun bir sohbet oldu, sohbet Hendrik'in dizüstü çöküp ağlamasıyla bitti. Gözyaşları içinde Barbara'dan merhamet diledi.

Alnı Barbara'nın kucağında, "Sana ihtiyacım var," diye hıçkırıyordu. "Sen olmazsan perişan olurum. İçimde öyle kötülükler var ki. Bunları yenecek gücü tek başıma bulamam, sen içimdeki iyiliği güçlendireceksin!" Ona böyle coşkulu ve acı verici açıklıkta sözler söyleten, çaresizliğiydi.

Zira Barbara'nın tamamen şaşkına dönmüş bakışları, Nicoletta'nın kesin dille verdiği cesaretin yanılgı veya küstah bir hile olduğunu çoktan göstermişti: Barbara Bruckner oyuncu Höfgen'le evlenmeyi asla düşünmemişti.

Höfgen iki gözü iki çeşme yüzünü Barbara'nın kucağından yavaşça kaldırdı. Solgun dudakları seğiriyordu, gözlerindeki mücevher ışıltısı mahvolmuştu, gözleri sefaletten kör kör bakıyordu.

Hıçkıra hıçkıra, "Benden hoşlanmıyorsun," dedi. "Ben bir hiçim, benden adam olmaz, benden hoşlanmıyorsun, işim bitti..." Konuşmaya devam edemedi. Söylemek istedikleri diline dolaştı.

Barbara göz kapaklarını indirmiş, Höfgen'in saçına bakıyordu. Saçları seyrekti. Tepesindeki özenle taranmış perçemler küçük kelini örtmek içindi. Şimdiyse darmadağın olmuşlardı. Belki de Barbara'nın yüreğini burkan, ince ve seyrek saçının görüntüsüydü.

Hendrik'in uzattığı ıslak yüze dokunmadan ve göz kapaklarını da kaldırmadan, yavaş yavaş şöyle dedi:

"İlla da istiyorsan, Hendrik... Denemekten ne çıkar... Denemekten ne çıkar..."

Bunun üzerine Hendrik Höfgen bastırılmış bir zafer çığlığı gibi gelen yavaş, kısık sesli bir feryat kopardı.

İşte nişanları da böyle oldu.

IV

Barbara

Barbara'nın içinde, kalbinin ya da zihninin hazır olmadığı ve sonuçlarını kestiremediği bu maceraya yönelik büyük bir şaşkınlık vardı. Burada neye maruz kalıyordu? Başına ne geliyordu? Üzerine aldığı şey neydi? Anlaşılmaz ve becerikli, çok yetenekli, bazen dokunaklı, ara sıra da neredeyse itici olan bu adamla, şu komedyen Hendrik Höfgen'le daha derinden bir bağı olduğunu hissediyor muydu acaba?

Barbara pek baştan çıkarılacak biri değildi, en mahir hilelerin karşısında bile soğukkanlılığını yitirmiyordu. Merhamet ve pedagojik merak ise bir o kadar çabuk uyanıyordu içinde. Hendrik'in tecrübeli kurnazlığı bunu hemen kavramıştı. O, Marder'in gürültülü ve atılgan tarzının tersine, etkili bir şekilde sessiz ve zarif birini oynadığı ilk akşamdan beri, Barbara karşısında akıllıca perhize girmişçesine, göz alıcı tüm becerilerinden vazgeçmişti. İkisi arasında yalnızca ciddi ve acıklı şeyler konuşulmuştu: Ahlaki ve siyasi görüşünden, gençliğindeki yalnızlığından, mesleğinin zorluğu ve büyüsünden bahsedilmiş, ama sonunda, kader anında, ruhunun azaptan körleşmiş yüzünü gözyaşları içinde kıza göstermiş, söyleyecekleri diline dolanmıştı.

Barbara, arkadaşları dara ve şaşkınlığa düştü mü yardıma çağrılmaya alışkındı. Karmaşık itiraflarıyla yanına gelen tek kişi Nicoletta değildi; genç adamlar, hatta babasının yaşlı arkadaşları bile teselliye muhtaç olduklarında muhakkak ona uğrarlardı. Başkalarının acıları konusunda tecrübeliydi fakat küçüklüğünden beri kendi acılarını, kendi çaresizliğini çok ciddiye almayı veya paylaşmayı kendine yasak etmişti. Bu yüzden manevi huzurunu kaçıracak hiçbir şey yok sanılırdı. Arkadaşları Barbara'yı itidalli, enerjik, zeki, çok yetenekli, olgun, mülayim ve güvenilir bir insan olarak görürlerdi. Yakınları arasında manevi durumunun kararsızlığından, kendi kuvvetinden duyduğu şüphelerden, geçmişe duyduğu hüzünlü sevgiden ve geleceğe karşı çekincelerinden yalnız bir kişi haberdardı: İhtiyar Bruckner çocuğunu tanıyor ve seviyordu.

Bu yüzden kızının nişan haberini öğrendiğinde yazdığı mektup, yalnızca evini terk etmesinden diye duyduğu üzüntüyü değil, endişe de barındırıyordu. Acaba her şeyi iyice düşünmüş, doğru karar vermiş miydi diye bilmek istiyordu. Barbara babasının ikaz edici ciddiyetinden korkuya kapılmıştı. Acaba gerçekten iyice düşünmüş, doğru kararı vermiş miydi? Dostlarına verdiği her nasihat uzun mülahazaların, akıllıca düşünmenin özenle ortaya çıkmış sonucuydu. Kendi hayatındaysa olayları, oyun oynarcasına bir ihmalle, olacağına bırakıyordu. Bazen biraz korkuyor ama korkusu hiçbir zaman kaçınacak veya defedecek dereceye varmıyordu: Hem merak hem gurur bunu ona yasaklıyordu. Kendisi için en iyisine talip olmadan, başına gelecekleri şüpheyle ve gülümseyen bir cesaretle bekliyordu. Tez canlı laflarla, iyi kalpli meleğini oynamasını isteyen tuhaf Hendrik'ine, gülümseyerek bakıyordu. Belki işe yarardı, belki burada bir görevi vardı, belki Hendrik'in içinde, başında nöbet tutmanın kendisine emredildiği asil bir nüve vardı. Madem öyle: Barbara karşı koymayacaktı. Marder'le kendini kaybeden Nicoletta için, kendi şaşırtıcı kaderinden daha büyük endişeye kapılıyordu.

Hem olaylar da hızlı gelişiyordu. Hendrik üsteliyordu: Nikâh hemen yazın yapılacaktı. Arzusunu Nicoletta da destekliyordu. "Madem evlenmeniz lazım, sevgili dostlarım," diyordu bırakmalarını hararetle tavsiye edeceği fakat kaçınılmaz olunca akıl ve vakarla boyun eğdiği bir şey hemen yapılmalıymış gibi davranıyordu; "madem olacak," diyordu özenli telaffuzuyla, "o zaman iyisi mi hemen şimdi olsun. Uzun zaman nişanlı kalmak gülünç."

Nikâh günü olarak temmuz ortasında bir tarih belirlendi. Barbara eve gitmişti, halledilecek, hazırlanacak çok şey vardı. Nicoletta ile Hendrik de Baltık sahilindeki kaplıca bölgesine gitmişti, bir komedide misafir oyunculuk yapacaklardı. Hendrik'in nikâh için zorunlu evrakları kendisine göndermesini sağlayana dek Barbara'nın çok sayıda, pahalı, şehirlerarası görüşme yapması gerekti. Nikâh tarihinden iki gün önce Nicoletta geldi – Brucknerlerin oturduğu, Güney Almanya'daki küçük üniversite şehri için göze çarpan biriydi. Bir gün sonra da, yeni frakını almak için Hamburg'a uğrayan Hendrik geldi. Barbara'ya peronda anlattığı ilk şey, frakın göz alıcı güzellikte olduğu fakat parasının ödenmediğiydi. Çok fazla ve asabi asabi gülüyordu; esmerleşmişti, pembe gömlek ve yumuşak, gümüşi fötr şapkasıyla birlikte açık renkli, biraz fazlaca dar, yazlık bir takım vardı üzerinde. Brucknerlerin villasına yaklaştıkça gülüşü, iyice kramp havası alıyordu. Barbara, Hendrik'in babasıyla tanışmaktan korktuğunu fark etmişti.

Müsteşar, genç çifti evinin kapısı önünde, bahçede bekliyordu. Hendrik'i öyle çok eğilerek ve tören havasında bir reveransla karşıladı ki dalga geçiyor zannedilirdi. Fakat gülümsemiyor, yüzü ciddiyetini koruyordu. İnce uzun kafası adeta ürkütücü bir etki bırakan bir inceliğe ve hassaslığa sahipti. Kırışık alnı, uzun, kemerli burnu ve yanakları, sanki sarı tonlarında kararmaya başlamış kıymetli bir fildişinden oyulmuştu. Burnu ile ağzı arasındaki mesafe büyüktü, arayı kırlaşmış bıyığı kapıyordu. Belki de yüzünü bozan tam üst dudağı ile burun kökü arasında bulunan orantısız uzunluktaki bu kısımdı, bir şekilde çarpıtılıp üzerinde oynanmış bazı aynaların veya ilkel ressamların insan yüzü tasvirlerine benziyordu. Çenesinin uzunluğu göze çarpıyordu, sakalı da vardı. İlkin müsteşarın sivri sakalı var intibaına kapılıyordunuz, gerçekteyse kır sakalı çenesini ancak örtüyordu. Sivri sakal etkisi çenesinin olağanüstü uzunluğundan kaynaklanıyordu.

Narin biçimin, zekâ ve yaşın, insanı hem ürküten hem de içini burkan bir seçkinlik bahşettiği çehresindeki gözler şaşkınlık veriyordu: Bu gözlerde Hendrik'in Barbara'nın gözlerinden iyi bildiği derin, yumuşak, siyaha çalan lacivert vardı. Elbette babasının nezaketle dalıp gitmiş gözlerini örten gözkapakları ağır ve çoğunlukla kısık duruyordu, bakışı da pusluydu, halbuki kızı etrafa açık ve berrak bakıyordu. "Sevgili Herr Höfgen," dedi müsteşar, "sizinle tanıştığıma memnun oldum. Umarım, yolculuğunuz iyi geçmiştir."

Nicoletta'nın ustalaşmaya çalıştığı şeytani kesinliği hatırlatmamakla birlikte, babasının da dikkate değer bir telaffuzu vardı. Müsteşar, kelimeleri muazzam bir özenle sonuna kadar getiriyordu, sanki adalet hiçbir heceyi ihmal etmemek veya mağduriyete uğratmamak istiyor: Çoğunlukla hesaba katılmayan en önemsiz son heceler dahi burada en iyi ve ihtimamlı muameleyi görüyordu.

Hendrik'in kafası gerçekten karışmıştı. Ciddi bir çehrede karar kılmadan, aşağı yukarı "H. S. T."de Dora Martin'i karşıladığında sergilediği aynı sallantılı tarzda, manasızca güldü biraz. Barbara huzursuzca ona bakarken bu inanılmaz davranış, müsteşarın gözüne pek çarpmamış gibiydi. Müsteşar, kusursuz ve hatasız ama lütufkâr davranışını sürdürdü. İki genci nazik bir seremoniyle eve buyur etti. Önden girmesini isteyen Barbara'ya, "Önden git, yavrum, arkadaşına hoş şapkasını nereye koyabileceğini göster," dedi.

Sofaya serin bir loşluk hâkimdi. Hendrik odanın kokusunu saygıyla soludu; masalara ve şöminenin pervazına dağıtılmış çiçeklerin güzel kokusu kitaplardan gelen vakur ve ciddi aromayla karışıyordu. Kitaplık tavana kadar bütün duvarları kaplıyordu.

Hendrik bir sürü odadan geçti. Odaların heybetinden hiç mi hiç etkilenmediğini göstermek için var gücüyle gevezelik ediyordu. Zaten, görebildikleri çok azdı, gözüne çarpanlar yalnızca tesadüfi detaylardı: ürkütücü görünen, hırlayarak ayağa kalkan, Barbara'nın okşadığı ve yanlarından vakur adımlarla salınarak ayrılan iri bir köpek; eski moda yüksek bir saç modelinin altından dostane gözlerle bakan müteveffa annesinin bir portresi; yaşı ilerlemiş bir oda hizmetçisi veya kâhya kadın. Kadın upuzun kolalı bir önlük takmıştı, kısa boylu, iyi huylu ve gevezeydi, genç hanımının kocası önünde dizlerini bükerek eğildi, sonra da uzun uzun, samimiyetle elini sıktı; ardından hemen Barbara'yla ev işleri hakkında etraflıca konuşmaya başladı. Barbara'nın ev idaresinin hangi detaylarıyla uğraştığına, mutfak ve bahçe işlerinden ne kadar anladığına Hendrik şaşırıp kalmıştı. Ayrıca yaşlı hizmetçinin ona "hanımefendi" dese de "sen" diye hitap etmesini garipsemişti.

Demek Barbara'nın evi; güzel halıların, koyu renk resimlerin, bronz heykellerin, büyük tiktaklı saatlerin ve kadife örtülerin bulunduğu bu muhteşem odalardan ibaretti, çocukluğu burada geçmişti. Bu kitapları okumuş, arkadaşlarını bu bahçede ağırlamıştı. Böyle bir babanın zekice sevgisinin şefkatli ve ciddi gözetiminde gizli kurallarını yalnız onun bildiği birçok saf oyunla çocukluğu, kızlık zamanı geçmişti. Hendrik derin bir hürmeti andıran duygulanmışlığın yanı sıra, itiraf etmek istemese de bir şey daha hissediyordu: Kıskançlık. Azap verici bir utançla yarın annesi Bella ile kız kardeşi Josy'yi bu odalara ve bu babanın yanına sokacağı düşüncesi geldi aklına. Daha şimdiden neşeli küçük burjuvalıklarından ıstırap duyarak utanıyordu. En azından babası Köbes'in gelemeyecek olması büyük şanstı...

Yemeği terasta yediler. Hendrik çiçek tarhları, ağaç öbekleri ve hoş yolları olan bahçenin güzelliğini övdü. Müsteşar, bir delikanlı heykelini, huş ağaçlarının perçemli yapraklarının arasından edalı narinliğini, yukarı ulaşmaya çalışan, uçmaya hazır tavrını gösteren Hermes'i işaret etti. Bu soylu sanat eseri evin efendisinin medarıiftiharı gibiydi. "Evet, evet, güzeldir benim Hermes'im," dedi, gülümsemesi şimdi biraz keyifli bir sırıtmaya dönüşmüştü. "Ona sahip olduğum ve huş ağaçlarımın arasında böyle cazibeli bir tavırla dikildiği için her gün yeniden seviniyorum." Elbette bu kadar iyi şarap ve içecekler olmasından da mutluydu. Her şeyden ölçülü ama bol bol alıyor, ikramların kalitesini övüyordu. Tatlılara geçtiklerinde haz duyarak, "Ahududu," diye belirtti. "Yerinde oldu. Mevsime uygun, güzel de bir koku yayıyor." Etrafına yaydığı hava ciddiyet ve rahatlığın, yanına yaklaşılmaz bir soğukluk ile cana yakınlığın tuhaf bir karışımıydı. Damadını fena bulmamış gibiydi. Ona karşı belki ironiden de çok uzak olmayan bir iyi kalplilik sergiliyordu. Gülümsemesi sanki şöyle demek istiyordu: 'Senin gibi tiplerden de olmalı dünyada, azizim. Bu tipleri seyretmenin insanı eğlendirmediği söylenemez – yanlarındayken en azından canı sıkılmaz insanın. Şüphesiz ki önceden bilemezdim, senin gibi birinin damat diye masamda oturmasını da arzu etmedim. Ama olayları olduğu gibi kabul etmeye meyilliyimdir – hayatta karşılaşılan şeylerin en iyi ve esprili taraflarını yakalamalı, hem Barbara'm seninle evleniyorsa herhalde makul sebepleri vardır...'

Hendrik başarı şansı olduğunu hissetmeye başlamıştı. Daha da hoşa gitmeye çalıştı. Gözlerinde yanmasını iyi becerdiği o parıltıyı çıkarmadan daha fazla duramazdı. Başını geri atmış, belli belirsiz ve ikna edici bir edayla gülümseyerek, büyüsüne karşı müsteşarın hepten de duyarsız kalmadığı mücevher bakışlarını savuruyordu. İhtiyar adam dikkatliydi ve damadı Höfgen etkili şekilde hazırlanmış konuşmasıyla görüşünü açıklamaya başlayıp burjuvazinin istismarcılığı ve milliyetçilik zırvası için en yıkıcı kelimeleri bulurken, yüz ifadesindeki sırıtma kaybolmuyordu. İhtiyar, heyecanla anlatmasına izin veriyordu; yalnız bir defa itiraz için zayıf, güzel elini kaldırdı: "Burjuvayı çok küçümsüyorsunuz, sevgili Herr Höfgen. Ama ben de burjuvayım. Ama umarım milliyetçi ve istismarcı değilimdir," diye de nazikçe ekledi.

Hendrik –pembe gömleğin üstünde kalan suratı hararetle konuşmaktan ve şaraptan kızarmıştı– komünizmi benimseyenlerin kıymet verdiklerinin büyük burjuva ya da burjuva üstü kimseler olduğunu falan geveledi; burjuva devrimlerinin ve liberalizmin büyük mirasının Bolşeviklerin coşkusunda canlılığını koruduğundan ve arayı düzeltmeye çalışan böyle daha birçok iddiadan bahsetti.

Müsteşar bu laf kalabalığını gülümseyerek reddetti. Fakat sonra –Höfgen'i siyasi peşin hükümleri olmadığına ikna etmeyi umursar gibi– meseleleri düşünüp tartan, aynı zamanda da ikna edici, tumturaklı tasvirlerle Sovyetler Birliği seyahatinin önemli izlenimlerini anlattı. Yavaş bir tonla, "Objektif gözlemlerde bulunan herkes bu tespiti yapacaktır, orada toplum hayatının yeni bir formunun ortaya çıkmakta olduğu düşüncesine de alışmalıyız," dedi ve mavi gözleriyle uzaklara baktı, sanki o ülkede büyük bir hadise niteliği taşıyan önemli ve sarsıcı şeyler görüyordu. Sonra da sert bir tavırla ekledi: "Bu durumu ancak deliler veya yalancılar inkâr eder." Derken aniden ses tonunu değiştirdi, ahududu kâsesinin uzatılmasını rica etti, bir yandan ahududulardan alırken bir yandan da –bazen yaptığı gibi– muzipçe gülümseyen suratını biraz yan yatırarak, "Beni yanlış anlamayınız, sevgili Herr Höfgen. Elbette bu dünya bana yabancı – hatta korkarım çok yabancı. Ama bu illa ki geleceğine karşı hissiz olduğum anlamına mı gelir?" dedi. Bunları söylerken Barbara'ya başıyla işaret etti, o da kremayı uzattı. Hendrik konuşmasının tekrar dinleneceğine seviniyordu. Sovyet Rusyası'ndaki hayatın ayrıntılarıyla pek ilgili görünmemekle birlikte Devrimci Tiyatro'dan ve Hamburg'daki gericilerin kendisini sürekli takip ettiğinden hummalı şekilde bahsetmeye başladı. Hızını alamıyor, faşistlere yerine göre "hayvan, "şeytan" ve "budala" diyor, adi fırsatçılık ve milliyetçilerin güdümündeki entelektüeller hakkında en öfkeli tabirlerle kendinden geçiyordu. "Hepsini asacaksın bunların!" diyen Hendrik masaya bile vurdu. Müsteşar adeta sakinleştirmeye çalışarak, "Evet, evet – ben de bu olumsuzluklarla karşılaştım," dedi. Bu sözlerle meşhur skandalları, milliyetçi öğrencilerin çıkardığı gürültü patırtıları ve gerici basının kendisine yaptığı sıradan saldırıları ima ediyordu.

Yaşlı adam yemekten sonra, oyuncu Höfgen'den sanatından bir örnek sunmasını rica etti. Buna hiç hazır olmayan Hendrik uzun süre karşı koydu. Müsteşarsa biraz oyalanıp eğlenmeyi çok istiyordu: Madem çocuğu pembe gömlek giyip monokl takan bir komedyeni kendine koca seçmişti, o zaman babası da hiç yoksa bunun eğlenceli yanlarından nasibini almak istiyordu.

Hendrik sofada Rilke'den mısralar okumak zorunda kaldı, yaşlı kâhya kadın ile iri köpek bile dinlemek için yanlarına geldi. Yemeğe katılmadığı için müsteşar tarafından yarı ironik bir ciddiyetle karşılanan Nicoletta da bu küçük kalabalığa eşlik etti. Hendrik olağanüstü gayret sarf etti, en rafine araçlarla çalıştı, işini iyi yapıp bol bol alkış topladı. Takdimini "Cornet"ten bir parçayla bitirdiğinde duygulanan müsteşar hâlâ elini sıkıyor, örnek vurgularıyla Nicoletta da "göz alıcı telaffuzunu" övüyordu.

Ertesi gün Höfgen'in annesi ile kız kardeşi ağırlanacaktı. Höfgen peronda yanında bekleyen Barbara'ya, "Göreceksin, Josy boynuma atılıp yine nişanlandığını anlatacak. Korkunç bir şey – en azından yılda iki defa nişanlanıyor, hem de nasıl oğlanlarla! Her defasında aralarının bozulmasına seviniyoruz. Son seferinde neredeyse zavallı babamın hayatına mâl olacaktı. Damat yarışçıydı, babamı arabasına aldı, gezileri şarampolde son buldu. Yarışçı tanrıya şükür öldü, babamın yalnız bir bacağı kırıldı, elbette bugün burada bizle olamadığı için çok üzgün," dedi.

Aynı Hendrik'in tahmin ettiği gibi oldu: Üstünde kırmızı çiçek nakışları olan cırtlak sarı bir yazlık elbiseyle kız kardeşi Josy trenden çabucak atladı –annesi kompartımanda bavullarla meşguldü–, kardeşinin boynuna atılıp heyecanla, kendisini tebrik etmesini istedi; bu defaki Köln Radyosu'nda iyi bir mevkii işgal eden bir adamdı. "Mikrofonla şarkı söyleyebileceğim!" diye seviniyordu. "Beni çok yetenekli buluyor, bu güz evleniyoruz, sen mutlu musun, Heini? – Hendrik!" diye çabucak düzeltti, suçunun farkına vararak. "Sen de mutlu musun?" Höfgen üzerine atlayan sırnaşık bir köpekmiş gibi uzaklaştırdı onu. Kompartımanın penceresinden hamalın birine seslenen annesinin yardımına koştu. Bu arada Josy, Barbara'yı yanaklarından öptü. "Seninle tanışmak çok güzel," diye heyecanla konuştu. "Birbirimize 'sen' demeliyiz tabii – 'siz' demek gelin ile görümce arasında çok resmi kaçar. Hendrik nihayet evleniyor diye öyle mutluyum ki, bugüne kadar hep ben nişanlanıyordum, Hendrik kesin anlatmıştır, geçen seferki çok feci bitti, babamın bacağı hâlâ alçıda ama Konstantin'in radyodaki pozisyonu gerçekten çok iyi, ekimde evlenmek istiyoruz; harika görünüyorsun, Barbara, elbisen nereden böyle, kesin hakiki bir Paris modelidir."

Hendrik annesini diğerlerinin yanına götürdü, annesi Barbara'ya ellerini uzatınca yüzü ışıldadı. Frau Höfgen, "Sevgili, sevgili çocuğum," derken gözleri biraz nemlendi. Hendrik şefkat ve gururla gülümsedi. Annesini severdi –

Barbara bunu anlıyor ve seviniyordu. Şüphesiz ki Hendrik annesinden bazen utanıyordu, ona göre yeterince kibar değildi, küçük burjuvalığı Hendrik'i mahcup ediyordu. Ama yine de seviyordu onu: Sevinçle canlanan bakışlarından ve annesinin koluna girmesinden anlaşılıyordu bu. Ana-oğul birbirlerine ne kadar benziyorlardı! Hendrik delikleri kabarıp duran uzun, düz ve fazlaca etli burnunu, geniş, yumuşak ve şehvetli ağzını, ortasındaki çentiği belirgin güçlü ve asil çenesini; geniş, griye çalan yeşil gözlerini, hassas çizgilerinin şakaklarına yürüdüğü, yukarı kıvrımlı sarı kaşlarını Frau Bella'dan almıştı. Fakat bu fizyonomik benzerliğe karşın görmüş geçirmiş kadının oğlununkinden çok daha iddiasız, mütevazı bir karakteri vardı: Trajik ve şeytani emareler onda eksikti. Kadının gözleri parlamıyordu, dudaklarda pis pis baştan çıkaran, esrarengiz şekilde merhamet isteyen o gülümseme de yoktu. Frau Bella sevecen ve geniş suratında taze renkler olan, göğsü hafif şişkin, çiçek desenli hasır şapkasının altındaki saçları sarı ve permalı, burnu azıcık çilli, ellili yaşlarda, enerjik, iyi kalpli, fazlaca muhafazakâr bir kadındı. Tamamıyla ihtiyar sayılmasına ve hayatın zevklerinden olduğu gibi vazgeçmesine henüz sebep yoktu. Cesurca, "İnsan ara sıra eğlenmek de istiyor," diye açıkladı; sonra, sıkıntıdan gevezeliğe başlayıp, çok keyifli geçen bir kermesle alakalı bir hikâyeyi etraflıca anlattı: Köln sosyetesinden bazı kadınlar yetim çocuklar hayrına, çadırlarda soğuk içecekler, çiçekler ve sanat eserleri satışa sunmuştu, kermese katılmak büyük bir şeref olmuş, bu yüzden Frau Höfgen şampanya dağıtmayı üstlenmekte hiçbir sakınca görmemişti; bir kadeh sek için beş mark almıştı – biraz fazlaydı ama nihayetinde para zavallı ufaklıkların hayrına alınıyordu. Fakat sonradan feci bir dedikodu çıkmış, adi insanlar Frau Bella'nın sek firmasının çalışanı olarak insani amaçlarla değil para karşılığı şampanya sunduğunu iddia etme küstahlığını göstermişlerdi, üstelik kendini öptürdüğünü söylemişlerdi – düşünün bir, öptürdüğünü, hem de göğüslerinden. Anne Höfgen bunu sahici bir öfkeyle anlatmıştı– üstü açık arabayla, sıcak yaz havasında, şehirde ilerliyorlardı; öfkeden yüzü kıpkırmızı kesildi, alnından terini silip haykırdı: "Bu kadar alçaklığa da pes doğrusu! Oysa her kuruşu teslim ettim, benim kazancım diğer bütün kadınlarınkinden fazlaydı, yetimhane bana hususi teşekkür etti, adamlardan biri elimi öpmeye kalktığında dedim ki, sizi ahmak herif sizi, bırakın şunu! Hemen af dilemese tokadı yemişti. İnsanlar çok fena – istediğin kadar leydi gibi davran, ardından yine demedikleri kalmıyor. Ama o bayağı lafları para etmeyecek artık, ağızlarına tıkayacaksın Hendrik, değil mi?" Bunu söylerken Frau Bella gururla önce oğluna, sonra Barbara'ya baktı. Hendrik annesinin bu neşeli densizliklerinden ıstırap duyuyordu. Kızardı, dudaklarını ısırdı, iyice dara düşünce o an geçtikleri caddenin güzelliklerinden bahsetmeye başladı.

Müsteşar, kadınları bahçe kapısında, dün Hendrik'e gösterdiği neşeli ciddiyetle karşıladı. Barbara'nın yukarı götürdüğü Bella ile Josy hemen ellerini yıkayıp burunlarını pudralamak istedi. Bir saat sonra iki otomobille nikâh dairesine gittiler: Brucknerlerin arabasına evlenecek çiftten başka Frau Höfgen ve müsteşar da bindi; Nicoletta, Josy, yaşlı kâhya ve varlığı Hendrik'i biraz şaşırtan, Barbara'nın Sebastian adındaki bir çocukluk arkadaşı taksiyle peşlerinden geliyordu.

Resmî merasim çabucak hallolmuştu. Nicoletta ile müsteşar nikâh şahitliği yaptılar; herkes çok heyecanlıydı, Josy'den asabi bir gülücük işitilirken Frau Bella ve kısa boylu kâhya kadın ağlıyorlardı. Hendrik nikâh memurunun sorularını paslı bir sesle cevaplandırdı, gözleri donuklaşıp biraz esrarlı bakmaya başlamışlardı; Barbara yumuşak yumuşak bakan meraklı gözlerini yanında duran ve artık, tuhaftır, kocası olan adama doğrultmuştu. Ardından tebrikler ve sarılmalar geldi. Nicoletta'nın Frau Höfgen'den keskin bir sesle, "Bella Teyze" demek için izin istemesi herkesi şaşırttı; müsaade gelince Nicoletta şeytani bir dürüstlükle onun elini öptü. Azametli kızda bu öğle öncesinde özel bir ışıltı vardı, çok neşeliydi. Beline geniş, cırtlak kırmızı rugan bir kemer doladığı beyaz, zırh gibi sert, keten elbisenin içinde dimdik duruyordu. Barbara'ya, "Her şeyin bu kadar iyi gitmesine sevindim, canım," dedi. Biraz anlamsız fakat keskin bir doğrulukla ifade edilmiş bir tespitti bu. Güzel kedi gözleri ışıldıyordu. Fräulein Josy'i –aniden yalan söylemeye başlamıştı– babasının icat edip Uzak Doğu'da piyasaya sürdüğü mükemmel bir çil ilacına dikkatini çekmek için bir kenara götürdü. Nicoletta, tehditkâr bir yüz ifadesiyle, "İşinize yarayabilir, sevgili hanımefendi!" dedi – gerçi Frau Bella'yla senli benliydi ama tamamen kapristen, Josy'e sen demeyi arzu etmiyordu. "Küçük burnunuz perişan olmuş." Bunu söylerken sert sert, Josy'nin küstah kalkık burnuna yayılmış kızıl leke kümesine bakıyordu, çiller yanaklarının bir kısmı ile alnını da kaplıyordu fakat alındaki sayıları azdı, seyrek dağılmışlardı – tıpkı uzaydaki bazı sarmal bulutsuların veya Samanyolu sistemlerinin kenarlarının daha ince ve aralıklı, hatta adeta şeffaf olması gibi. Josy utanarak, "Evet, biliyorum," dedi. "Yazın fena oluyor böyle. Ama Konstantin bundan çok hoşlanıyor," diye ekledi, nişanlısının Köln Radyosu'ndaki iyi pozisyonundan bahsedebildiği için teselli bulmuştu.

Barbara'nın bir generalin karısı olan büyükannesi ancak öğle yemeğine yetişti. Yaşlı kadının asla otomobil kullanmamak gibi bir prensibi vardı; küçük malikânesini Brucknerlerin villasından ayıran on kilometreyi eski moda büyük bir kaleskayla kat ediyor, bütün aile kutlamalarına gecikiyordu. Çok pes seslere inip çok tiz seslere çıkabilen güzel, tok sesiyle nikâh dairesindeki manzarayı kaçırdığından yakındı. Tertipli büyükanne, "En yeni torunum nasıl görünüyormuş bakalım?" deyip gerdanındaki mavimsi mücevheratla süslü, uzun gümüş kolyesinde asılı, uzun saplı gözlükle Hendrik'i iyiden iyiye süzdü. Hendrik kızardı, nereye bakacağını bilemiyordu. Teftiş uzun sürdüyse de sonucu Hendrik için fena olmamışa benziyordu. Generalin karısı uzun saplı gözlüğünü nihayet indirdiğinde gümüşi, kesif bir sesle güldü.

"Hiç fena değilmiş!" deyip ellerini beline dayadı. Hendrik'e neşeyle başını sallıyordu. Beyaz pudralı suratındaki güzel, koyu, berrak ve oynak gözleri, yüce sesini duyuracağı zaman açılan ağzından çok daha etkili, zeki ve güçlü bir dil konuşuyordu.

Böyle muhteşem bir ihtiyara Hendrik ömrü boyunca rastlamamıştı. Generalin karısına pek imrenmişti. Kadında 18. yüzyıl aristokratlarının görünüşü vardı: kibirli, zeki, keyifli ve katı suratını, kulakların üzerinden sıkıca lüle yapılmış perçemleri olan kır saçları çevreliyordu. İnsan ensesinde topuzu olduğunu sanıyor, olmadığını görünce hayrete, biraz da hüsrana kapılıyordu. Generalin dulu, yakası ve yenleri kırmalı danteller ve süslü inci grisi yazlık kostümü içinde, asker gibi dimdik duruyordu. Kırmalı dantelin hemen üstünden başlayıp çenenin altında biten geniş gerdanlığı –mat gümüş renkte, şıkırdayan, uzun saplı gözlüğü, zincirindeki mücevherlere uyan, mavi taşlardan yapılmış çok güzel antika bir işti bu– kadının üstünde uzun, kolalı, renkli nakışlı bir üniforma yakası gibi duruyordu.

Generalin karısı, girdiği her cemiyette hâkim konumda oluyordu – başka türlüsüne alışık değildi. 19. yüzyılın sonlarında, Alman toplumunun en güzel kadınlarından biriydi, 20. yüzyılın ilk yirmi yılında da çokça övülmüştü. Devrin tüm büyük ressamları portresini çizmişti. Salonunda prensler ve generaller, şairler, besteciler ve ressamlarla buluşmuştu. Yıllar boyunca Münih ve Berlin'de generalin karısının zekâ ve orijinalliğinden neredeyse güzelliği kadar söz edilmişti. Kocası –birkaç yıl önce ölmüştü– en yüce makamların sempatisini kazandığından ve zengin de olduğundan, kadının başka herkeste egzantrik ya da ayıp sayılabilecek görüş, düşünce ve davranışlarını bağışlamıştı. Generalin karısının güzelliği imparatorun bile gözüne çarpmış, bu yüzden daha 1900 yılında kadınların oy kullanmasından taraf çıkabilmişti. *Zerdüşt*'ü ezbere biliyor, kitabı sosyalist bir şey sanan aristokrat misafirlerini çok şaşırtarak alıntılar yapıyordu. Franz Liszt ve Richard Wagner'i tanımıştı; Henrik Ibsen ve Björnstjerne Björnson'la yazışmaları vardı. Muhtemelen ölüm cezasına karşıydı. Laubali bir kaygısızlığı dokunulmaz bir vakarla birleştiren yüce duruşu uğruna her şeyine göz yumulmalıydı.

Generalin karısı Hendrik'te, müsteşara göre çok daha büyük bir etki bırakmıştı. İçine karışacağı muhitin ne kadar muhteşem olduğunu ancak şimdi tam manasıyla kavrıyordu. İyi yürekli annesi Bella galiba doğru söylemişti –fakat öyle densizce ima etmemeliydi bunu–: Böyle bir akrabalıkla

Köln'deki dar kafalılar, güya yozlaşmış Höfgen ailesi hakkındaki küstah ifadelerini yutacaklardı. Bu göz alıcı büyükanneyle arasındaki sohbetin koyuluğunu görünce, Barbara'nın da, Hendrik'in gözündeki değeri arttı. Barbara okul tatillerini, ayrıca hemen her pazar gününü generalin karısının malikânesinde geçirmişti – Hendrik bunu duyduğunu şimdi hatırlıyordu. Emsalsiz ihtiyar, torununa Dickens veya Tolstoy okumuştu – sesli okumak generalin karısının tutkusuydu. Hendrik'in, içinden gümüş suların aktığı, boğazlar, vadiler ve muhteşem manzaralar yönünden zengin bir İngiliz bahçesi diye tasavvur ettiği ormanlık, tepelik kırlarda, atla gezmeye çıkmışlardı. Barbara'nın güzel çocukluğunu düşünürken Höfgen'in duyduğu hayranlığa yine haset karışıyordu. Bu kaygısız gençlik, hem mükemmel kültürü hem de neredeyse mükemmel özgürlüğü tanımamış mıydı? Babasının villasındaki günleri, kraliçeye benzeyen bu yaşlı kadının mülkünde düzenli olarak yapılan şatafatlı tatilleri düşününce, böyle bir çocukluğu kendisininkiyle kıyaslayınca üzüntüsünü bastırabilir miydi?

Zira Köln'de, –şu an kırık bacağıyla yatakta yatan– babası Köbes'in yanında, halılar, kütüphaneler ve tabloların bulunduğu odalar ve parklar yerine daha ziyade Bella ile Josy'nin misafirler geldiği zaman neşeli neşeli koşuşturduğu, aile içindeyken ise keyifsiz ve pasaklı duran rutubetli odalar vardı. Babası Köbes'in hep borcu olur, alacaklılar kapıya dayandığında da dünyanın çivisi çıktı diye şikâyet ederdi. Kötü huylarından daha beter bir şey varsa o da büyük tatil günlerinde veya hiçbir vesile olmadan aniden sosyalleşmeye karar vermesiydi. O zaman "punç" yapılır, babası Köbes de ailesini kanon okumaya çağırırdı. Küçük Hendrik ise karşı çıkar, kederli ve küskün, bir köşede otururdu. Tek düşüncesi hep şu olmuştu: Bu muhitten kurtulmam lazım. Bütün bunları arkamda bir yerlerde bırakmam lazım...

Generalin karısıyla sohbet ederken, 'Barbara'nın işi kolaymış', diye düşündü. 'Önünde engel yokmuş, tipik bir büyük burjuva örneği. Hayatın benim bildiğim zorluklarına çok şaşırırdı herhalde. Ulaştıklarımı ve ulaşacaklarımı ben yalnız kendi gücüme borçluyum.' Onu tebrik telgrafları ile hediyelerin bulunduğu masaya götüren genç karısına, biraz da gücenerek, "Telgrafların hepsi tabii senin içindir. Bana kimse telgraf çekmez," dedi. Barbara –galiba alay ederek ve kendini beğenerek– güldü: "Aksine, Hendrik. Birçok kişi sana yollamış – mesela Marder." Mektup, kart ve telgraf yığınından Hendrik'e gelen kâğıtları ayırdı. Muhtemelen alay maksatlı deyimlerle kaleme alınmış Theophil Marder'in nikâh mesajından başka ufak Angelika, müdür Schmitz ve Kroge, Hedda von Herzfeld ile –bu onu dehşete sokmuştu– Juliette de tebrik göndermişlerdi. Bu adresi, bu tarihi nereden biliyordu? Benzi sararan Hendrik kâğıt şeridini buruşturdu. Dikkat dağıtmak için ironiyle ve abartarak Barbara'ya gelen hediyelere, porselen ve gümüşler, kristaller, kitaplar ve süs eşyalarına baktı hayranlıkla, dost ve akrabalarının sevecen bir özenle seçtiği faydalı ve kibar şeylerdi. Barbara, "Bütün bu enfes şeylerle ne yapalım şimdi?" diye sorup şaşkınlıkla, önlerindeki büyük nimete baktı. Hendrik bu zarif aletlerin Hamburg'daki odasında hoş duracağını düşünüyordu fakat dile getirmedi, sadece gülüp küçümseyerek omuz silkti.

Derken, varlığı Hendrik'i huzursuz eden, "Sebastian" adlı genç adam yanlarına geldi. Barbara ile Hendrik'in zar zor takip edebildiği hızlı, anlaşılması zor, özel imalar yönünden zengin bir jargonla konuşuyordu. Barbara'nın en iyi çocukluk arkadaşım dediği ve güzel şiirler ile zekice makaleler yazdığını iddia ettiği bu şahıstan kesinlikle hoşlanmadığını tespit etti Höfgen. Güler yüzlü davranmasına rağmen Sebastian'ın yakınında kendini hayli rahatsız hisseden Hendrik, ‹Kibirli ve dayanılmaz biri!' diye düşündü. Ama tam da bu nobran, biraz da alaycı güler yüzlülük incitici geliyordu. Sebastian'ın kalın bir perçemle alnına düşen gür, kül sarısı saçları ve gaga burunlu, bakışları dumanlı, gri gözlü, narin çizgili, biraz yorgun, uzun bir suratı vardı. Hendrik öfkeyle, 'Muhtemelen bunun babası da profesör falandır', diye düşündü. 'Böyle şımarık, nüktedan bir oğlanla ilişki, Barbara'yı sonunda mahvedebilir.'

Yemekten sonra hep beraber sofada oturdular, çünkü teras çok sıcak olmuştu. Frau Bella edebiyat hakkında konuşmayı vazife bellemişti. Anlatıyordu, trende öyle güzel bir şey okumuştu ki, tabiri caizse sürükleyici bir şeydi, kimin kitabıydı, "şey, bizim büyük Rus'un, şu en büyük Rusumuzun!" diye bağırdı kadıncağız yapmacık. "İsmini nasıl unutabildim, halbuki daima en sevdiğim yazar olmuştur!" Nicoletta, Tolstoy olmasın sakın, diye teklifte bulundu. Frau Bella ferahlayarak, "Çok doğru, Tolstoy!" diye doğruladı. "Diyordum ya: en büyük yazar – bu da yazdıklarının en yenisi." Fakat anne Höfgen'e bu kadar zevk veren kitabın küçük bir Dostoyevski hikâyesi olduğu çıktı meydana. Hendrik kan kırmızı kesilmişti. Mevzuu değiştirmek ve annesini böyle utanılacak durumlarda zorda bırakmayacağını bu kibirli insanlara ispatlamak için göstere göstere Frau Bella'yla laflayıp samimiyetle gülerek, geçmiş yıllarda cereyan etmiş bazı komik olayları hatırlatıyordu. Evet, ana-oğul karnaval zamanı büyük bir parti düzenleyip baba Köbes'i korkuttuklarında çok komik olmuştu! Frau Bella paşa, küçük Hendrik –adı o zamanlar Heinz idi ama söylemediler– Hint dansözü kılığına girmişti. Bütün evi alt üst etmişler, baba Köbes eve geldiğinde gözlerine inanamamıştı. Hendrik, "Tiyatroya gitmem gerektiğini ilk fark eden annemdi," deyip annesine sevgiyle baktı. "Babam uzun zaman bunu duymak bile istemedi." Sonra da oyunculuk kariyerinin başlama hikâyesini anlattı. Savaş sırasındaydı, 1917'de, daha on sekizinde olan Hendrik, bir gazete parçasında, Belçika'nın işgal ettiği bölgedeki bir cephe tiyatrosunun genç oyuncular aradığına dair bir ilan bulmuştu. "Ama kaderimi belirleyen bu gazete parçasına nerede rastladım," dedi Hendrik, "işte onu anlatamam." Herkes gülünce, sanki çok utanmalıymış gibi davranıp yüzünü sakladığı ellerinin arasından güçlükle şunları söyledi: "Evet, evet – korkarım, tahmin ediyorsunuzdur..." – Generalin karısı utanmadan, "Klozette!" diye sevinçle haykırdı, kuvvetli kahkahası cesur bir koloraturla en alçak pesten en gümüşi tize kadar sıçrıyordu.

İçerideki hava gittikçe şenlenip canlanırken Hendrik, baba rolü oynamak zorunda kaldığı gezici tiyatro anekdotlarına geçti: Artık kasılmadan, neşeli neşeli, eskiden tecrübe ettiği parçaları çıkarıp göz kamaştırıyordu, çünkü hikâyelerini bu çevrede bilen henüz yoktu. Yalnız Barbara bazılarını duymuştu, bu yüzden anlatanı seyreden bakışları şaşkın, hatta birazcık da tiksinti doluydu.

Akşam bazı dostlar geldi; Hendrik'in, parasını ödemediği frakı giyme vakti gelmişti, üzerinde harika duruyordu. Sofra çiçeklerle güzelce süslenmişti; müsteşar kızartmadan sonra şampanya kadehine vurup bir konuşma yaptı. Herkesi, özellikle de Hendrik'in annesi ile kız kardeşini selamladı –selamlarken Frau Bella'ya şakacıktan bir iltifatla "diğer genç Frau Höfgen" dedi–, sonra da genelde evlilik meselesine, özelde taze damadının sanatkârane başarılarına temas etti. Kelimelerini özenle ve itinalı bir maharetle seçen müsteşar, oyuncu Höfgen'i, gündüzleri görünmeyip akşam sihirle bir tür masal prensine dönüşebilen biri olarak nitelemeyi başardı. "İşte şurada oturuyor!" diye bağıran Bruckner'in ince, uzun işaret parmağıyla gösterdiği Hendrik hemen biraz kızardı. "İşte şurada oturuyor, bir bakınız! Sırım gibi bir delikanlıya benziyor – elbette iyi kesimli frakıyla heybetli dursa da nispeten silik biri. Akşamları ışıkların içinde sahnedeyken dönüştüğü rengârenk, büyüleyici figürle karşılaştırdığımda silik tabii. Orada ışıldamaya başlıyor, orada karşı konulmaz oluyor!" Kendini konusuna kaptıran âlim, –sahnede hiç görmediği, yalnız Rilke okuyucusu diye bildiği– oyuncu Höfgen'i, gündüz zekice kendini gözden uzak tutan ve karanlıkta baştan çıkarıcı olan hünerli bir ateş böceğine benzetti. O esnada, generalin karısı uzun saplı gözlüğünün asılı durduğu kolyesini şıngırdatırken Nicoletta tiz bir kahkaha kopardı.

Müsteşar, lafını bitirirken genç çifti tebrik etti. Hendrik Barbara'nın elini öptü. "Ne güzel görünüyorsun!" deyip ona samimiyetle gülümsedi. Barbara'nın elbisesi koyu çay rengi ipektendi. Nicoletta bunu beğenmeyip modaya uymadığını, evin terzisinin diktiği belli olan vasat bir kostüm olduğunu iddia etmişti. Fakat kimse elbisenin üstüne fevkalade yakıştığını inkâr edemezdi. Eski dantellerden yapılmış geniş yakanın üstünde –yaka generalin karısının nikâh hediyelerinden biriydi– duygulandıran bir zariflikle esmer boynu yükseliyordu. Hendrik'e selam verirken gülümseyişi biraz dalgındı. Siyaha kaçan mavi, yumuşak, etrafı kolaçan eden bakışları, karşısında duran Höfgen'i ıskalıyor muydu? Kederli ama biraz da alaylı görünen bu bakışlar kimeydi? Aniden kafası karışan Hendrik arkasını döndü. Barbara'nın arkadaşı Sebastian'ı gördü: Omuzları sarkmış, başı öne uzanmış, kendine has duruşuyla genç çiftten birkaç adım uzakta dikiliyordu. Suratı pusluydu ve zoraki dinleyen bir ifade taşıyordu. İki elinin parmaklarını tuhaf bir şekilde oynatıyordu – sanki havada piyano çalıyordu. Ne demekti bu? Gizli anlamını yalnız Barbara'nın anlayacağı işaretler mi yapıyordu? Sinir bozucu adam neye kulak kabartıyordu? Ya yüzündeki üzüntü niyeydi? Barbara'yı seviyor muydu? Kesin seviyordu. Muhtemelen onunla evlenmek istemiş, belki de yıllar önce ikisi çocukça sözlenmişlerdi. Hendrik yarı muzaffer, yarı dehşetli, 'Şimdi her şeyini mahvettim!' diye düşündü. 'Benden nasıl da tiksiniyor!' Gözlerini Sebastian'dan ayırıp diğer misafirlere, meşhur evin dostlarına çevirdi, hepsinin yüzlerinin üzgün olduğunu gördü. Simaları iyi çalışılmış, karakterli adamlar –selamlarken isimlerini anlamamıştı ama ileride profesör, yazar, doktor olacaklardı herhalde– Sebastian'la uğursuz benzerlikleri olan birkaç genç ve tuvaletleri içinde kılık değiştirmiş gibi görünen kızlardı bunlar. Sanki sair zamanlardan gelmişler, gri, kareli pantolonla, beyaz laboratuar önlüğüyle veya yeşil bahçıvan kıyafetiyle dolaşıyorlardı. Hendrik'e yönelttikleri bakışlarda alay ile haset birbirine karışır gibiydi. Bunların hepsi Barbara'yı mı sevmişti? Onu hepsinin elinden mi alıyordu? Sırf Barbara'nın esrarengiz – ve muhtemelen geçici– kaprislerinin hatırına zoraki aynı masaya oturdukları şüpheli, ciddiyetsiz bir zıpçıktı mıydı kendisi? Gerçekte bu insanlar alakasız şeyler, yeni bir kitap, bir tiyatro temsili veya onları kaygılandıran siyasi durum hakkında konuşuyorlardı. Hendrik ise yalnız kendisiyle meşguller sanıyordu; yalnız kendisi hakkında konuşuyor, gülümsüyor, kendisiyle alay ediyorlardı.

Bir yerlere gizlenebilirdi, bir anda çok utanmıştı. Müsteşar da konuşmasıyla onu alaya mı almak istemişti? Bugün yaşadıkları, birkaç saniye içinde düşmanca, alçaltıcı bir hal almıştı. Müsteşarın daha demin onu çok gururlandıran hoşgörülü ve neşeli, ironiyle karışık iyi niyeti aslında apaçık ortaya konan bir kibrin, herhangi bir sertlikten çok daha incitici ve küçük düşürücü bir hali değil miydi? Hendrik generalin karısının laubali neşesinin de ne kadar gurur kırıcı bir alay barındırdığının ancak şimdi farkına varıyordu. Şüphesiz çok etkileyici bir şahsiyetti, tam manasıyla salon kadınıydı ve şu an, dimdik yürüyerek, amirane bir kaygısızlıkla uzun saplı gözlüğünü şakırdatarak genç çifte yanaşırken baş döndürücü görünüyordu; bembeyaz giyinmiş, iri, donuk parıltılı incilerden oluşan kolyesini üç defa boynuna dolamıştı. Öğlen, gri kostümüyle bir 18. yüzyıl markizine benzerken beyaz elbisenin içinde ve şahane taşların parıltısıyla şimdi neredeyse bir papa kadar heybetliydi. Konuşma tarzının kabalığı, duruşundaki zarafetle muazzam pervasızlıkta bir tezat oluşturuyordu. Avazı çıktığı kadar, "Ateşböceği ve küçük Barbara'mla kadeh tokuşturmam lazım!" diye bağırdı, şampanya kadehini çalkalıyordu.

Öbür taraftan Nicoletta gelmişti, onun da elinde kadeh vardı. Gözleriyle kıvılcımlar saçarak, dikkat çeken ağzını kıvırdı. Generalin karısı, "Şerefe!" diye bağırdı. "Şerefe!" diye bağırdı Nicoletta da. Hendrik önce muhteşem büyükanneyle, sonra da Nicoletta'yla, yani rüzgârın, kendisininki gibi inanılmaz bir yazgıyla bu muhite attığı kızla kadeh tokuşturdu. Burada –şaşırtıcı bir figür olarak, müsteşarın meraklı ve müsamahalı hoşgörüsüne, generalin karısının kendinden emin canlılığına sığınarak– Barbara'nın sevgisinin candan himayesiyle hareket ediyordu. O an Hendrik, çok belirgin ve güçlü bir aidiyet hissi, Nicoletta'ya kardeşçe bir sempati duydu. Anlıyordu: O da kendisi gibiydi. Gerçi babası, yaşama şevki ve bilmiş zekâsıyla yüzyılın dönümünde bohem hayatları büyülemiş olan bir edebiyatçı ve maceraperestti, kendi babasının küçük burjuva sefahatiyse kimseyi büyüleyememiş, sadece alacaklıları sinir edebilmişti. Burada ise, iyi tahsilli, çok varlıklı kimseler arasında –birçoğunun pek bir varlığı yoktu ama istisnasız herkesi Karun gibi zengin sanıyordu– Barbara'nın himayesi sayesinde yanlarında tahrik edici bir güvenle davranabildiği bu kendinden emin, ironik ve zeki insanların arasında, Nicoletta ve Hendrik'in ikisi de aynı rolü, iki alaca kuşu oynuyordu. İkisi de, kendilerini ait hissetmedikleri bu cemiyet tarafından yükseltilmeye ve onlara karşı kazandıkları zaferin tadını intikam niyetiyle çıkarmaya içten içe karar vermişti.

"Şerefe!" dedi Hendrik. Kadehi hafifçe şangırdayarak Nicoletta'nın kadehine çarptı. O arada laflayıp gülerek masanın etrafını dolanan Barbara, babasının yanına varmıştı. Kollarını sessizce boynuna sarıp onu öptü.

Genç çifte balayı seyahatinde eşlik eden Nicoletta, Yukarı Bavyera'daki göllerden birinin kıyısında güzel bir otel tavsiye etmişti. Barbara burada çok mutluydu: İnişli çıkışlı çayırları, ormanları ve sularıyla sakin, henüz heyecansız olan ama kahramanca ve cesaretli şeyleri de bir unsur ve bir imkân olarak içinde barındıran böyle kırları seviyordu. Lodos çıkınca dağlar çok yakınlara geliyor gibi duruyordu. Gün batımı ışığında çatallı zirveler, karlı yamaçlar kana boyanıyorlardı. Fakat karanlık basmadan önceki saatlerde zirveler ve yamaçlar, yüce bir solgunluk, demirden bir huzur içindeyken ve cama, metale, taşa değil de nadir ve tamamıyla meçhul bir elemente benzedikleri, zor işlenen, kıymeti sonsuz, tüm sertliğine rağmen çok hassas, yabancı bir cevherden yontulmuş gibi durdukları zaman, özellikle seviyordu bu manzarayı.

Hendrik manzaranın cazibesi ve yüceliğine karşı duygusuzdu. Zarafetle işletilen otelin atmosferi onu huzursuz ediyor, asabileştiriyordu. Garsonlara şüpheli ve sinirli davranıyordu; kendisine diğer müşterilerden daha kötü davrandıklarını iddia ediyor ve daha şimdiden kendisini imkânlarının ötesinde yaşamaya sevk ettiği için Barbara'ya serzenişte bulunuyordu. Diğer taraftan kibar muhitte olmaktan çok memnundu. Tatmin hissiyle, "Burada bizden başka neredeyse yalnız İngilizler var!" diyordu.

Hendrik'in, asabiliğine rağmen bazen keyifli saatleri de oluyordu. Öğleden önce mavi suların içlerine kadar giren ve öğlenleri küçük, beyaz, yaldızlı, aşırı süslü bir vapurun yanaştığı tahta köprüye uzanıyorlardı. Nicoletta jimnastik ve idman yapıyordu; ip atlıyor, amuda kalkıp yürüyor, alnı zemine değene kadar gövdesini geriye büküyor, Barbara ise tembel tembel güneşleniyordu. Fakat sonra yüzmeye başladıklarında Barbara, hırslı Nicoletta'dan iyi olduğunu gösteriyordu, daha hızlı ve uzun yüzebiliyordu. Hendrik spor rekabetinde yoktu, ayak parmakları soğuk suya değse bağırıyor, Barbara ne diller döküp alay edince ancak birkaç yüzme hareketi yapmasını sağlayabiliyordu. Korku içinde, aklı yalnız sığda kalmakta olan, yüzü endişeli kırışıklarla dolu Hendrik bu tehlikeli unsurda, yani suda zahmet çekiyordu. Barbara neşesi yerinde, onu izliyordu. Birden Hendrik'e seslendi: "Annene gülünç derecede çok benziyorsun – hele yüzerken her zamankinden çok. Aman tanrım, suratın onunkiyle aynı!" Hendrik buna o kadar kıkırdadı ki kulaç atmaya takati kalmadı, bir sürü su yuttu, neredeyse boğulacaktı.

Akşam dans ederken marifetini belli etti. Nicoletta'yı veya Barbara'yı tangoya kaldırdığında otelin bütün müşterileri, hatta garsonlar bile bayıldı. Diğer erkeklerden hiçbiri böylesi eda ve bu kadar zarafetle hareket etmeyi beceremiyordu. Hendrik gerçek bir gösteri yapıyordu, bitirdiğinde herkes alkışladı. Gülümseyerek reverans yaptı, sanki sahnedeydi. Diğer insanlarla birlikte seyirci olsa, kendini mahcup ve yılgın hissediyor, parlak bir ışığa çıkıp oradan ışık saçmaya başladı mı kendine güveni geri dönüyor, kesin bir zafer halini alıyordu. yalnızca yüksek bir yerde, sırf kendisine teveccüh etmek, hayran kalmak, alkış göndermek için var olan bir kalabalığa karşı dururken kendini gerçekten rahat hissediyordu.

Bir gün, Nicoletta'nın hararetle tavsiye ettiği gölün kıyısında, Theophil Marder'in yazlığı olduğu meydana çıktı; Barbara bunu öğrendiğinde suspus olmuş, efkârdan gözü kararmıştı. Hicivciye gitmeyi önce reddettiyse de sonradan Nicoletta onu gezmeye gitmesi için kandırabildi. Kaç defa köprüden gözlemledikleri beyaz, yaldızlı vapurla gölü geçtiler. Hava güzeldi; hafif ve taze bir rüzgâr ışıl ışıl gökyüzü kadar mavi suyu hareketlendiriyordu. Nicoletta ne kadar neşelense, arkadaşı Barbara o kadar sessizleşiyordu.

Theophil Marder misafirlerini kıyıda bekliyordu. Geniş, pileli golf pantolonu, bir de tuhaf duran beyaz güneş başlığı ile iri kareli spor bir takım giymişti. Konuşurken küçük İngiliz piposunu ağzından çıkarmıyordu. Nicoletta, ne zamandır pipo içtiğini sorduğunda dalgın dalgın gülümseyerek, "Yeni insanın yeni alışkanlıkları. Değişiyorum. Her sabah kendi kendimden korkuyorum. Çünkü uyandığımda akşam yatarkenki ben olmuyorum artık. Zihnimin büyüklüğü ve gücü, gece boyu epey artmış oluyor. Uykudayken sürekli muazzam bilgiler geliyor. Bu yüzden de alabildiğine, günde en az on dört saat uyuyorum," dedi. Şapkasının yol açtığı huzursuzluğu bertaraf etmeye pek uygun olmayan bu konuşmayı içten gelen kuzu melemesi gibi bir kahkaha izledi. Sonra yeniden toparlandı. Barbara'yı görmezden geliyormuş gibi yaparken Hendrik ile Nicoletta'ya en güzide sevecenliğini atfediyordu.

Rengi değiştirilmemiş bir ağaçla kaplı, büyük, açık renk ve zarif bir yemek odasında yedikleri yemekten sonra Theophil, kolunu Höfgen'in omzuna dolayıp onu kenara çekti. "Erkek erkeğe, aramızda kalsın," dedi oyun yazarı, huzursuzca bakıp mor dudaklarını bıyığının altından şaplatarak kıpırdattı. "Tecrübenizden memnun kaldınız mı?" Hendrik, "Ne tecrübesinden?" diye sordu. Bunun üzerine Theophil yüksek sesle kahkaha atıp hırslı ağzını daha çok kıpırdatmaya başladı. "Ne olacak? Evliliğinizi kastediyorum tabii!" diye kabaca fısıldadı. "Harika bi' tipsiniz, böyle bir şeye girişilir mi! O müsteşarın kızının hakkından kolay kolay gelinmez. Ben de denedim!" diye itiraf edip fenalıkla baktı. "Onunla çok eğlenemezsiniz, azizim. Sünepe kadının biri, bana, yani asrın en yetkin uzmanına inanın, hantal kadının biri."

Hendrik bu ifadeye öyle afalladı ki monoklünü gözünden düşürdü. Bu arada Marder şakayla Hendrik'in karnına vuruyordu. Birden keyfi yerine gelip, "Alınmayın sakın!" diye bağırdı. "Belki siz becerirsiniz, hiç belli olmaz, ne de olsa harika bi' tipsiniz!"

Bütün öğleden sonra bu devrin üzücü niteliği olan disiplin eksikliğinden yakındı durdu. Olabildiğince yoğunlukla, aynı tespit ve nidaları sayısız defa tekrarlamaktan usanmıyordu. Durmadan temin ediyordu: "Şahsiyet kalmamış! Bir *ben* varım! Ne kadar özenle bakınsam da etrafa, her defasında yalnız kendimi buluyorum!" Kendini aceleyle geçmişteki bazı büyük adamlarla, hem Hölderlin hem de Büyük İskender'le kıyasladı; gençliğini yaşadığı o "güzelim eski zamanları" hiddetle övdü ve konuyu buradan Müsteşar Bruckner'e bağladı. Theophil, "Yaşlı adam feci sıkıcı," diye konuştu. "Ama hâlâ zinde, eski kafa, şarlatan değil. Nispeten dikkate şayan bir arkadaş, şüphe yok. Arkasından gelenler daha fena. Bu çağda ancak ebleh veya suçlu yetişiyor." Sonra üç genci –Nicoletta, Barbara ve Hendrik'i– binlerce ciltlik kütüphanesine götürüp onlardan "önce bir şeyler öğrenmelerini" istedi. "Hiç birinizin bir şeyden haberi yok!" diye çıkıştı. "Millette cehalet ve ahmaklık ayyuka çıkmış! Paçavra bir nesil. Avrupa'da felaket bu yüzden kaçınılmaz ve daha yüksekten bakıldığında meşrudur da." Hendrik'i Yunanca kuraldışı fiillerde sınamaya kalkışınca Barbara yola çıkma vaktinin geldiğini belirtti.

Nicoletta eve dönerken vapurda konuşuyordu, maceracı babasının da aynı Theophil Marder'e benzediğini düşünüyordu. "Bende babamın hiç resmi yok," dedi ve düşünmeye dalarak güneş ışığının artık vurmadığı, inci grisi renkte, batan günün içinde uzanan hareketsiz sulara baktı. "Resmi yok – yalnız afyon piposu var. Theophil'le çok ortak yönü vardı herhalde. Seziyorum. Marder'e işte bu yüzden bu kadar derinden bağlıyım." Küçük bir aradan sonra Barbara'nın sesi işitildi: "Baban kesin Marder'den çok çok daha naziktir. Marder hiç nazik değil." Nicoletta yeşil kedi gözleriyle muzip ve keyifli bakıp kendi kendine hafiften kıkırdadı.

Nicoletta artık hemen her gün vapurla Marder'in villasının bulunduğu karşı kıyıya geçiyordu. Öğlene doğru yola çıkıyor, çoğunlukla gece geç vakitte geri dönüyordu. Barbara gittikçe sessizleşip düşünceli bir hal alıyordu, özellikle de Nicoletta'nın yakınlarında olduğu kısa saatler esnasında.

Nicoletta'nın Theophil'le akılsızca ve inatla flört etmesi Barbara'yı efkârlandıran tek sebep değildi. Geceleri yatağında yalnız yatarken Hendrik'in –başarısızlık da denebilecek– tuhaf ve biraz utandırıcı davranışları kendisini rahatlatıyor mu, hüsrana mı uğratıyor, bunu anlamak için yüreğini dinliyordu. Evet rahatlatıyordu, fakat bununla birlikte hüsrana da uğratıyordu...

Barbara ile Hendrik'in odaları arasında bir bağlantı kapısı vardı. Höfgen geç saatlerde, eskimiş ve tantanalı sabahlığıyla dekoratif bir kılığa bürünüp karısının yanına girerdi. Başını geriye atıp, hafifçe ışıldayan esrarengiz gözlerinin kapaklarını yarı yarıya indirerek odayı hızla geçip şakıyan bir sesle Barbara'yı çok mutlu ve minnettar olduğu konusunda temin ederdi, Barbara daima hayatının merkezinde kalacaktı. Ona sarılırdı, ama biraz üstünkörü, Barbara kollarındayken sararırdı. Istırap çeker, titrer, alnı terlerdi. Utanç ve öfke, gözlerini yaşa boğardı.

Bu fiyaskoya hazır değildi. Barbara'yı seveceğini sanmıştı – evet, onu sahiden de seviyordu. Onu böyle mahveden, Prenses Tebab'la dostluğu muydu? Of, Barbara'nın güzel bacaklarında yeşil konçlu çizmeleri tasavvur edemiyordu. Acınacak ve başarısız sarılmalar azaba dönmüştü. Barbara'nın sessiz, biraz da şaşkın bir soru içeren gözlerinden alay ve sitem okuyordu sanki. Bu dehşetli durumu aşabilmek için aklına ne geliyorsa gevezelik ediyordu; canlanıyor, asabi bir gülüşün çalkantısıyla bir aşağı bir yukarı koşturuyordu.

Kıpırdamadan yatakta yatıp onu seyreden Barbara'ya, "Senin de benim kadar *iğrenç* küçük hatıraların var mı?" diye sordu. "Düşününce insanın içini hem üşütüp hem kavuran türden hatıralar – onları sık sık hatırlamak gerekir..." Barbara'nın yatağına yaslanıp kaldı; hummalı bir telaşla –yanaklarında sağlıksız, açık bir kırmızılıkla ve sürekli gülmenin yorgunluğuyla– anlatmaya başladı.

"On bir, on iki yaşlarındaydım, bizim lisenin erkek korosunda şarkı söylememe izin verdiler. Çok sevinmiştim, galiba diğer herkesten de daha iyi şarkı söyleyebiliyordum – şimdi o küçük, şeytani hatıra geliyor, dikkat et, anlatınca hiç de öyle berbat gelmeyecek. Bizim erkek korosu bir düğün vesilesiyle kilisedeki merasime eşlik edecekti. Büyük bir olaydı, hepimiz çok heyecanlıydık. Bense şeytana uydum, öne çıkmak istiyordum. Koromuz ilahiye başlayınca *iğrenç* bir fikre kapıldım, herkesten bir oktav tiz söyleyecektim. Sopranomla acayip övünüyordum, galiba tiz sesim kubbede yankılanınca güzel bir efekt yapar diye düşünüyordum. Gururdan kabara kabara orada dikilip keskin sesimle şarkı söyledim, koroya şeflik eden müzik hocası o an cezalandırmaktan çok, tiksinmiş gözlerle bana bakıp şöyle dedi: *'Sessiz ol be!'* Anlıyor musun, Barbara?" diye bağıran Hendrik ellerini alev alev yanan yüzüne koydu. "Ne kadar dayanılmaz olduğunu anlıyor musun acaba? Kuru kuruya, o kadar sessizce dedi ki, 'Sessiz ol be!' diye. Bense kendimi sevinç nidaları atan bir büyük melek sanıyordum..." Hendrik'in sesi kesildi. Uzunca bir aradan sonra, "Böyle hatıralar bazen içine girmek zorunda kaldığımız küçük cehennemler gibidir..." dedi. Şüpheli bir yüz ifadesiyle sordu: "Senin herhalde bu türden hatıraların yoktur, Barbara?"

Hayır, Barbara'nın böyle hatırları yoktu. Hendrik aniden sinirlendi, öfkelendi. Nefretle, "Bu yüzden işte!" diye bağırdı, gözlerinde şirret bir ışıltı vardı. "İşte bu yüzden, sen hayatında asla gerçekten utanmak zorunda kalmadın... Benim başıma öyle sık geldi ki, o zamanki daha ilk seferdi. Sık sık yerin dibine girmek zorunda kalıyorum – cehennemin dibine girer gibi fena bir şekilde utanmak... Kastettiğim şeyi anlıyor musun Barbara? Beni anlayabilir misin acaba?!"

V

Koca

Ağustosun sonunda genç çift, Nicoletta von Niebuhr'la birlikte Hamburg'a seyahat etti. Hendrik konsolosun karısı Mönkeberg'in villasında üç oda, küçük bir mutfak ve banyodan ibaret zemin katın tamamını kiralamıştı. Büyük ve rahat odaları dayayıp döşeme işi, oldukça yüksek masraflarını Müsteşar Bruckner'in karşılaması gereken bazı yeni eşyalarla tamamlandı.

Nicoletta otelde kalmayı tercih ediyordu. Gururlu ve asabi bir ifadeyle, "Şu Madam Mönkeberg'in evindeki dar kafalı burjuva havasına tahammül edemiyorum," diye açıkladı. Barbara havayı yumuşatmak ister gibi, konsolosun karısının kendi çapında çok saygıdeğer birisi olduğunu söyledi. "Yani ben onunla harika anlaşıyorum," diye de ekledi. Frau Mönkeberg taşınma hediyesi olarak biri siyah biri beyaz, iki yavru kedicik vermiş, akla gelebilecek her tür nezaketi göstermişti. Yaşlı kadın yeni kiracısını, "Evimde olmanızdan mutluyum, çocuğum," diye temin ediyordu. "İkimiz de aynı muhite aitiz." Babası üniversitede profesör olan konsolosun karısı, Dr. Bruckner'i gençken Heidelberg'de tanımıştı, Bruckner o zamanlar henüz üniversitede hoca değildi. Barbara'yı üst kata çaya davet ediyor, ona aile fotoğraflarını gösteriyor, arkadaşlarıyla tanıştırıyordu.

Nicoletta, Barbara'nın böyle davetleri kabul etmesine kızıp dalga geçiyordu. Kendisi otel odasında varyete cambazı, jigolo ve aşüfteleri ağırlıyordu. Bu orijinal muhite uğursuz ama asla imkânsız olmayan bir tesadüfle Juliette, namı diğer "Prenses Tebab"ın düşebileceğini düşününce bile Hendrik'i titreme alıyordu. Fräulein von Niebuhr, Siyah Venüs'ü ne büyük zevkle ağırlardı yanında! Çünkü sıradışılığının ve ahlaksızlığının züppeliğiyle fazlaca övünüyordu.

Duymak isteyen herkese başı dik bir tavırla, "Babamın arkadaşım demeye layık gördükleri benim için de kötü olmayacaktır," diyordu.

Nicoletta'nın o sıralar göz alıcı bir şekilde formda olduğu inkâr edilemezdi. Her yanı gerilimli duruyor, her yanı şimşekleniyor, insanı baştan çıkarıyor, elektrikle yüklüymüş gibi çatırdıyordu. Alnı bombeli, burnu iri ve kemerli, aralarından dişlerinin ışıldadığı dudakları pırıl pırıldı, küstah ve genç başını zaferinden her zamankinden daha emin taşıyordu. Sanatçı tiyatrosu kumpanyasındaki çoğu erkek ona şimdiden abayı yakmış, Petersen yine kendine hakim olamayıp çapkınlaşınca Motz onu azarlayıp hıçkıra hıçkıra ağlamış, Nicoletta'yı Atlantic Oteli'ne, epey pahalı bir akşam yemeğine davet etmekten caydıramamıştı. Ürkek ve ufak tefek Angelika'nın yedeği olarak yakışıklı Bonetti'ye hizmet vermeye alışmış olan Mohrenwitz'in de Nicoletta'nın daha keskin, hakiki ve güçlü cazibesiyle kendi şeytani çekiciliğinin gölgede kaldığını görerek keyfi kaçmıştı. Dudaklarına siyah ile mor arası bir ruj sürmek, kaşlarından geriye bir şey bırakmamak, midesi bulansa da uzun Virginia puroları içmek gayretli Rahel'in ne işine yarardı? Nicoletta kedi gözlerini ışıldatıp hipnoz gücüyle herkese, muhteşem bacaklara sahip olduğu fikrini dayatıyordu – büyülenmiş seyircilerini, bir damla su olmayan bir yerde palmiyelerin büyüdüğünü, maymunların zıpladığını görme derecesine getiren telkinci Hint masalcıları gibiydi.

Oskar H. Kroge aslında Fräulein von Niebuhr'a hiç katlanamasa da –insanların "böyle şeyler" görmek istediğini iddia eden dostu Schmitz'in hararetli tavsiyesi üzerine– sonbahardaki ilk oyunun başrolünü ona emanet etmişti: Nicoletta popüler bir Fransız piyesinde üçüncü perdenin sonunda sevgililerinden biri tarafından sahnenin ortasında öldürülen trajik yazgılı kibar fahişeyi oynuyordu. Genç katili Bonetti temsil edecekti, kendini beğenmişlik ve kibirle tiksinen gururlu mimikleri bu rolün hakkını verebilecek seviyedeydi, aslen sıradan biri olan büyük adam görünümündeki pezevenk de Höfgen'di, piyesi tercüme edip elden geçiren Frau von Herzfeld ise rejiyi üstlenecekti. Hendrik'e duyduğu kıskançlığı başka bir şahısa yoğunlaştıktan beri anne şefkatiyle yaklaştığı Nicoletta'ya, "Bu entrikada 'Knorke'dekinden çok daha büyük başarı yakalayacaksınız," diye tahminde bulunuyordu. Nicoletta kesin ve küstah bir dille, "Ben de aynı kanaatteyim," diye karşılık verdi. "Yarın akşam sergileyeceğim performans Hamburg'da daha önce eşine rastlanmamış bir performans olacak."

"Aman nazar değmesin, bana öyle geliyor ki bu piyesi en azından otuz defa peş peşe sahneleyebiliriz," diyerek sırıtan Schmitz batıl inançla birkaç defa tahtaya vurdu. Perde kapanmıştı, bina alkışla inliyordu. Niebuhr hakkında sürekli, başkalarına kalsa ölüm sahnesini ona bir daha oynatırlardı, deniyordu. Rolf Bonetti silahını üstüne doğrulttuğunda Nicoletta'nın bağırış ve el kol hareketleri gerçekten de son derece acıklıydı. Bonetti ateş eder, trajik fahişe düşer, uzuvlarını burkar, inler ve tam ölürken uzunca bir nutuk atıp kıskanç sevgilisine ve tüm erkeklere çok acı ve insanın içine işleyen sitemlerde bulunur, sonra dua eder ve bir defa daha inleyip can verir.

Ertesi günkü eleştiriler bir heyecan cümbüşüydü. Bütün gazeteler Nicoletta'nın performansının olağanüstü seviyede olduğunda hemfikir görünüyordu. En çok okunan *Mittagzeitung*'un ilk sayfasında başlık olarak, "Nicoletta von Niebuhr büyük bir kariyerin başında" yazıyordu. *Berliner Blätter*'de de benzer şeyler yer alıyordu. Sanatçı tiyatrosunun gişesinde insanlar daha öğleden önce sıraya girmişti ve yıllardır böyle bir şey olmamıştı. Etkileyici fahişe dramının sonraki beş temsilinin biletleri şimdiden tükenmişti.

Nicoletta prömiyerden sonraki gün Theophil Marder'den şu telgrafı aldı:

"Senden derhal yanıma gelmeni istiyorum stop oyuncuyum diye fahişelik etmeni yasaklıyorum stop içimdeki namus hissi alçalmana karşı çıkıyor stop disiplinli kadın kayıtsız şartsız dâhiyane erkeğine ait olacak, erkeği onun yanına taşınmasını istiyor stop seni yarın istasyonda bekliyorum stop bu kritik durumda başarısız olur da hangi bahane fark etmez, buraya varmakta gecikirsen, dünyanın vicdanı olan şahsım tarafımdan kesinlikle reddolunacağını bil, Theophil."

Başarısını kutlamak için toplanan birkaç balerin ile jigoloyu amirane tavırlarla yanından kovdu. Höfgen'i arayıp kısa ve öz, bir saat içinde güneye seyahat etmeyi tasarladığını açıkladı. Hendrik, şaka mı ediyor, yoksa aklını mı oynattı, bilmek istiyordu. Nicoletta soğuk bir açıklamada bulundu: İkisi de değildi. İşinden ve oyunculuk kariyerinden tamamen vazgeçiyordu. Fransız fahişelik piyesindeki rolünü çok zorlanmadan başkasına verebilirlerdi, Rahel Mohrenwitz bu role çoktan hazırlanmıştı muhtemelen. Nicoletta içinse dünyada tek bir şey önemliydi: Theophil Marder'in sevgisi. Disiplinli kadın kayıtsız şartsız dâhiyane erkeğinin yanına aitti, erkeği yanına taşınmasını istiyordu – Fräulein von Niebuhr, Höfgen'i şaşırtarak, telefonda işte bunları söyledi.

Dehşetten neredeyse sesi kısılan Hendrik mırıldandı: "Hastasın sen. Taksiye atlayıp yanına geliyorum." Barbara'yla beraber on dakika sonra, bavullarını toplayan Nicoletta'nın odasındaydı.

Barbara'nın suratının asil ve hassas ovalliği, yaslandığı duvar kadar beyazdı. Barbara susuyor, Nicoletta susuyor, bir tek Hendrik konuşuyordu. Önce alay etti, sonra yalvardı, nihayet tehdit etti ve sinirinden kudurdu. "Sözleşmen var! Sözleşmeyi ihlalin cezası var!" Nicoletta sessiz ama keskinliğini yitirmeyen bir netlikle cevap verdi: "Herr Kroge beni elinde tutmak için Theophil Marder'le mahkemelerde sürünmeyi pek istemeyecektir." Hendrik düşünmesini istiyordu: "Kariyerin mahvolur. Dünyadaki hiçbir tiyatro seni işe almaz." Bunun üzerine Nicoletta: "Binlerce zevk duyarak bu kariyerden vazgeçtiğimi söyledim sana. Karşılığında alacağım şey daha kıymetli, önemli ve güzel, kıyas bile kabul etmez." Sesi keskinliğini yitirmişti artık, zor zapt ettiği sevinçten şakıyordu adeta. Hendrik sarsıldığını gizleyemiyordu. Bu kız tam bir muamma olmaya başlamıştı. İnsanı bunca şey vaat ederek başlayan bir kariyeri çöpe atacak kadar şiddetli yakalayan tutkular gerçekten de var mıydı yani? Hendrik'in hayalgücü, üstesinden pek gelemeyeceği hisleri tasavvur edecek durumda değildi. Kapılacağı tutkuların, daha ziyade kariyerine yarayacak getirileri olurdu, kariyerini tehlikeye atmalarına, hele de mahvetmelerine asla müsaade etmezdi. "Ve bütün bunlar şu sünepe, yalancı peygamberin uğruna," dedi nihayet. O an Nicoletta iyice doğruldu, burnuyla havayı eşeleyip tısladı: "Yaşayan en büyük insan olan sözlüm hakkında böyle konuşmaktan men ederim seni." Hendrik bitkin bitkin gülümseyip alnındaki teri sildi. "Peki," dedi, "öyleyse bunu herhalde zavallı Kroge'ye anlatmam gerekecek."

Hendrik sanatçı tiyatrosuyla telefonlaşırken Barbara'nın üzüntülü sesi ilk kez duyuldu. "Demek onunla evleneceksin?" diye sordu.

Nicoletta ürkütücü bir neşeyle, "Şayet beni alırsa!" diye karşılık verirken arkadaşına bakmaktan çekiniyordu.

Barbara, "Adam senden otuz yaş büyük. Baban yaşında," dedi.

"Çok doğru," dedi Nicoletta, gözleri delice kıvılcımlar saçıyordu. "Babam gibi zaten. Kaybettiğim babamı onda yeniden buldum. Eski bağ muhteşem biçimde yenileniyor."

Barbara istirham ederek, "Adam hasta," dedi.

Fakat gözüne perde inen Nicoletta başı dik, "Onda dâhilerde rastlanan ulvi bir sıhhat var," diye cevap verdi.

Bunun üzerine Barbara ancak, "Aman tanrım, aman tanrım," diye inleyip elleriyle yüzünü kapadı.

Bir on beş dakika sonra Oskar H. Kroge, müdür Schmitz ve Frau von Herzfeld geldiğinde Nicoletta bir yığın bavulunu çoktan toplamış, otelin girişinde dikilmiş, kendisini istasyona götürecek arabayı bekliyordu.

Sesi aniden yumuşaklığını yitiren ve bağırmaya başlayan Schmitz polisle, tutuklamakla tehdit etmeye başladı, Oscar H. Kroge yaşlı bir kedi gibi tıslarken Nicoletta yırtıcı kuşlar gibi gagalıyordu, Frau von Herzfeld onu makul sözlerle yola getirmeye çalışıyor fakat Nicoletta'nın sivri alayı ve buz gibi heyecanı karşısında sesi kesiliyordu. Her kafadan bir ses çıkıyordu: Schmitz tükenen biletlere yanıyor, Kroge sanatçı sorumluluğu hissinin ve insani terbiyenin eksikliğinden dem vuruyor, Herzfeld ise Nicoletta'nın davranışını bezdirici bir ergenlik isterisi nöbeti diye niteliyordu. Bu arada Barbara, çaktırmadan oteli terk etmişti. Nicoletta Barbara'yla vedalaşmadan yola çıktı.

Nicoletta'nın ani gidişi Barbara için yalnız acı değil, neredeyse bir tür rahatlama da verdi. Nicoletta ile Theophil Marder'in "gizli gizli" kutladığı nikâh haberini çok duygulanmadan karşıladı. Aslında tüm düşündüğü, 'Zavallı Nicoletta'dan ibaretti. Kalbi onca yıldır meşgul olduğu, zevkini de acısını da tattığı bir arkadaşlığın dertli keyfinden vazgeçmeye çoktan başlamıştı. Barbara artık Nicoletta'yla bir gelecek düşünemiyor, ne var ki ortak geçmişlerini hatırlayıp muhteşem ve manidar şartların meydana getirdiği, çok tuhaf kanunlarla gelişen bir arkadaşlığın hikâyesini kendi kendine anlatmaktan hoşlanıyordu.

Hayatı –kızının anlattığı gibi belki pek öyle maceralı olmasa da– sıkıntılarla geçen babası Willy von Niebuhr, Nicoletta'yı hiçbir zaman fazla umursamamıştı. Çin'de öldüğünde, kızı on üç yaşındaydı. Nicoletta'nın, Lozan'daki bir yatılı okuldan vahim bir skandalla atılmasının üstünde henüz çok zaman geçmemişti. Fazla ömrünün kalmadığını bilen Niebuhr, öğrenciyken arkadaş olduğu Bruckner'e Şangay'dan, "Çocukla ilgilen!" diye mektup göndermişti. Müsteşar yeni, uygun bir yatılı okul veya başka bir konaklama imkânı bulunana kadar kızı birkaç haftalığına kendi evinde misafir etmeye karar verdi.

Nicoletta, Brucknerlerin evine, burnu iri ve kemerli, kedi gözleri ışıl ışıl, bedeni cılız ve esnek, başının duruşu gururlu ve zaferinden emin, ölçülü bir ciddiyette, zeki ve inatçı bir genç kız olarak geldi. Genç misafir müsteşara bütünüyle tekinsiz görünüyordu: Ayartıcı ve tehditkâr bakışı, üstüne basa basa, keskin bir telaffuzla konuşma tarzı, davranışlarındaki şeytani doğruluk... Eksantrik bir arkadaşın garip kızını bu kadar yakınında tutup bütün gün seyretmek zorunda kalmayı biraz nahoş buluyordu açıkçası.

Barbara'nın Nicoletta'ya böyle sıkı bir dostlukla bağlanmasına şaşırdıysa da engel olmadı. Çocuğunu bu yabancı, aşırı, acayip kıza çeken neydi? Babası bu konuyu şefkat hisleriyle düşündü. Galiba Barbara Nicoletta'da kendisine hiç mi hiç benzemeyen birini arıyordu... Yine de babası bu dostluğu, Nicoletta'yı evinden uzaklaştırmaya uğraşacak kadar sakıncalı görüyordu. Kızı, Fransız Riviyerası'ndaki bir pansiyona emanet etti ama çok geçmeden orada da skandal çıkınca Nicoletta, Brucknerlerin villasına geri döndü. Uzaklaştırıldı, yine geldi: Bu oyun sık sık tekrarlandı. Nicoletta genç yaşında hem ciddiyetle hem pervasızca sürdürdüğü hayatının beraberinde getirdiği çok sayıda maceranın yorgunluğunu Barbara'nın yanında atıyordu. Barbara onu hep bekliyor, Nicoletta çaldığında kapısını her zaman açıyordu; müsteşar bunu görüyor, şaşırıyor, belki tasalanıyor ama sabrediyordu. Hem, güzel ve akıllı kızının, arkadaşının tuhaf yaşantısına bu kadar sadakatle ilgi gösterirken kendi hayatını asla ihmal etmediğini de fark ediyordu. Oyun oynarcasına dalgın dalgın, bin tane işle uğraşıyordu, kaprisleri ve kaygılarına çok sabırlı bir sempatiyle karşılık verdiği dostları vardı. Hem havai ve hem düşünceliydi; hem yarı Amazon kadını hem yarı rahibe, hem soğuk hem iyi niyetli; çok kırılgan ve belli bir sınırı asla aşamayacak sevecenliklere daima hazırdı. Barbara böyle yaşıyordu, belki de *Nicoletta'yı beklemesi*, günün her saati Nicoletta'nın baskın yaparcasına gelmesine hazır oluşu, hayatına gizli anlamını, ihtiyaç duyduğu gizli merkezi sağlıyordu.

Nicoletta hep yeniden gelmişti. Barbara onun bu defa gelmeyeceğini seziyor ve biliyordu. Bu defa esaslı, kesin bir şey olmuştu. Nicoletta, Theophil Marder'de babasına –veya babasına dönüştürdüğü efsanevi figüre– benzeyen erkeği bulduğunu sanıyordu. Artık Barbara'ya ihtiyacı yoktu. Yeniden bulduğu babasına, yeni sevgilisine, bütün hareketlerini belirleyen dramatik bir ihtişamla hayatını teslim ediyordu. Başını hep dik tutan ama emir almayı da seven Nicoletta adamın ölçüsüz ve aşırı sıkı iradesine boyun eğiyordu. Barbara'nın burada ne işi kalmıştı? Sırnaşmayacak kadar gururlu, şikâyet etmeyecek kadar kibirliydi; sesini kesip ne manaya geldiği anlaşılmayan neşeli yüzünü korudu. 'Zavallı Nicoletta', diye düşünüyordu. 'Artık hayatınla kendin başa çıkacaksın. Ama çok kolay bir hayat olmayacak – zavallı Nicoletta.'

Öte yandan Barbara'nın, arkadaşı Nicoletta hakkında düşünmeye çok vakti yoktu; yeni varlığı, bu yabancı şehirdeki ve yabancı bir adamın yanındaki yeni hayatı zihnini çok meşgul ediyordu. Hendrik Höfgen'le birlikte yaşamaya alışması lazımdı. Coşkulu isteği karşısında –yarı merak, yarı merhametten– pes ettiği bu insanı sevmeyi yavaş yavaş öğrenebilecek miydi? Barbara daha kendine bu soruyu soramadan –çok belirleyici bulduğu– başka bir soruyu cevaplamaya çalışmak zorundaydı; o soru şuydu: Acaba Hendrik kendisini seviyor muydu ve hiç sevmiş miydi? Birçok insani meseledeki tecrübesinden ve anlayışından ötürü şüpheci biri olan Barbara, Hendrik'in tanıştıkları ilk haftalarda gösterdiği –veya oynadığı– tutku, gerçek miydi, şüpheye düşüyordu. Barbara artık sık sık, 'Aldatıldım', diye düşünüyordu. 'Bir komedyen tarafından aldatıldım. Kariyeri için benimle evlenmekte fayda görmüştü, yanında herhalde birilerine de ihtiyacı vardı. Beni hiç sevmedi. Muhtemelen hiç kimseyi sevemeyecektir zaten...'

Gurur, gördüğü terbiye ve acıma hissi, incinmişliğini telaffuz etmekten, hüsranını göstermekten alıkoyuyordu onu. Ama Hendrik, Barbara'nın iyilikten ziyade kibirden ötürü sakladığı şeyi sezecek kadar duyarlıydı. Istırap çektiği, zekâsından kaçmıyordu.

Barbara'ya olan hislerinin başarısızlığından, tıpkı mizacının rezalet ve garabetle sık sık tekrarlanan başarısızlığındaki gibi katmerli acılar çekiyordu. Mağlubiyetine iç geçiriyordu, çünkü duygusunun yükselişi, yüreğinin alev alışı gerçekti – veya gerçek sayılırdı, ulaşabileceği en üst derecede gerçek. 'Knorke prömiyerinden sonraki yaz günleri gibi güçlü ve saf hissetmeyeceğim kendimi asla,' diye düşündü Hendrik. 'Bu defa başarısız olursam, daima başarısız kalmaya mahkûm olacağım. O zaman ömrüm boyunca Juliette gibi kızlara ait olacağım kesinleşecek...'

Kendini suçlamak –ne kadar dürüst ve acı da olsa– hemen her insanda, belli bir andan itibaren kendini haklı çıkarmaya dönüştüğünden Hendrik de çok geçmeden Barbara'ya karşı kullanıp kendini temize çıkaracağı argümanları zihninde toplamaya geçti. İyice bir düşününce: Başarısızlığa uğrayan Barbara değil miydi ve onun kibirli soğukluğu yüzünden, Hendrik'in duygusundaki canlılık da tavsamak zorunda kalmıyor muydu? Barbara kibar geçmişi ve ince zekâsıyla biraz fazla övünmüyor muydu? Artık sık sık kendisine yönelttiği meraklı bakışlarda alay, kibir ve soğuk bir kurumlanma yok muydu? Şimdiye dek gördüğü bu en güzel gözlerden korkmaya başlıyordu. Barbara'nın yaptığı en kayıtsız ve üstünkörü tespitte bile Hendrik'in gerginliği ve incinmiş gururu, nefsini alçaltacak bir anlam aranıyordu. Barbara'nın küçük alışkanlıkları ve bunlara sadık kalırken gösterdiği sessiz tevekkül Hendrik'i o derece zayıf düşürüyor ve gücendiriyordu ki saçmalığını, daha sakin düşündüğü anlarda kendisi bile itiraf etmek zorunda kalıyordu.

Barbara kahvaltıdan önce ata biniyor, saat dokuza doğru yemek odasına girince, dışarıdan taze sabahın hoş kokusunu ve soluğunu getiriyordu. Hendrik ise ellerini yüzüne dayamış, gittikçe lime lime olan ev kıyafetiyle yorgun argın oturuyor, solgun duruyordu. Bu saatlerde henüz pis pis gülmeye de gözbebeklerini baştan çıkarıcılıkla ışıldatmaya da mecali olmuyordu. Hendrik esnedi.

Barbara keyfi yerinde, "Galiba henüz tam uyanamadın!" deyip rafadan yumurtasının içini bir şarap kadehine doldurdu, çünkü kahvaltıdaki yumurtalarını böyle, kadehin içinden, bol bol tuz biber katıp, acı İngiliz sosu, domates suyu, biraz da yağla yemeyi seviyordu.

Hendrik dargın, cevap verdi: "Oldukça ayığım, hatta biraz da çalıştım – mesela kallavi faturamızdan ötürü sabırsızlanan sömürge malları satıcısıyla telefonlaştım. Sabah sabah bayram havası tazeliğiyle çıkamıyorum karşına, kusura bakma. Her gün senin gibi atla gezmeye çıksam, herhalde senden daha cazibeli görünürdüm. Fakat korkarım, böylesi kibar alışkanlıkları bana artık sen bile kazandıramazsın. Değişemeyecek kadar yaşlandım, ayrıca böyle asil sporların pek alışıldık olmadığı bir muhittenim ben."

Keyfini kaçırmak istemeyen Barbara, Hendrik'in sözlerini mizahi bir şeyler kastetmiş gibi algılamayı tercih etti. "Harika tutturuyorsun bu tonu," diye güldü. "Duyan da neredeyse ciddi söylediğini sanacak." Hendrik öfkeyle sustu, daha etkili bir intiba uyandırmak için monoklünü gözüne sıkıştırdı.

Barbara onu yine incitmiş ama şüphesiz ki kasıtlı yapmamıştı. Yumurtasını kadehten iştahlı iştahlı kaşıklarken dedi ki: "Yumurtanı böyle yemeyi sen de bir denemelisin. Bence, acı koymadan ve yumurtalıktan yiyince tadı çok yavan oluyor..." Biraz aradan sonra Hendrik sinirden titreyen bir nezaketle sordu: "Bir şeye dikkatini çekebilir miyim, sevgilim?" Barbara çiğnerken cevap verdi: "Tabii, elbette."

Hendrik parmaklarıyla masada ritim tutmuştu, çenesini yukarı kaldırdı, dudaklarını büzüştürdü, çehresine bir dadı tavrı veriyordu bu. "Birileri bir şeyleri," dedi yavaş yavaş, "babanın veya büyükannenin evindekinden farklı yaptığında hayrete kapılıp söylenirken takındığın saf ve iddialı tavır, seni benden daha az tanıyan bazı kimseleri şaşırtabilir, hatta senden soğutabilir."

Barbara'nın daha demin neşeli bir parıltısı olan gözleri dalıp meraklı meraklı bakmaya başladı. Biraz sustuktan sonra sessizce sordu: "Ne diye şimdi söylüyorsun bunu?"

Hendrik, hâlâ sert bir şekilde ritim tutarken karşılık verdi: "Rafadan yumurta her yerde yumurtalıktan ve tuzla yenir. Bruckner villasında kadehten ve altı farklı baharatla yeniyor. Şüphesiz çok orijinal. Ama böyle orijinalliklere alışkın olmayan biriyle dalga geçmek için sebep göremiyorum."

Barbara susuyordu, hayretle başını sallayıp ayağa kalktı. Sallana sallana, miskin, biraz da ayak sürüyen yürüyüşüyle odada dolanırken Hendrik arkasından baktı. Birden şöyle düşünüverdi: 'Garip, çok hoşuma giden o uzun çizmeleri giymiş ama onun bacaklarındayken arzuladığım ve ihtiyaç duyduğum gibi durmuyorlar. Çizme onda, bir spor kıyafetinin tamamlayıcı parçası. Juliette'deyse bambaşka bir anlama sahipler...'

Barbara oradayken Juliette'nin ismini düşünmek, incinmesini biraz telafi edecek kötü niyetli bir zafer kazandırdı. Alayla, 'Sen atınla gezmeye çık', diye düşündü. 'Rafadan yumurtanla kokteyl hazırla! Bugün öğleden sonra, prova öncesi kiminle buluşacağımı bilmiyorsun.' Barbara gururlu ve suskun, odadan çıkarken o, karısını aldatan ve karısının bunu anlamayacağından gurur duyan kocanın sıradan zevkini duyuyordu.

Balayından dönüşlerinin daha ikinci haftasında Siyah Venüs'le tekrar buluştu. Akşam tiyatroya giderken Juliette pusuda beklemişti. Kemerli kapının karanlığından kısık ve aşina sesi, "Heinz!" diye bağırdığında Hendrik nazlı bir haz ve dehşet ürpertisiyle yerinden sıçramıştı. Utandığı ve bıraktığı bu isim, zenci kadının boğuk sesiyle, gaddarca bir okşama kadar tatlı gelmişti. Buna rağmen kendini siyahi kadına çıkışmaya zorladı: "Bu ne cüret! Bana pusu kuruyorsun!" Kadın o an güzel, güçlü ve adaleli eliyle alaycı alaycı reddedercesine bir hareket yaptı: "Geç bunları, tatlım! Uslu durmazsan tiyatroya gelip ortalığı karıştırırım." Hendrik'in tıslayarak konuşması da işe yaramadı: "Bana şantaj yapıyorsun demek!" Kadın sırıttı: "Tabii ki yapıyorum!" Bunu söylerken dişleri ve göz bebekleri parlamıştı. Kocaman gülüşünde Hendrik'e korkunç ama korkunç olduğu kadar da dayanılmaz görünen bir adilik vardı. Juliette'yi binanın girişine doğru çekiştirdi, oradan birisi geçer de yanında böyle fena biri varken yakalar diye ödü kopuyordu. Sahiden de Prenses Tebab harap bitap görünüyordu. Alnına kadar çektiği küçük fötr şapkası ile aşınmış dar ceketinin rengi, uzun parlak çizmeleri gibi cırtlak yeşildi. Boynuna pis ve darmadağın beyaz tüylerden küçük bir boa kürkü takmıştı. Bu facia kıyafetin üstünde dudakları patlak ve yarık, yassı burunlu yüzü geniş ve karanlık duruyordu. Hendrik aceleyle, "Kaç para istiyorsun?" diye sordu. "Şu sıralar ben de epey dardayım..." Kadın şakayla karışık cevap verdi: "Parayla hallolmaz, tatlı maymunum. Ziyaretime geleceksin." Hendrik dudakları titreyerek, "Neler geliyor aklına?" diye mırıldandı. "Ben evliyim..." Fakat kadın sert bir tavırla lafını böldü: "Zırvalama, kuzum. İhtiyacın olanı, eşin hanımefendi veremez sana. Gördüm onu – senin şu Barbara'nı." (Adını nereden biliyordu? Adını bilmesi gibi zararsız bir durum bile Hendrik'in içini korkuyla doldurdu.) Yetmezmiş gibi bir de, "Bir işe yaramaz," deyip vahşi gözlerini devirdi. Ecel terleri döken Hendrik, siyahi kadının, Barbara'sına, yani Bruckner'in kızına "sünepe" demesini bekliyordu. Ne var ki Juliette bu dolaylı sohbeti devam ettirmeye pek meyilli görünmüyordu. Hemen, net cevap isteyen tehditkâr bir tonda sordu: "Neyse, ne zaman geliyorsun yanıma?"

Rafael'in Meryem Ana çalışmalarından birinin tatlı tatlı parlayan röprodüksiyonunun, etraftaki kurşuni renkli boşluğu kapatmak şöyle dursun grotesk biçimde vurguladığı bir çatı katı odasında, daha önce Frau Mönkeberg'in burjuva odasının kullanıldığı dehşet verici egzersizler yine başladı. Genç koca burada, en ucuz parfümle bakir ormanların aromasının karışmış göründüğü yabani fakat aşina kokuyu yine soludu. Burada yine sahibesinin havlamayı andıran boğuk sesine, el şaklamasına, ayağını ritimle yere vuruşuna itaat ediyordu. Bitkinlikten inleyerek, kralın kızının yatmak için kullandığı sert kerevete çökünce Fransızca mısralar okudu yine. Fakat Höfgen'in –eskiden olduğu gibi– haftada iki defa yaptığı bu karanlık şenlikler artık, önceden eksik kalan iğrenç bir zirveye varıyorlardı. Her şey bitip de Fräulein Juliette tatmin olmuş, yorgun düşmüş öğrencisini dinlenmeye bırakınca Hendrik, aynı odada ve aynı kadının önünde karısı Barbara'dan bahsetmeye başlıyordu.

Arkadaşı Hedda von Herzfeld'in kıskançlıktan çatlayan merakından, yoldaşı Otto Ulrichs'in arkadaşça ilgisinden sakladıklarını, ona "Heinz" diyebilen Siyah Venüs'üne itiraf ediyordu: Barbara yüzünden çektiği ıstırabı açıyordu ona. Kendini ona, sadece ona karşı dürüstlüğe zorluyordu. Kendi günahları da dâhil hiçbir şeyi saklamıyordu. Fräulein Martens onun evlilik rezaletini öğrenince kısık sesle, uzun uzun ve içtenlikle güldu. Hendrik dayanması en sert darbelerden daha zor görünen bu kahkahaların altında kıvranıyordu. Siyahi prenses ise üzerine çıkıp sırıttı: "Madem öyle, tatlım –madem durum bu– o zaman güzel karının da sana özel bir saygıyla muamele etmesini bekleyemezsin!"

Ona, bitmeyen bir tahrik olarak gördüğü Barbara'nın sabah gezilerini anlatıyor, karısının bütün o mağrur abartılarından şikâyet ediyordu: "Rafadan yumurtadan kokteyl yapıyor kendine, on tane acı sosla; bir de ben yumurtamı sıradan bir fani gibi yumurtalıktan yiyorum diye beni küçük görüyor! Dairemde ne var ne yok illa babasının ve büyükannesinin evlerindeki gibi olacak. Ufak Böck'ü uşak olarak tutmama da bu yüzden izin vermedi: çok uslu bir çocuk, bana sadakatle bağlı, bana karşı onunla ittifak kuramazdı. Ama yok, bizim evde biri benden taraf olmaya görsün tahammül edemez. Türlü bahaneler bulup ufak Böck daireye iyi bakamaz, diye tutturuyor, oysa adamı tanıdığı filan yok, adam yıllardır benim gardıropçum, düzen sevdasının ete kemiğe bürünmüş halidir diye yemin etsem olmaz. Yerine şimdi generalin karısının malikânesinde yirmi yıl oda hizmetçiliği yapmış, sevimsiz ihtiyarın biri var; aman hanımefendinin hayatında bir değişiklik olmasın!"

Siyah Venüs bütün bunları sabırla dinliyordu. Ayrıca Barbara'nın Hamburg'daki varlıklı evlere girip çıktığını da öğrenmiş oluyordu. Hendrik nefretle, "müsteşarların veya banka müdürlerinin evine!" diyordu; oyuncu Höfgen ise ya davet edilmiyor ya da hayır demeye mecbur kalacağı küçümseyici bir tavırla, "karısının yanında davet ediliyordu". Barbara ona yabancı ve düşmanca görünen bir sürü mekânı –amfileri veya salonları– ziyaret ediyordu. Dallı budaklı ve uzun uzadıya yazışmaları da sinirine dokunuyordu. Boyuna mektup yazıyor, mektup alıyor, Hendrik ise böylesine sıkı irtibatta bulunduğu insanların kim olduğunu dahi bilmiyordu: Siyah Venüs'e bu konuda yakınıp durdu. Juliette de Barbara'nın, babasına, generalin karısına veya uğursuz çocukluk arkadaşı şu Sebastian'a yolladığı uzunca mektuplarda bilhassa onu, yani Hendrik'i küçülten şeyler yazdığı fikrinde değil miydi? Prenses Tebab bu ihtimali inkâr edemiyor, etmek de istemiyordu. Hendrik heyecanla, "Yazılarında kesin benimle dalga geçiyordur!" diye bağırdı. "Vicdanı sızlamasa, aldığı onca cevaptan birini bana muhakkak gösterirdi. Ama tek bir şey bile görmüyorum." Özellikle de bu durumu fena ve dikkat çekici buluyordu, zira kendisi, annesi Frau Bella'dan gelen mektupları Barbara'ya defalarca göstermişti. Kara prensese kesin bir dille, "Ama bir daha göstermem," diye açıkladı. "O gizli saklı işler yaparken ben niye mahremimi göstereyim? Bir de annemin mektuplarına gülme küstahlığında bulunuyor." Frau Höfgen'in, Josy'nin son nişanının atıldığından bahsettiği mektubu gösterdiğinde Barbara gerçekten çok eğlenmişti. "Tabii hepimiz, mesele yine iyi sonla bitti diye çok mutluyuz," yazıyordu anacığı. Barbara buna uzun uzun gülmüş, Hendrik de neşesine iştirak etmiş: o an mektubun o kısmını bizzat Barbara kadar gülünç bulmuştu. Ancak sonradan sinirlenmişti, bunu da Siyah Venüs'e sızlanırcasına asabi sözlerle bildiriyordu: "*Onun* ailesi oldu mu her şey kutsaldır!" diye bağırıyordu. "Generalin karısı ve uzun saplı gözlüğü hakkında bir şey diyemezsin. Ama benim annem olunca alay ediliyor."

Juliette'nin kasvetli çatı katı odasındaki ziyaretler böyle hikâyeler ve şikâyetlerle bitiyordu. Hendrik beş markı komodine bırakıp gitmeden önce prensesini, Barbara'dan çok çok daha fazla sevdiğini söylüyordu. Juliette sakin ve pes sesiyle, "Doğru değil," diye cevap veriyordu. "Yine yalan söylüyorsun." Bunun üzerine Hendrik belirsiz, ıstıraplı, alaycı ve dalgın, gülümsüyordu. Sessizce, "Yalan mı söylüyorum yani?"

diye soruyordu. Sonra, aniden tizleşen bir sesle ve çenesini kaldırarak: "Neyse, tiyatroya gitmem lazım..." diyordu.

Hendrik'in Elf kral Oberon'u oynayacağı "Bir Yaz Gecesi Rüyası"nın yeni mizanseninin provaları ve büyük bir revünün hazırlıkları, hem karışık hem sıkıcı bir problem olan, Barbara'yı mı Juliette'yi mi daha çok sevdiği sorusundan daha önemli ve heyecanlıydı. Arkadaşı Hedda'ya, "Bizim gibilerin şahsi meseleler yüzünden işteki dikkatinin dağılmasına hakkı yoktur," diye açıkladı. "Neticede her şeyden önce sanatçıyız" diye bitirdi sözünü, yüzünde hem gururlu ve zaferinden emin hem ıstıraplı bir ifade vardı.

Gününü sporla, kitap okuyarak, çizimle, yazışmayla veya üniversitenin amfilerinde geçiren Barbara bazen akşama doğru Hendrik'i provadan almak için tiyatroya geliyordu. Bazen soyunma odalarında veya "H. S. T."de bir saat geçiriyordu, fakat bu Hendrik'in hoşuna gitmiyordu. Karısının, meslektaşlarını kendisine karşı kışkırtmaya çalıştığından şüphelendiği için sanatçı tiyatrosu kumpanyasıyla ilişkisinin çok sıkı fıkı olmasını istemiyordu. Barbara kışın çıkacak birçok yeni piyesten birine dekorasyon tasarlamak için izin koparmaya uğraşıyordu, ama boşuna. Hendrik, işi alabilmesi için müdüriyetle konuşacağını vaat ediyordu durmadan, her defasında da müdür Schmitz ve Kroge'nin bu fikre soğuk bakmadığı bilgisiyle geri dönüyor, ama bütün iş Frau von Herzfeld karşı koyduğu için bozuluyordu.

Bu iddia pek de uydurma değildi. Gerçekten de Barbara bahsi açılınca, Hedda'nın keyfi kaçıyor, haşinleşiyordu. Istırap dolu kıskançlık bu akıllı kadını kötü ve adaletsiz kılıyordu. Hendrik'le evlendi diye Barbara'yı affedemiyordu. Elbette Frau von Herzfeld, Höfgen'e ciddi ciddi bel bağlayacak kadar cesur olmamıştı hiç. Sevdiği adamın damak tadından haberdar, Prenses Tebab'la ilişkisinin karanlık ve utanılacak sırrına vâkıftı. Razı olmaya mecbur kaldığı –yıllarca da rıza gösterdiği– rol, kız kardeşi gibi bir arkadaş ve dert ortağı olmaktı. Barbara'nın elinden aldığı da işte bu roldü. Rakibinin bu en kıskanılacak rolünü yürütmesinden Höfgen'in pek tatmin olmaması Hedda için zafer demekti: Hendrik açıktan söylemiyordu ama kıskanan kadının keskin sezgileri doğru tahminde bulunuyordu. Frau von Herzfeld sebebinin ne olduğunu biliyordu: Müsteşarın kızı çok şey istiyordu. Hendrik Höfgen'le geçinmek mi istiyorsun, vazgeçmeyi, kendini devre dışı bırakmayı bileceksin. Çünkü onun gibi bir adam elbette her şeyden önce kendini düşünürdü. Barbara ise ondan bir şeyler istiyor, bir şeyler bekliyordu. Mutluluk talep ediyordu. Frau von Herzfeld buna alay ederek gülüverdi. Kibirli Barbara anlamıyor muydu? Hendrik Höfgen gibi adamların sağlayabileceği tek mutluluk tahrik edici varlıklarının, büyüleyici yakınlıklarının mutluluğuydu...

Ufak Siebert de benzer şeyler hissediyordu. Fakat bu edalı ve nazenin varlık, laf Hendrik'e gelince, yaşlanan Herzfeld'e göre çok daha mütevekkildi. Ufak Siebert ıstırap duyuyor fakat nefret etmiyordu. Höfgen'in karısı Barbara'yı ürkek bir saygıyla karşılıyordu. Kıskandığı kadın mendilini düşürecek olsa Angelika mendili almak için hızla çömeliyordu. Bunun üzerine Barbara şaşırarak teşekkür ediyordu, ufak Siebert ise kızarıyor, çaresizce gülümseyip miyop gözlerini endişeyle kısıyordu.

Barbara'nın Frau von Herzfeld ve Angelika'yla, tek taraflı âşık bu iki kadınla ilişkisi karmaşık ve sıkıntılıysa da kumpanyadaki diğer kadınlarla münasebeti bir o kadar candandı.

Motz'la gıda fiyatları, terziler ve genel olarak erkeklerin, özel olarak da karakter oyuncusu Petersen'in hataları hakkında uzun uzadıya çene çalıyordu. Bu sıradan ve sıcakkanlı kadının ağzından dökülenleri dinlemeyi öyle iyi beceriyordu ki Motz, yüksek sesle söylemekten hoşlandığı şu kanaate varıyordu: Genç Frau Höfgen "muhteşem biri". Bu görüşe Mohrenwitz de katılıyordu: Makyaj bile yapmayan Barbara şeytanlık etmek niyetinde değildi, demek ki adi Rahel'e asla rakip olamazdı.

Hem Petersen hem de Rolf Bonetti, Hendrik'in genç karısı hakkında "iyi kadın" diyorlar, Hansemann Baba, aldıklarını hemen ödediği için Barbara hakkında iyi şeyler homurdanıyor, sahne kapıcısı Knurr, müsteşar kızı olduğunu bildiğinden ona asker selamı veriyor, müdür Schmitz ile Kroge onunla sohbet etmekten hoşlanıyordu. Schmitz başlarda sanki onun amcasıymış gibi fingirdek şakalarla yetiniyordu, fakat çok geçmeden Barbara'nın, tiyatronun mali sıkıntılarına ilişkin teknik ve zekice bir merakı olduğu meydana çıkınca, onu daima endişe uyandıran ve güncelliğini yitirmeyen bu konuyla alakalı uzun sohbetlere dâhil etmeye başladı. Oskar H. Kroge ise sanatçı tiyatrosunun kusursuz olmayan repertuarıyla ilgili derdini açıyordu ona. Fikir tiyatrosunun yaşlı öncüsü, işletmesinde kaba komediler ile operetlerin, ciddi piyesleri geri plana atmaya başlamasını kahırla seyretmek durumunda kalıyordu. Son derece üzücü bu gelişmenin suçu, piyesleri, muhtemelen getirecekleri "hasılata" göre değerlendirmek zorunda olan Schmitz'in değildi yalnız; edebî seviyenin böyle düşmesinin sorumlusu, ne kadar çelişkili görünse de, aynı zamanda Höfgen'di. Höfgen, Devrimci Tiyatro'dan bahsediyor, çocukça diyalog piyesleri sahneliyordu. Şu bir türlü açılmayan Devrimci Tiyatro, rağbet gören oyunların kabulü için bahane olacaktı. Komünizme prensipte uzak dursa da Kroge bile, tiyatrosuna yalnız devrimci değil, edebî bir ruh da getirecek stüdyonun planlanan açılışını dört gözle bekliyordu. Hendrik ise laf ebeliği yapıyordu, Devrimci Tiyatro diye öne çıkmadan evvel, basit ve hoşa giden temsillerle seyircinin ve basının muhakkak gözüne girmesi lazımdı. Belki Otto Ulrichs iyi dostunun sunduğu gerekçelere sabırla ve coşkuyla inanıyordu. Daha şüpheci ve asabi olan kişiyse Barbara'ydı.

Ulrichs'le sohbet etmekten hoşlanıyor, fikirlerindeki mutlaklık ve sadeliğe imreniyordu. Kendisi şüpheye meyletmekle kalmaz siyasetten de bir şey anlamadığını söyleyip dururdu – Hendrik de bunu alayla teyit ediyordu. "Bu konuların gerçek ciddiyetinin farkında değilsin," deyip zalim dadı suratını takınıyordu. "Her şeye oyunmuş gibi, soğuk bir merakla el atıyorsun. Devrim inancı senin için ilginç bir psikolojik tezahürden ibaret. Bizim içinse hayatın en kutsal gayesi." Hendrik'in bunları söylüyordu işte. Vaktinin ve gelirinin yarısını siyasi çalışmalara feda eden Otto Ulrichs, o kadar katı görünmüyordu. Barbara'ya tavrı biraz baba gibi öğreticiydi ama sevecenlik doluydu. Nazik ve emin bir edayla, "Sonunda yolunuz düşecek, Barbara, biliyorum," diyordu. "Hakikatin ve geleceğin bizde olduğunu daha bugünden biliyorsunuz. Ama itiraf edip tüm sonuçlarına katlanmaktan biraz korkuyorsunuz, o kadar."

"Belki de gerçekten biraz korkuyorumdur," diye gülümsedi Barbara.

Ne var ki Ulrichs'in Devrimci Tiyatro meselesinde Höfgen'in oyalamalarına gösterdiği sabır ve iyi niyete şaşırmadan edemiyordu. Barbara bizzat ısrar ediyordu – üstelik bunun için kendi şahsi, egoist, küçük sebepleri vardı: Çünkü devrimci tiyatronun ilk mizanseninde dekorasyonları tasarlamak istiyordu. Hendrik'e neredeyse her gün, "Gerçi benim işim değil," diyordu, "hayatının gayesi dünyada devrim olan ben değilim. Ama senin adına utanıyorum, Hendrik. Bu meseleyi yakında ciddi ciddi ele almazsan ele güne maskara olacaksın." Bunun üzerine Hendrik'in çehresi soluyor, yanına yaklaşılmıyordu. Gözleri o an nazdan değil, sinirden kayıyordu. Bir keresinde muazzam bir kibirle cevap verdi: "Bunlar acemi lafları. Devrimci taktik konusundaki cehaletin emsalsiz."

Onun devrimci taktiği, Devrimci Tiyatro'nun provalarına başlamamak için her gün yeni kulplar bulmaktı. Fakat aniden dünyada devrimin menfaati için "çağın tiyatrosu ve ahlaki görevleri" hakkında bir konferans vermeye niyetlendi. Bu konudaki heyecanı hiç kaybolmayan Kroge, bir pazar günü öğle önce sanatçı tiyatrosunu Höfgen'in hizmetine verdi. Hendrik'in metni, kısmen coşkulu müdürünün dağarcığından, kısmen Otto Ulrichs'in kelime haznesinden oldukça etkileyici biçimde derlenmişti: Ön sıralarda oturan hem liberal görüşlü hem Marksist devrimci gençlerin favori kelimelerinden birçoğunu buldukları, heyecanlı ve sıkı bir nutuktu. Bittiğinde herkes alkış tuttu, neredeyse herkes Hendrik'in dürüst, sanatkârane siyasi iradesine ikna olmuştu – ertesi günkü gazeteler de bunu ayrıntılarıyla doğruladılar.

Hendrik Höfgen'in beklediği de işte bu doğrulamaydı.

"Artık vakit tamam, harekete geçebiliriz," dedi, Ulrichs'le birer komplocu gibi bakıştılar. Devrimci Tiyatro'nun ilk provası tayin edildi. Üzerinde çalışacakları hiç şüphe yok ki geçen sene buldukları o radikal piyes değildi. Hendrik daha ziyade, son anda ve taktik sebeplerden, üç kasvetli perdesi, 1917 kışının büyük bir Alman şehrindeki sefaleti tasvir eden ve genel bir pasifist niteliği olsa da asla sosyalist denemeyecek bir savaş trajedisinde karar kıldı. Barbara dekorasyonu tasarladı: Zifiri karanlık bir arka oda, kadınların ekmek sırası beklediği sıradan bir sokak. Başrolleri Otto Ulrichs ile Hedda von Herzfeld oynayacaklardı.

Rejisör Höfgen ilk provada büyük bir hamle yaptı. Tutuk, sade bir coşkuyla Frau von Herzfeld'in trajik anne rolünde üçüncü perdenin sonunda okuyacağı büyük suçlamayı sunarken Otto Ulrichs gizliden gözlerini silmek zorunda kalmış, Barbara bile etkilenmişti. İkinci provada Hendrik'te asabi bir ses kısıklığı başladı, derken üçüncüye topallayarak geldi – sağ dizi birden tutulmuştu, bükemiyorum, diye yakınıyordu. Nihayet dördüncüde öyle solgun ve fena bir yüz ifadesi vardı ki herkes korkuya kapıldı – sonradan anlaşıldığı kadarıyla yok yere değildi bunlar, hiç keyfi yoktu, Frau von Herzfeld'e "aptal kadın" deyip suflöz Efeu'yu işten atmakla tehdit etti. "İşimizi baltalıyorsunuz," diye bağırdı ona. "Nedenini bilmiyorum mu sanıyorsunuz? Muhtemelen Herr Miklas'ın partideki dostları vermiştir bu görevi size! Ama biz bu işi bozarız –sizin, Herr Miklas'ınızın, o pis Herr Knurr'un ve bütün lanet çetenizin işini–, söylemiş olayım!" Hıçkıra hıçkıra ağlayıp suçsuz olduğuna yemin etmek de Efeu'nun işine yaramadı.

Katılan herkesin hatırasında kötü bir iz bırakan bu provadan sonra Höfgen yatağa yattı, sarılık olmuştu. On dört gün boyunca tiyatroya adım atmadı. Oynayacağı büyük rolleri Ulrichs, Bonetti ve Hans Miklas aralarında paylaştılar.

Hendrik iyileştikten sonra da epey solgun göründü, yıpranmış, mücevher gözleri bulanık sarıya dönmüştü. Devrimci Tiyatro'nun açılışı belirsiz bir zamana ertelendi: Doktor, Herr Höfgen'e kaçınılmaz ve bitmemiş işleri hariç, herhangi bir şey yapmayı kesinlikle yasaklamıştı.

İşlerin böyle gelişmesi sanatçı tiyatrosu ekibinden en az bir kişi için büyük zevk oldu: Hans Miklas'ın gözleri parlıyordu, zafer kazanmış gibiydi. Şu Devrimci Tiyatro dedikleri hikâyenin baştan aşağı üçkâğıt olduğunu hemen anlamıştı. "H. S. T."de bunları anlatıyor, Frau von Herzfeld'in cezalandırıcı bakışları, anlattıklarını defalarca tekrarlamaktan alıkoyamıyordu onu. İnatçı yüzü Devrimci Tiyatro'nun yaşadığı fiyaskonun verdiği büyük zevkten dört köşeydi, bütün gün keyfi yerindeydi, ıslık çalıp şarkılar mırıldandı, yanaklarında siyah çukurlar kaybolmuştu, hiç öksürmedi, hatta Efeu'ya sek bir içki bile ısmarladı. Böyle bir şey hiç vaki değildi, bunun üzerine iyi yürekli kadın dedi ki: "Delikanlı, bugün başın neredeyse göğe erecek!"

Elbette bu küçük olay genç Miklas'ın keyfini hepten değil, geçici olarak düzeltmişti. Daha ertesi günü tamamen suskunlaştı, elmacık kemiklerinin alt kısmındaki kara çukurlar yine belirmişti, öksürüğü de endişe veriyordu. Onu gözleyen Barbara, 'Hepimizden nasıl da nefret ediyor!' diye düşündü. Bu arsız oğlanın karanlık cazibesine tamamen vurdumduymaz kalamıyordu. Açık alnının üstündeki asi ve gür saçları, inatçı gözlerinin etrafındaki mor halkalar, sağlıksız bir ışıltı saçan dudaklarının bir şeyleri reddediyor gibi bükülmüş hali ve yüzü, yakışıklı Bonetti'nin kibirden yorgun düşmüş çehresine göre çok daha cazibeli bir etki bırakıyordu üstünde. Genç Miklas'ın ince ve elastik endamında –idmanlı, esnek ve hırslı bedeninde– Barbara'yı duygulandıran bir şeyler vardı. Onun için bazen bu genci bir sohbetin içine çekmeye çalışıyordu. Miklas onu –menfur şefinin karısını– ilkin şiddetli bir şüpheyle karşıladı. Barbara ise yavaş yavaş kendisine daha güler yüzlü davranmasını ve güvenmesini sağladı. Ona "H. S. T."de bazen bira ve sandviç ısmarlıyordu – bunlar Hans Miklas'ın takdir ettiği davranışlardı. Barbara bilhassa Hendrik'e kızdığı zamanlar bu fena oğlanla sohbet etmekten zevk alıyordu. Sonra, "Felekten bir geceye daha ne dersin?" diye bir teklifte bulunuyor, o da memnuniyetle kabul ediyordu. Felekten gecelere asla hayır demezdi, hele de birası ile etinin parası ödeniyorsa.

Hans Miklas sevdiği ve nefret ettiği şeylerden bahsederken Barbara, içine biraz dehşetin de karıştığı bir merakla dinliyordu onu. Bu oğlanın böylesine bir fanatizmle temsil ettiği düşünce ve görüşlerin taraftarı olan biriyle şimdiye kadar hiç aynı masada oturmamıştı. Kendisi, babası veya arkadaşları için kıymetli ve vazgeçilmez ne varsa hepsinden nefret edip tiksindiğini fark ediyordu. "Kahrolası liberalizmi" şiddetle yerdiğinde veya Alman kültürünü –kanaatine göre– mahveden "bazı Yahudi ve Yahudileşmiş odaklarla" dalga geçtiğinde ne kastediyordu? Barbara içinden, 'Evet, şimdiye kadar sevip inandıklarımın hepsini kastediyor', diye geçiriyordu. 'Yahudi güruhu deyince kastettiği de fikir ve özgürlük.' İçten içe korktu. Buna rağmen, heyecanlı bulduğu sohbetin devamında ne geleceğini merak ediyordu. Yaşamaya alışkın olduğu medeni çevreden bambaşka, yabancı ve barbarca bir çevreye nakledilmiş gibi hissediyordu kendini...

Hans Miklas gibi bir muammayı ne heyecanlandırırdı? Asabi coşkunluğunu harekete geçiren şeyler nasıl fikirler, nasıl ideallerdi?

"Yahudilerden temizlenmiş bir Alman kültürü" hayali kuruyor, Barbara ise hayretle başını sallıyordu. Tuhaf muhatabının, "Versay Antlaşması rezaletinin ortadan kaldırılması" ve Alman milletinin yeniden "silahlanması" gerektiğini açıklarken gözleri ışıldıyor, sanki alnından bir hale çıkıyordu.

"Führer'imiz halka şerefini iade edecek!" diye bağırdı. Sesi boğuklaşmıştı; zaferinden emin, saçlarını yana savurdu. "Ecnebilerin bile küçümsediği bu cumhuriyet ayıbına daha fazla tahammül edemeyiz. Şerefimize kavuşmak istiyoruz – doğru dürüst her Alman da aynısını ister ve onlardan her yerde var, burada, bu Bolşevik tiyatrosunda bile. Herr Knurr birisinin dinlediğinden korkmadığında nasıl konuşuyor, bir duymalısınız! Üç oğlunu savaşta kaybetmiş ama bunun çok da kötü olmadığını, asıl kötü olanın, Almanya'nın şerefini kaybetmesi olduğunu söylüyor; işte bunu Führer –*yalnızca* Führer– temin edebilir!"

Barbara ise şöyle düşünüyordu: 'Almanya'nın şerefinden ötürü niye böyle heyecanlanıyor? Bu anlaşılmaz kavramla tasavvur ettiği nedir acaba? Almanya'nın yine tanklarının ve denizaltılarının olması onun için sahiden bu kadar önemli mi? Önce şu kötü öksürüğünden kurtulmaya, iyi bir rolde başarılı olmaya ve her gün karnını doyurabilmek için biraz daha para kazanmaya bakması lazım halbuki. Çok az yiyip çok fazla çalıştığına şüphe yok – korkunç bitkin görünüyor.' – Bir tane daha jambonlu ekmek ister mi, diye sordu; Hans Miklas belli belirsiz başını salladı, sonra da hayal kurmaya devam etti: "O gün gelecek! Davamız galip gelmek *zorunda*!"

Ümit dolu ve heyecanlı benzer sözleri Barbara daha geçenlerde başka birinden: Otto Ulrichs'ten duymuştu. Ona karşı çıkmaya cüret etmemişti – aklı da hisleri de Ulrichs'in makul ve kuvvetli inancından neredeyse emindi, Hans Miklas'a ise şöyle dedi: "Almanya gerçekten de arkadaşlarınızla arzuladığınız gibi olacaksa – burada işimin olmamasını tercih ederim. O zaman çeker giderim." Böylece meramını açıklayan Barbara, Miklas'a düşündürücü fakat kaba olmayan bir şekilde gülümsedi. Miklas ise sevinçliydi: "İnanırım! Bazı kimseler çekip gidecek – elbette: çekip gitmelerine izin veririz, onları öncesinde hapse tıkmazsak! O zaman sıra *bize* gelecek! O zaman Almanya'da yine Almanlar söz sahibi olacak!"

Dağınık saçları ve ışıl ışıl gözleriyle, heyecana kapılmış on altı yaşındaki birine benziyordu, söylediği her söz kulağına yabancı ve itici gelse de Barbara ondan hoşlandığını inkâr edemezdi. Miklas sık sık birbirine giren ama inandırıcılığını hiç kaybetmeyen bir dilbazlıkla, uğrunda mücadele ettiği inancın, derinlerinde *devrimci* bir inanç olduğunu açıkladı. "O gün gelip de Führer'imiz bütün gücü devralınca – kapitalizme de, parti kayırmacılığına da son verecek, faiz köleliği bitecek, millî ekonomimizi istismar eden büyük bankalar ile borsalar kepenk indirecek, peşlerinden de kimse ağlamayacak!"

Barbara madem komünistler gibi kapitalizme karşıysa neden onlarla aynı safta olmadığını öğrenmek istiyordu. Miklas –tıpkı ezberlediği dersini okuyan bir çocuğun gayretiyle– açıkladı: "Çünkü komünistlerde vatan duygusu yoktur, onlar enternasyonaldir ve Rus Yahudilerine bağlıdır. İdealizmden de anlamazlar, bütün Marksistler hayatta tek meselenin para olduğunu sanır. Biz kendi devrimimizi istiyoruz – Alman, idealist devrimini istiyoruz; masonların ve siyonistlerin devrimini değil!"

Barbara kendini iyice kaptıran oğlanın dikkatini şuna çekti: Kapitalizmi kaldırmak isteyen Führer, ağır sanayiden ve büyük toprak sahiplerinden çok para alıyordu. Miklas buna çok öfkelendi, böyle şüpheleri "tipik Yahudi kışkırtması" diyerek kesinlikle reddediyordu. İkisi gece geç saatlere kadar bu şekilde tartıştılar: Barbara –ironik, yumuşak başlı ve meraklı– bu inatçının ağzını arıyor, ona ders vermeye çalışıyordu. Miklas ise ırkın selameti öğretisine, faiz köleliğini kaldırmaya ve idealist devrime olan kana susamış inancında inatçı çocuklar gibi diretiyordu. Sohbete dalmış çifti bir köşeden kıskanarak seyreden suflöz Efeu, kapıcı Knurr'a fısıldadı: "Frau Höfgen benim delikanlıya vurgun – bir bu eksikti. Erkeğimi elimden alacak..."

Hans Miklas aynı gece Efeu'la bozuştu, bu arada Barbara da Hendrik'le fena kapıştı. Höfgen kudurmuştu: "Sıradan kocalar gibi kıskançlıktan" değil –böyle diyordu– daha ziyade siyasi sebeplerden. Öfkeden titreyerek, "Bir nasyonal sosyalist serserisiyle bütün gece bir masada oturulmaz!" diye bağırıyordu. Barbara genç Miklas'ı serseri olarak görmediği cevabını verince Hendrik epey sert çıkıştı: "*Bütün Naziler serseridir.* Biriyle bile alakan olsa kirlenirsin. Bunu anlamaktan aciz olmana üzgünüm. Geldiğin evdeki liberal gelenekler seni bozmuş. Hiçbir görüşün yok, ancak oyunbaz bir merakın var." Odanın ortasında dimdik duruyor, yüksek dozlu sözlerine kollarının kesik ve tutuk hareketleri eşlik ediyordu.

Barbara sessizce şöyle dedi: "İtiraf ediyorum, çocuğa biraz üzüldüm, ayrıca ilgimi de çekmiyor değil. Ona kötü davranıyorsunuz; sen, arkadaşın Herzfeld, hepiniz. Doğrulmasını sağlayacak bir dayanak arıyor. İdeolojim dediği çılgınlığa öyle kapılmış..."

Hendrik alayla, genizden gülüverdi. "Şu bitli herife karşı ne kadar da anlayışlısın! Kötü davranıyormuşuz! Harika yani! Bunları duymaya bile katlanamıyorum! O güruh iktidara gelse, arkadaşlarıyla beraber *bize* ne kadar kötü davranırlardı, bir fikrin var mı acaba?!" Hendrik –gövdesi öne eğik, elleri belinde– öfkeyle sordu bu soruyu.

Barbara hiç bakmadan tane tane şunları söyledi: "Tanrı bu delileri asla iktidara getirmesin. Gelirlerse bu ülkede durmak istemem." Naziler iktidara gelirse Almanya'ya hâkim olacak vahşiliğin ve yalan dolanın iğrençliğini daha şimdiden hissediyormuş gibi silkiniverdi. "Cehennem," dedi ürpererek. "Burada iktidara talip olan cehennemin ta kendisi..."

"Sen de bu cehennemle masaya oturup sohbet ediyorsun!" Hendrik iri adımlarla odayı arşınlıyor, muzaffer görünüyordu. "Asil burjuva hoşgörüsü! Ezeli düşmanına –veya bugün ezeli düşman her neyse artık– her zaman nazikçe anlayış göster! İktidara gelecek olursa asıl o zaman bu cehennemle iyi geçinmeni umarım, sevgilim. Faşist terörün bile ilginç taraflarını bulabilirdin, eminim. Liberalliğiniz milliyetçi diktayla geçinmeyi öğrenirdi hemencecik. Onların tek ezeli düşmanı biz mücadeleci devrimcileriz, onların yükselişine yalnız biz engel olacağız!" Kendinden geçmiş gibi bakarak, çenesini havaya dikmiş, odada horozlanarak yürüyordu. Barbara ise hareketsiz duruyordu. Hendrik şu an ona baksa, yüzündeki büyük ciddiyet karşısında dilini yutardı.

Neredeyse ifadesiz bir sesle, "Demek geçinmeyi öğrenirdim," dedi. "Arayı bulurdum, diyorsun – ezeli düşmanla arayı bulurdum."

Birkaç gün sonra Hendrik ile Miklas münakaşa etti; münakaşa Höfgen'in Hamburg Sanatçı Tiyatrosu'nun müdüriyetine genç oyuncunun işten çıkarılmasını kabul ettirmesiyle son buldu. Höfgen için zafer, Hans Miklas içinse vahim ve yıkıcı olan bu felaketin sebebi başta zararsız görünüyordu.

Hendrik o akşam eşref saatindeydi, şakalaşıp duruyordu; Ren bölgesine has neşeyle dolup taşıyor, hürmetle dolup şenlenen meslektaşlarını, hepsi yeni fıkraları ve nükteleriyle şaşırtıyordu. Daha demin, zevkli olduğu kadar verimli bir oyun uydurmuştu. Gazetelerde bir tek tiyatro haberlerini okuduğu ve aslında yalnız tiyatroyla ilgili şeylere gerçekten merak duyduğu için bütün Alman tiyatro, opera veya operet sahnelerinin kumpanyaları hakkında bilgisi vardı; şaşmaz hafızası Königsberg'deki ikinci altonun ya da Halle şehrindeki "sembolik salon kadının" ismini aklında tutuyordu. Hendrik tuhaf merakını meslektaşlarına sınatınca şakalar, kahkahalar havada uçuştu. "Halberstadt'taki genç ehlikeyif kimdir?" diye sorsalar hemen cevabı yapıştırıyor, "Frau Türkheim-Gävernitz şu an nerede çalışıyor?" diye bilmek isteseler, onları yanıtsız bırakmıyordu.

Çok normal bir şeymiş gibi, "Komik İhtiyar rolünde, Heidelberg'de," deyiverdi sırası gelmişken.

Miklas'la yaşadıkları tatsızlık, "Jena'daki devlet tiyatrosunda duygusalı ilk oynayan kim, bakalım?" sorusunun üstüne geldi. Hendrik cevap verdi: "Aptal kadının biri. Lotte Lindenthal." Bunun üzerine kenarda bekleyen ve hiç gülmeyen Miklas lafa karıştı: "Lotte Lindenthal neden aptal oluyormuş?" Höfgen buz gibi karşılık verdi: "Neden olduğunu bilmiyorum ama öyle." Miklas da boğuk ve kısık bir sesle: "Bula bula bu kadına hakaret etmenizin nedenini ben söyleyeyim o zaman, Herr Höfgen: Çünkü nasyonal sosyalist önderlerimizden birinin, yani kahraman savaş uçağı pilotumuzun kız arkadaşı olduğunu biliyorsunuz..."

Parmaklarıyla masada ritim tutan ve yüzü kibirden taşlaşmış görünen Höfgen, lafını kesti. Miklas'ı yüzüne bakmaya layık görmeyerek, "Fräulein Lindenthal'in sevgilisinin isim ve unvanını öğrenmek beni pek ilgilendirmiyor," dedi. "Üstelik liste epey uzardı. Fräulein Lindenthal yalnız pilot subayla eğlenmiyor."

Yumruklarını sıkıp başını eğen Miklas, dövüşmek için birazdan hasmına dalacak bir sokak çocuğunun mücadeleye hazır tavrıyla bekliyordu. Hiddetle eğilen kaşlarının altındaki açık renk gözleri öfkeden kör olmuş gibiydi. "Kollayın kendinizi," diye burnundan soludu, lokaldekilerin hepsi bu küstah cüretkârlıktan korktu. "Sırf Alman Nasyonal Sosyalist İşçi Partisi'nin üyesi ve bir Alman kahramanının kız arkadaşı diye bir hanımefendiye ulu orta hakaret edilmesine göz yummam. Göz yummam!" diye dişlerini gıcırdatıp tehditkâr bir iki adım attı. "Göz yummazsınız demek!" diye tekrarlayan Hendrik şeytan gibi gülümsedi. Bir de alayla, "Aman, aman" diye ekledi – bunun üzerine Miklas gerçekten üzerine atılacaktı ama Otto Ulrichs onu omuzlarından kuvvetle kavrayarak önüne geçti. "Sarhoşsun galiba!" diye bağırıp Miklas'ı sarstı fakat Miklas ağzını güçbela açarak şunları söyledi: "Sarhoş değilim, aksine! Ama bu mekânda benliğinde haysiyet namına bir şeyler olan belki de tek kişiyim! Bu Yahudileşmiş muhitte, bir hanımefendiye sövülmesinden kimse rahatsız olmuyor..."

"Yeter!" Madeni şangırtılar çıkaran bu nida dimdik duran Höfgen'den geldi. Herkes ona bakıyordu. Korkunç bir yavaşlıkla konuşuyordu: "Ben de öyle sanıyorum, azizim, şu an sarhoş değilsiniz. Hafifletici sebepler ileri süremeyeceksiniz. Şu an içinde bulunduğunuz Yahudileşmiş muhitten ıstırap duymanıza gerek kalmayacak artık – bana güvenin!" Höfgen ufak ve sert adımlarla lokali terk etti.

Motz korkmuş sessizliğe doğru, "İnsanın tüyleri diken diken oluyor," diye fısıldadı. Ya şu için için ağlayış hangi köşeden geliyordu? Suflöz Efeu ağır gövdesini masaya bırakmıştı, kalın parmaklarının arasından yaşlar süzülüyordu.

"H. S. T."deki rezalet sahneye tanık olmayan Kroge, Höfgen'in genç oyuncuyu işten attırma arzusunu yerine getirmek için başta gönülsüzdü. Hukuki, siyasi ve insani çekincelerini gidermek için Frau von Herzfeld ile Hendrik lafazanlıklarını birleştirdiler. Müdür endişeli kedi suratını salladı, alnını buruşturdu, sinirli sinirli bir aşağı bir yukarı yürüyordu, en son homurdanarak, "Belki doğru söylüyorsunuzdur –kabul ediyorum– çocuğun davranışları çekilmez... Yine de: parasız pulsuz ve hasta birini yaka paça sokağa atmaya gönlüm el vermiyor," dedi. Hendrik ile Hedda kendilerini kaptırdılar: Bu kararsız, eyyamcı tutum, Weimar Cumhuriyeti'nin iktidardaki partilerinin yüzsüz Nazi terörüne karşı sergiledikleri hantal ve ödlek tavırla aynıydı. "Bu katil güruhuna ellerini kollarını sallayarak gezemeyeceklerini göstermemiz lazım." Hendrik yumruğunu masaya vurdu.

Kroge bu iki çalışanının gerekçeleriyle neredeyse ikna olacaktı ki Miklas oradaki herkesi şaşırtarak kendinden taraf çıkan birini buldu: Aniden haber verip toplantıya katılmayı rica eden bu kişi Otto Ulrichs'in ta kendisiydi. "İstirham ederim, yapmayın!" diye aceleyle seslendi. "Önümüzdeki sezon burada oynamaması ceza olarak ona yeter, diye düşünüyorum. Dün akşam saçmaladığı şeyleri düşünmeden söylemiş adamcağız! Gün olur hepimizin tepesi atabilir..."

Hendrik, "Şaşırdım," deyip dostu Otto'ya monoklüyle cezalandırıcı bir bakış attı. "Bunları söyleyenin sen olmasına çok şaşırdım." Ulrichs sinirle elini salladı. "Peki," dedi, "insanca düşünmeyi kenara bırakalım öyleyse. Zavallı çocuğun öksürüğüne, yanaklarındaki siyah çukurlara üzülüyorum, kabul. Ama destek çıkmamın sebebi bir tek böyle şahsi sebepler değil – sen bunu bilecek kadar iyi tanıyorsun beni, Hendrik. Her zaman olduğu gibi tavrımı belirleyen, daha ziyade siyasi düşüncelerim. Kimseyi kahraman yapmayacaksın. Halihazırdaki siyasi durumda çok yanlış olurdu..."

Hendrik bu noktada ayağa kalktı. Mahvedici bir nezaketle, "Kusura bakma, lafını bölüyorum," dedi. "Ama aslında çok ilginç olan bu teorik tartışmayı sürdürmek bana amaçsız görünüyor. Durum basit: Ya beni ya Herr Miklas'ı tercih edeceksiniz. O bu tiyatroda kalırsa ben giderim." Sözlerinin amansız ciddiyetinden şüphe ettirmeyen resmî bir sadelikle söyledi bunları. Vücudunun ağırlığını öne vererek parmaklarını iyice açtığı ellerine yüklenmiş, masanın başında dikiliyordu. Gözleri yere bakıyor, sanki tevazuu, verilecek kararın, bakışlarının karşı konulmaz gücüyle etkilenmesini engellemek istiyordu.

Hendrik bu korkunç sözleri söylerken herkes hop oturup hop kalkmıştı. Kroge dudaklarını ısırıyor, Frau von Herzfeld elini, var gücüyle çarpan kalbinin üstüne koymaktan kendini alamıyordu; müdür Schmitz'inse benzi atmıştı: sanatçı tiyatrosunun etkileyici oyuncusu Nicoletta von Niebuhr'u kaybettikten sonra, şimdi bir de yedeği bulunamayacak Höfgen'i yitirmeyi tasavvur etmek içine fenalık veriyordu.

Şişman adam, "Saçmalamayın," deyip alnındaki teri sildi. Şaşırtıcı yumuşaklıktaki hoş sesiyle de ilave etti: "İçiniz rahat etsin: çocuğu yolluyoruz."

Miklas'ı yolladılar. Kroge, işten çıkarılan genç oyuncunun iki aylık maaşını peşinen almasını Ulrichs'in gayretli desteğiyle zor zahmet kabul ettirmişti. Miklas nereye gidiyor, kimse bilmiyordu, zavallı Efeu bile onu bir daha görmedi; o utanılacak olaydan sonra sanatçı tiyatrosuna ayak basmamış, hınçla geri çekilmiş, şimdi de gözden kaybolmuştu.

Çocuksu inadının ve ateşli, bir o kadar da düşünülmemiş kanaatinin kurbanı Miklas, gitmişti işte. Hendrik Höfgen bu serkeşi halletmiş, inatçı çocuğu ortadan kaldırmıştı: Zaferi muhteşemdi, Motz'tan Böck'e kadar sanatçı tiyatrosunun tüm üyeleri ona eskisinden daha çok hayrandılar. Komünist sahne işçileri, müdavimi oldukları lokalde, enerjik tavrını övüyorlardı. Sahne kapıcısı Knurr bir felaketi haber veren çatık bir çehre takınmıştı, bununla birlikte tek kelime söylemeye cesaret edemiyor, gamalı haçını ceketinin yakasının altına her zamankinden daha özenle saklıyordu. Fakat Höfgen tiyatroya girince kapıcı locasının loş karanlığından şunların okunduğu korkunç bakışlar isabet ediyordu üzerine: Bekle bakalım, seni lanet kültür Bolşeviği, icabına bakacağız daha!

Önderimiz ve kurtarıcımız yolda! Geleceği gün yakındır! Hendrik ürperiyor, yüzünü ulaşılamaz, kibirli bir maske gibi donuklaştırıp selam vermeden geçip gidiyordu.

Üstün pozisyonundan şüphe duymak kimsenin haddine değildi: "H. S. T."de, büroda, sahnede hüküm süren hep oydu. Maaşı 1500 marka çıkarıldı: Hendrik müdür Schmitz'in bürosuna fırtına gibi girip zam için uzun uzun yalakalık zahmetine artık hiç katlanmıyor, bir iki söz söylemesi yetiyordu. Kroge ile Herzfeld'e tebaası gibi davranıyor, ufak Siebert'i sanki hepten görmezden geliyor, Otto Ulrichs karşısında muhafaza ettiği dostane ses tonuna da bir tenezzül, neredeyse biraz küçümseme karışıyordu.

Çevresinde ikna edeceği, kazanacağı, baştan çıkaracağı tek bir insan kalmıştı. Barbara'nın Hendrik'e bakarken sergilediği güvensizlik Miklas meselesinden sonra iyice derinleşip keskinleşmişti. Fakat Hendrik kendisine hayranlık duymayan ve inanmayan birinin uzun müddet etrafında durmasına dayanamıyordu. Kış boyunca Barbara'yla birbirlerinden iyice soğumuşlardı. Hendrik şimdi bunun üstesinden tamamen gelmek için taze bir başlangıç yapıyordu. Onu elde etmek için bu kadar külfete katlanmasının nedeni yalnızca kendini beğenmişliği miydi? Yoksa baştan çıkarıcı güçlerini Barbara için bir daha kullanmasına yol açan başka bir duygu muydu? Barbara'ya "iyilik meleğim" demişti. İyilik meleği şimdi vicdan azabına dönmüştü. Barbara'nın sessiz ayıplaması zaferlerine gölge düşürüyordu. Zaferlerinin tadını rahat rahat çıkarabilmesi için bu gölgenin kaldırılması lazımdı. Hendrik, Barbara uğruna ilişkilerinin ilk haftasındaki kadar gayretle uğraşıyordu. O yanındayken artık kendini kaybetmiyor, şakalarını ve önemli sohbet konularını onun için hazırda tutuyordu.

Gücünü en yoğun şekilde yaydığı, en göz alıcı etkiler gösterdiği anlarda görünmek için büyük provalar yapılacağı zaman Barbara'yı tiyatroya artık daha sık çağırıyordu. Tevazudan titreyen bir sesle, "Muhakkak bana kıymetli tavsiyeler verebilirsin," deyip gözkapaklarını hafif ışıltılı bakışlarının üstüne örtüyordu.

Hendrik bir Offenbach operetinin ilk kostüm provasını yönetirken, Barbara sessizce seyirci salonuna girip karanlıkta kalan ön tarafın son sırasına yerleşti. Sahnede dikilen kızlar bacaklarını öne atıp bir şansonun nakaratını bağırıyorlardı. Kusursuz düzenin önünde aşk tanrıçası kılığındaki ufak Siebert duruyordu, çıplak omuzlarında gülünç kanatçıklar vardı, ok ve yayını boynuna dolamış, solgun, endişeli, hoş ve küçük yüzündeki buruncuğu kırmızıya boyanmıştı. Barbara içinden, 'Hendrik kıza nasıl da alakasız bir makyaj yaptırmış!' dedi. 'Melankolik bir aşk tanrıçası.' Karanlık sığınağında, ön tarafta hoplayıp zıplayan zavallı Angelika'ya karşı dokunaklı bir sempati duydu: Angelika'nın suratındaki bu şikâyetçi ve kaygılı ifadenin Hendrik'in uğruna olduğunu belki de o an kavrıyordu.

Kafasını gaddarca uzatıp kollarını açan Höfgen sahnenin sağ tarafında dikilip her şeye hükmediyordu. Orkestra müziğinin ritmiyle ayağını yere vuruyor, solgun çehresindeki olağanüstü kararlılık ifadesiyle büyülüyordu.

Höfgen "Kes! Kes! Kes!" diye kızınca, orkestra çalmayı birden bıraktı ve Barbara da en az, sahnede çaresizce dikilen koro kızları ve buruncuğu donan ve gözyaşlarıyla mücadele eden ufak Angelika kadar korkuya kapıldı.

Rejisör ön tarafa, sahnenin ortasına sıçramıştı. "Bacaklarınızdaki bu hantallık ne!" diye çıkışınca kızlar, üzerlerinde buz gibi bir rüzgârın estiği çiçekler misali boyunlarını büktüler. "Dans ettiğiniz parça ölüm marşı değil, Offenbach." Orkestraya buyurgan bir tavırla işaret etti, müzik yeniden çalmaya başlayınca bizzat dans etmeye başladı. Önlerinde duranın, eskimeye yüz tutmuş, gri bir sokak kıyafeti giyen, neredeyse kel bir adam olduğu unutuldu. Sabahın bu saatinde hayli edepsiz, hayli tahrik edici bir dönüşümdü bu! Uzuvlarını kendinden geçmişçesine savururken sarhoşluk tanrısı Dionysos gibi görünmüyor muydu?Barbara onu seyrederken sarsılmıyor değildi. Hendrik daha demin sinirli, kibirli, amansız tavrıyla, koro kızlarının önünde duran bir kumandandı. Şimdiyse birden Bacchus misali taşkınlığa kapılmıştı. Beyaz yüzü şekilden şekle giriyor, kıymetli taşlara benzeyen gözleri mest olarak dönüyor ve açık ağzından kısık kısık, şehvani sesler geliyordu. Üstelik dans edişi harikaydı, koro kızları sahnede nefis bir teknikle salınan rejisörlerine saygıyla bakıyorlardı, Prenses Tebab görse çok zevk alırdı.

'Nerden biliyor dans etmeyi?' diye düşündü Barbara. 'Acaba şu an ne hissediyor? Veya hissettiği bir şey var mı? Kızlara bacaklarını nasıl uzatacaklarını gösteriyor. Nasıl kendinden geçme halleri bunlar...'

O sırada Hendrik hararetli gösterisini bıraktı. Bürodan genç biri, ön sıraları dikkatle geçip sahneye çıkmıştı. Mest olmuş rejisörün omuzlarına hafifçe dokunup fısıldadı: Herr Höfgen rahatsız ettiği için kusura bakmasındı, müdür Schmitz onu rica etmişti, matbaaya hemen geri gönderilmesi lazım olan, operetin prömiyeri için tasarlanan afişi gözden geçirmesi gerekiyordu. Hendrik müziğe işaret etti, rahat vaziyette duruyordu, monoklünü gözüne iliştirdi: Şu an ciddi bir çehreyle kâğıdı inceleyen bu adamın, daha iki dakika önce Dionysos misali cezbeye kapılarak uzuvlarını sağa sola savurduğunu kimse tahmin etmezdi. Ardından, kâğıdı elinde buruşturup memnuniyetsizce tıkırdayan bir sesle şöyle dedi: "Her şeyin baştan düzenlenmesi lazım! Görülmedik şey! İsmimi yine yanlış yazmışlar! Şu tiyatroda bile ismimi doğru yazmalarını kabul ettiremeyecek miyim? Benim adım Henrik değil!" Bunu söylerken kâğıdı öfkeyle yere fırlattı. "Benim adım Hendrik – ezberleyin şunu artık: Hendrik Höfgen!!"

Bürodan gelen genç çocuk başını eğip, bu bağışlanamaz hataya cehaleti yüzünden sebep olan yeni dizgiciyle alakalı bir şeyler mırıldandı. Kızlardan, bir sürü çana dikkatle vurulmuş gibi, hafif bir kıkırtı geldi. Hendrik gerindi ve kırılgan gürültüyü korkunç bakışlarıyla kesti.

VI

"Anlatılır gibi değil..."

Hendrik Höfgen "H. S. T."de gazete okurken ıstırap çekiyordu; kalbi sıkışıyor, kıskançlık ve hasetten kalbine ağrılar giriyordu. Martin'in muzaffer başarısı! "Hamlet"in devlet tiyatrosundaki yeni mizanseni, Schiffbauerdamm'da sansasyonel edebiyat prömiyeri... Kendisi de tutmuş, taşrada oturuyordu! Başkent onsuz idare ediyordu! Film şirketleri, büyük tiyatrolar – ona ihtiyaçları yoktu! Onu aramıyorlardı. İsmi Berlin'de bilinmiyordu. Bir Berlin gazetesinin Hamburg muhabiri tarafından anılacak olsa adı muhakkak yanlış yazılıyordu: "Korkutan entrikacı rolünde Herr Henrik Höpfgen isimli bir oyuncu dikkat çekiyordu..." Henrik Höpfgen isimli bir oyuncuymuş! Kafası aşağı düşüyordu. Şöhret –büyük, gerçek şöhret, başkentteki şöhret– düşkünlüğü, fiziki bir acı gibi içini kemiriyordu. Yanağını tuttu, sanki dişi ağrıyordu.

Merak edip fena görünmesinin sebebini soran, sonra da zekice dalkavukluklarla onu yatıştırmaya çalışan Frau von Herzfeld'e, "Hamburg'da birinci olmakmış – amma iş!" diye yakınıyordu. "Taşra seyircisinin gözdesi olmak – aman ne güzel. Buradaki küçük şehir işletmesinde daha fazla devam etmektense Berlin'de baştan başlamayı yeğlerim."

Frau von Herzfeld korktu. "Buradan gerçekten gitmek istemiyorsunuz ya, Hendrik?" Bunu söylerken hoş, ela rengi gözlerini dertli dertli belertti; yumuşak, ince tüylü, pudralı ablak suratı seğirmeye başladı.

"Çok kararsızım." Bakışları Frau von Herzfeld'in yanından hızla geçti, sinirli sinirli omuzlarını oynatıyordu. "Önce Viyana'da misafir oyunculuk yaparım." Bunu ihmalkâr bir şekilde, sanki Hedda'nın uzun zamandır malumu olması gereken bir gerçeği zikrediyormuş gibi söyledi. Ne var ki onun da –tiyatroda başka hiç kimsenin de: Kroge'nin, Ulrichs'in veya Barbara'nın bile– Hendrik'in Viyana'da misafir oyunculuk yapmak istediğinden haberi yoktu.

"Profesör beni davet etti," deyip monoklünü ipek bezle sildi. "Harika bir rol. Esasında kötü sezondayız diye reddedecektim: Haziran ayında şimdi Viyana'da kim var ki? Sonra yine de kabul etmeye karar verdim. Profesörün yanında misafir oyunculuk neler getirir, bilinmez... Üstelik partnerim Martin olacak," derken monoklünü yine gözüne iliştirdi.

"Profesör", Berlin'de ve Viyana'da çok sayıda tiyatroda sözü geçen, efsanevi bir şöhrete ve muazzam uluslararası itibara sahip bir rejisör ve tiyatro müdürüydü. Profesörün sekreteri, profesörün yaz aylarında Dora Martin'le oynatmak istediği eski bir Viyana farsında ortalama bir rolü, gerçekten de oyuncu Höfgen'e teklif etmişti. Bununla birlikte davet kesinlikle öyle kendi kendine gelmemişti; Höfgen kendisine bir hami bulmuştu: Dram yazarı Theophil Marder'in ta kendisi. Bu adam gerçi tüm dünyaya olduğu gibi profesöre de dargındı fakat meşhur rejisör, piyeslerini eskiden muhteşem başarılarla sahnelediği hicivciye, alay ve saygıyla karışık bir iyilikte bulunmak istiyordu. Marder'in tiyatro idarelerine gergin ve tehditkâr bir tonla, merak duyduğu genç bir kadını övdüğü olur ama bir erkek için aracılık etmesine nadiren rastlanırdı. Bu yüzden Höfgen için bulduğu tavsiye sözleri, kendisine karşı hakaretler barındırsa da profesörü etkilememiş değildi. Theophil bu kudretli adama, "Edebiyattan anlamadığınız gibi tiyatrodan da pek anlamıyorsunuz," diye yazmıştı. "Sonunuz Arjantin'deki bir bit sirkin müdürlüğü olacak, söylemiş olayım – iş o raddeye varınca demedi demeyin. Ne var ki her şeyiyle bana itaat eden bir genç kadınla yaşamakta olduğum masalsı saadet, dâhiyane piyeslerimi alçaklık ve ahmaklıktan ötürü yıllardır boykot eden şahsınıza karşı bile kalbimi yumuşatıyor. Biliyorsunuz ki bu acınası gidişatta hakiki sanat kalitesini görecek aldanmaz bakışlar yalnız *bende* kalmıştır. Cömertliğim, –olması gerektiği gibi– kötü giden eğlence kurumlarınızı, orijinallik alameti inkâr edilemeyecek bir şahsiyetle zenginleştirmek niyetindedir. Oyuncu Hendrik Höfgen 'Knorke' adlı klasik komedimle Hamburg'da büyük başarılar elde etmiştir. Hiç şüphesiz Herr Höfgen, sair komedyenlerinizden çok daha kıymetlidir – gerçi bunun için pek bir şey de gerekmiyor ya, neyse."

Profesör güldü, sonra birkaç dakikalığına düşüncelere daldı, dilini avurtlarında gezdirdi, derken zile basıp sekreterine, Höfgen'le irtibata geçmesini emretti. Yavaşça ve kıkırdayarak, "Denemeye değer," dedi.

Hendrik profesörün şeref veren teklifini Theophil'e borçlu olduğunu kimseye, Barbara'ya bile itiraf etmedi; Nicoletta'nın kocasıyla irtibatta olduğunu bilen kimse yoktu. Hendrik –olağanüstü gayretler sarf ederek ve hileyle ayarlayıp hazırladığı– Viyana'daki misafir oyunculuk meselesini bezgin bir ihmalkârlıkla ele alıyordu. Laf arasında, "Çabucak

Viyana'ya gidip profesörün yanında misafir oyunculuk yapmam lazım," gibi bir açıklamada bulundu, pis pis gülümsedi, sonra da en iyi terziden yazlık bir takım ısmarladı: Zaten borç içinde yüzdüğünden –Frau Mönkeberg'e, Hansemann Babaya, sömürge malları satıcısına ve şarap tüccarına borcu vardı– harcayacağı dört yüz mark durumu pek değiştirmeyecekti.

Hendrik aniden seyahate çıkınca, cazibesiyle nice yürekleri fethettiği Hamburg şehrinde birçok şaşkın surat bıraktı ardında. Siebert ve Herzfeld hanımefendilerden çok daha şaşkına dönen biri varsa o da müdür Schmitz idi, çünkü Höfgen ne cilveler yaparak ve türlü bahaneler bularak gelecek sezon için sanatçı tiyatrosuyla sözleşmesini uzatmaktan kaçınmıştı. Schmitz'in pembemsi suratı sarardı, gözlerinin altında aniden iri torbalar peyda oldu, zira Hendrik işveli olduğu kadar da gaddarca inat ediyordu: "Ben bir yere bağlanamam, Schmitz baba... Bağlanmak bana *iğrenç* geliyor, sinirlerim kaldırmıyor... Ben de bilmiyorum. Schmitz baba... Özgür olmam lazım, anlayın şunu *lütfen*."

Hendrik Viyana'ya seyahat etti, bu arada Barbara da babasının ve generalin karısının malikânelerine gitti. Höfgen genç karısının vedasından güzel, etkili bir sahne yaratmayı becermişti: "Sonbaharda görüşürüz, sevgilim," deyip hem gurur hem tevazu ifade eden bir duruşla, başını eğerek Barbara'nın karşısına dikildi. "Yine görüşeceğiz ve o zaman ben belki bugünkünden farklı biri olacağım. Artık tutunmam lazım benim, tutunmam... Kim için hırslanıyorum, biliyorsun, sevgilim; kendimi kimin karşısında ispatlamak istiyorum, biliyorsun..." Muzaffer ve yakınan tınıları olan sesi yavaşça kısıldı. Hendrik duygulanan solgun yüzünü Barbara'nın esmer eline doğru eğdi.

Bu sahne komediden mi ibaretti yoksa gerçek bir şeyler de barındırıyor muydu? Sabah atla geziye çıktığında ve öğleden sonra bahçede okuduğu ağır kitap dizlerinin üstüne düştüğünde Barbara'nın zihnini meşgul eden işte bu konu oluyordu. Bu insanda sahtelik nerede başlıyor, nerede bitiyordu? Barbara böyle düşüncelere dalıyor, bu konuyu babasıyla, generalin karısıyla, zeki ve sadık dostu Sebastian'la konuşuyordu. "Onu tanıdığımı sanıyorum," dedi Sebastian. "Daima yalan söylüyor ve hiç yalan söylemiyor. Sahteliği aynı zamanda gerçekliği – mesele çok karmaşık duruyor ama aslında çok basit. Her şeye inanıyor ve hiçbir şeye inanmıyor. Adam oyuncu. Ama onunla işin henüz bitmedi. Hâlâ zihnini meşgul ediyor. Hâlâ ona merak duyuyorsun. Şimdilik yanında kalman lazım Barbara."

Viyana seyircisi, sahnelenen meşhur farsta kâh şefkatli bir kız kâh ayakkabıcı çırağı olarak sahne alan Dora Martin'e hayran kalmıştı. Ardına kadar açık esrarengiz ve çocuksu gözleriyle, sesinin kuğuran ve kısık tonlarıyla bu kadın, insanı baştan çıkarıyordu. Seslileri inatla eziyor, başını omuzları arasına gömüyor ve tüy gibi hafif, mahcup tarzıyla insanı büyülercesine hareket ediyordu: Bazen on üç yaşındaki, kemikleri sayılan cılız bir oğlana, bazen de tatlı, çekingen bir Elf'e benzeyerek hoplayıp kanat çırpıyor, süzülüp salınıyordu sahnede. Başarısı öyle büyüktü ki yanına kimse yaklaşamazdı. Dehasını uzun uzun öven gazete eleştirileri partnerlerinden ancak üstünkörü bahsediyordu. Hatta işi, çıtkırıldım, grotesk bir kavalyeyi oynaması beklenen Hendrik'i azarlamaya kadar vardırdılar. Abarttığı ve yapmacık davrandığı söyleniyordu.

"Tuzağa düştünüz, şekerim!" diye kuğurdu Martin, gazete kupürleriyle muzırca Hendrik'e işaret ediyordu. "Tam bir başarısızlık. En kötüsü de, size her yerde Henrik demişler – epey kızacaksınızdır. *Çok* üzüldüm!" Üzgün bir yüz ifadesi takınmaya çalıştıysa da güzel gözleri, ciddiyetle buruşturduğu alnının altından gülümsüyordu. "*Çok* üzüldüm, gerçekten. Ama rolünüzde çok *berbattınız*," dedi neredeyse şefkatle. "Heyecandan soytarı gibi tepiniyorsunuz sahnede – *öyle* üzüldüm ki. Buna rağmen muazzam bir kabiliyetiniz olduğunu fark ediyorum elbette. Profesöre diyeceğim, sizi mutlaka Berlin'de oynatsın."

Hemen ertesi gün Höfgen'i profesörün yanına çağırdılar. Büyük adam onu bitişik, dalgın ama keskin gözleriyle seyretti, dilini avurtlarında gezdirdi, ellerini belinde kavuşturup odada iri adımlarla şöyle bir tur attı, kulağa, "Hı –tamam– demek Höfgen dedikleri buymuş..." gibi gelen birkaç ses çıkarıp nihayet –başını eğip Napolyonvari tavrıyla yazı masasının önünde durarak– şöyle dedi: "Sağlam dostlarınız var, Herr Höfgen. Tiyatrodan biraz anlayan bazı kimseler dikkatimi üzerinize çektiler. Mesela şu Marder..." Bunu söylerken kısa kısa, kakır kakır güldü. Tekrar ciddileşerek, "Evet, şu Marder," diye tekrarladı, sonra da kaşlarını saygıyla kaldırıp ilave etti: "Kayınpederiniz müsteşar bey de geçenlerde kültür bakanlığında rastladığımda bana sizden bahsetti. Şimdi bir de Dora Martin..."

Sonra Profesör, ara sıra kakırdayan seslerle bozduğu birkaç dakikalık bir suskunluğa düştü. Höfgen kızarıp bozarıyordu, çehresindeki gülümseme kaybolmuştu. Bu etli, güdük adamın düşünceli ve soğuk, kapanık ama aynı zamanda içe işleyen bakışları pek tahammül edilecek cinsten değildi.

Hendrik, böylesine kudretli bakmayı çok iyi beceren profesöre hayranlarının neden "büyücü" dediğini birden anladı.

Höfgen utanç verici sessiz sınavı nihayet, dalkavukça şakıyan sesiyle, "Hayatın içinde göze çarpmam, profesör bey. Ama sahnede..." diyerek kesti. Bu sırada doğruldu, kollarını şaşırtacak derecede açıp sesine madeni bir tını kattı. "Sahnede çok gülünç olabilirim." Sözlerine pis gülümsemesiyle eşlik etti. Ama ciddiyeti elden bırakmadan ekledi: "Dönüşüm kabiliyetim için kayınpederim bir defasında çok hoş sıfatlar bulmuştu."

Yaşlı Bruckner'in adı geçince profesör kaşlarını saygıyla kaldırdı. Ama birkaç saniyelik manidar bir suskunluktan sonra, "Peki, bir denemeye değer..." dediğinde sesi buz gibi geliyordu. Höfgen sevinçten havaya zıplamıştı, profesör, ümitlerini kırarak bir red hareketi yaptı. "Çok şey beklemeyin," dedi ciddiyetle, Höfgen'i hâlâ gözleriyle soğuk soğuk süzüyordu. "Size sunacağım şey büyük bir pozisyon değil. Burada oynadığınız rol hiç de gülünç değildi, berbat bir iş çıkardınız."

Hendrik irkildi.

Profesör nazikçe gülümsedi. "Oldukça berbat," diyerek sözünü zalimce tekrarladı. "Ama ziyanı yok. Yine de deneyebiliriz. Ücrete gelince..." Profesörün gülümsemesi burada adeta muzipleşti, dili de ağzında kıpır kıpır oynamaya başlamıştı. "Muhtemelen Hamburg'dan ötürü nispeten düzgün bir gelire alışkınsınızdır. Yanımızdayken şimdilik daha azıyla yetinmek zorunda kalacaksınız. Çok beklentiniz var mı?" Profesör bunu sırf teorik meraktan soruyormuş gibi bir tonda söyledi. Hendrik temin etmek için acele davrandı: "Para hiç önemli değil. Gerçekten," dedi, sesinin vurgusu çok inandırıcıydı, zira profesörün şüpheli bir yüz ifadesi takındığını görmüştü. "Şımarık değilimdir. Tek ihtiyacım temiz gömlek ve komodinimin üstünde bir şişe kolonya." Profesör yine kısa bir süre güldü. Sonra "Detayları Katz'la konuşabilirsiniz. Ben ona talimat veririm," dedi.

Huzura kabul bitmiş, Höfgen bir el hareketiyle dışarı çıkarılmıştı. Profesör yine ellerini arkasında kavuşturup ufak ve güdük boyuyla Napolyonvari tavrını takınarak odasının kalın halısını arşınlarken, "Kayınpederinize benden selam söyleyin," dedi.

Herr Katz profesörün genel sekreteriydi, üstadın tiyatrolarındaki bütün işleri idare ediyor, aynı onun gibi kakırdayarak konuşuyor, dilini de onun gibi avurtlarında gezdiriyordu. Oyuncu Höfgen'le arasındaki görüşme aynı gün içerisinde oldu. Hendrik karşısındaki müdür Schmitz olsa suratına çarpacağı sözleşmeyi, itirazsız kabul etti. Sözleşme feciydi. Aylık 700 mark ücretten bir de vergiler çıkacaktı, belli roller de taahhüt edilmiyordu. Bunları sineye mi çekecekti? Galiba çekecekti, çünkü Berlin'e gitmek istiyordu, Berlin'de tanınmıyordu. Yine baştan başlayacaktı! Kolay değildi, ama dayanmak zorundaydı. İlla yukarı tırmanmak istiyorsa fedakârlık gösterecekti.

Hendrik, Dora Martin'e büyük bir demet sarı gül gönderdi, –parasını otelin kapıcısına ödettiği– güzel çiçeklerin yanına coşkulu, iri ve köşeli harflerle "TEŞEKKÜRLER" yazdığı bir not iliştirdi.

Aynı anda müdür Schmitz ile Kroge'ye de bir mektup yazdı; onca şey borçlu olduğu bu iki adama kısa ve öz, sanatçı tiyatrosuyla sözleşmesini maalesef yenileyemeyeceğini, çünkü profesörün kendisine muhteşem bir teklifte bulunduğunu açıkladı. Mektubu zarfa koyarken birkaç saniyeliğine, Hamburg bürosundaki şaşkına dönmüş yüzleri tasavvur etti. Frau von Herzfeld'in ağlamaklı bakışlarını düşününce kıkırdayıverdi. Tiyatroya gitti, canlanmıştı.

Dora Martin'in soyunma odasına geldiğini haber verdi fakat odacısı, Martin'in şu an profesörü ağırladığını belirtti.

Profesör, "Size bu tuhaf iyiliği yaptım," deyip Dora Martin'in, kuaför önlüğüyle örttüğü zayıf omuzlarına düşünceli düşünceli baktı. "Oğlanı işe aldık, şu, neydi adı?"

"Höfgen," diye güldü Martin, "Hendrik Höfgen. Bu ismi aklınızda tutacaksınız, şekerim."

Profesör kibirle omuz silkti, dilini avurtlarında gezdirip kakırdayan sesler çıkardı. Nihayet, "Adamdan hoşlanmadım," dedi. "Komedyenin teki."

"Komedyenlere ne zamandır karşısınız?" Martin gülümseyerek dişlerini gösterdi.

"Yalnızca kötü komedyenlere karşıyımdır." Profesör sinirli görünüyordu. "Taşra komedyenlerine," dedi fenalıkla.

Martin birden ciddileşmişti, açık alnının altındaki kaşları çatıldı.

"Ona ilgi duyuyorum," dedi sessizce. "Vicdan nedir, bilmiyor" –şefkatle gülümsedi– "*çok* kötü biri." Neredeyse şehvetle gerindi, gerinirken çocuksu, zeki başını geriye attı. Hayallere dalarak tavana doğru, "Bize bir sürpriz yaşatabilir," dedi.

Birkaç saniye sonra telaşla ayağa kalkıp, çırpınırcasına kesik kesik hareketlerle profesörü kapıya doğru kovaladı. Gülerek, "Tam vakti!" dedi. "Dışarı! Çabuk dışarı! Peruğumu takmam lazım." Çıkmaya zorlanan profesör hemen sordu:

"Peruğunuzu takarken bakamaz mıyız? Bari ona baksam?!" Bakışları hırslandı.

"Yok, hayır, katiyen!" Martin dehşetten sarsılıyordu. "Söz konusu dahi olamaz! Kuaför önlüğüm omuzlarımdan kayabilir..." Renkli örtüye iyice sarındı.

Profesörün sesi, "Yazık!" derken oldukça zor zapt ediliyormuş gibi geliyordu. Meşhur büyücü –etrafındaki hemen her kadın fazlaca istekli bir nezaketle canını sıkıyordu– soyunma odasından çıkarken, yalnız kalır kalmaz Dora Martin'in denizkızına, cüceye veya kimsenin ismini bilemeyeceği farklı bir yaratığa dönüşeceği hissi vardı içinde. Büyük aktrisin olağanüstü kurnazlıktaki iffeti profesörü öyle efkârlandırmıştı ki karşısında durup gülümseyerek rengârenk tüylü şapkasını çıkaran kostümlü adamı ilkin tanıyamadı. Ancak sonradan aklına geldi, sadık cilveleriyle selam veren adam, "şu Höfgen"di.

Şaşırtıcı yeni durumu, Hendrik Höfgen'i gençleştirir. Tembelleştiren taşra şöhretini, ardında bırakmıştır. Yine yolun başındadır ve kendini yeniden ispatlaması gerekmektedir. Yükselmek –bu defa *en* yükseğe çıkmak– için bütün gücünü toplamalıdır. Gücü tükenmemiş, emrine amade beklemektedir. Bu tespiti hoşuna gider. Bedeni gergin, yağları neredeyse tamamen kaybolmuştur, adeta dans etmekte, mücadeleden zevk alır gibi hareket etmektedir. Böyle gülümseyebilen, gözlerini böyle parıldatabilen kişi başarılı olmak zorundadır. Sesi daha şimdiden, henüz elde etmediği ama çok beklemesinin de gerekmeyeceği zaferlere duyduğu sevinçle dolar.

Barbara, kocasındaki bu yeni tavrı, gerçek bir ilginin soğuk ve yabancı bir merakla birleştiği bir duygudaşlıkla gözlemler. Uçuşan deri paltosu ve kanatlanmış sandaletleriyle daima yolda, sürekli faaliyette ve büyük kararların arifesinde bulunuyor gibi görünen Hendrik'i yarı alay yarı hayretle seyreder. Dostu Sebastian'ın tahmin ettiği gibi Barbara, Hendrik'e geri dönmüştür. Pişman da değildir. Yağ bağlamaya yüz tutan, "H. S. T."ye girip çıkan ve Frau Mönkeberg'in rahat dairesinde burjuva kocayı oynamaya çalışan taşralı sevgilisindense mobilyalı iki göz odada beraber yaşadığı, değişim geçiren ve hayli gergin duran Hendrik, Barbara'nın daha çok hoşuna gitmektedir. Hendrik'iyle paylaştığı karanlık iki odada kendini hiç de kötü hissetmemektedir. Akşamları, temsilden sonra elektrikli bir piyanonun loş ışıkta inlediği, pastaların kartondan göründüğü ve hiçbir tanıdığın olmadığı sönük, küçük bir kafede onunla buluşmaktan hoşlanmaktadır.

Hendrik'in kariyerinin ilerleyişi hakkında titrek sesle verdiği aceleci haberler Barbara'yı büyüler. Böylesi anlarda Hendrik'in gerçek olduğunu bilir. Solgun yüzü, köhne pastanenin şüpheli kokularla dolu loşluğunda, küflü odunun gece parlaması gibi aydınlanır. Dolgun dudaklı, güzel kıvrımlı, hırslı ağzı hem gülümser hem konuşur. Ortasında belirgin ve derin bir çentik olan kuvvetli çenesinin buyurgan çıkıklığı görünür olur. Gözünün önünde monoklü ışıldar. Esrarengiz bir azimle güzel görünen, geniş ve kızıl kıllı elleri masa örtüsüyle, kibritlerle ve önüne ne çıkarsa heyecanla oynar.

Hendrik ateşli bir şevkle ümitlerini, planlarını, hesaplarını açıklar; Barbara'nın bunlara ilgi duyması, artık kibirle gözünü kapamaması, yaşama hissini arttırır, ikbal sevdasını katlar. Evet, Barbara bilfiil kariyeri için uğraşmaktadır. Böyle kurnaz bir Meryem Ana suratı olması boşuna değildir. Zekidir, siyah ipekten elbisesini giyip müsteşar babasının selamını getirdiği profesörü ziyaret eder. Kurfürstendamm'daki bütün tiyatroların yüce efendisi, genç oyuncusunun karısını ağırlamaktan şeref duyar, çünkü ismi sık sık gazetelerde yer alan ve geçenlerde bakanın yanında rastladığı müsteşarın kızıdır bu. Profesörün sarayı bir prens sarayından aşağı kalmaz. Tüm bu Barok mobilyaların, goblenlerin ve eski şaheserlerin sahibi, ziyaretçisinin esmer kollarına ve açıkgözlü melankolik suratına haz duyarak bakar. Profesör onu uzun uzun süzmeyi bitirip dilini avurtlarında enine boyuna gezdirirken kakırdayarak, "Ha, demek şu Höfgen'le evli olan sizsiziniz," der. "Adamda bir şey olmalı muhakkak..."

Tabii bütün bunlar Hendrik'in yararına olur, Kurfürstendamm sahnelerindeki diğer iktidar sahipleri Herr Katz ve Fräulein Bernhard'la işleri zaten tıkırındadır. Höfgen müdür Herr Katz'la kart oynamakta, zenci dudaklı ve kelebek gözlüklü, esmer, yapılı ama kısa boylu olan nüfuzlu ve enerjik sekreter Fräulein Bernhard'a, vaktiyle müdür Schmitz'e davrandığı gibi cilve yapmaktadır. Beklenmedik şekilde büronun kapısını açsanız Hendrik'i kucağında oturur vaziyette bulabilirsiniz. Ayrıca daha iki haftadır burada olan Hendrik Höfgen'in sert Fräulein Bernhard'a "Rose" dediğini de duyabilirsiniz. Buna bile cüret edebilmektedir, işi bu raddeye getirmiştir! Şimdiye kadar Fräulein Bernhard'ın isminin "Rose" olduğunu bilecek imtiyaza kaç oyuncu sahip olmuştur ki?

Berlin'de kariyer için iyi bir başlangıç, diye fısıldaşır meslektaşları. Güzel karısı profesörü ziyaret ediyor; kendisi

Katz'la kart oynuyor, Fräulein Bernhard'ın çenesini gıdıklıyor. Bundan adam olur!

Bundan adam olacak, az kaldı.

Önce önemsiz bir rolde fark edilir, ama fark edilir; gazeteler "yetenekli Herr Hendrik Höfgen" diye zikretseler de adını, oynadığı rol, bir Rus piyesinde sahneye doğru sendeleyip başta kekeleyen sonraysa dans etmeye başlayan sarhoş bir genç köylüden ibarettir. Ama nasıl da kekelemiş ve nasıl da dans etmiştir! Berlin seyircisi Prenses Tebab'ın aklı evvel öğrencisine bayılmıştır. Höfgen rolünü bitirdiğinde seyirci, alkış tufanı koparır. Nasıl bir tutkunlukla savurmaktadır bu oğlan uzuvlarını! Cümle âlem dans sırasında çehresinde fark ettiği o kendinden geçmiş ifadeye övgüler dizmektedir. Büfede basın mensupları ile sosyete kadınlarını etrafında toplayan Rose Bernhard şunu kaydeder: "Bu adamın Bacchusvari bir tarafı var."

Binlerce tasa ve eğlenceyle dikkati dağılmış seyirci bu çılgın dansçının adını yine unutur. Ama işin ehli kimseler –asıl önemli kişiler– Hendrik'in Berlin'deki ilk başarısını aklında tutar. İkincisini ise bütün başkent konuşur.

Oyuncu Höfgen sansasyonel bir piyeste, heyecan uyandıran bir mizansende, seyirci ile basının ilgisinden en büyük payı almayı başarır. "Suç" başlıklı heyecanlı dramın –muamma kişiliği kafelerde ve tiyatro bürolarında, salonlarda ve yazı işleri müdürlüklerinde en gözde tartışma konusu olan bu esrarengiz ve bilinmeyen-- yazarından çok Höfgen'in performansı konuşulur. Loser mahlasının ardına saklanıp trajedisinde sarsıcı ve günahkâr bir sefaleti, fakirliği ve sapkınlığı biçimlendiren yazar kimdir? Bizi trajik ve kirli bir labirentte dolaştıran, bize bu kadar yozlaşma ve ihtiras, bu kadar acı ve keder gösteren bu çok yetenekli adam kimdir? Şüphe yok ki en stilistik unsurları –sembolizm ve natüralizm– etkileyici ve cesur bir şekilde bir araya getirerek insanı geren bu ürpertici dramın yazarı piyasanın işleyişinden kendini uzak tutan olağandışı biri olmalıdır. Kendi mesleklerine daima şüpheyle yaklaşan edebiyatçılar bu kişinin edebiyatçı olmadığına yemin eder. Rutini yoktur, ortaya koyduğu her şey dâhiyane bir orijinallik gösterir. Bugüne dek tek satır yazmamıştır. İşin çok ehli bazıları – yazarın genç bir nörolog olduğunu iddia eder, İspanya'da yaşıyordur. Mektuplara cevap vermez, onunla pazarlık etmek ancak çok sayıda aracı vasıtasıyla mümkün olmaktadır. Bütün bunlar hayli ilginç bulunur, itibarlı çevrelerde bu konuda hararetli tartışmalara girişilir.

İspanya'da yaşayan genç bir nörolog: Bu söylentinin gerçek olma ihtimali yüksektir, millet de inanır, söylenti kabul görür. İnsan ruhunda böyle dehşet verici suçlara yol açacak bir yozlaşmaya ancak bir nörolog bu kadar hâkim olabilir. İşine nasıl da vâkıftır! Dramında tüm günahlar yer alır. Dramda yaşayan ve ıstırap çekenler, bir lanetliler topluluğudur. Sahne alan her kişinin alnında kara bir alamet vardır sanki: Grunewald ve Kurfürstendammlı kadınlar işte buna bitmişlerdir.

Bütün yozlaşmışların en yozu ise Hendrik Höfgen'dir, dolayısıyla en çok alkışı da o alır. Solgun ve şeytani çehresinden, paslı ve donuk sesinden, tüm bu günahlara aşina olduğu, hatta bunlardan maddi yarar sağladığı anlaşılmaktadır. Yüce üsluplu bir şantajcı olduğu aşikârdır, pis pis gülümseyerek genç insanları acımadan belaya sürükler, içlerinden biri sahnenin ortasında intihar eder, elleri cebinde, ağzında sigara, gözünde monokl Hendrik ise cesedin yanından geçip gider. Tüyleri ürperen seyirci bunun kötülüğün vücut bulmuş hali olduğunu hisseder. Öyle mükemmel, baştan aşağı öyle kötüdür ki Höfgen, bir benzerini daha bulmak çok zordur. Mutlak kötülüğünden bazen kendisi de korkar sanki; sonra suratı donuklaşır, solgunlaşır, balıklarınkine benzeyen mücevher gözlerinde avunmaz bir bakış peydahlanır, hassas şakaklarındaki ıstırap çizgisi derinleşir. Höfgen, Batı dünyasının Berlin'deki müreffeh seyircisine, en üst derece yozlaşmanın nasıl olduğunu oynayarak gösterir ve tam bir sansasyon yaratır. Zenginlere alçaklığı bir ziyafet olarak sunar: İşte Höfgen'in başardığı budur. Hem de ne başarı! Yorgun, aynı zamanda da gergin mimiklerine hayranlık duyulmaktadır, en çok hayranlık uyandıransa ihmalkâr yumuşaklığı, edalı hileleri olan tavırlarıdır – kendisine "Rose" demesine izin veren Fräulein Bernhard, "kedi gibi hareket ediyor!" diyerek heyecana kapılır. "Kötü bir kedi! Ah, ne ilahi bir kötülük onunki!" Küçük sahnelerdeki meslektaşları konuşma tarzını –bazen büyüleyici bir şakımaya dönüşen kısık bir fısıldamadır bu– taklit ederler. Dora Martin, artık itiraza yeltenmeyen profesöre, "Hakkım varmış değil mi? Onda bir şeyler var," der. Profesör kakırdayarak, "Şey..." der, dilini ağzında gezdirip düşünceli düşünceli bakar. Aslında "şu Höfgen"i hâlâ ciddiye almıyordur, zaten Oskar H. Kroge de ciddiye almamıştır. 'Komedyen', diye düşünür profesör, tıpkı Kroge gibi.

Büyüleyici bir komedyen: Eleştirmenlere göre öyledir, zengin hanımefendilere ve Fräulein Bernhard'a göre de öyledir, hiçbir meslektaşı da bunu inkâr edemez. "Suç" piyesi olağanüstü çekim gücünü büyük ölçüde Höfgen'in performansına borçludur. Yüz defa peş peşe oynanabilir. Profesör iyi para kazanmaktadır; derken inanılmaz olan gerçekleşir:

Profesör, Hendrik'in ücretine, sözleşmede böyle bir mecburiyet olmamasına rağmen zam yapar, bunu seçkin patronlarına kabul ettirenler Fräulein Bernhard ile Herr Katz olmuştur.

Piyes belki 150 veya 200 defa da gösterilebilir ama yazar hakkında ortaya atılan ve hayal kırıklığına yol açan söylentiler ayyuka çıkar. Birden yazarın İspanya'daki tuhaf bir nörolog olmadığı söylenir. İnsan ruhunun uçurumlarına aşina bir münzevi değil "piyasa"nın banallığının bir sırdaşıdır. Meçhul bir asilzadeyle alakası yoktur: Herkesin en azından bir defa sinir olduğu Herr Katz'ın ta kendisidir. Yaşanan hayal kırıklığı büyüktür. "Suç" dramını tecrübeli müdür Herr Katz yazmış! Piyes birden herkesin gözünden düşüp kaba saba bir zalimlikler yığınından ibaret kalır, tatsız ve önemsizdir. Kendilerini kazıklanmış hissederler, bütün bunların Herr Katz'ın başının altından çıktığı görüşündedirler. Sözü geçen çevrelerde, Herr Katz Dostoyevski mi olmuş? Ne zamandır acaba? diye sinirli sinirli sorular sormaya başlarlar. Herr Katz profesörün ticari danışmanıdır, aslında kıskanılacak bir pozisyonda sayılır. Kimse kendini İspanyol nöroloğu diye gösterip bataklıklara girmeye hakkı olduğunu kabul etmez. "Suç" dramının kaldırılması lazımdır.

Kaprisli ahali Katz'ı tahtından indirir, Höfgen ise kendini kabul ettirmiş, şaşırtıcı kötülüğüyle bütün kalpleri kesinkes fethetmiştir. Berlin'deki ilk sezonunun sonunda memnun ve neşelidir artık: Her yerde geleceğin ünlüsü, umut vaat eden, yükselen yıldız diye yüceltilir. 1929/30 yılı sezonu sözleşmesi, biten sözleşmesinden çok farklıdır: Ücreti neredeyse üçe katlanmıştır, profesör homurdana homurdana müsaade etmiştir buna, çünkü rakipleri Höfgen'in peşindedir.

Profesör yeni yıldızına, "Eh, artık kendinize bol bol yeni gömlek ve lavanta losyonu alabilirsiniz," der. Höfgen ise çekici bir gülümsemeyle cevap verir: "Kolonya, profesör bey! Ben yalnız kolonya kullanırım!" Yaz gelir, Hendrik o iki karanlık odadan vazgeçer, kendine Berlin'in batısında, Reichskanzler Meydanı'nda aydınlık bir daire kiralar, bir sürü gömlek, sarı ayakkabılar, yumuşak renkli takımlar satın alır, şoförlük dersleri alır, reklam fiyatına sahip olmak istediği şık bir üstü açık araba almak için birçok firmayla pazarlığa oturur. Barbara generalin karısının malikânesine gider. Başarılı bir koca onu, mücadele eden, bir türlü tatmin olmayan, hırsından titreyen kocasından daha az ilgilendirir. Frau von Herzfeld, Hendrik'e yeni dairesini döşerken yardım etmek amacıyla ziyarete gelir: Çelik mobilyalar, duvar süsü olarak van Gogh ve Picasso röprodüksiyonları seçer. Odalar zarif, iddialı bir sadelik içerir. Hendrik, Frau von Herzfeld'in hayranlığının keyfini sürer, gittikçe büyüyor görünen aşkını hak edilmiş bir haraç gibi kabul eder. Hedda artık onun karşısında ironik maskelerden vazgeçmiştir. Yumuşak, ela gözleri zalim mabuduna hüzünlü bir hırs, tevekküllü bir iptilayla bağlıdır. "Zavallı ufak Siebert, size duyduğu hasretten sararıp soldu," diye anlatır, ama kendinden geçip Angelika'yla birlikte ağladığından – asla sahip olmadığı yitiği uğruna hüngür hüngür, uzun uzun ağladığından bahsetmez.

Frau von Herzfeld film atölyelerine giderken Höfgen'e eşlik eder, Höfgen bu yaz ilk kez film çekecektir. "Hırsızı Yakalayın!" isimli polisiye filmde başroldeki, yüzünde çoğunlukla siyah bir maskeyle görünen meçhul adamı ve esrarengiz suçluyu oynar. Üstü başı hep siyahtır, gömleği bile: Kıyafetinin rengi ruhundaki karanlığı yansıtır. "Kara Şeytan" derler ona, sahte para basan, uyuşturucu kaçıran, kimi zaman banka soyan, bilmem kaç tane leşi olan bir çetenin reisidir. Bütün bu suçları Kara Şeytan yalnız mal hırsından veya macera zevkinden değil, prensip icabı işler. Vaktiyle genç bir kız yüzünden edindiği kasvetli tecrübeler onu insanlığa düşman etmiştir. Zarar verip huzursuzluk çıkarmak onun için bir tutkudur, yaptığı işe inanan bir suçludur: Tutuklanmadan biraz önce omuzdaşlarına itiraf eder, onlar da şaşırıp korkarlar, çünkü kendileri çok daha basit sebeplerden hırsızlık etmiştir. Reisleri Kara Şeytan'ın aslen neyin nesi olduğunu ve işin başından beri cani değil, eskiden süvari subayı olduğunu öğrenince etkilenip saygıyla bir şeyler mırıldanırlar. Kötü adam bu dramatik sahnede maskesini çıkarır: Siyah melon şapkası ile boğazına kadar iliklediği koyu gömleğinin arasındaki yüzü ürpertici soluklukta ve tüm yozlaşmışlığına rağmen hâlâ asildir, trajik hatlarının olmadığı da söylenemez.

Büyük film şirketinin yetkilileri bu dehşet verici ve ıstıraplı çehreden son derece etkilenmişlerdir. Dediklerine göre Höfgen sürprizlerle doludur, acayip biridir, hem başkentte hem taşrada iyi hasılat yakalayacaktır, sundukları teklif ise Hendrik'in bütün beklentilerinin üstündedir. Hendrik'in bu teklifi kısmen reddetmesi gerekir, profesörle yaptığı sözleşme elini bağlamaktadır. Kendini ağırdan satınca sinema devleri hepten teşne olurlar. Herr Katz ve Fräulein Bernhard ile irtibata geçip, oyuncu Höfgen'i sezonda birkaç haftalığına kendilerine bırakmaları şartıyla onlara hatırı sayılır bir hava parası teklif ederler. Sayısız telefonlaşma, yazışma ve pazarlık yapılır. Bernhard ile Katz'ın istekleri çoktur, hazine verseler gözdelerinden vazgeçmek istemezler. Höfgen herkesin talip olduğu kişidir. Herkes ona sahip olmak ister. Höfgen ise çelik mobilyalı sade ve zarif dairesinde oturup pis pis gülümseyerek tiyatronun ve sinemanın kıymetli şahsı uğruna verdiği mücadeleyi üstünlük taslayan sözlerle yorumlar.

Kariyer dediğin budur işte! Büyük rüyası gerçek olmaktadır. Rüyaları samimi görmek gerekir, diye düşünür Hendrik ve işte cüretkâr hayaller gerçeğe döner. Ah, gerçek, cüret edeceği hayallerden çok daha muhteşemdir! Açtığı her gazetede yalnız kendi ismini bulur –ismini yayınlatan kişi tecrübeli Bernhard'dır–, adı da artık hep doğru yazılmaktadır, hem de şöhretlerini vaktiyle taşra tiyatrosunun kantinindeyken kıskanarak takip ettikleri o kendini ispatlamış yıldızların isimleri gibi kalın harflerle. Saygın bir dergi, kapak sayfasına Hendrik'in resmini koyar. Kroge'nin yüzü bunu görünce ne hal alacaktır? Ya Frau Mönkeberg'in? Ya Müsteşar Bruckner'in? Höfgen'e şüphe, biraz da kibirle davranan herkes baş döndürücü süratle ilerleyen kariyerinden ötürü saygıyla ürperecektir.

1929/30 sezonunun sonunda Hendrik Höfgen sezonun başına göre kıyaslanamayacak kadar büyümüştür. Neye el attıysa yüzüne gülmüş, her teşebbüsü zafere dönüşmüştür. Profesörün tiyatrolarında neredeyse müdürün kendisinden daha çok söz hakkı vardır – zaten müdür nadiren Berlin'dedir, daha ziyade Londra, Hollywood veya Viyana'da bulunur. Höfgen, Herr Katz'a da Bernhard hanımefendiye de hükmeder; nasıl Schmitz ve Frau von Herzfeld'le dilediğini yapıyorsa bunlarla da çoktandır aynını yapma lüksüne sahiptir. Hangi piyesler kabul, hangileri reddedilecek, Höfgen karar verir, sonra da Bernhard'la beraber oyunculara rollerini dağıtır. Oyunlarının sahnelenmesini isteyen yazarlar, etrafında dalkavukluk yapar, sahneye çıkmak isteyen oyuncular etrafında dalkavukluk yapar, sosyete –veya kendine zengin züppeler güruhu diyen kimseler– etrafında dalkavukluk yapar: çünkü o, günün adamıdır.

Her şey yine Hamburg'daki gibidir fakat daha büyük tarzda, başka boyutlarda. Günde on altı saat iş, arada da ilginç sinir nöbetleri devam eder. Hendrik bazen sabah bir ila üç arası hayranlarını etrafına topladığı "Vahşi Sürücü" adlı zarif gece kulübünde, elinde kokteyl kadehi, iç geçirerek yüksek bar taburesinden düşer. Küçük bir baygınlıktır bu, korkulacak bir şey değildir ama yine de oradaki tüm hanımefendileri ciyaklatmaya yeter; Fräulein Bernhard keskin bir kokuyla imdadına yetişir – oyuncu Höfgen hâllendi mi yakınında daima sadık bir hanımefendi biter. Hafif sıtmadan tutun da bayılıp kramp girmiş gibi her tarafının seğirdiği bağırışlara kadar uzanan bu küçük, isterik sinir nöbetlerinde cimrilik etmez – bu nöbetler iyi de gelir, şifalı kaplıcalardan çıkmış gibi ferahlayarak geçirir nöbetlerini; iddialı, girişken ve keyif düşkünü yaşamı için yepyeni kuvvetlerle dolar.

Prenses Tebab geri döndüğünden beri dinlendirici krizlerine sığınmasına pek gerek kalmamıştır. Kara prensesin imla hatası kaynayan, şaşırtıcı bir üslupla kaleme aldığı tehditkâr mektuplarını Berlin'deki ilk kışında cevapsız bırakmıştır. Barbara ise artık neredeyse tamamen uzaklaşmıştır: Akıllı kocasının etrafındaki cümbüşü kaldıramaz, Berlin'e gelişleri gittikçe seyrelir, Reichskanzler Meydanı'nda bulunan zarif dairedeki odası çoğunlukla boş kalır, müsteşarın evindeki veya generalin eşinin villasındaki daha sakin mekânları tercih eder. Hal böyle olunca Hendrik, Juliette'sine yol parasını göndermeye karar verir – onsuz hayat, tatsız tuzsuzdur; uzun çizmeleriyle Tauentzien Caddesi'nde kibirli kibirli dolaşan kızgın bakışlı kadınların hiçbiri yeri hoşuna gitmemiştir.

Hendrik ona kenar mahallede haftada en az bir kere uğrayabileceği bir oda tutar; sevgilisinin yanına suçlunun suç mahalline gitmesi gibi –atkısını çenesine kadar çekip şapkasını alnına kadar indirerek– gizlice gider. Eşofmanını giyerken, "Biri beni yakalayacak olsa... bu kılıkla!" diye fısıldar. "Mahvolurdum! İşim biterdi!" Prenses Tebab, Hendrik'in korkudan titremesiyle eğlenir, kaba saba ve içtenlikle güler. Titrediğini görmenin verdiği zevkle –bir de daha fazla para koparmak için– tiyatroya geleceğini, Hendrik sahneye adımını atınca da vahşi bir kedi gibi çığlık atacağını sürekli tekrarlar. Zalimce, "Dikkat et, oğlum!" diye takılır. "Bir gün mutlaka geleceğim, mesela gelecek haftaki prömiyere. Alacalı ipek elbisemi giyip ilk sıraya otururum. Ne rezalet olur ama!" Keyfi yerine gelen kara hanımefendi elini ovuşturur. Sonra da yeni dans figürünü çalışmadan önce yüz elli mark ister. Hendrik'in yükselişiyle onun da istekleri artmıştır. Artık fahiş fiyatlı parfümler kullanır, hatırı sayılır miktarda alacalı ipek eşarplar, şangırdayan bilezikler ve pütürlü, becerikli parmaklarıyla büyük torbalardan atıştırmaktan hoşlandığı şekerlemeler almaktadır.

Sırıta sırıta bir şeyler çiğnerken, bazen de keyfi yerine gelip kafasının arkasını kaşırken kocaman bir maymuna benzer.

Parayı Hendrik'in ödemesi lazımdır, zaten bundan hoşlanmaktadır da.

Siyah Venüs tarafından böyle hoyratça yolunmak ona zevk verir. "Çünkü ben seni ilk günkü gibi seviyorum!" der Hendrik ona. "Hatta seni ilk günkünden de çok seviyorum. Ancak gidince kıymetini anlıyorum. Tauentzien Caddesi'ndeki sert hanımlar dayanılmaz derecede sıkıcı." Bakir ormanların kızı kıkırdayarak, "Ya karın?" diye sorar. "Ya Barbara?" Hendrik hem keder hem küçümsemeyle, "A, o mu..." deyip solgun yüzünü karanlığa doğru çevirir.

Barbara'nın Berlin'e gelişleri gittikçe seyrelir; önceleri her kış defalarca konferans vermeyi ve buradaki etkili topluluğa katılmayı adet edindiği başkentte müsteşar da artık hemen hiç görünmez. Şunları söylemektedir: "Berlin'de olmaktan artık hoşlanmıyorum. Hatta Berlin'den korkmaya başlıyorum. Beni dehşete düşüren şeylerin hazırlıkları var burada – en korkuncu da görüştüğüm insanların bu tehlikeleri fark etmiyor görünmesi. Herkeste bir körlük illeti. Eğlenmeler, küsüp barışmalar, bu arada gök kararıyor ama yaklaşan –neredeyse kopmak üzere olan– fırtınayı görecek göz kimsede yok. Yok, artık Berlin'de olmaktan hoşlanmıyorum. Belki de onu küçük görmemek için kaçınıyorum bu şehirden..."

Bununla birlikte bir defa daha gelir, ama etkili bir topluluğa katılmak veya üniversitede ders vermek için değil daha ziyade kültür ve günün politikası hakkında büyük bir nutuk vermek için. Konuşmanın başlığı "Barbarlık Tehlikesi"dir, bununla burjuvanın manevi yönünü son bir defa daha, yaklaşan ve kendini küstahça "uyanış," "milli ihtilal" diye nitelemeye cüret etse de aslında karanlık ve gericilik yayan harekete karşı uyarmak ister.

İhtiyar adam –kısmen alkışlarla kısmen itirazlarla– coşan bir kalabalığın karşısında bir buçuk saat konuşur.

Başkentteki son ikameti sırasında, Sovyetler Birliği'ne ziyareti dolayısıyla sağcıların nefret ettiği, demokratların da biraz şüphelendiği bu burjuva âlimi birçok dostuyla, siyasiyle, yazar ve profesörle görüşmelerde bulunur. Bütün görüşmeleri şiddetli fikir ayrılıklarıyla biter. Arkadaşları, biraz da alayla sorar: "Manevi hoşgörünüz hani, müsteşar bey? Demokratik esaslarınız nereye gitti? Sizi tanıyamaz olduk. Artık kültürlü, üstün bir insan gibi değil de radikal bir siyasetçi gibi konuşuyorsunuz. Tüm kültürlü insanlar şu nasyonal sosyalistlere karşı eğitimin tek yöntem olduğu konusunda fikir birliğine varmalı. Bu insanları ehlileştirmek için elimizden geleni ardımıza koymamalıyız ama demokrasiyle. Onlarla mücadele etmek yerine onları kazanmalıyız. Bu genç insanları cumhuriyete ikna etmeliyiz." Bu sosyal demokrat veya liberal beyler gizli gizli konuşuyormuş gibi kısık bir ses ve ciddi bir bakışla eklerler, "Üstelik, sevgili müsteşar: Düşman hep soldadır."

Bruckner nasyonal sosyalizmin "her şeye rağmen" içinde barındırdığı "sağlıklı ve yapıcı kuvvetler" hakkında, "biz yaşlıların" artık anlayışsız ve reddedici bir tavır takınamayacağı bir gençliğin asil ve millî coşkusu hakkında, "Alman halkının siyasi içgüdüleri" hakkında, daima en kötünün önüne geçecek ("Almanya, İtalya değildir") "aklıselim" hakkında neler neler duymak zorunda kalır ve sonunda asla geri dönmemeye kararlı olarak öfke ve ümitsizlikle başını alıp gider.

Müsteşar Bruckner, Hendrik Höfgen'in zaferlerini kutladığı bu topluluktan uzaklaşır.

Berlin salonlarının kapısı, parası olan veya ismi bulvar basınınca sık sık anılan herkese daima açıktır. Höfgen, Tiergarten ve Grunewald'deki villalarda vurguncular, yarışçılar, boksörler ve meşhur aktörlerle buluşur. Büyük bankacı, Hendrik Höfgen'i evinde ağırlamaktan gurur duyar; gerçi evinde Dora Martin'i tercih etse de Martin gelmekten vazgeçer, gelse de bir on dakika görünüp gidecektir zaten.

Elbette Höfgen de gece yarısından önce gelmez. Suareden sonra bir de, yedi dakika süren bir şanson için 300 mark kazandığı bir müzikholde sahne alır. Varlığıyla şeref verdiği şık topluluk Hendrik'i meşhur eden şarkının nakaratını söyler:

"Anlatılır gibi değil,
Bana bu reva değil?!
Tanrım, ne oldu bu kuluna!"

Hendrik ne kadar güzel ve zariftir – anlatılır gibi değil! Hendrik etrafı selamlayıp gülümseyerek, sadık köleleri Herr Katz ile Fräulein Bernhard peşinde, bu züppe Yahudi finansçılar, siyaset açısından radikal, sanat açısından iktidarsız edebiyatçılar ve sporcular topluluğunun içinde yürür. Takıp takıştırmış şark tipli kadınlar, "Lordlara benzemiyor mu?" diye fısıldaşırlar. "Ağzının etrafında öyle sefih bir çizgi var ki – hele şu müthiş bezgin gözler! Frakı Knige'den, 1200 mark tutmuş." Salonun bir köşesinde Höfgen'in Dora Martin'le ilişkisi olduğu iddia edilir. İşin daha ehli kimseler, "Yok, yok, Fräulein Bernhard'la yatıyor!" diye atıp tutar. Berlin sosyetesine gireli henüz çok olmamış biraz saf, genç bir adam, "Ya karısı?" diye sorar. Cevap olarak yalnız küçümseyici bir gülüşle karşılaşır. Yaşlı müsteşar siyaseten bu kadar kepaze, üstelik de anlamsız bir şekilde kendini ifşa ettikten beridir Bruckner ailesini ciddiye alan kalmaz. Hocalar anlamadıkları işlere karışmamalıdır –bunda herkes hemfikirdir– ayrıca akıntıya karşı yüzmeyi çocukça bir inatçılık sayarlar. Modern insanlar olarak, bu kadar olumlu unsurlar barındıran ve mesela yakışıksız Yahudi muhalifliği gibi rahatsız edici ufak hataları terk eden geleceğin hareketi nasyonal sosyalizme anlayış göstermek gerekmektedir. Edebiyatçılar, "Liberallik artık aşıldı, geleceği yok, artık üzerinde tartışmamıza gerek olmayan bir gerçek bu," derlerken ne boksörler ne bankacılar buna karşı çıkar.

Ev sahibesi çekici misafirine zarif bir ses tonuyla, "Bizim için bir saatinizi ayırabilmeniz ne hoş, Herr Höfgen!" deyip bir tabak havyar uzatır. "Ne kadar meşgul olduğunuz malum! En ateşli iki hayranınızla tanıştırabilir miyim sizi? Bu Herr Müller-Andreä, onu 'Interessantes Journal'deki büyüleyici gevezeliklerinden tanıyorsunuzdur. Bu da dostumuz, meşhur Fransız yazar Pierre Larue..."

Herr Müller-Andreä, kırmızı yüzündeki deniz mavisi gözleri epey çıkık, kır saçlı, zarif bir adamdır. Herkes geçimini aristokrat bir aileden gelen güzel karısının iyi ilişkileriyle sağladığını bilir. Karısı sayesinde Berlin sosyetesinin bütün dedikodularını öğrenir, "Interessantes Journal" için yazdığı küçük makalelerini işte bunlardan oluşturur. Adı kötüye çıkmış bu magazin dergisinde Herr Müller-Andreä her hafta, "Haberiniz var mı?" başlığı altında gevezelik eder. "Interessantes Journal" popülerliğini işte bu eğlenceli yazılara borçludur, çünkü bu yazılarda falanca sanayicinin karısının filanca lirik tenorla Biarritz'e bir seyahat yaptığını ve falanca kontesin her öğleden sonra Adlon'a dans partisine gittiğini yazar, hem de orkestrasının iyiliğinden ötürü değil de jigolonun biri yüzünden... Herr Müller-Andreä böylesi haberlerle okuyucularını büyüleyip onlara bir şeyler öğretmeyi becerebilmektedir. Sırası gelmişken söyleyelim, oldukça lüks yaşam tarzını yayımlanan yazılarından kazandığı parayla karşılamaz, daha ziyade *yayımlanmasın* diye para aldığı "gevezelikleri"yle geçinir. "Haberiniz var mı?" sütununda ismi geçmesin diye Herr Müller-Andreä'ye tomarla para döken nice kadın vardır. Herr Müller-Andreä adi bir şantajcıdır, bunu inkâr edecek kimse yoktur –kendi bile etmez– ama onu umursayan da olmaz.

Oyuncu Höfgen'in diğer "ateşli hayranı" Mösyö Pierre Larue, ufak tefek bir adamdır. Hendrik'e solgun, sivri elini uzatıp acıklı soprano sesiyle, "Çok ilginç, Herr Höfgen! Adresinizi alabilir miyim?" der. Daha bunu söylerken el alışkanlığıyla not defterini çıkarır. İnleyen, inlerken de insanı denizkızı gibi ayartan sesiyle, "Umarım, bir dahaki sefere Esplanade'de benimle yemek yersiniz," diye haykırır. Mösyö Larue'nin kocamış kadın gibi sivri, sayısız kırışığın bulunduğu yüzünde, insanın iliklerine işleyen son derece keskin gözleri, mest olmuşçasına, muazzam bir merak ışıltısı saçar; hayatının temel güdüsü ve biricik gerçek anlamı gözleri olan bu insan, isim ve adres düşkünlüğüyle öne çıkar. Yeni birileriyle tanışamayacağı gün Mösyö Larue, sudan çıkmış balık gibi ölür, hüznünden perişan olur. Fakat böyle bir sıkıntı, en azından Berlin'de kaldığı müddetçe küçük insan koleksiyoncumuzun semtine uğramayacaktır. Çünkü Berlin salonlarında yabancıların işi kolaydır: Almancayı kötü aksanla konuşan bir misafire bu toplulukta en az boksör, kontes veya film oyuncuları kadar şeref bahşedilir – hele de Esplanade Oteli'nde ilginç yemekler tertipleyen, çok sayıda kralın huzuruna çıkan, hatta Galler Prensi'ni tanıyan, paralı bir yabancıysa. Mösyö Larue'nün suratına hiçbir kapı kapanmaz, zatıâlileri ihtiyar başbakan bile kendisini ağırlamıştır. Mösyönün Potsdam'ın en gerici ve seçkin aileleriyle irtibatı olduğu gibi banka müdürlerine "mes jeunes camarades communistes"[1*] diye hitap edip evlerine sokmaktan çekinmediği radikal solcu gençlerin yanında da görülür.

Pierre Larue, Höfgen'in telefon numarasını not aldıktan sonra, "Dün sizi kış bahçesinde hayranlıkla seyrettim," diyor. Şakayla ama inleyen bir sesle, popüler nakaratı tekrarlıyor: "Anlatılır gibi değil..." Sonra güz rüzgârının kuru yapraklarda bıraktığı hışırtıya benzer küçük bir kahkaha atıyor. "Ha ha ha," diye gülen Mösyö Larue solgun, kemikli ellerini göğsünün üstünde ovuşturuyor, yüzünü de içerinin sıcak havasına rağmen smokinin üstünden boynuna doladığı kalın, siyah, pamuklu atkının içine gömüyor.

Anlatılır gibi değildir –dünya henüz böylesini görmemiştir– bu bir defalık bir şeydir, bir daha olmaz! Almanya'da işler tıkırındadır, daha iyisi olamaz, insan burada kaygısızlık ile neşeden başka bir şey tanıyamaz. Kriz mi varmış? İşsizlik mi varmış, ya siyasi mücadeleler? Sadece kendine saygısı değil, hayatta kalma dürtüsü dahi eksik olan ve bütün dünya önünde en küstah ve kaba düşmanlarını kendisiyle alay ettiren başka bir cumhuriyet var mıdır? Böyle bir yönetim, hükümetin kendilerinden para talep etmesinden korkan zenginlerden tahammül ve teşvik görür. Berlin'de meclis kavgaları ve geceleyin sokak dövüşleri mi varmış? Neredeyse her gün yeni kurbanlar alan bir iç savaş mı? Kahverengi üniformalı adamlar işçilerin suratlarını tekmeleyip boğazlarını keserken halkın büyük baştan çıkarıcısı –"yapıcı unsurların" şefi, ağır sanayiciler ile generallerin gözdesi– utanmadan bu hayvani canilere tebrik telgrafı mı yollamış?

Nice başların kesilmesine neden olan "Uzun bıçaklar gecesi"ni talep eden aynı fesatçı, "yalnız meşru yollardan"

---

1 "genç Komünist yoldaşlarım," e.n.

iktidara gelmek istediğine yemin mi etmiş? Her gün çemkiren sesiyle tehditler savurup yaygara koparırken buna da mı cüret etmiş?

Anlatılır gibi değil! Bakanlıklar devrilir, yeniden kurulur ama yenileri öncekinden akıllı değildir. Reva görülen bu mudur? Zatıâlileri general feldmareşalin sarayında, büyük emlak sahipleri, tir tir titreyen bir cumhuriyete karşı entrika kurar. Demokratlar yemin eder, düşman soldadır. Sosyalistim diyen polis komiserleri işçilere ateş açtırır. Çemkiren ses ise her gün, rahatını bozmadan, "sisteme" ceza mahkemesi ve kanlı çöküş vaadinde bulunur.

Dünya henüz böylesini görmemiştir! Acaba zincirli köpekler gibi çemkiren bu rezil sesin lanetler savurduğu o sistemin dolgun maaşlı şakacısı da mı görmez bunu? Oyuncu Höfgen'in gözüne çarpmaz mı hiç: Şüpheli kahramanı olduğu organizasyonların aslında uğursuz nitelikte olduğu, en gözde liderlerinden sayıldığı dansın herkesi tüyler ürperterek uçuruma yuvarladığı?

Hendrik Höfgen'in –zarif hergele, fraklı katil, tarih entrikacısı– bir şey gördüğü, duyduğu, fark ettiği yoktur. Yaşadığı yer Berlin değildir, Hamburg da değildir; sahneler, film atölyeleri, soyunma odaları, birkaç gece kulübü, birkaç şenlik mekânı ve züppeleşmiş salonlardan başka bildiği yer yoktur. Mevsimler değişir, peki bunun farkında mıdır? Yılların, yani onca ümitle karşılanıp, şimdiyse gailelerle can veren Weimar Cumhuriyeti'nin son yıllarının, '30, '31 ve '32 yıllarının geçip gittiğinin farkında mıdır? Oyuncu Höfgen'in hayatı prömiyerler ve filmler olmuştur; "kayıt günlerini," "prova günlerini" sayar ama karlar erimiş, ağaçlar, çalılar tomurcuklanıp yeşermiş, rüzgâr hoş kokularını taşımış, çiçekler, toprak, akarsular varmış, pek bilmez. Hapse tıkılmış gibi tıkılmıştır ikbal hırsına, doyumsuzdur, yorulmaz; histerinin sınırlarındaki gerilimlere kapılan oyuncu Höfgen, gözüne olağanüstü görünse de ölüme mahkûm, fikirden yoksun, felakete sürüklenen bir telaşenin kıyısındaki bayağı ve yaldızlı süsten başka bir şey olmayan kaderinin tadını çıkarır ve onun ıstırabını çeker.

Anlatılır gibi değil! Yaptıkları, kamunun dikkatini üzerine çekmekte kullandığı fikir ve sürprizler saymakla bitmez. Ayağına gelen baştan çıkarıcı fırsatları tepmemek için, profesörle yaptığı sözleşmeleri, Fräulein Bernhard kederden şaşkına da dönse, feshetmiştir. Artık kâh şurada kâh burada oynar, oyunlar sahneler – elbette kârlı film işlerinden tiyatroya zaman kalırsa. Beyaz perdede veya sahnede –siyah gömlek üstüne kırmızı kaşkol takıp çehresine daha da gizemli bir etki veren sarı peruğu alnına indirerek– yakışıklı apaçi kıyafetiyle, züppe bir Rokoko prensinin nakışlı kostümüyle, Şark despotlarının kelli felli elbiseleriyle, Roma togası veya Biedermeier ceketiyle, Prusya kralı veya yozlaşmış İngiliz lordu kılığında, golf kıyafetiyle, pijamayla, frakla veya süvari üniformasıyla görünür. Büyük operetteki çocukça zırvaları öyle zekice bir tavırla söyler ki budalalar bunları yaratıcı bulur, klasik dramlarda öyle zarif bir tavırla savsakça davranır ki Schiller'in veya Shakespeare'in eserlerinin bıraktığı etki sıradan eğlendirici piyeslerle aynı olur; Budapeşte veya Paris'te ucuz tariflerle üretilmiş monden farslardan, çalışmanın sıkıcılığını unutturan küçük, rafine etkiler yaratır. Şu Höfgen yok mu, her şeyi becerir! Hiçbir beklentiyi boşa çıkarmayan harika dönüşüm kabiliyetinde deha alametleri vardır sanki. Her bir performansına tek tek bakılacak olsa herhalde hiçbirinin birinci sınıf olmadığı sonucuna varılır: Höfgen'in rejisörlüğü asla profesöre yetişemeyecek, oyunculuğu da, gökyüzünde kalan tek yıldız olan büyük rakibi Dora Martin'le boy ölçüşemeyecektir. Şöhretini meydana getiren ve her defasında yenileyen, performanslarının çeşitliliğidir. Seyirciler hep aynı şeyi tekrarlar: Harika, ne işlere de kalkışıyor! Basın da daha seçkin ifadelerle aynı kanaati tekrar eder.

Höfgen sol burjuva ile sol basının gözdesidir, tıpkı büyük Yahudi salonlarının favorisi olmaya devam etmesi gibi. Özellikle de Yahudi olmaması, bu çevrelerde bilhassa saygıya görmesini sağlar, çünkü Berlin'in Yahudi seçkinleri "sarışın sever". Halkın, özüne, kana ve toprağa dönerek Alman kültürünü yenilemesi gerektiğine dair her gün öfkeyle propaganda yapan radikal sağ gazeteler oyuncu Höfgen'e şüpheyle yaklaşırlar, onlara göre Höfgen "kültür Bolşeviği"dir. Yahudi sanat köşesi yazarlarının onu takdir etmesi, Fransız piyeslerine sevdası ve duruşundaki egzantrik, halka yabancı mondenlik durumunu şüpheli hale sokar. Milliyetçi oyun yazarlarınca nefretle takip edilir, çünkü Höfgen onların piyeslerini geri çevirmektedir. Mesela dramlarında boğulan Yahudiler ile vurulan Fransızların diyaloglarının yer aldığı, gayretkeş nasyonal sosyalist hareketin temsilî yazarı Cäsar von Muck, yani enerjik kültür düşmanlığı cephesindeki kültürel meseleler için en yüce otorite olan Cäsar von Muck, Höfgen'in bir Wagner operasını, sansasyona yol açacak şekilde yeniden sahnelemesi hakkında şunları yazar: En kötüsünden sokak sanatı, kokuşmuş bir teşebbüstür bu, tamamen Yahudi etkisindedir ve Alman kültür varlığını küstahça kirletmektedir. Cäsar von Muck, "Herr Höfgen'in bilmişliği sınır tanımıyor," diye yazar. "Kurfürstendamm seyircisine yeni bir eğlence sunmak için Alman üstatların en saygıdeğerine, en büyüğüne, Richard Wagner'e el atıyor." Kan ve toprak ideolojisinin bu bol keseden atan yazarının söyledikleri, birkaç radikal edebiyatçıyla beraber Hendrik'i pek eğlendirir.

Höfgen komünist veya yarı komünist çevrelerle irtibatını asla kesmemiştir; ara sıra Reichskanzler Meydanı'ndaki dairesinde ağırladığı genç yazarları veya parti görevlilerini her defasında yeni ve etkili laflarıyla temin etmektedir, kapitalizme amansız bir nefret, dünyada yapılacak devrime de ateşli ümitler beslemektedir. Devrimcilerle irtibatını devam ettirmesi bir tek, gün olur da iktidara gelebilirler, diye değildir, vicdanını da rahatlatmak ister. E, istekleri bitmez, sonuçta iyi kazanan bir komedyenin ötesine geçmek ister; aslında tamamen bağlı olduğu ama bir yandan küçümsediğini iddia ettiği bir uğraşa kendini tamamen kaptırmak niyetinde değildir.

Hendrik kendi hayatında meslektaşlarının pek övünemeyeceği uğraşları ve dertleri olduğunu söyleyerek böbürlenir. Dora Martin'i ele alalım, şöhretiyle Hendrik'i daima geride bırakan şu mükemmel Dora Martin'i: Bu kadının aklından ne geçebilir ki? Alacağı parayı düşünerek uyur, yeni film sözleşmeleri ümidiyle uyanır. Dora Martin hakkında hiçbir şey bilmeyen Hendrik işte bunları geçirir içinden. Kendi zihninde olup bitenlerse pek bir orijinaldir.

Tabiatın dehşet verici çocuğu Juliette'yle bağını –bu kız yalnız cinsî bir mesele değil karmaşık ve esrarengizdir de– önemsemektedir. Bazen Barbara'yla –iyilik meleğim dediği Barbara'yla– ilişkisinin kesinlikle kopmadığını, mucizeler, muammalar ve sürprizler getirebileceğini sanır. Manevi hayatının önemli faktörlerini aklından geçirdiğinde, irtibatını gerçekte giderek kaybettiği Barbara'yı da anmayı asla unutmaz.

Devrimci görüşler, içindeki bu olağanüstü olaylar listesindeki en önemli maddesi olarak kalmaya devam eder. Onu Berlin tiyatro yaşamının diğer "ünlülerinden" ayıran bu nadir ve eşsiz özelliğinden ne olursa olsun vazgeçmek istemez. Bu yüzden, Hamburg Sanatçı Tiyatrosu'ndaki işini bırakıp Berlin'in kuzeyinde siyasi bir kabareyi yöneten Otto Ulrichs'le dostluğunu da hırsla ve maharetle korur.

Otto Ulrichs, "Artık bütün kuvvetlerimiz siyasi çalışmanın emrine verilmeli," diye açıklar. "Kaybedecek vaktimiz yok. Karar günü yakındır."

Ulrichs'in, gösterilerindeki kalite dolayısıyla proleter mahallelerin dışında da dikkat çeken "Fırtına Kuşları" adlı kabaresinde, meşhur yazar ve oyuncuların yanı sıra genç işçiler de çalışır.

Hendrik "Fırtına Kuşları"nın dar sahnesine çıkmaya cüret eder. Ulrichs'in Rus yazarların ziyareti şerefine tertiplediği bir kutlama vesilesiyle seyirciye, sürpriz mahiyetinde devlet tiyatrosundan meşhur Höfgen'in geleceği duyurulur. Daha Ulrichs lafını bitiremeden en sade gri takımını giyip tiyatroya kendi Mercedes'iyle değil taksiyle gelen Hendrik, gayet esnek hareketlerle kulisin arkasından fırlar. Madeni ışıltılı sesiyle, "Bırakın meşhurluğu, bırakın devlet tiyatrosunu!" diye bağırıp güzel bir jestle kollarını açar. "Ben yoldaşınız Höfgen'im!" Seyirci sevinç çığlıklarıyla cevap verir. Ertesi gün katı Marksist eleştirmen Doktor Ihrig *Neues Börsenblatt* gazetesinde, "oyuncu Höfgen, Berlinli işçilerin gönüllerini bir çırpıda fethetti," diye yazar.

Proleter dış bölgelerdeki bu heyecan verici hadiseler, batıda yalnız monden saçmalıkların sahnelenip oynanmasına isyan eden vicdanları rahatlatır. Neticede avangarttırlar; insana bunu söyleyen yalnız kendi bilinci değildir, Ihrig gibi edebiyatçılar ile Cäsar von Muck gibi gülünç karakterlerin yönelttikleri saldırılar da bunu doğrular. Neticede manevi öncülerdir bunlar! Wagner operalarının yeni mizansenleri cesur girişimlerdir – bu girişimler yüzünden gericilerin ezelden beri küplere biniyor olması gayet anlaşılır bir şeydir. Edebiyat "stüdyosu" denen bir tür modern oda tiyatrosu serisi düşünülmektedir. Hendrik gerçi bu güzel planı Hamburg'daki Devrimci Tiyatro gibi gerçekleştiremeyecektir ama planından o kadar çok ve o kadar cazip sözlerle bahseder ki birçok genç oyuncu ile yazar, bu girişim dolayısıyla yıllarca memnuniyet duysalar yeridir. Höfgen devrimci seçkinlerdendir ve durumunun tadını da biraz çıkarmıyor değildir: Otto Ulrichs'in vasıtasıyla, Komünist Parti'nin belli organizasyonlarına muazzam olmasa da memnuniyetle kabul edilen meblağlar aktarır...

Günlerini dünyadan bîhaber ve kibirle geçirdiğini öne sürmeye cüret edecek var mıdır? Devrin büyük hedefleri ve problemlerine duyduğu yoğun ilgi ortadadır. Kusursuz radikal görüşlerinin farkında olmasının verdiği mutlulukla mesela Barbara gibi kararsız mizaçları haklı olarak küçümser – o Barbara ki müsteşarın evinde veya generalin karısının malikânesinde, çarpık entelektüel oyunlarının ve tasalarının ağında, avare ve egoist bir hayat sürmektedir.

Hendrik, Barbara'nın tasaları veya oyunları hakkında ne biliyor? Hendrik insanlar hakkında ne biliyor? Aslında insanların kaderlerinden kamu meseleleri kadar bîhaber değil midir? "Hayatının merkezi" demekten hoşlandığı kimselerle, mesela artık gerçekten uşağı olan ufak Böck'le, Esplanade Oteli'nde "genç komünist yoldaşlar" için zarif akşam yemekleri veren Mösyö Pierre Larue'yle ilgilendiği kadar ilgilenmiş midir?

Sözgelimi dostu Juliette'nin iç yaşantısını umursar mı? Daima vahşi ve neşeli olmasını bekler. Ki bol bol para alıp kamçısını savurabilsin. Kadının memnun kalmamasına sebep var mıdır? Siyahi kızın sık sık üstüne doğrulttuğu karanlık bakışlarının maksadı ne olabilir, hiç düşünmez. Bu yabancı çocuk, feleğin sillesiyle savrulduğu şu ne idiğü belirsiz medeniyetten daha güzel olan memleketinin sahillerine acaba özlem duyar mı? Acaba sırlarla dolu yüreği, acı müptelası solgun dostunu sevmeye mi yoksa ondan nefret etmeyi mi başlamaktadır? Hendrik'in hiçbirinden haberi yoktur. Prenses Tebab, onun için, karşısında eğilerek tükenmeyen kuvvetinden ferahlık bulduğu güzel vahşi, baştan çıkarıcı barbardır.

Barbara'dan veya annesi Bella'dan da en az Juliette kadar habersizdir. Kocası Köbes ile kızı Josy'nin –bu iki neşeli ve sakıncalı hoppanın– kaygılara boğduğu zavallı annesinin mektuplarını üstünkörü okuyup geçer. Babası Köbes ticari açıdan perişan olmuştur. Frau Bella, "Krizden!" diye yakınır mektuplarında. "Baban, krizin sayısız kurbanlarından." Varı yoğu emanete verilmiştir, son anda telgraf yoluyla yüklü bir meblağ havale eden Hendrik olmasa, aile büyük zillete uğrayacaktır. Kardeşi Josy senede en az iki defa nişanlanır, bir şekilde hep mutsuz kalan bu nişanlar atılınca Frau Bella da rahat bir nefes alır.

Nicoletta bir defasında Berlin'e gelir, fakat kocası Marder'in tehditkâr ve memnuniyetsiz telgrafıyla geri çağrılınca çok geçmeden tekrar yola çıkar. Nicoletta, "Onunla çok ama çok mutluyum," diye açıklarken gözlerini eskiden olduğu gibi ışıldatmaya uğraşır. Sonra anlaşılır ki Marder iki yıldır sanatoryumda yaşamaktadır: Nicoletta zamanını ona bakmakla geçirmiştir – dâhi adamın duyduğu çocuksu minnetten bahsettiğinde yumuşak ve içten gülümser. "Artık çok daha iyi durumda," diyerek ümitlenir. "Yakında güneye taşınabiliriz, güneşe ihtiyacı var..."

Hendrik'in övündüğü "hayatın merkezine" âşık Nicoletta sahiptir. Başkaları da buna sahip olduğunu iddia edebilir, mücadele ve sabırla "o günü" bekleyen Ulrichs mesela. Bu inançlı adam kendine ve inanan diğer dostlarına, "O gün gelecek!" diye vaatte bulunmaktadır. Genç Miklas'ın içindeki ses de neşeli bir kesinlikle, "O gün gelecek!" diye müjdeler. Kastettiği, Führer'in nihayet iktidara geleceği güzel gündür: O gün bütün düşmanları mahvolacaktır. Herkesten önce mahvolacak kişi de en fena ve iğrenç düşmanı Höfgen'dir. Miklas'ın, kariyerini uzaktan âciz bir garazla izlediği bu menfur adamın düşüşü "büyük günün" en mutluluk veren olayı, planının da bir parçası olacaktır.

Hans Miklas –siyasi düşmanı Otto Ulrichs gibi– artık yalnız "büyük dava"nın, her şeyi kuşatan hedefin hizmetinde bir oyuncudur. Çoktandır tiyatroları bırakmış, sadece nasyonal sosyalist hareketin gençlik organizasyonlarında çalışmaktadır; tek yaptığı açık hava sahneleri ve toplantı salonları için kutlama ve kampanya oyunlarını Führer'in genç partilileriyle çalışmaktan ibarettir: bu uğraş, bîhaber, coşkulu yüreğini tatmin etmektedir. Konuşma korosundaki çocuklar, Fransızları yenerek zafer kazanacaklarını, önderlerine daima sadakat duyacaklarını haykırırlar, bunu Hamburg zamanlarına göre artık çok daha sağlıklı ve taze görünen genç Miklas'ın rejisörlüğünde ezberlemişlerdir – Miklas'ın yanaklarındaki siyahlıklarneredeyse kaybolmuştur.

Gün yakındır: İşte Hans Miklas ile Otto Ulrichs'e ve milyonlarca başka gence hükmeden, zihinlerini dolduran, heyecan veren coşkulu düşünce budur. Fakat Hendrik Höfgen'in beklediği gün hangisidir? Onun tek beklediği yeni rolüdür.

1932/1933 sezonundaki büyük rolü Mephisto olacaktır: Hendrik bu rolü devlet tiyatrosunun, Goethe'nin 100. ölüm yıldönümü münasebetiyle organize ettiği "Faust"un yeni mizanseninde oynayacaktır.

"Kaosun mucizevi oğlu" Mephistopheles: Oyuncu Höfgen'in büyük rolü! Başka hiçbir rol için bu kadar gayret göstermemiştir. Şaheseri Mephisto'dur. Maskesi bile sansasyoneldir: Hendrik cehennemin prensini "soytarı"ya çevirir; cennetin Efendisinin ölçüsüz merhameti içinde kötü gördüğü bir soytarıya. Gerçi onu ara sıra görüşmeye de layık bulur, çünkü bu soytarı inkârcı ruhlar arasında Efendisine en az yük olandır. Hendrik bu soytarıyı trajik bir palyaço olarak, şeytani bir Pierrot olarak oynar. Kazınmış kafası da yüzü gibi beyaz pudralıdır, kaşları iyice yukarı kaldırılmış, kan kırmızı ağzı donuk bir gülümsemeyle uzatılmıştır. Gözleri ile sonradan kaldırılmış kaşları arasındaki geniş kısım, onlarca farklı renkte parıldar, işin erbapları için burada olağanüstü seviyedeki bir kozmetik başarısına hayranlık duyma fırsatı sunulmaktadır. Gökkuşağının tüm tonları Mephisto'nun göz kapaklarında ve kaşlarının altındaki kemerlerde birbirine karışır: Siyah kırmızıya, kırmızı ise turuncuya, mora ve maviye çalar, aralarında gümüş simler ışıldar, zekice ve şehvetle biraz yaldız da serpiştirilmiştir. Şeytanın baştan çıkaran mücevher gözlerinin üstünde ne hareketli bir renk yelpazesi vardır!

Üstüne yapışan siyah ipekten kostümü içinde Hendrik-Mephisto dansçı edasıyla sahneye süzülür, kafa karıştıran ve insanı ayartan bir oyuncu titizliğiyle, daima gülümseyen kana boyalı ağzından ahlaksız bilgelikler, diyalektik şakalar dökülür. Zarafeti ürperten bu şakacının, süs köpeğine dönüşebileceğinden, masanın altından şarap çıkarıp canı istedi mi paltosunu açarak uçabileceğinden kim şüphe eder? Bu Mephisto'dan her şey beklenir. Salondaki herkesin hissettiği şey şudur: Mephisto güçlüdür – kendisini zaman zaman görmekten hoşlandığı, biraz horlayıcı bir kibarlıkla davrandığı tanrımız EFENDİMİZ'den bile daha güçlü. O'nu biraz küçük görmek için yeterince sebebi yok mudur zaten? Çok daha komik, çok daha bilgili, hiç olmazsa O'ndan çok daha talihsizdir – belki de tam bu yüzden daha güçlüdür: Daha talihsiz olduğu için. Meleklere kendini ve yarattıklarının güzelliğini tumturaklı "ses müsabakasında" övdüren yüce ihtiyarın devasa iyimserliği, yani rabbin güzelleştirici iyi niyetliliği, şeytanlaşan gözde meleğinin, bu melunun, uçuruma yuvarlanmış bu yaratığın bazen bütün neşesine rağmen aniden kapıldığı korkunç melankolisinin yanında neredeyse saf ve bunakça bir etki bırakır. Höfgen-Mephisto parlak dudaklarıyla şu sözleri söylediğinde Berlin Devlet Tiyatrosu'nun salonunda nasıl da bir ürperti dolaşır:

> "... Zira meydana gelen her şey,
> layıktır yok olmaya;
> bu yüzden daha iyidir, gelmesin hiçbir
> şey meydana."

On parmağında on marifet bu soytarı hareket etmeyi bırakır. Artık kıpırtısız durmaktadır. Kederden taş mı kesilmiştir? Makyajının rengârenk görünüşünün altında gözleri şimdi derin bir çaresizlik ifadesi kazanmıştır. Melekler tanrının tahtı etrafında pervane olsunlar – insanlardan haberleri yok ne de olsa. Şeytansa insanlardan haberdardır, en fena sırlarının sırdaşıdır, ah, onlardan duyduğu acı, uzuvlarını felç edip çehresini avunmazlık maskesiyle taşa çevirir.

Tezahüratlarla biten "Faust" prömiyerinden sonra oyuncu Höfgen kendini soyunma odasına kilitler: kimseyi görmek istemez. Fakat ufak Böck gelen bir kadını geri çevirmeye cüret edemez. Dora Martin'in bizzat oynamadığı temsilleri seyrettiği nadirdir. Bu akşam burada olması dikkat çekicidir. Ufak Böck önünde iyice eğilip kutsal yerin, Hendrik Höfgen'in soyunma odasının kapısını açar.

İkisi de yıpranmış görünmektedir, hem Höfgen hem de meslektaşı ve rakibi; Höfgen ardında bıraktığı oyunun cezbesiyle, rakibiyse Höfgen'in bilmediği dertlerle örselenip tükenmiştir.

Martin yavaş ve soğuk, "İyiydi," der, Höfgen'in uzatmasına fırsat bırakmadan hemencecik bir sandalyeye oturur. Dar oturakta iyice büzüşür; alnı açık, gözleri geniş ve çocuksu dalgınlıktaki yüzü kahverengi kürkünün yakasına gömülüdür. "İyiydi, Hendrik. Yapabileceğinizi biliyordum. Büyük rolünüz, Mephisto'dur."

Makyaj masasında oturarak ona sırtını dönen Höfgen aynadan gülümser. "Bunu pek de iyi niyetle söylemiyorsunuz, Dora Martin."

Sesi hâlâ yavaş ve soğuk, karşılık verir: "Yanılıyorsunuz, Hendrik. Kimsenin, olduğu gibi davranmasından alınmam."

Bunun üzerine Hendrik, şeytani kaşlarını ve gözkapaklarındaki renk ihtişamını sildiği yüzünü ona çevirir. Yumuşakça, "Bu akşam geldiğiniz için teşekkürler," deyip gözlerini ışıldatır.

Martin ise küçümsercesine eliyle savuşturur, sanki, 'Bırakalım şu şakaları!' demek ister. Hendrik tavırlarını görmezden geliyor gibidir, şefkatle sorar: "Yeni planlarınız nedir, Dora Martin?"

"İngilizce öğrendim," diye cevap verir.

Hendrik şaşırmış bir tavır takınır.

"İngilizce mi? O niye? Neden özellikle İngilizce?"

"Amerika'da tiyatro oynayacağım da, ondan," diyen Dora Martin sakin, sınayan gözlerini ondan ayırmaz.

Hendrik yine anlamazdan gelip niye? neden Amerika? diye sorunca, Martin biraz sabırsız, "Çünkü burası artık bitti, şekerim. Hâlâ dikkatinizi çekmedi mi?" der.

Hendrik galeyana gelir. "Siz neler söylüyorsunuz, Dora Martin! Sizin için değişen bir şey olmayacak ki! Konumunuz sarsılmaz! Seviliyorsunuz – binlerce kişi tarafından gerçekten seviliyorsunuz! Hiçbirimiz, kendiniz de biliyorsunuz, hiç birimiz sizin kadar sevgiyle karşılaşmayacak!"

Dora Martin'in gülümsemesi burada öyle üzgün ve alaycı bir hal alır ki Höfgen'in sesi kesilir. Küçümseyerek ve sessizce, "Binlercesinin sevgisiymiş!" der. Sonra omuzlarını silker. Biraz suskunluktan sonra, Hendrik'i ıskalayarak, boşluğa doğru: "Sevecekleri başkalarını bulurlar."

Hendrik gevezeliğe heyecanla devam eder. "Ama tiyatrolar iyi iş yapıyor! Almanya'da ne olursa olsun tiyatro insanları hep ilgilendirecektir."

Dora Martin sessizce, "Almanya'da ne olursa olsunmuş," diye tekrarlayıp birden ayağa kalktı. "Peki, o zaman size bol şans dilerim," der hızla. "Uzun zaman görüşemeyeceğiz. Bugün yarın yola çıkarım."

Hendrik, kafası karışmış, "Bugün yarın mı?" diye sorunca Dora Martin karanlık bakışlarını uzaklara doğrultup karşılık verir: "Daha beklemenin anlamı yok. Burada işim kalmadı artık." Biraz aradan sonra ekler: "Ama sizin için mesele yok, Hendrik Höfgen – Almanya'da ne olursa olsun..."

Yavaşça kapıya doğru ilerleyip Hendrik Höfgen'in soyunma odasını terk ederken gür saçlarının kızıllığı altındaki yüzünde –zayıf ve küçük bedeni için biraz fazlaca iri olan bu yüzde– gurur ve elem çizgileri vardır.

VII

Şeytanla Anlaşma

Ah, memleketin üstünde kara bulutlar dolaşıyor. Tanrı bu ülkeye sırtını döndü, bütün şehirlerin caddelerinde kan ve gözyaşı nehirleri akıyor.

Ah, memleket kirlenmiş, bir daha da ne zaman temizlenir, kimse bilmiyor – hangi bedelle, insanlığın mutluluğuna yapılacak hangi muazzam katkıyla arınabilir bu büyük günahtan? Pislik, bütün şehirlerine sokak sokak kan ve gözyaşı saçıyor. Güzellikler kirletildi, doğrunun sesi yalanla bastırıldı.

Bu ülkede iktidarı pis yalanlar gasp etmekte. Toplantı salonlarından, mikrofonlardan, gazete sütunlarından, beyaz perdeden böğürtüler çıkıyor. Ağızlarını açınca irin çıkıyor, leş kokusu yayılıyor: Bu koku birçoklarını ülkeden kaçırıyor, kalmaya mecbur olanlar içinse zindana, berbat kokan bir hapishaneye dönüyor.

Ah, yollarda kıyamet atlıları geziyor, ülkeye yerleşip iğrenç bir idare kurmuşlar. Buradan dünyayı fethetmek istiyorlar: Evet, niyetleri bu işte. Kıtalara hükmetmek, denizlere hâkim olmak istiyorlar. Biçimsizlikleri her yerde sevilip sayılacak. Çirkinliklerine yeni bir güzellik diye hayran olunacak. Bugün gülerken yarın önlerinde diz çökecekler. Küçük düşürüp mahvedebilmek için harp yoluyla dünyaya saldırmaya kararlılar – tıpkı bugün hükmettikleri ülkeyi, üstünde kara bulutlar dolaşan ve tanrının öfkeyle sırtını döndüğü vatanımızı küçük düşürüp mahvettikleri gibi. Vatanımız karanlıklar içinde. Eyaletlerinde kötü adamlar kol geziyor – büyük otomobilleri, uçakları veya hususi trenleriyle. Kibirle dolanıyorlar etrafta. Çarşı pazar demeden her yerde anlatıyorlar safsatalarını. Kendilerinin veya alçak yardımcılarının göründüğü her yerde aklın ışığı sönüyor, ortalığa karanlık çöküyor.

Hans Miklas'la birlikte cahil ve çaresiz bir sürü insanın Führer dediği adam, başbakan ve general feldmareşalin sarayındaki entrikalar sayesinde şansölye olduğunda, oyuncu Höfgen İspanya'daydı. Dış çekimleri Madrid yakınlarında yapılan bir dedektif filminde, kibar bir dolandırıcıyı oynuyordu. Yorucu bir günün ardından, akşam bitkin bitkin oteline döndü, kapıcıdan satın aldığı gazeteyi görünce ürktü. Zeki ve ilerici dostlarının fırsat buldukça alay ettikleri fiyakalı adam şimdi birdenbire devletin en güçlü adamı mı olmuştu? Oyuncu Höfgen içinden, 'Çok iğrenç', diye geçirdi. 'İğrenç bir sürpriz! Oysa ben bu Nazilerin ciddiye alınmamaları gerektiğinden çok emindim! Nasıl aldanmışım!'

Uluslararası bir topluluğun, Almanya'daki felaketlere gebe olayları ve borsanın tepkisini konuştukları Ritz Oteli'nin lobisinde, güzel, bej rengi baharlık takımıyla dikiliyordu. Başına neler geleceğini düşününce zavallı Hendrik'i bir telaş almıştı. Fenalıktan başka şey yapmadığı sayısız insana şimdi intikam alma fırsatı doğacaktı. Mesela Cäsar von Muck: Tüh, bütün piyeslerini reddedeceği yerde keşke kan ve toprak ideolojisi yazarıyla biraz daha iyi geçinseydi! Ne affedilmez hatalar yapmıştı – ancak şimdi anlıyordu ama vakit çok geçti. Nazilerin arasında amansız düşmanlardan başka şey yoktu. Küçük Hans Miklas'ı bile düşünüverdi sarsılan Hendrik – Hamburg Sanatçı Tiyatrosu'ndaki o talihsiz olayı geri alabilmek için neler vermezdi! Sonradan bu kadar elim hale gelecek ne gibi bir meseleydi ki tartışmalarına yol açan? Lotte Lindenthal diye bir aktris. Kuvvetle muhtemeldi ki bu kadın bile birdenbire fazlasıyla fayda veya zarar verebilecek biri olmuştu...

Hendrik titreyen dizlerle asansöre bindi. Akşam için birkaç meslektaşına verdiği randevuyu iptal etti. Yemeğini odasına getirtti. Yarım şişe şampanya içtikten sonra biraz daha iyimserleşti. Serinkanlı ve sakin kalmalı, panik halinden korunmalıydı. Şu Führer dedikleri demek şansölye olmuştu – çok fena. Bereket henüz diktatör değildi, büyük ihtimalle de asla olmayacaktı. 'Onu iktidara getiren şu Alman milliyetçileri herhalde üstesinden gelemeyecekleri kadar büyümesine izin vermezler', diye düşünüyordu. Sonra aklına büyük muhalefet partileri geldi, sonuçta hâlâ vardılar. Sosyal demokratlar ile komünistler direnirlerdi , hatta belki de silahla: Hendrik Höfgen, otel odasında sek şişesini yarılarken, biraz da heyecanla içi ürpererek bunları düşünüyordu işte. Yok, nasyonal sosyalist diktatörlüğüne daha çok vardı! Belki de vaziyet şaşırtıcı bir hızla tersine dönebilirdi: Alman halkını faşizme teslim etme denemesi sosyalist devrimle bitebilirdi. Pekâlâ mümkündü bu, o zaman oyuncu Höfgen'in muazzam zeki ve ileri görüşlü bir tahminde bulunduğu ortaya çıkacaktı. Fakat Naziler iktidarda kalırsa, Höfgen'in korkacak nesi vardı ki? Hiçbir partinin mensubu değildi, Yahudi değildi. Özellikle de bu durum –yani Yahudi olmayışı– Hendrik'e birdenbire çok avutucu ve manidar göründü. Ne umulmadık ve önemli bir avantajdı, önceden pek de düşünmemişti! Yahudi değildi, demek yaptıkları affedilebilirdi, hatta "Fırtına Kuşları" kabaresinde "yoldaş" nidalarıyla kutlanması bile. Ren Bölgesi'nden geliyordu, sarışındı. Maddi zorluklar saçlarını ağartana kadar babası Köbes de sarışın bir Renli olmuştu. Annesi Bella ile kardeşi Josy de şüphe götürmez birer Renli'ydi.

Hendrik Höfgen sekin verdiği hazla ve düşüncelerinin sonucuyla neşelenmiş, "Sarışın bir Renliyim," diye mırıldanıyordu, keyfi yerinde yatağa yattı.

Elbette ertesi sabah çok daha sıkkın uyandı. "Fırtına Kuşları"nda hiç sahne almamış ve yazar Muck'un "kültür Bolşeviği" diye nitelemediği meslektaşları nasıl davranacaktı ona? Birlikte dış çekimlere gittiklerinde gerçekten de biraz soğuk davranıyorlar gibi gelmişti. Yalnız Yahudi komedyen uzunca bir sohbete girişmişti ki bu daha ziyade endişe verici bir işaretti. Hendrik kendini dışlanmış, biraz da feda edilmiş gibi hissettiğinden işi inada bindirip kontrolü elden bırakmaya başladı. Komedyene Nazilerin çok yakında piyasadan çekilip kendilerini küçük düşüreceklerini belirtti. Küçük mizahçıysa kaygıyla, "Yo hayır, bir defa başa geldiler mi kolay kolay gitmezler. Tanrı onlara biraz akıl versin de bizim gibilere biraz müsamaha göstersinler. Çok çok sessiz davranırsan başına pek bir şey gelmez herhalde," diye ümit etti; Hendrik de aslında aynısını umuyordu fakat telaffuz edemeyecek kadar gururluydu.

Kötü hava şartları Alman oyuncu grubunun dışarıda çekim yapmasına günlerce mani oldu, şubat sonuna kadar Madrid'de kalmaya mecburlardı. Memleketten gelen haberler çelişkiliydi ve zihinleri kurcalıyordu. Berlin'in nasyonal sosyalist şansölyeye cinnet derecesinde bir hayranlık duyduğu su götürmez gibiydi. Durum –gazete haberlerine ve şahsi malumatlara bakılırsa– Güney Almanya'da, özellikle de Münih'te bambaşkaydı. Bavyera'nın imparatorluktan ayrılacağı ve Wittelsbach Monarşisi'nin beklendiği iddia ediliyordu. Belki de bunlar boş şayialardan veya yandaş kesimin abartılarından ibaretti. Her neyse, en iyisi çok da itibar etmeyip yeni iktidara sempati duyduğunu göstermelik de olsa vurgulamaktı. Dedektif filmi çevirmek için Madrid'de toplanan Alman oyuncular da aynı kanaatteydi. Genç bir amatör oyuncu –Slavcayı andıran upuzun isimli, yakışıklı bir adam– birden Nasyonal Sosyalist Alman İşçi Partisi'nin yıllardır üyesi olmakla böbürlenmeye başladı, şimdiye kadar hep saklamıştı; yumuşak, koyu renk gözleri ile hafif kıvrık burnundan ötürü saf Alman ırkından olma ihtimali azalan partneri, partideki kıdemli bir görevliyle handiyse nişanlı olduğunu ima etti, Yahudi komedyenin gitgide gamlandığı görülüyordu.

Höfgen en basit ve etkili taktikte karar kılmış, esrarengiz bir suskunluğa bürünmüştü. Kimse saklayacak dertlerinin olduğunu sezmemeliydi. Çünkü Fräulein Bernhard ile Berlin'deki diğer dostlarından aldığı haberler sarsıcıydı. Rose, en kötüsüne hazırlıklı olmak lazım, diye yazıyordu. Nazilerin yıllardır tuttuğu ve müsteşar Bruckner, profesör ve Hendrik Höfgen'in eksik olmadığı "kara listeler" hakkındaki karanlık imalara kapılmıştı. Profesör Londra'da bulunuyor, Berlin'e dönmeyi şimdilik düşünmüyordu. Fräulein Bernhard, Hendrik'ine, şu an için Almanya'nın başkentinden uzak durmasını salık veriyordu – bunu okuduğunda Hendrik'in başından aşağı kaynar sular döküldü. Daha yakın zamana kadar en seçkinlerden biriyken şimdi birden sürgün yiyordu! İşkillenen meslektaşlarına karşı soğukkanlılığını koruyup çekimlerde kendisinden beklendiği kadar keyifli ve "pis" davranmak artık çok kolay olmuyordu.

Grup memlekete doğru yola koyulup, Yahudi komedyen bile kaygılı bir çehreyle bavullarını toplarken Hendrik, film meseleleriyle ilgili önemli görüşmeler için Paris'e gitmesi gerektiğini öne sürdü. Zaman kazanmalıyım, diye düşünüyordu. Tam da şu sıralar Berlin'de görünmek pek akıllıca olmayacaktı. Birkaç haftaya muhtemelen etraf sakinleşirdi...

Oysa en debdebeli sürprizlerin daha eli kulağındaydı. Höfgen Paris'e vardığında ilk öğrendiği Alman parlamento binasında çıkan yangın haberi oldu. Uzun zamandır haramzade rolü oynaya oynaya suç ilişkileri konusunda tecrübe kazanan, yeraltının alçak kombinasyonları hakkında da doğuştan sezgileri olan Hendrik, bu provokatif eylemi tasarlayıp hayata geçirenlerin kim olduklarını hemen anladı: Nazilerin alçak, alçak olduğu kadar da çocukça kurnazlığıydı bu. Hendrik sürekli başrol oynadığı film ve tiyatro eserlerinde öğrenmişti bunları. Bu kaba saba kundaklama tezgâhından duyduğu ürpertiye, huzur, hatta haz denebilecek başka bir hissin karıştığını kendinden gizleyemiyordu. Bu küstah ve anlaması kolay düzenbazlığa hayata geçiren, bazı maceraperestlerin bozuk fantezisi olmuş; sırf, Almanya'da artık kimse sesini yükseltmeye cüret edemediği ve kendi rahatına Avrupa ahlakından daha düşkün olan sair ülkeler, netameli imparatorluğun tekinsiz işlerine karışmaya meyilli görünmediği için de düzenbazlık başarıyla sonuçlanmıştı.

Oyuncu Höfgen derin bir saygıyla ürpererek, 'Kötüler ne kadar da güçlü!' diye düşündü. 'Neler yapıyor, yine de ceza almadan sıyrılıyorlar! Dünyanın gidişatı sık sık başrol oynadığım film ve tiyatrolardaki gibi' Şu an için düşünmeye cesaret edebildiği en yüreklice şey buydu. Ama itiraf etmek istemese de ilk defa, şu kundaklama gibi hergelelikleri düşünüp yapan adı çıkmış, bozuk güruhla arasında esrarengiz bir bağ bulunduğunu sezer gibi oldu.

Hiç şüphesiz ilkin, Almanya'daki suçluların psikolojisi ve yeraltı tipleriyle alakasını kuranın ne olduğunu uzun uzadıya düşünmeyi pek istemedi ama yakın geleceğinden endişelenmek için ciddi sebepleri vardı. Parlamento yangınından sonra Berlin'de senli benli olduğu, aralarında Otto Ulrichs'in de bulunduğu pek çokları tutuklanmıştı. Rose Bernhard, Kurfürstendamm sahnesindeki yerini bırakıp apar topar Viyana'ya gitmişti. Dostu Höfgen'e yazdığı mektupta ne olursa olsun Alman toprağına ayak basmamasını rica ediyordu. "Hayatın tehlikeye girer!" İşte Rose'nin, Viyana'daki Bristol Oteli'nden telaşla bunları yazmıştı.

Hendrik bunu romantik bir abartma olarak görebileceğini düşündü. Yine de huzuru kaçmıştı. Seyahatini her gün erteliyordu. Paris'in caddelerinde aylak ve asabi asabi dolanıp duruyordu. Şehri tanımıyordu ama büyüsüne kapılacak veya bunu fark edecek halde değildi hiç.

Acı haftalardı bunlar, belki de yaşadığı en acı haftalar. Kimseyi görmüyordu. Gerçi bazı tanıdıklarının Paris'e geldiğini biliyor ama onlarla irtibata geçmeye cesaret edemiyordu. Aralarında konuşulacak ne vardı zaten? Almanya'daki olaylar karşısında kapıldıkları hararetli dehşet nöbetleriyle asabını bozarlardı – gerçi olaylar da alabildiğine çılgınca, alabildiğine tüyler ürpertici bir hale bürünmüştü ya neyse. Başındaki gaddarlara sonsuz bir nefret besledikleri bir ülkeyle elbette tüm bağlarını koparmışlardı. Göçmendiler artık. Hendrik Höfgen içinden kaygıyla, ben de mi öyleyim? diye geçirmeden edemedi. Fakat tüm benliği bunu itiraf etmeye karşı koyuyordu.

Diğer taraftan, otel odasında, Paris'in köprü, cadde ve kafelerinde geçirdiği yalnız saatlerde, içinde karanlık bir serkeşlik büyümeye başladı – iyi bir serkeşlik, şimdiye kadar ortaya koyduğu en iyi histi bu. Bu canilerden af dilenmeye ihtiyacım mı var? diye düşündü. Onlara muhtaç mıyım ki? Adımın uluslararası ünü yok mu? Her yerde tutunabilirim – belki çok kolay olmaz ama mümkün olmalı. Nasıl bir ferahlama, nasıl bir kurtuluş demek olurdu bu: Havanın berbat olduğu bu ülkeden gururla ve gönüllü olarak çekilmek; elini kan bürümüş rejime karşı mücadele etmek isteyenlerle yüksek sesle dayanışmayı ilan etmek! Böylesi bir karara varma yiğitliğini göstersem ne temiz hissederdim kendimi! Ne kadar yeni bir anlam, ne büyük haysiyet kazanırdı hayatım!

Ruhuna şiddetli ve kasvetli bir şekilde zevk veren ama uzun süre dayanamadığı bu hallerinin ardından Barbara'yı tekrar görüp onunla uzun uzun konuşma ihtiyacı duyuyordu. İyilik meleğim dediği Barbara: Şimdi ne kadar ihtiyacı vardı ona! Ama aylardır haber almamıştı, nerede olduğunu bilmiyordu. 'Muhtemelen generalin karısının mülkünde boş boş oturuyordur!' diye düşündü haşin haşin. 'Ona ta ne zaman, faşist terörün bile iyi yanlarını bulup çıkaracağını söylemiştim. Olacağı buydu: Ben feda olmuş, bu yabancı şehrin sokaklarında dolanıyorum; o ise şu an belki de tıpkı Hans

Miklas'la lafladığı gibi o katillerden ve işkencecilerden biriyle laflıyordur...'

Yalnızlığı dayanılmaz olmaya başladığından Prenses Tebab'ı Berlin'den Paris'e getirtmeyi düşünüyordu. Gür kahkahasını tekrar duymak, güçlü ellerinin ağaç kabuğu gibi pütür pütür derisine dokunmak nasıl bir rahatlama ve kuvvet verirdi! Almanya'ya sırtını dönüp Prenses Tebab'la yeni, vahşi bir hayata başlamak: Ah, ne güzel ve doğru olurdu bu! Peki, mümkünatı yok muydu? İmkân dahilinde değil miydi? Berlin'e telgraf çekmek yeterdi, Siyah Venüs uzun konçlu yeşil çizmeleri giyip örgülü kırmızı kırbacını bavuluna koyup geliverirdi. Hendrik, merkezinde Prenses Tebab'ın olduğu tatlı ve isyankâr rüyalar görüyordu. Zihni bulandıran keskin renklerle, beraber yaşayacakları hayatın hayalini kuruyordu. Paris, Londra veya New York'ta dans ederek ekmek paralarını çıkarabilirlerdi. Hendrik ile Juliette, dünyanın en iyi iki step dansçısı. Muhtemelen sadece dansla da kalmazdı. Hendrik daha gözü pek imkânları düşünüp tartıyordu. Dans çifti dolandırıcı çifte dönüşebilirdi – filmlerde veya tiyatro oyunlarında sık sık canlandırdığı monden suçlu rolünü tüm tehlikeleri, tüm sonuçlarıyla gerçekte de oynayabilmek ne eğlenceli olurdu! Bu muhteşem vahşiyle kol kola, korkunç gerçek yüzünü faşizmde ortaya çıkaran, menfur bir toplumu dolandırmak ve incitmek – ne büyüleyici bir tasavvur! Hendrik bunun tutkusunu günlerce yaşadı. Belki ilk adımı atıp kara prensese telgraf çekmeliydi – şayet durumunu bir çırpıda değiştiren bir haber eline ulaşmasaydı.

Manidar mektup ufak Angelika Siebert'ten geliyordu – Hendrik'in daima dehşet verici bir kibirle görmezden geldiği kadının, hayatında bir defa daha bu kadar belirleyici bir rol üstleneceğini kim düşünebilirdi! Höfgen ufak Siebert'i düşünmeyeli kaç zaman olmuştu, şimdi de çehresini –açık renkli gözleri uzağı göremediği için kısılan, on üçündeki bir oğlan çocuğunun sevimli ve çekingen yüzünü– tasavvur etmeye çalışınca sanki hep ağlamaklıymış gibi geldi ona. Ufak Angelika neredeyse durmadan ağlamıyor muydu? Ağlaması için de sık sık bahanesi olmuyor muydu? Hendrik çoğu zaman ona ne kadar adice davrandığını pekâlâ hatırlıyordu... Kızın inatçı ve şefkatli yüreği ise her şeye rağmen sadık kalmıştı. Hendrik hayret ediyordu. Geçerli sebeplerden ötürü –başkalarını kendiyle kıyaslayarak– hemcinslerinin daima bencilce alçaklıklara tevessül edeceğini düşünürdü. İyi davranışlar, terbiyeli ve şefkatli eylemlerden şaşkına dönerdi. Duvarlarını ve mobilyalarını, onlardan nefret edip korkmaya başlayacağı kadar iyi tanıdığı ıssız otel odasında, Angelika'nın mektubunu okurken ağlayası geldi. Hıçkıra hıçkıra ağlamasının sebebi yalnızca asap bozukluğu ve aşırı gerginlik değildi, gerçekten duygulanmış olması da yaşartıyordu gözlerini. Uğrunda o kadar gözyaşı döktüğü adamın şimdi bizzat ağladığını, kıymetli, tehlikeli ve soğuk gözlerini tuzlu gözyaşlarıyla dolduran şeyin, Höfgen'e duyduğu ta kendisi olduğunu görebilmesi, ufak Angelika için ne saadet, çektiği ıstıraplar için ne güzel bir telafi olurdu.

Angelika mektubunda Berlin'de bulunduğunu, biraz film çekebildiğini ve durumunun nispeten iyi olduğunu bildiriyordu. Başarılı genç bir rejisör onunla evlenmeyi kafaya koymuştu, "ama elbette bunu düşünmüyorum," diye yazıyordu, Hendrik okuyunca gülüverdi: Evet, işte böyleydi bu kız – ne kadar baştan çıkarıcı olursa olsunlar kendisini isteyenlere karşı çekingen ve reddedici; inatla, ulaşılamaz olana müptelalardı; duygularını, yok sayılıp dikkate alınmayan tarafta ziyan ederlerdi. Büyük bir Biedermeier tarzı güldürüde aktris Lindenthal'le nasyonal sosyalist bir pilotun sevgilisi olan kadınla tanışmıştı. Almanya'daki olayları gazetelerden hırs ve nefretle takip eden Hendrik bu pilot subayın yeni Reich'taki en kudretli kişilerden olduğunu biliyordu. Öyleyse Lotte Lindenthal de nüfuzlu biri olmuştu. Angelika Siebert de ona gidip Hendrik için aracılık etmiş, başarılı olmuştu.

Mektup kendinden geçmiş bir havayla Lindenthal'in üstün cazibesini, zekâsını, yumuşak kalpliliğini ve vakarını anlatıyordu. Bu iyi huylu ve sevecen kadının kudretli erkek arkadaşını her bakımdan en uygun şekilde etkileyeceğine – Angelika'ya göre– emin olunabilirdi. Daha şimdiden yapıyordu bunu, özellikle de tiyatroyla ilgili konularda. Büyük adamın tiyatroya, operet ve operaya lütufkâr bir merakı vardı. Sevgilileri –veya özel hürmet gösterdiği kadınlar– çoğunlukla etine dolgun ve duygusal sahne sanatçılarıydı. Ciddi bir şey olmadığı, mesela bir oyuncunun kariyeri gibi ufak meselelerle geldikleri müddetçe her türlü iyiliği seve seve yapardı. Ufak Siebert, Lotte Lindenthal'in dikkatini Hendrik Höfgen'in Paris'te oturup Almanya'ya gelmeye cesaret edemediğine çekmişti. Güçlü adamın gözdesi ise iyi niyetle gülüvermişti. Neyden korkuyor? diye öğrenmek isteyip saf saf bakmıştı. Höfgen Yahudi olmaması bir yana sarışın bir Renli'ydi, hem asla bir partiye de mensup olmamıştı. Üstelik önemli bir sanatçıydı – Fräulein Lindenthal onu Mefisto'yu oynarken görmüştü. Kıymetli kadın, "Onun gibilerinden mahrum kalamayız," deyip hemen aynı gün kudretli erkek arkadaşıyla bu konuyu konuşacağına söz vermişti. Jena'nın ilk duygusal rol oyuncusu, "Männe baştan ayağı liberaldir," diye diretiyordu, bunu o bilmeyecek, kim bilecekti – korkulan devden böyle hoş ve içtenlikle bahsetmeye cesaret edebildiği için oradaki herkes saygıyla ürpermişti. "Hiç kindar değildir. Höfgen eskiden türlü aşırılıklar, ufak budalalıklar yaptıysa yapmış – mesele nitelikli bir sanatçı oldu mu, Männe böyle şeylere anlayış duyar. Asıl önemlisi, özü iyi olsun," diye biraz anlamsız ama samimi bir tonda konuştu. Vaat ettiğini de yaptı. Kudretli adam akşam yanına uğrayınca yalvardı: "Männe, kırma beni!" Bir kere kafaya koymuştu: Hendrik Höfgen Berlin Devlet Tiyatrosu'nda ilk defa sahne alacağı güldürüde partneri olmalıydı. Duygusal kadın, "Bu rol için biçilmiş kaftan," diye çan çan ediyordu. "Berlinli yurttaşların önüne ilk çıkışımda iyi bir partnerimin olması senin için de önemli!" General, Höfgen'in Yahudi olup olmadığını sordu. Söz konusu kişinin, tam aksine, gerçek sarışın bir Renli olduğunu öğrenince, eskiden ne halt yediyse yesin, "bu çocuğa" bir şey olmayacağına söz verdi.

Lindenthal Männe'yle görüşmesinin iyi geçtiğini hemen ufak meslektaşı Siebert'e iletti, Siebert de durumun iyiye döndüğünü Hendrik'e yetiştirmeden edemedi.

Böylelikle Paris'teki hüzünlü ıstırap devri kapandı! St. Michel Bulvarı'ndan aşağı, Seine Nehri kıyısında veya güzelliği dillere destan Champs-Élysées'de bir başına dolanmak yoktu artık. Hendrik Höfgen, ıssız bir otel odasında gözüpek ve isyankâr hayallere dalmış mıydı hiç? Bir kere olsun arınmak, azat olmak, yeni ve yabani bir hayata doğru yola çıkmak gibi kasvetli bir hazzın ihtiyacını duymuş muydu? Hayır, bavullarını toplarken bunların hepsi unutulup gitmişti. Zevkten dört köşe hoplayıp sıçrayarak, Berlin trenine yataklı vagondan bilet ayırtmak için Madeleine yakınlarındaki Thos. Cook & Son seyahat acentesine koşturdu.

Montparnasse Bulvarı yakınlarındaki oteline dönerken, Café du Dôme'un yanından geçti. Hava yumuşaktı, çoğu insan dışarıda oturuyordu, sandalye ve masalar, hafif bir branda çatının altında, kaldırımlara kadar çıkarılmıştı. Yürümekten sıcaklayan Hendrik'in canı, bir on beş dakika oturup bir bardak portakal suyu içmek istedi. Durdu ama kibirli bakışlarını gevezelik eden kalabalığın üstünde gezdirirken fikrini değiştirdi. Düşündüğü şuydu: 'Kim bilir, burada kimlere rastlarım. Belki de aralarından görmemeyi tercih edeceğim eski tanıdıklar çıkar. Café du Dôme göçmenlerin buluşma yeri değil mi zaten? Yok, yok, ben iyisi mi yürüyedurayım.' Tam arkasını dönmek üzereydi ki gözleri, küçük, yuvarlak bir masada sus pus oturan bir grup insana takıldı. İrkildi. Öyle korktu ki midesine ağrılar girdi, birkaç saniyeliğine kıpırdayamadı.

Önce Frau von Herzfeld'i tanıdı, yanında Barbara'nın oturduğunu ancak bundan sonra fark etti. Barbara Paris'teydi, onca zamandır yakınındaydı, Hendrik onu özlemiş, ona hiç olmadığı kadar ihtiyaç duymuştu, o ise Hendrik'le aynı şehirde, aynı semtte, belki de yalnız birkaç bina uzağında oturmuştu! Barbara Almanya'yı terk etmiş, Café du Dôme'un terasında, Hamburg'dayken semtine bile uğramadığı Hedda von Herzfeld'in yanında oturuyordu. Ama istisnai ve zorlu şartlar ikisini bir araya getirmişti... Aynı masada oturuyorlardı. İkisi de susuyordu, ikisi de sanki cisimleri es geçip uzaklara giden aynı hüzünlü, dalgın ve derin bakışlara sahipti.

'Barbara ne solgun duruyor!' diye düşündü Hendrik; sanki karşısındakiler gerçekte burada oturmuyorlardı, sanki bulanmış bir zihnin mahsulüydüler, yalnız düşüncelerinde, hayal meyal varlardı. Eğer yaşıyorlarsa neden hareket etmiyorlardı? Neden dilini yutmuş gibi ve kıpırdamadan oturuyorlardı, neden gözleri bu kadar hüzünlüydü?

Barbara ince ve solgun yüzünü ellerine dayamıştı. Koyu renkli çatık kaşlarının arasında, Hendrik'in daha önce fark etmediği bir çizgi beliriyordu: Düşünmekten bitkin düşmüş olmasındandı herhalde, yüzüne kuruntulu, adeta öfkeli bir ifade katıyordu. Yukarı kaldırdığı yakasının arasından cırtlak kırmızı bir şal görünüyordu, sırtında gri bir yağmurluk vardı. Duruşu kıyafetiyle olduğu kadar ıstıraptan gerilmiş çehresiyle de vahşi ve neredeyse korkutucu bir ifade saçıyordu.

Frau von Herzfeld de solgundu fakat yüzünün geniş ve yumuşak sathında tehditkâr çizgi eksikti, yalnızca mülayim bir üzgünlük görünüyordu. Masada Barbara ile Hedda'dan başka Hendrik'in hiç tanımadığı bir kız ve Sebastian'la beraber iki delikanlı vardı: Höfgen Sebastian'ı kafasını öne doğru uzatmasından, yumuşak bakışlı ve düşünceli gözlerinden, aşağı eğdiği alnına düşen kül sarısı saç perçeminden tanıdı.

Hendrik seslenmek, selam vermek istiyordu, içinden Barbara'ya sarılmak, onunla sohbet etmek geliyordu – tüm o yalnız günlerinde sık sık dilediği ve hayalini kurduğu gibi onunla her konuda konuşmak istiyordu. Zihninde düşünceler birbirini kovalıyordu. 'Beni nasıl karşılayacaklar? Bana birçok soru soracaklar – nasıl cevap veririm? İç cebimde Berlin'e yataklı vagon biletim var, iki sarışın ve nazik hanımın vasıtasıyla, şuradaki insanları sürgün eden ve Barbara'yla konuşurken kaç defa amansızca düşmanlığımı ilan ettiğim rejimle aram düzeldi düzelecek. Şu Sebastian nasıl bir küçümseyişle gülümserdi yüzüme! Ya Barbara'nın bakışlarına nasıl dayanırdım, o karanlık, alaycı, merhametsiz bakışlarına? Kaçmam lazım, henüz beni fark etmemişe benziyorlar, tuhaf, hepsi de boş boş bakıyor. Buradan hemen kaybolmam lazım, onlarla karşılaşmaya dayanamam...'

Masadakiler hâlâ kımıldamıyor, bakışları adeta havayı delercesine Hendrik Höfgen'in içinden geçiyordu. Hareketsiz oturuyorlardı, Hendrik ufak ve küt adımlarla, tıpkı bir tehlikeden korkup kaçan ama kaçtığını gizlemek isteyen birinin gidişi gibi oradan uzaklaşırken sanki büyük bir acıyla taş kesilmişlerdi.

İlk provalardan sonra Lotte Lindenthal, Höfgen'e şöyle dedi: "Generalin tam da şu sıralar bu kadar meşgul olması ne yazık. Bir ayarlayabilse, kesinlikle provaya gelir, çalışırken bizi biraz seyrederdi. Biz oyunculara bazen ne parlak tavsiyeler veriyor, hayal dahi edemezsiniz. Sanırım, tiyatrodan da uçaklardan anladığı kadar anlıyor – az şey sayılmaz tabii!"

Hendrik bunu anlayamıyordu, ama saygıyla başını salladı. Sonra Fräulein Lindenthal'e, onu arabasıyla evine bırakıp bırakamayacağını sordu. Kadın lütufkâr bir gülümsemeyle izin verdi. Hendrik kolunu uzatırken sessizce, "Sizinle oynayabilmek benim için büyük, çok büyük bir zevk. Son yıllarda partnerlerimin yapmacıklığından çok muzdariptim. Dora Martin kasıntılı tarzıyla Alman oyunculara kötü örnek oldu – iş tiyatro oyunundan çıkmış, isterik bir gevelemeye dönmüştü. Şimdiyse sizinle tekrar berrak, sade, dinamik ve sıcak bir ton duyuyorum!" dedi

Lotte biraz çıkık, mor ve budala gözleriyle ona minnettarca baktı. "Bunu söylemenize çok sevindim," diye fısıldayıp kolunu, onunkine biraz daha bastırdı. "Zira yaltaklanmadığınızı biliyorum. Mesleğini sizin kadar kutsal gören biri, sanat meselelerinde yaltaklık etmez." Hendrik ise yaltaklık etmiş olabileceği düşüncesinden bile dehşete kapıldı. "Çok rica ederim!" Elini kalbine koydu. "Ben ve yaltaklanmak! Nahoş gerçekleri insanların yüzlerine seve seve söylediğim için dostlarım sitem edip dururlar." Lindenthal bunu duyduğuna memnun oldu. "Samimi insanları severim," diye açıkladı basitçe. Arabasını Tiergarten Caddesi'nde sessiz, zarif bir evin önünde durduran Hendrik, "Ne yazık ki vardık," dedi, Lotte Lindenthal burada oturuyordu. Hendrik öpmek için eline eğilirken dudaklarını Lotte'nin süt beyazı tenine dokundurabilmek amacıyla gri deri eldiveni biraz sıyırdı. Kadın bu ufak kuru görmezden geliyor, en azından güya ayıplamıyordu, tebessümü ışıldamaya devam etti. Eline doğru eğilen Hendrik, "Eşlik etmeme izin verdiğiniz için binlerce teşekkür!" dedi. Lotte evinin kapısına doğru giderken şöyle düşündü: 'Bir daha dönerse, işler yolunda gidecektir. Üstüne bir de el sallarsa zafer benimdir, o zaman işi ilerletebilirim.' – Lotte dimdik yürüyerek karşıdan karşıya geçti. Kapısının önüne geldiğinde başını çevirdi, çehresi aydınlıktı, –ne büyük haz!– elini kaldırıp salladı. Hendrik mutluluktan içinin ürperdiğini hissetti, çünkü Lotte Lindenthal muzipçe, "Ta ta!" diye bağırıyordu. Ummaya cüret edebileceğinden de fazlasıydı. İyice rahatlayıp iç geçirerek Mercedes marka arabasının deri koltuğuna yaslandı.

Daha Berlin'e varmadan şunu biliyordu: Lindenthal'in himayesi olmazsa işi bitikti. İstasyona karşılamaya gelen ufak Angelika'nın dikkatini bu meseleye çekmesine gerek yoktu, Angelika durumun zaten farkındaydı. Hendrik'in korkunç düşmanları vardı, aralarında, propaganda bakanının devlet tiyatrosu müdürü yaptığı yazar Cäsar von Muck gibi çok nüfuzlu olanları da vardı. Bu dram yazarı, piyeslerini sürekli reddeden Höfgen için buz gibi bir karşılama hazırlamıştı. Gözleri çelik gibiydi, dudakları büzülmüştü, konuşurken yüzünden, yanına yaklaşılmaz bir katılık ve heybet okunuyordu: "Yeniden aramızda yaşamaya alışabilecek misiniz, bilmiyorum, Herr Höfgen. Bu binada artık alışık olduğunuzdan farklı bir ruh hâkim. Kültür Bolşevikliği bitti." "Tannenberg" dramının yazarı bunu söylerken tehdit edercesine gerildi. "Dostunuz Marder'in piyeslerinde veya o çok sevdiğiniz Fransız farslarında sahne almaya fırsatınız olmayacak artık. Bundan böyle burada ne Yahudi ne Galler, yalnız Alman sanatı yapılıyor. Böyle yüce bir işte bize yardımcı olabilecek durumda mısınız, Herr Höfgen, işte bunu ispatlamanız gerekecek. Doğrusu, sizi Paris'ten buraya çağırmak için geçerli bir neden yoktu gibi geliyor bana." "Paris" derken Cäsar von Muck'un gözleri korku salarak, şimşek şimşek çaktı. "Fakat Fräulein Lindenthal burada ilk defa sahneye çıkacağı küçük güldürüde partneri olmanızı arzuluyor." Muck bunu biraz baştan savma söyledi. Sahte bir samimiyetle, "Ben de hanımefendinin hatırını kırmak istemedim," diye devam edip lafını kibirle bitirdi: "Üstelik zarif aile dostu ve çapkın rolü, eminim, size zorluk çıkarmayacaktır." Müdür, askerlerinki gibi ufak bir el hareketiyle görüşmeyi bitirdi.

Endişe verici bir başlangıç olmuştu – intikam meraklısı ve bir hayli kıdemli yazarın arkasında propaganda bakanının olduğunu düşününce durum, Hendrik için daha çok endişe vermeye başlıyordu. Bu adam kültürel meselelerde neredeyse tek güç sahibiydi; hatta Prusya'nın başbakanlığına terfi ettirilen pilot subay, devlet tiyatroları konusunda illa ki bir şeyler söylemeyi kafasına koymasa, "neredeyse" demek bile fazla olacaktı. Şişman adam, Lotte'den ötürü tiyatrolara çok meraklıydı. Bu nedenle iki kudret sahibi –propagandanın efendisi ile uçakların efendisi– arasında yetki tartışmaları çıkmıştı. Hendrik iki yarı tanrıdan hiçbirini henüz gözleriyle görmemişti ama biliyordu ki en azından birinin himayesinden emin olursa diğerinin düşmanlığına bir müddet dayanabilirdi. Başbakana giden yol aktristen geçiyordu. Hendrik, Lotte Lindenthal'i ele geçirmeliydi.

Berlin'deki yeni ikametinin ilk haftalarında kafasındaki tek düşünce buydu: Lotte Lindenthal'in gözüne girmeliyim. Mücevher gözlerime ve pis gülüşüme karşı koyabilen olmadı daha, sonuçta o da insan. Artık ya hep ya hiç, bütün marifetlerimi devreye sokmalıyım: Lotte kale gibi fethedilmeli. Dik göğüslü ve inek gözlüymüş, gıdısı ve sarı permalarıyla çok taşralı ve bayağıymış, fark etmez; benim için bir ilaheden daha çok arzulanacak bir kadın.

İşte Hendrik mücadele ediyordu. Etrafında olup bitenlere kör ve sağırdı, iradesi ve zekâsı tek bir hedefe konsantre olmuştu: Sarışın Lotte'yi ele geçirecekti. Gözleri yalnız onu görüyor, başka herkesi yok sayıyordu. Ufak Angelika şayet Höfgen'in minnettarlıktan ötürü kendisini biraz dikkate layık bulacağını sandıysa fena halde yanılmıştı. Hendrik geldikten sonraki birkaç saatte kibar davranmıştı, o kadar. Ama onu Lindenthal'le tanıştırmasıyla, Hendrik için artık varlığını yitirmiş gibiydi. Üzüntüsünü film yönetmeninin yanında giderecekti artık, Hendrik ise hedefine doğru ilerliyordu, hedefinin adı Lotte idi.

Berlin'in caddelerinin ne kadar değiştiğini fark ediyor muydu? Kahverengi ve siyah üniformaları, gamalı haç bayraklarını, yürüyüş halindeki gençliği görüyor muydu? Caddelerden, radyolardan, beyaz perdeden gelen savaş çığırtılarını işitiyor muydu? Önderin tehditler savurup tafra sattığı nutuklarına dikkat ediyor muydu? Güzellemelerde bulunup hakikati gizlese ve yalan söylese de insana dehşet verici taraflları yine de yeterince ifşa eden gazeteleri okuyor muydu? Eskiden arkadaşım dediği insanların kaderini umursuyor muydu? Nerede olduklarını bile bilmiyordu. Belki Prag, Zürih veya Paris'te bir kafenin masasında oturuyor, belki Berlin'deki bir çatı veya bodrum katında saklanıyorlardı. Bu kasvetli detayları bilmenin Hendrik için kıymeti yoktu. 'Onlara zaten yardım edemem': Acı çekenlerle ilgili bütün düşünceleri savuşturma formülü işte buydu. 'Kendim sürekli bir tehlike içindeyim – kim bilir, bir bakmışsın Cäsar von Muck beni yarın tutuklatmış. Ancak bizzat kesinkes kurtulduğumda diğerlerine belki faydam dokunur!'

Otto Ulrichs'in kaderi hakkında ortalıkta dolaşan söylentileri bildirdiklerinde Hendrik istemeye istemeye, bir kulağı kapalı dinledi anlatılanları. Parlamento yangınından hemen sonra tutuklanan komünist oyuncu ve ajitatör, "sorgulama" denen, gerçekteyse merhametsiz işkencelerden ibaret o tüyler ürpertici sürece dayanmak zorunda kalmıştı. "Bunu bana Columbia Toplama Kampı'nda Ulrichs'in hücresinin yanında kalan biri anlattı." 30 Ocak 1933'e kadar radikal sol yanlısı ve yalnızca sınıf mücadelesine hizmet eden katı Marksist bir edebiyatın hummalı öncüsü olan tiyatro eleştirmeni Ihrig'in korkuyla kısılan sesi haber veriyordu bunu. Ihrig artık yeni rejimle barışmak üzereydi. Burjuva liberalizmi, hatta milliyetçi düşüncede olmasından şüphelenen bütün yazarlar vaktiyle Doktor Ihrig'in önünde zangır zangır titrerdi!

Marksist öğretinin en uyanık ve müsamahasız vaizi Ihrig, bu yazarları kapitalizmin estetikçi paralı askerleri diye yaftalayarak aforoz etmiş, lanetleyip perişan etmişti. Bu kızıl edebiyat otoritesi, nüans gözetmeye, ince ayrımlarda bulunmaya hiç meyilli değildi: Benden olmayan karşımdadır, benim geçerli saydığıma göre yazmayan kana susamış köpektir, proletarya düşmanıdır, faşisttir – şayet henüz haberi yoksa, o zaman *Neues Börsenblatt*'ın sanat köşesi müdüründen, yani benden öğrenecektir bunu. Doktor Ihrig'in kesin hükümleri kendini sol avangarttan sayan herkes tarafından fazlasıyla ciddiye alınıyor, oysa bu hükümler son derece kapitalist bir gazetenin sütunlarında yer buluyordu. Çünkü o vakitler ekonomi gazeteleri Marksist sanat köşesi muzipliğinden hoşlanırlardı – bunun çok çekici bir rengi vardı, kimseyi ciddi manada rahatsız da etmiyordu. Hayatın ciddiyeti ticari kısımda esiyordu. Kızıl otorite, öfkesini –hiçbir itibarlı tüccarın bakmadığı– bu köşelerde kusabilirdi.

Doktor Ihrig yıllarca öfkesini kusmuş, Marksist sanat anlayışının bütün meselelerinde belirleyici mercilerden birine dönüşmüştü. Nasyonal sosyalistler iktidara gelince *Neues Börsenblatt*'ın Yahudi yazı işleri müdürü makamından çekildi. Hem anne hem baba tarafından bütün atalarının "ari" ırktan olduğunu ve hiçbir zaman sosyalist partilerden birine mensup olmadığını ispatlayabilen Doktor Ihrig ise gazetede kalabildi. Sonra, pek tereddüt etmeden, baştan aşağı milliyetçi ruhla dolan *Neues Börsenblatt*'ın sanat köşesini yeniden işgal etmeye başladı. Doktor Ihrig kurnazca, "Burjuvaya ve demokratlara hep karşı olmuşumdur," diyordu. Gerçekten de eskisi gibi "gerici liberalizme" karşı ateş püskürmeye devam edebiliyordu – tek değişen, antiliberal tavrının biçimiydi.

Uyanık Doktor Ihrig, "Şu Otto hikâyesi iğrenç," derken kederli görünüyordu. Devrimci "Fırtına Kuşları" kabaresini birçok makalesinde başkentin, gelecek vaat eden, kayda değer tek tiyatro teşebbüsü diye nitelemişti. Ulrichs meşhur eleştirmenin yakın çevresindendi. Doktor, "İğrenç, iğrenç," diye mırıldandı ve camlarını silmek için kemik gözlüğünü sinirle çıkardı.

Höfgen de iğrençlik konusunda aynı kanaatteydi. İki adamın birbirlerine bundan başka diyecekleri yoktu. Yan yanayken kendilerini pek iyi hissetmiyorlardı. Buluşma yeri olarak uzakta, pek işlek olmayan bir kafeyi seçmişlerdi. Geçmişleri yüzünden ikisinin de şereflerine leke sürülmüştü, belki ikisinin de hâlâ muhalif görüşte olduklarından şüpheleniliyordu, beraber görülmeleri komplo diye algılanabilirdi. Susuyor, biri kemik gözlüğünden, diğeri monoklünden olmak üzere dalgın dalgın boşluğa bakıyorlardı. Nihayet Höfgen'den, "Tabii, adamcağız için şu an hiçbir şey yapamam," sözleri işitildi. Aynını söylemek isteyen Ihrig başını salladı. Sonra tekrar sustular. Höfgen sigarasının ucuyla oynuyordu. Ihrig boğazını temizledi. Belki ikisi de birbirinden utanıyordu. İkisi de muhatabının ne düşündüğünü biliyordu. Birbirleri hakkındaki düşünceleri aynıydı: 'Tabii, azizim, sen de aynı benim kadar adi bir herifsin.' Bu düşünceyi ikisi de birbirlerinin gözlerinden okuyabiliyordu. Onun için de utanıyorlardı.

Susmak dayanılmaz bir hal alınca Höfgen ayağa kalktı. Sessizce, "Sabretmek lazım," deyip devrimci eleştirmene solgun dadı suratını gösterdi. "Kolay değil ama sabretmek lazım. Elveda, sevgili dostum."

Hendrik'in memnun olmaması için sebep yoktu: Lotte Lindenthal'in gülümsemesi gittikçe tatlılaşıyor, gittikçe daha çok şey vaat ediyordu. Beraber mahrem bir sahnenin provasını yaptıklarında –"Kalp" adlı komedinin neredeyse tamamı, büyük bir tüccarın Lotte'nin oynadığı karısı ile Hendrik'in oynadığı zarif aile dostu arasında geçen mahrem sahnelerden ibaretti– ara ara iç geçirerek göğüslerini partnerine bastırıp nemli gözlerle baktığı bile oluyordu. Höfgen ise melankolik ve disiplinli karakterinin ardında hummalı bir arzu saklıyormuş gibi görünen bir çekimserlik sergiliyordu. Fräulein Lindenthal'e ince ayarlı bir soğuklukla davranıyor, çoğunlukla "hanımefendi," nadir anlarda da "Frau Lotte" diye hitap ediyor, ama iş esnasında, birlikte prova yapmanın hararetiyle senli benli konuşmadan kendini alamıyordu. Fakat gözleri daima şunları söyler gibiydi: 'Of, istediğimi bir yapabilsem! Seni nasıl sarmalardım, tatlım! Vücuduma nasıl bastırırdım seni, şirin şey! Ama sevgilisi olduğun Alman kahramanına duyduğum sadakatten ötürü nefsime hâkim olmam lazım...' Böylelikle oyuncu Höfgen'in gözleri, tahrik olmuş erkeksi düşünceleri açığa vuruyordu. Gerçekte düşündükleri ise şundan ibaretti: '*Neden* – tanrı aşkına, neden istediği herkese sahip olabileceği halde başbakan kalkıp da bunu seçmiş? Çok düzgün biri ve mükemmel bir ev hanımı olabilir ama çok şişman ve gülünç derecede yapmacık. Üstelik oyunculuğu da kötü...'

Provalarda bazen Lindenthal'e bağırmak için can atıyordu. Başka bir meslektaşı olsa yüzüne şunları söylerdi: 'Şu yaptığınız şey, cicim, tam bir taşra performansı. Kibar bir kadını oynamak için, sesinizi değiştirip bu kadar tizleştirerek konuşmaya, serçe parmağınızı sürekli garip garip ileri uzatmaya gerek yok. Kibar kadınlar bunları bırakalı çok oldu. Hem büyük bir tüccarın karısının, aile dostlarıyla flört ederken sanki bluzuna pis kokulu bir şeyler bulaşmış da kolları buraya temas edecekmiş gibi, dirseklerini bedeninden uzak tutması gerektiği nerede yazıyor? Bırakın lütfen şu çocuklukları!'

Lotte'ye böyle şeyler söylemeye çekiniyordu elbette. Ama Lotte hak ettiği bu kabalıklar duymadan da provalarda rezil olduğunu sezer gibiydi. "Hâlâ kendimden emin değilim," diye yakınıp saf kız çocuğu ifadesini takındı. "Mesele Berlin muhiti – beni altüst ediyor burası. Of, kesinlikle beğenmeyecekler beni, basında da berbat haberler çıkacak!" Berlinli eleştirmenlerden cidden korkması gereken, ilk defa sahne alan sıradan biriymiş gibi davranıyordu. "Ah, lütfen, lütfen, Hendrik, söyleyin" –bu sırada bebekler gibi ellerini kaldırıp şaklatıyordu– "bana çok mu fena davranırlar? Aleyhimde söylenmedik şey bırakmazlar mı yoksa?" Hendrik gerçekten eminmiş gibi içten bir sesle, böyle bir şeyin lafının bile edilemeyeceğini açıklıyordu.

Höfgen ile Lindenthal henüz "Kalp" adlı komedinin provasını yaparken "Faust"un tekrar devlet tiyatrosu repertuarına alınacağı duyuldu. Hendrik, Cäsar von Muck'un –elbette propaganda bakanının rızasını alarak– Mephisto rolünü, yıllardır nasyonal sosyalist partinin mensubu olan ve taşradan birkaç hafta önce Berlin'e çağrılan bir oyuncuyla doldurmaya karar verdiğini öğrenince dehşete kapıldı. "Tannenberg" yazarının, piyeslerini reddeden Höfgen'den intikamıydı bu. Hendrik, Muck berbat planını kabul ettirirse mahvolacağını seziyordu: 'Mephisto en büyük rolüm. Bu rolü oynayamazsam gözden düştüğüm kesinleşir. O zaman Lindenthal'in benim için başbakan nezdindeki nüfuzunu kullanmadığı veya sanıldığı kadar büyük bir nüfuzu olmadığı anlaşılır. Hal böyle olunca da bavulumu toplayıp Paris'e dönmekten başka çarem kalmaz – zaten belki de orada kalmalıydım, çünkü buranın durumu hakikaten berbat. Konumum üzücü, hele de eskisiyle kıyaslayınca. Herkes bana şüpheyle bakıyor. Müdür ile propaganda bakanının benden nefret ettiği malum, generalin gerçekten gözüne girdiğime dair en ufak delil de yok. Ne nazik bir duruma düştüm böyle! Mephisto her şeyi kurtarabilirdi, artık her şey bu role bağlı...'

Prova başlamadan önce Höfgen kararlı adımlarla Lotte Lindenthal'e doğru yürüdü, "Frau Lotte, sizden büyük, çok büyük bir ricam var," derken sesindeki titremede istisnai olarak hiç yapmacıklık yoktu. Lotte biraz endişeyle gülümsedi: "Meslektaşlarıma ve dostlarıma –elimden gelirse– yardımcı olmaktan daima memnuniyet duyarım."

Hendrik derin, hipnotize eden bakışlarla gözünün içine bakarak konuştu: "Mephisto'yu oynamam lazım. Beni anlıyor musunuz, Lotte? Oynamam lazım." Ciddiyetindeki büyüklük ve ısrar Lotte'yi korkuttu, üstelik Hendrik, kadının çoktandır kayıtsız kalmadığı vücudunun, kendisine değecek kadar yakın durmasından tahrik olduğunu hissediyordu. Lotte biraz kızarıp gözlerini yere eğerek –evlenme teklifi yapılınca ailesine danışmak için söz veren genç bir kız gibi– fısıldadı: "Elimden geleni yaparım. Hemen bugün *onunla* konuşurum."

Hendrik rahatlayarak derin bir nefes aldı.

Ertesi sabah, devlet tiyatroları müdürlüğü sekreteri, yeni "Faust" aranjmanının provasına beklendiğini bildirmek için aradı. İşte zafer. Başbakan aracılık etmişti. Hendrik Höfgen,

'Kurtuldum', diye düşündü. Lotte Lindenthal'e koca bir demet sarı gül yolladı; güzel çiçeklerin yanına coşkulu, iri ve köşeli harflerle "TEŞEKKÜRLER" yazdığı bir not iliştirdi.

Müdür Cäsar von Muck'un, prova başlamadan önce kendisini bürosuna çağırtmasını neredeyse normal karşılamıştı. Milli yazar, olabilecek en basit içtenliği gösterdi – Hendrik'in sergilediği zarif çekimserlikten çok daha kayda değer bir oyunculuk performansıydı bu.

"Sizi Mephisto olarak görmekten memnuniyet duyarım," dedi dram yazarı; çelik mavisi gözlerini hararetle ışıldatıp, yok etmek istediği insanın ellerini bir erkek samimiyetiyle kavradı. "Sizi ebediyen Almanlara has kalacak bu rolde göreceğim için çocuklar gibi seviniyorum." Açıktı: başbakan oyuncuyu destekleyince, müdür de Höfgen'e gösterdiği muameleyi tek hamlede, büsbütün değiştirmeye karar vermişti. Cäsar von Muck'un, bu uğursuz herifin çok da büyümesine izin vermemek ve eline fırsat geçince onu devlet tiyatrosundan çarçabuk uzaklaştırmak gibi acımasızca bir niyeti elbette hâlâ vardı. Fakat eski düşmanıyla savaşını artık gizli ve kurnazca sürdürmeyi daha yerinde buluyordu. Herr von Muck, kudretli başbakanla veya Lindenthal'le sırf Höfgen yüzünden bozuşmaya hiç mi hiç niyetli değildi. Prusya Devlet Tiyatrosu'nun müdürü olarak propaganda bakanıyla olduğu kadar başbakanla da iyi geçinmek için her türlü nedeni vardı.

Dostane ve teklifsiz bir tavırla, "Aramızda kalsın," diye devam etti, "Mephisto'yu tekrar oynayacak olmanızı bana borçlusunuz." Belki de dürüstlüğünün sahiciliğini vurgulamak istediğinden Saksonya aksanı bugün çok fark ediliyordu. "Bazı sakıncalar vardı" –sesini kısıp yüzünü üzüntüyle ekşitti– "bakanlıklar nezdinde bazı sakıncalar. Anlıyorsunuzdur, sevgili Höfgen... 'Faust'un bir önceki temsilindeki ruhu –bazılarının dediği gibi o kültür Bolşevikliğine kaçan ruhu– yeni aranjmanımıza da taşıyabileceğinizden korkuluyordu. İşte, bu korkuları boşa çıkarıp aşmayı başardım!" diye neşeyle lafını bitiren müdür, oyuncunun omzuna içtenlikle vurdu.

Aslında başarılı geçen bu günde Höfgen'in atlatması gereken feci bir korku daha vardı. Prova sahnesine adımını attığında genç biriyle çarpıştı: Hans Miklas'tı bu; kendisi haftalardır aklına bile gelmemişti. Elbette, Miklas yaşıyordu, hatta devlet tiyatrosunda işe alınmıştı, 'Faust'un yeni mizanseninde de öğrenciyi oynayacaktı. Hendrik bu tesadüfe hazır değildi, onca telaş arasında küçük rollerin kimlere dağıtıldığını umursamamıştı. Derken yıldırım hızıyla nasıl davranacağını düşündü. 'Bu serkeş oğlan benden hâlâ nefret ediyor. O kadar belli ki: Demin atfettiği o solgun ve fena bakışların ortaya koyduğu çok şey var. Benden nefret ediyor, hiçbir şeyi unutmamış, canı isterse bana zarar verebilir. Vaktiyle aramızda geçen tartışmaya yol açan meseleyi Lotte Lindenthal'e anlatmasını engelleyecek bir şey var mı? Aklına gelirse yandım, demektir. Ama cesaret edemez, o kadar ileri gitmeyecektir.' Hendrik kararını verdi: 'Görmezden gelir gibi yapacağım, kibrimle ürküteceğim onu. O zaman yine zirvede olduğumu, bütün kozların bende olduğunu, bana karşı yapabileceği hiçbir şey olmadığını düşünecek.' Monoklünü gözüne tutturdu, alaycı bir yüz ifadesi takınıp genizden konuştu: "Herr Miklas – işe bakın! Demek hâlâ yaşıyorsunuz!" Bunu derken tırnaklarını inceledi, pis pis gülümsedi, sonra da hafifçe öksürüp sallana sallana yürüyüp gitti.

Hans Miklas dişlerini birbirine bastırıp susmuştu. Yüzü hiç kımıldamamış ama Hendrik'in görüş sahasından çıkınca nefret ve acıyla ekşimişti. Sahne dekorasyonlarından birine dayanan dik başlı ve yalnız oğlanı umursayan yoktu. Yumruklarını sıktığını ve renkli gözlerinin yaşardığını kimse görmüyordu. Hans Miklas'ın yetersiz beslenmiş bir sokak çocuğunun yanı sıra idmanlı bir akrobatın vücudunu da andıran ince, sıska bedeni titriyordu. Hans Miklas neden titriyordu ki? Hem neden ağlıyordu?

Aldatıldığını – korkunç, devasa ve asla telafi edilemeyecek boyutlarda aldatıldığını anlamaya mı başlıyordu? Ah, henüz bunu kavrayacak noktada değildi. Ne var ki belki de ilk sezgiler ortaya çıkıyordu. Tek başına bu kadarı bile yumruklarını kasa kasa sıktıracak, gözlerini yaşlarla dolduracak cinstendi.

Nasyonal sosyalistlerin ve Führer'lerinin, hükümeti devralmasından sonraki ilk haftalar, genç adam kendini cennette gibi hissetmişti. Büyük ve güzel gün, yani onca zamandır, o kadar hasretle beklediği ve hayallerinin gerçekleşeceği gün, işte o gün artık gelmişti! Ne büyük sevinç! Genç Miklas mutluluktan hüngür hüngür ağlayıp dans etmişti. O zaman yüzü gerçek heyecanın ışığıyla parlamıştı: Alnında da, gözlerinde de bir parıltı vardı. Şansölyeyi, önderlerini, kurtarıcılarını meşalelerle kutladıklarında, sokakta nasıl da haykırmış ve milyonluk bir şehrin, bütün bir halkın davranışındaki taşkınlığa kapılıp ellerini kollarını çarpılmışçasına nasıl da sağa sola savurmuştu. Artık tüm vaatler icraate geçirilecekti. Şüphe yoktu: Altın bir çağın şafağındaydılar. Almanya namusuna tekrar kavuşmuştu, çok yakında toplum da yenilenecek, mucizevi şekilde gerçek bir halk kitlesine dönüşecekti, çünkü önder, bunu yüzlerce defa vaat etmiş, nasyonal sosyalist hareketin şehitleri de vaadini kanlarıyla mühürlemişlerdi.

On dört yıllık rezalet bitmişti. Şimdiye dek yapılanların hepsi mücadele ve hazırlıktan ibaret olmuştu, hayat daha şimdi başlıyordu. Artık nihayet çalışabileceklerdi – birleşmiş, kudretli bir vatanın yeniden inşasında çalışabileceklerdi. Hans Miklas'ı devlet tiyatrosunda düşük ücretle işe aldılar; işi ona üst kademelerden bir parti görevlisi sağlamıştı. Höfgen Paris'te oturuyordu, Höfgen göçmendi, Miklas ise Prusya devlet sahnesinde iş bulmuştu: Bu durumun büyüsü öyle güçlüydü ki aslında belki hayal kırıklığıyla idrak edeceği birçok şeyi görmesini engelliyordu.

Şu an üzerinde yaşadığı, gerçekten yeni, daha iyi bir dünya mıydı? Burada eskilerin nefret uyandıran birçok cürmü ve şimdiye dek meçhul kalan daha nice hatalar yok muydu? Hans Miklas böyle şeyleri kabullenmeye henüz cesaret edemiyordu. Fakat dudakları kıpkırmızı, renkli gözlerinin etrafında koyu halkalar olan genç, yorgun ve solgun çehresi, eskiden beri kendine has o kapalı, ıstıraplı inatçı ifadesini kazanıyordu bazen. Höfgen'in önceleri "profesör"e dalkavukluk edişinden çok daha utanmazca artık müdür Cäsar von Muck'a dalkavukluk edişini görmek zorunda kalınca, bu aksi oğlan, kibre kapılıp tiksinerek başını çeviriyordu. Hele Cäsar von Muck'un kıkırdaması ve propaganda bakanı tiyatroya girince mütevazı bir yaltaklık içinde eriyip gidiyor görünmesi yok muydu! Bunu görmek son derece acı vericiydi. Milliyetçi ajitatörlerin "kayırmacılık" demekten hoşlandığı durum demek son bulmamış, daha kötü ve başıboş bir hal almıştı. Oyuncular arasında da hâlâ küçükleri hor gören, sahne girişine kocaman limuzinlerle gelen ve pahalı kürkler giyen 'ünlüler' vardı.

Büyük yıldızın adı artık Dora Martin değil Lotte Lindenthal'di, kötü bir oyuncuydu ama kudretli bir adamın gözdesiydi. Miklas onun namusu uğrunda bir defasında neredeyse kavgaya tutuşacaktı –kaç zaman geçmişti sahi?– ve onun uğrunda işini kaybetmişti. Fakat Lotte bilmiyordu, Miklas ise imada bile bulunmayacak kadar gururluydu. İnatla dudaklarını uzatıyor, nobran bir yüz ifadesi takınıyor ve yüce kadının kendisini görmezden gelmesine ses çıkarmıyordu.

Almanya, şerefine tekrar kavuşmuş, zira komünistler ile pasifistler toplama kamplarında otururken bir kısmı da öldürülmüştü, dünya ise bu kadar kaygı uyandıran bir Führer'i sahiplenen bir halktan korkmaya başlıyordu. Oysa toplum yaşamının yenilenmesini beklemek lazımdı; sosyalizm namına görünürde henüz hiçbir şey yoktu. Davasına hüsrana düşemeyecek kadar canı gönülden inanan Hans Miklas gibi bir genç bile, 'Her şeyi bir anda başaramazsın', diye düşünüyordu. 'Benim önderim bile beceremez. Sabretmemiz gerek. Almanya onca yıllık rezaleti üstünden atmalı önce.'

Hâlâ güveni vardı bu oğlanın. Asıl şoku ise prova kâğıdında, Hendrik Höfgen'in Mephisto'yu oynayacağını okuduğunda yaşadı. Eski düşmanı, pek marifetli ve vicdansızlıkta emsalsiz o adam – kendini her yerde kabul ettiren, herkese sevdiren bu bilmiş ve ezelî şeytan Höfgen işte buradaydı yine! Uğrunda neredeyse kavgaya tutuşacağı kadın, onu buraya getiren, ona şu monden komedide partner olarak ihtiyaç duyan işte o kadının ta kendisiydi. Yetmezmiş gibi ona bir de klasik rolünü, dolayısıyla da büyük başarılara ulaşma şansını temin etmişti... Miklas şu Lotte Lindenthal'in yanına gidip Höfgen'in kantindeyken hakkında söylediklerini anlatamaz mıydı? Engelleyen mi vardı? Ama zahmete değer miydi? İnanan olur muydu ki? Hem nihayetinde Höfgen, şu Lindenthal için aptal kadının biri demekle haksızlık mı etmişti? Aptal değil miydi bu kadın? Miklas susuyor, yumruklarını sıkıyordu, gözlerindeki yaşları kimse görmesin diye başını karanlığa çevirdi.

Bir saat sonra Höfgen-Mephistopheles ile bir sahneyi prova edecekti. Aslında şeytan olan âlime alçakgönüllü bir tavırla yaklaşıp şunları söylemesi gerekiyordu:

"Pek kısa zamandır buradayım,
Geliyorum gayet mütevekkil,
Bir adamla konuşup tanışmaya,
Herkesin hürmetle övdüğü bana."

Öğrencinin sesi boğuk geliyordu, maskeli şeytanın kafa karıştıran tüm bilgeliklerine ve alaycı hikmetlerine şu karşılığı verdiğinde ise inlemeye döndü:

"Bütün bunlarla zihnim çok bulandı,
sanki değirmenler dönüyor kafamda."

Pilot-general-başbakan, devlet tiyatrosunun "Faust" temsilini, sevgilisi Lotte Lindenthal'in eşliğinde seyrediyordu. Oyun on beş dakika gecikmeyle başladı, çünkü büyük adamı beklemek gerekmişti. Sarayından telefon açıldı, savunma bakanı kendisini lafa tutmuştu. Soyunma odalarındaki oyuncularsa alay ederek, tuvaletini zamanında bitiremediğini fısıldaşıyorlardı. Gretchen'i oynayan, biraz itaatsizlik lüksüne sahip olacak kadar sarışın kadın, "Üstünü değiştirmek için en az bir saate ihtiyaç duyar," diye kıkırdadı. Bu arada yüce çiftin içeri girişi belirgin bir sadelikle gerçekleşti. Salonun ışıkları yandığı müddetçe başbakan, locasının arka tarafında kaldı. Onu yalnız ilk sıradakiler fark ediyor, mor bir yakası ve gümüşten geniş manşetleri olan süslü üniformasına ve dik göğüslü, başak sarısı sevgilisinin parıldayan, mücevherli alınlığına haşyetle bakıyorlardı. Bakan, ancak perde açılınca oturdu, otururken hafiften inlediği duyuldu, zira vücudunun yağ kütlelerini nispeten dar koltuğa yerleştirmesi zahmetli bir işti.

Girişteki cennet sahnesinde, seçkin seyircinin yüz ifadesinden, görevi gereği etkilendiği anlaşılıyordu. Trajedinin sonraki bölümleri, Mephistopheles'in kaniş kılığında Faust'un çalışma odasına süzüldüğü sahneye kadar canını biraz sıkmışa benziyordu; Faust'un ilk büyük monologu esnasında bakanın defalarca esnediği görüldü, "Paskalya gezintisi" de onu pek eğlendirmiyordu: Lindenthal'e galiba pek sevecen olmayan bir şeyler fısıldadı.

Buna karşılık kudretli adam, Höfgen-Mephistopheles sahneye girer girmez canlandı. Doktor Faust, "Demek buymuş kanişin özü! Seyyar bir bilgin, haz? Gülerim işte buna," diye bağırdığında heybetli adam da güldü, hem de öyle yüksek sesle ve içten güldü ki duymayan kalmadı. Ağır adam, iki kolunu locasının kırmızı kadifeden tırabzanına dayayarak kahkahalarla öne eğildi, bundan sonraki olayları, Hendrik Höfgen'in maharetle dans ettiği, kurnaz edalı, edepsiz şıklıktaki sahneleri eğlenceli bir dikkatle takip etti.

Männe'sini tanıyan Lotte Lindenthal meseleyi hemen kavramıştı: İlk bakışta aşktı. 'Höfgen benim şişkoya yaptı yapacağını – anlamamak işten bile değil. Herifin büyüleyici, siyah kostümü ve şeytani Pierrot maskesiyle her zamankinden daha karşı konmaz bir hali var. Evet, hem gülünç hem önemli biri; dansçılar gibi en alımlı sıçrayışları yaparken bazen de gözleri tehditkâr, derin ve korkutucu alevlerin oynaştığı bir hale bürünüyor, mesela şimdi şunları söylerken olduğu gibi':

"İşte böyle, sizin günah,
Perişanlık, kısaca şer dediğiniz,
asıl unsurumdur benim."

Bu kısımda başbakan manidar manidar başını salladı. Daha sonra, öğrenci sahnesinde –Hans Miklas bu sahnede göze batacak kadar beceriksiz ve tutuk bir duruş sergiliyordu– büyük adam, çok komik bir güldürüde eğleniyor gibiydi. Höfgen'in Auerbach'ın Leipzig'deki mahzeninde, fesat bir kibirle kral ile bit şarkısını söylediği sahnede ve nihayet ayyaş heriflere masadan tatlı Tokay şarabını, köpüklü şampanyayı çıkardığı sırada geçen kaba olaylar sırasında başbakanın keyfi iyice yerine geldi – hele de cehennem prensi cadı mutfağının karanlığında, keskin ve tıkırtılı sesini çıkarırken şişman adam keyiften dört köşe oldu:

"Tanıdın mı beni? İskelet! Pislik seni!
Tanıdın mı üstadını ve efendini?
Beni alıkoyan var mı, saldırır,
mahvederim seni ve kedi ruhlarını!
Kızıl cekete kalmadı mı saygın?
Horoz tüylerini çıkaramadın mı?

Sakladım mı ben bu çehreyi?
İlla söylemem mi lazım adımı?"

Ürkütücü, cadaloz kadına söylenmişti bunlar, kadın da dehşetle ezilip büzüldü. Pilot general ise zevkten dizlerini dövüyordu: Kötülüğün bu derece kendinin farkında olması, şeytanın, tüyler ürperten mertebesinden duyduğu gurur, çok eğlendirmişti onu. Dolgun, homurtulu kahkahasına Lindenthal'in gümüşi gülüşü eşlik ediyordu. Cadı mutfağı sahnesinden sonra ara verildi. Başbakan, oyuncu Höfgen'i locaya, yanına çağırttı.

Ufak Böck bu önemli haberi ilettiğinde Hendrik bembeyaz kesildi, gözleri saniyelerce kapalı kaldı. Büyük an gelmişti. Yarı tanrıyla yüz yüze gelecekti... Yanında, soyunma odasında bulunan Angelika bir bardak su getirdi. Suyu hızla içtikten sonra yeniden, bir nebze de olsa o pis gülüşünü atacak duruma gelebildi. Hatta: "Tam da istediğim gibi, plana uygun oldu!" diyebildi – yaşadığı kritik olayla sanki dalga geçiyordu ama bunları alayla söylerken dudaklarının rengi çekilmişti.

Yüce beyefendinin locasına girdiğinde şişman adam ön tarafta, tırabzanın kenarında oturuyor, etli parmakları kırmızı kadifenin üstünde kıpırdanıyordu. Hendrik kapıda durdu. 'Kalbimin böyle hızlı atması ne gülünç!' diye düşündü, birkaç saniyeliğine sessiz kaldı. Derken Lotte Lindenthal onu fark etti. İnce bir sesle, "Männe, müsaadenle sana muhteşem meslektaşım Hendrik Höfgen'i takdim edeyim," dedi; dev adam arkasını döndü. Hendrik adamın oldukça tiz, dolgun, bir o kadar da keskin sesini duydu: "Demek bizim Mephistopheles buymuş..." Bu tespiti bir kahkaha takip etti.

Hendrik'in kafası ömründe bu kadar karışmamıştı, heyecandan utanması heyecanını iyice arttırıyordu. Meslektaşı Lindenthal de bulanık gözlerine bir hayli değişmiş göründü. Ona ürkütücü bir prenses havası veren, yalnız şu parlak mücevher mi yoksa devasa efendisi ve koruyucusunun bu kadar yakınında bulunması mıydı? Hangisiyse artık, Hendrik'te aniden bir peri etkisi uyandırdı, hem de dolgun ve sevecen olmakla beraber asla tehlikesiz sayılamayacak bir peri. Normalde hep iyi niyetli, biraz da aptalca gelen gülümsemesi şu an esrarengiz tuzaklar barındırıyor gibi görünüyordu.

Hendrik korkudan tir tir titreyen gerginliği içinde, renkli bir üniforma giymiş bu şişko devi, bu haşmetli yarı tanrıyı fark etmiyor dense yeriydi. Zorbanın çıkıntılı cüssesin önüne sanki bir örtü, ezelden beridir kudretlilerin, kaderi belirleyenlerin tanrıların suretini fanilerin ödlek bakışlarından saklayan esrarlı bir sis perdesi asılmıştı. Pusun arasından yalnızca bir madalya parıldıyor, kabarık bir ensenin ürkütücü hatları görünüyor, sonra da hem keskin hem dolgun bir komuta sesi işitiliyordu:

"Biraz yaklaşsanıza, Herr Höfgen."

Ön sıralarda kalıp gevezelik edenler, başbakanın locasındaki gruba dikkat kesilmeye başladılar. Durmadan fısıldaşıyor, kafalarını o yana çeviriyorlardı. Kudretli adamın yaptığı tek bir hareket bile sıraların arasında itişip kakışan alıkların gözlerinden kaçmıyordu. Pilot generalin yüzünün gittikçe daha keyifli, daha hoşnut bir hal aldığı görülüyordu. Gülmeye başlamış, ön sıralardaki seyirciler duygulanarak ve derin bir saygıyla tespit etmişti bunu – büyük adam yüksek sesle, içten ve ağzını ardına kadar açarak gülüyordu. Lotte Lindenthal'den de inci gibi bir koloratur kahkahası işitildi, oyuncu Höfgen ise –gayet dekoratif şekilde kara cüppesine sarınmış– Mephisto maskesiyle, muzaffer olduğu kadar acı bir sırıtış gibi de duran bir gülümseme sergiliyordu.

Kudretli adam ile komedyen arasındaki sohbet gitgide şenleniyordu. Şüphe yoktu: Başbakan eğleniyordu. Pilot generalin keyiften adeta sarhoş görünmesini sağlayan Höfgen'in anlattığı harika anekdotlar da nesiydi? Ön sıralardaki herkes, Hendrik'in kan kırmızı renkli, makyajla uzatılan dudaklarının söylediği sözlerden birkaçını kapmaya çalışıyordu. Fakat Mephisto sessiz konuşuyor, seçme şakalarını yalnız kudretli adam işitebiliyordu.

Höfgen kollarını cüppesinin altında güzel bir tavırla açtı, sanki iki yanından siyah kanatlar çıkmıştı. Kudretli adam omzuna vurdu ve bu, ön sıradakilerin gözünden kaçmayınca hürmetkâr bir mırıltı yükseldi. Fakat –o an sıradışı bir şey yaşanınca– sirklerde en tehlikeli numara öncesi müziğin kesilmesi gibi bunların da sesi kesildi.

Başbakan kalkmıştı: Bütün heybeti ve ışıltılı dolgunluğuyla ayakta dikiliyordu, sonra komedyene elini uzattı. Başarılı performansını mı kutluyordu? Sanki komedyenle anlaşma yapıyordu.

Ön sıralarda gözler ve ağızlar ardına kadar açıldı. Seyirciler yukarıda, locadaki üç kişinin hareketlerini, sıradışı bir oyun, büyüleyici bir pantomimmiş gibi seyrediyordu, pantomimin adı şöyleydi: Oyuncu, iktidarı baştan çıkarıyor. Hendrik'i daha önce hiç bu kadar kıskanmamışlardı. Ne kadar mutlu olmalıydı!

Meraklıların arasında, kudretli adamın etli ve kıllı eline iyice eğilirken Hendrik'in içinde olup bitenleri sezen var mıydı? Onu ürperten sadece saadet ve gurur muydu? Yoksa –kendisini de şaşırtan– başka bir şey daha mı seziyordu? Peki, neydi o? Korku mu? Tiksinti denebilirdi... Hendrik telaşla, 'İşte şimdi kirlendim', diye bir hisse kapıldı. 'Artık elim lekelendi bir kere, bundan bir daha asla kurtulamam... Şimdi kendimi sattım... Mimlendim artık!'

VIII

Gaddarca

Ertesi gün tüm şehir haberdardı: Başbakan, locasında oyuncu Höfgen'i kabul etmiş, yirmi beş dakika boyunca laflamışlardı. Temsil aradan sonra epey gecikmeyle yeniden başlamış, seyirci beklemek zorunda kalmıştı ama zaten zevkle bekliyorlardı. Başbakanın locasında sunulan sahne, "Faust"tan daha sürükleyiciydi.

"Fırtına Kuşları"nda "yoldaş" rolünde sahne alan, adı neredeyse vazgeçilenler hanesine yazılıp milletin ifrazatından, yani göçmenlerden sayılan Hendrik Höfgen, herkesin gözü önünde, son derece şen görünen dev şişkoyla baş başa oturuyordu. Mephistopheles, omzuna defalarca vururken elini hiç bırakmayan kudretli adamla flört ediyor, şakalaşıyordu. Devlet tiyatrosu seyircileri oyundan etkilenmiş, mırıldanıyorlardı. Sansasyonel olay aynı gece kafelerde, salonlarda ve yazı işlerinde tutkulu sohbetlerin ve yorumların konusu oldu. Höfgen'in son aylarda hep şüpheyle –hasetten kuduran bir sırıtış veya üzgün bir omuz silkişiyle– telaffuz edilen ismini şimdi derin bir saygıyla anıyorlardı. Adının üstüne iktidarı kucaklayan koca bir ışıltının gölgesi düşmüştü.

Çünkü generalliğe daha yeni terfi ettirilen pilot subay, otoriter ve totaliter devletin en üst kademesindendi. Üstündeki tek kişi Führer'di – o da zaten ölümlülerden sayılmıyordu. Cennetin efendisi nasıl büyük meleklerle çevriliyse diktatörün etrafında da şövalyeleri vardı. Sağ tarafında yırtıcı kuşlara benzeyen, kötürüm peygamber, methiyeci, suflör ve yılanlarınki gibi çatallı diliyle her dakika başka yalan uyduran ufak tefek propagandacı duruyordu. Sol taraftaki muhteşem şişko ise bacaklarını açmış, cellat satırına yaslanmıştı, majesteleri her gün madalyalar, kuşaklar ve zincirlerle ışıl ışıl parlayan başka bir debdebeli kostüm giyiyordu. Ufaklık tahtın sağında yalanlarını uydururken şişko günbegün –hem kendini hem halkı eğlendirmek için– yeni sürprizler, şenlikler, idamlar veya şaşaalı kostümler yumurtluyordu. Madalyalar, şahane kıyafetler ve şahane başlıklar biriktiriyordu. Para da biriktiriyordu elbette. Halkın, gösteriş merakı hakkındaki cüretkâr esprileri duydukça rahat rahat, homurdanarak gülüyordu. Bazen eşref saatine denk gelmediği oluyor, konuşurken haddini aşan birilerini içeri attırıp kırbaçlatıyordu. Fakat çoğunlukla iyi niyetle sırıtıyordu. Kamu mizahının konusu olmayı popülerlik alameti gibi görüyordu – istediği de zaten buydu. Reklam bölümündeki kurnaz rakibi gibi büyüleyici zevzeklikler etmeyi beceremediği için çok pahalı, som aşırılıklarla popülerlik elde etmesi gerekiyordu. Şöhretinden ve hayatından memnundu. Şişkin bedenini süslüyor, atıyla ava çıkıyor, tıkınıyor, demleniyordu. Müzelerdeki resimleri çaldırıp sarayına astırıyordu. Zengin ve kibar insanlarla içli dışlıydı, prensleri ve nüfuzlu kadınları sofrasında ağırlıyordu. Eskiden yoksulun, düşkünün tekiydi, aradan çok zaman geçmemişti, şimdiyse olanca parasıyla sahip olduğu güzelliklerin tadını çıkarıyordu. İçinden sık sık, 'Hayatım masal gibi değil mi?' diye geçiriyordu. Romantizme meyilliydi. Bu yüzden tiyatroyu seviyor, kulislerin ardındaki havayı şehvetle soluyor, bizzat güzel bir şeyler görmeden önce seyircilerin hayranlık duyduğu kadife locasında oturmaktan zevk alıyordu.

Şu anki haliyle hayatı gözüne rahat görünüyordu ama maceracı ve aşırıya meyilli damak zevkini asıl savaş tekrar başlayınca doyuracaktı. Savaş –şişkoya göre– keyfine vardığı bütün zevklerden çok daha yoğun bir eğlenceydi. Çocuklar bayram gelince nasıl sevinirlerse savaşa öyle seviniyor, savaşı özenli bir kurnazlıkla hazırlamayı en temel vazifesi sayıyordu. Reklam cücesi düzinelerce ecnebi gazetesi satın alarak, rüşvetlere milyonlar harcayarak, beş kıta üzerinde casus ve provokatörler ağı kurarak, havayı küstah tehditlerle veya daha küstah barış teminatlarıyla doldurarak savaş için üzerine düşeni yapabilirdi; şişko ise yalnızca uçaklarla ilgileniyordu. Çünkü Almanya'da her şeyden önce uçak olmalıydı. Sonuçta adice birilerini zehirlemek yalnızca bir hazırlığa bakardı. Bir gün –şişko o günün yakında gelmesini umuyordu– Avrupa şehirlerinin havası artık mecazi olmayan bir anlamda zehirlenecekti: Hayatı asla tiyatrolarda oturmaktan veya üstünü başını değiştirmekten ibaret olmayan pilot general bu işin de icabına bakacaktı.

İşte kolon gibi bacakları üzerinde dikilmiş, muazzam göbeğini öne doğru uzatarak ışık saçıyor. Reklamdan sorumlu adamla beraber üstlerine, Führer'e geldiği kadar ışık geliyor. Önderlerinin gözü adeta hiçbir şey görmüyor, bir körün gözleri gibi boş ve ruhsuz bakıyor. Zihnine mi bakıyor? Yüreğini mi dinliyor? Peki, ne işitiyor orada? Yüreğindeki sesler propaganda bakanının ve onun hâkimiyetindeki gazetelerin onaylamaktan bıkmadığı şeyi mi söylüyor durmadan: Onu tanrının gönderdiğini ve Almanya'yla birlikte tüm dünyanın mutluluğa kavuşması için yalnızca kaderini izlemesinin yeteceğini mi? Sahiden de bunları mı duyuyor? Gerçekten buna mı inanıyor? İnsan, yüzüne –kendini beğenmiş bir vecd ifadesi taşıyan şişkin, küçük burjuva yüzüne– baktığında bunu sahiden duyduğunu, duyduğuna da inandığını sanabilir. Hadi onu hazları veya şüpheleriyle baş başa bırakalım. Yüzünde bizi uzun süre cezbedecek veya kendine bağlayacak bir sır yok. Ruhun haysiyetine de sahip değil: Istırap çekerek asilleşmemiş. Neyse bırakalım onu kendi haline.

Bırakalım bu büyük adamı o karanlık Olimpos'unun orta yerinde. Etrafında itişip kakışanlar da kim? Pek hoş bir tanrılar meclisi! Tanrının terk ettiği bir halkın karşısında çılgınca tapınarak kıvrandığı, bir grup grotesk ve tehlikeli tip! Sevgili önder kollarını kavuşturmuştur, sinsi alnının altındaki kör, dehşet verici ve vurdumduymaz bakışları, ayaklarının dibinde dualar mırıldanan kalabalığın üstünde dolanır. Propaganda mü dürü gaklar, uçak bakanı sırıtır. Keyfini bu derece yerine getiren, onu bu kadar şenlendiren nedir? İdamları mı düşünür, hayalgücünün ilhamıyla yeni, duyulmamış imha metotları mı bulur? Bakın, som kolunu yavaşça kaldırıyor! Kudretli adamın gözü kalabalıktan birine ilişmiş. Bahtsız adam derhal alınıp götürülecek, işkence görüp öldürülecek midir? Aksine: Merhamet bulacaktır, terfi ettirilmesi düşünülmektedir. Kimdir bu? Bir oyuncu mu? Malum, bu büyük adamlar komedyenlere sempati beslerler. Adam, mütevazı ama kesin adımlarla öne çıkar. Hadi itiraf edin: Topluluğa bal gibi de uymaktadır, onların sahte haysiyetinin, isterik coşkusunun, kibirli bilmişliğinin ve ucuz şeytanlığının aynısına sahiptir. Oyuncu, başını kaldırıp mücevher gibi gözlerini parlatır. Sıra şişkoya gelmiştir, neredeyse sevecenlikle kollarını uzatır ona. Oyuncu, iyice yanaşmıştır tanrılar grubuna. Neredeyse ışıltılarına gark olacaktır. Muhteşem bir saraylı süvarisi edasıyla yağlı devin önünde baş eğip diz büker.

Hendrik'in Reichskanzler Meydanı'ndaki evinde telefonların ardı arkası gelmiyordu. Ufak Böck, not defteriyle ahizenin başına geçmiş, arayanların isimlerini kaydediyordu. Tiyatroların ve film şirketlerinin müdürleri, oyuncular, eleştirmenler, terziler, araba firmaları ve imza koleksiyoncularıydı arayanlar. Höfgen telefonlara çıkmıyordu. Yatakta yatıyordu, mutluluktan kendinden geçmişti. Başbakan akşam yemeği için onu hususi, sarayına çağırmış, "Yalnız birkaç arkadaş olacak," demişti. Yalnız birkaç arkadaş! Demek Hendrik artık yakın çevresinden sayılıyordu! İpek yastıkları ile yorganlarının arasında sevinçten yerinde duramıyor, her yerine parfüm sürüyordu, küçük bir vazoyu kırmıştı, terliğinin tekini duvara fırlattı. Sevinçten uçuyordu: "Gerçekten inanılır gibi değil! Artık en büyüklerdenim!! Şişko sayesinde daha da büyüyeceğim!"

Suratını birden telaş kapladı, Böck'ü yanına çağırdı. Kelimeleri yaya yaya, "Böck'çüğüm, dinle bak, Böck'çüğüm!" deyip büyüklenerek baktı. "Ben koca bir hergele miyim?"

Böck deniz mavisi gözleriyle bön bön baktı. "Niye hergele?" diye sordu. "Neden hergele, Herr Höfgen? Başaramadığınız hiçbir şey yok ki."

Hendrik, "Hiç başarısızlığım yok," diye tekrarlayıp ışıl ışıl gözlerle tavana baktı. Keyifle gerindi. "Başarısızlığım yok... Elimdekileri iyiye kullanacağım. Evet, iyilik yapacağım, dediklerime inanıyorsun, değil mi sevgili Böck?"

Sevgili Böck inanıyordu.

Bu, Hendrik Höfgen'in üçüncü terfiiydi. İlki en sağlamı ve en kazançlısı olmuş, çünkü Hendrik Hamburg şehrinde iyi işler yapmıştı, geçirdiği güzel akşamlar için seyircinin ona minnettar olması lazımdı. İkincisinde, yani Berlin'deki "sistem dönemi" yükselişinde, hayli yoğun bir temposu ve telaşlı sağlıksızlığın birçok alameti vardı. Üçüncü yükselişi ise tam bir terfi havasındaydı, nasyonal sosyalist hükümetin bütün eylemleri gibi "birdenbire" oldu. Hendrik Höfgen birkaç zaman öncesine kadar göçmendi, düne kadar insanların ortalıkta beraber görünmek istemediği şüpheli bir şahıstı ama sonra tam manasıyla bir gecede büyük adam oldu, hem de şişko bakanın tek bir işaretiyle.

Devlet tiyatroları müdürü hemen büyük bir teklifte bulundu. Bunu belki kendiliğinden, belki severek yapmamış, yukarıdan gelen emri uygulamıştı; öyle veya böyle bu meşum oyunda en dürüst çehresini takındı, yeni işe aldığı sanatçıya ellerini uzatıp samimiyetle Saksonya aksanıyla konuştu. "Harika, artık tamamen bizdensiniz, sevgili Höfgen. Gelişiminize ne kadar hayran kaldığımı söylemek isterim. Biraz oyunculuğunuz varken ciddi mi ciddi, kıymetli mi kıymetli birine dönüştünüz."

Cäsar von Muck demin bu kadar allaya pullaya anlattığı gelişmeleri neden anlayışla ve güzellikle değerlendirdiğini pekâlâ biliyordu. Kendisi de benzer bir gelişme göstermiş ve hiç şüphesiz "oyuncu", yani siyasi açıdan yakışıksız geçmişini, Hendrik'in günahlarına nazaran çok gerisinde bırakmıştı. Cäsar von Muck, Führer'in arkadaşlığına ve nasyonal sosyalizmin edebiyat yıldızlığına yükselmeden önce pasifist ve devrimci coşkuyla dolu dramların yazarı olarak zaten meşhurdu.

Böyle kusurlu bir düşünceden kahramanca bir dünya görüşüne ve müdür pozisyonuna dişini tırnağına takarak gelen dram yazarı, belki de Hendrik Höfgen'in gelişimine duyduğu özel saygıdan bahsederken, hülyalar içindeki gençlik zamanının edebi günahlarını düşünüyordu. Samimi bir bakışla ekledi:

"Bir de bu akşam sizi propaganda bakanı beyefendiye takdim etme fırsatım olacak. Tiyatroya geleceğini bildirdi de."

Hendrik yarı tanrılarla tanışıyor, anlaşılıyordu; hem bunlarla geçinmek Oskar H. Kroge gibileriyle geçinmek kadar kolay, hatta heybetli "profesör"e göre çok daha rahattı. 'O kadar da kötü değillermiş', diye düşünen Hendrik kendini epey rahatlamış hissetti.

İşçilerin karşısında kendisine "eski doktorunuz" demekten hoşlanan, Üçüncü Reich'ın muazzam reklam aygıtının başında duran, şüpheci ve uyanık Berlin şehrini enerjisiyle, hitabetiyle ve silahlı çeteleriyle, kısacası nasyonal sosyalizmle fetheden, bu kısa boylu, atılgan adamdı demek. Partinin her şeyi -ne zaman meşale alayı yapılacak, ne zaman Yahudilere, Katoliklere sövülecek, akıl eden kurnaz beyin- buydu demek. Müdür Saksonya aksanıyla konuşurken bakan Ren ağzıyla konuşuyor, bu da Hendrik'e memleketini hatırlatıyordu. Üstelik ağzı fazla gevezelikten adeta saçaklanmış bu esnek ufaklık, ilginç ve modern fikirlerle doluydu: "Devrimin dinamiği"nden, "ırkın mistik yaşam kanunu"ndan, sonra da hiçbir şey olmamış gibi, Höfgen'in konuşma yapacağı basın balosundan bahsediyordu.

Bu temsilî organizasyon Hendrik'in yarı tanrıların yanında kendini alenen göstereceği ilk organizasyondu. Başbakan yine gecikeceğinden, Fräulein Lindenthal'e salona kadar eşlik etmek gibi saygın bir görevi vardı. Lotte'nin üstünde mor ve gümüşi iplerden dokuma, harika bir kıyafet vardı; Hendrik ise zariflik ve vakardan neredeyse kırılacaktı. Gece boyunca yalnız pilot generalle değil, propaganda bakanıyla konuşurken de fotoğrafını çektiler: Propaganda bakanı bunu kendi işaret etmişti. Yüzünde, birkaç ay sonra feda edilenlere de sunduğu meşhur, karşı konulmaz sırıtışı vardı. Bu sırıtış, gözlerinin kötücül parıltısını, şüphesiz, tamamen bastıramıyordu. Zira rakibi olan başbakanın yaratığı Höfgen'den nefret ediyordu. Bununla birlikte propagandanın başı, hislerine teslim olup duygularıyla hareket edecek adam değildi. Bunun yerine soğukkanlılığını ve şunları düşünecek kadar çıkarcılığını korudu: Bu oyuncu, Üçüncü Reich'ın kültürel şahsiyetlerinden biri olacaksa, onu keşfetme şöhretini yalnız şu şişkoya bırakmak taktik hatası olurdu. Dişini sıkmalı, onunla birlikte kameranın karşısına geçmeliydi.

Her şey ne kolay hallolmuştu! Kısmete bakın ki Hendrik kendini çok şanslı hissediyordu. 'Bütün bu lütuflar', diye düşünüyordu, 'avucuma düşüverdi. Bütün bu şaşaayı geri mi çevirseydim? Kim olsa yapmazdı – yapacağını iddia edene üçkâğıtçı ve ikiyüzlü derim. Paris'te göçmen olarak yaşamak bana uymazdı – bana uymazdı, o kadar!' Yeniden içinde bulunduğu tüm bu curcunaya bakınca, üstünkörü ama büyük bir tiksinmeyle, Paris'in meydan ve bulvarlarında yaptığı ıssız gezilerindeki yalnızlığını düşündü. Tanrıya şükürler olsun – şimdi etrafında yine insanlar vardı!

Hararetle konuşup duran, şu mavi gözlü, kibar kır saçlının adı neydi? Evet: Müller-Andreä, "Interessantes Journal"in meşhur gevezesiydi bu. Acaba "Haberiniz var mı?" başlıklı bilgilendirici makale dizisiyle hâlâ o kadar para kazanıyor muydu? Yok canım, "Interessantes Journal" battı. Herr Müller-Andreä ise yaşıyor, hatta en tepelerdedir, çevik insan, şen adamdır o. Daha 1931 yılında "Öndere Sadık Kişiler" diye –o zamanlar elbette müstear isimle– bir kitap yayınlamıştı. Fakat sonra eseri üstlenip en üst makamların dikkatini çekti. Herr Müller-Andreä'nin tuzu kurudur, "Interessantes Journal" için yas tutmaz, propaganda bakanlığı daha çok para vermektedir, keyifli ihtiyar adam da şu an propaganda bakanlığında çalışmaktadır. Oyuncu Höfgen'in elini içtenlikle sıkar, işte tekrar görüşmüşlerdir, elbette, zaman değişir ama ikisi talihlidir – Herr Müller-Andreä zaten daima oyuncu Höfgen'in hayranı olmuştur.

Şurada not defterini bayrak gibi sallayan kısa boylu adam, işte o da Pierre Larue'ydi – yanında artık "genç komünist arkadaşları" filan yoktu, daha ziyade baştan çıkarıcı, bir o kadar da ürküten SS üniformaları giymiş şık ve sıkı oğlanlar vardı. Mösyö Larue kıdemli Nazi görevlilerinin parti ve resepsiyonlarını, Yahudi bankerlerin organizasyonlarından daha eğlenceli buluyordu. Gözlerinin içi gülüyordu, onca ilginç kişiyle tanışabilecekti: Gizli Devlet Polisi bünyesinde büyük makamları işgal eden çok zarif katilleri, daha geçenlerde tımarhaneden çıkarılan, şimdiyse kültür bakanı olan bir başöğretmeni, hukuku liberal bir peşin hüküm sayan hukukçuları, tıbbı Yahudi dalaveresi sayan tıpçıları, "ırkı" tek objektif hakikat sayan filozofları "Esplanade"ye akşam yemeğine çağırıyordu. Evet, Naziler konukseverliğini ve şefkatli varlığını takdir ediyorlardı. Elçiliklerde bile onlar için bazı entrikalar çevirmiyor değildi, karşılığında Berlin Spor Sarayı'nda konuşmasına izin verildi: Benzi atmış kemik torbası, podyuma çıkıp "gerçek Fransa'nın Üçüncü Reich'a" gösterdiği anlayıştan falan bahsetmeye başladığında insanlar önce güldüler ama sonra ciddileştiler, çünkü "eski doktorları," propaganda bakanı bizzat, öfkeye kapılarak sessizlik ihtar etmişti, sonra da Pierre Larue iki büyük millet olan Almanya ile Fransa arasındaki ebedi barışın garantörü diye nitelediği, yeni Almanya'nın kazazede pezevengi ve kahraman şehidi Horst Wessel'e bir tür aşk şiiri okudu.

Mösyö Larue oyuncu Höfgen'in neredeyse boğazına atlayacaktı, onu tekrar gördüğüne çok sevinmişti. "Oh, oh, mon très cher ami! Enchanté, charmé de vous revoir!" El sıkışmalar, en içten kahkahalar. "Bu Almanya'da yaşamak harika değil mi? Yeni gözdem yakışıklı SS üniformasıyla, şu pis komünist gençlerin hiç olamayacağı kadar hoş görünmüyor mu? Bonsoir, mon cher, je suis tout à fait ravi, ulu önder çok yaşasın, hemen bu akşam Berlin'deki insanların ne kadar şen ve pasifist olduğunu Paris'e haber edeceğim; kimse fenalık düşünmüyor, Fräulein Lindenthal ne kadar cazibeli görünüyor, Doktor Ihrig de geliyor işte, şerefe!"

Yeniden el sıkıştılar, çünkü Doktor Ihrig yanlarına gelmişti. Onun da keyfi hayli yerinde gibiydi, bunun için yeterince sebebi de vardı: Başta ne kadar gergin olsa da milliyetçi rejimle ilişkileri günden güne düzeliyordu. Merhaba, Ihrig, n'aber, ihtiyar! Höfgen ile Ihrig, iki babacan adam gibi gülüştüler. Halk arasına artık çekinmeden çıkabiliyorlardı, birbirlerinin şerefini tehlikeye atmıyorlar, artık birbirlerinden de utanmıyorlardı; her tür alçaklığı yüce ve çürütülemez şekilde mazur gösteren başarı, ikisine de bütün utançları unutturmuştu.

Mösyö Larue, Herr Ihrig, Müller-Andreä, bir de Höfgen olmak üzere dördü sevinçle ve gülümseyerek eğildi, çünkü başbakan, Lotte Lindenthal ile salına salına vals yaparak yanlarından geçmiş, onları başıyla selamlamıştı.

Hendrik ile Lotte Lindenthal arasındaki ilişkiler insani bir sıcaklık kazandı. "Kalp" komedisiyle ikisi de büyük başarı yakalamıştı. Lotte'nin Berlin basınıyla ilgili endişelerinin yersiz olduğu ortaya çıkmıştı. Aksine bütün eleştiriler "kadınsı edası," sert sadeliği ve oyunundaki gerçek Alman samimiyeti hakkında övgülerle doluydu. Kimse neden serçe parmağını sürekli komik komik ileri uzattığına dair müşkül soruyu sormamıştı. Dr. Ihrig ise uzun tanıtım yazısında, Lotte Lindenthal "yeni Almanya'nın gerçek tiyatro oyuncusu"dur, görüşüne yer vermişti. İyi niyetli, başak sarısı kadın, "Bakın, Hendrik, bunu tamamıyla size borçluyum," dedi. "O kadar enerjik ve dostça çalışmış olmasanız bu güzel başarı bana nasip olmazdı." Hendrik, bu güzel başarıyı kendisinden çok, şişko pilot generale borçlu olduğunu düşündü ama dile getirmedi.

"Kalp" komedisini Lotte'yle birlikte birçok büyük taşra şehrinde, Hamburg, Köln, Frankfurt ve Münih'te oynadı; bütün ülkede "yeni Almanya'nın gerçek tiyatro oyuncusu"nun partneri olarak sahneye çıkıyordu. Uzun tren yolculukları sırasındaki sohbetlerde yüce kadın, manevi yaşamını oldukça derinlemesine açıyordu. Yalnız mutluluğundan değil, dertlerinden de bahsediyordu. Şişkosu sık sık hiddetleniyordu. "Bazen nelere katlanıyorum, bir bilseniz," dedi ama aslında iyi bir insandır, diye temin ediyordu. "Düşmanları, hakkında ne derse desin – aslında iyilik timsalidir! Çok da romantiktir!" Başbakanının ara sıra gece yarısı, üstünde ayı postu, belinde kılıç, merhum karısının portresi önünde küçük bir ayin yaptığını anlatırken gözleri yaşarmıştı. Lindenthal, "Karısı İsveçliydi," dedi, sanki bu her şeyi açıklıyordu. "Kuzeyli bir kadın, Münih'teki darbede yaralandığı sıralar Männe'yi arabasına alıp bütün İtalya'yı gezmiş. Elbette bağlılığını anlayabilirim – zaten son derece romantik biri. Ama sonuçta şimdi ben varım," diye, biraz dargın, ekledi.

Oyuncu Höfgen, tanrıların özel hayatına katılabiliyordu. Akşamları, temsilden sonra, Tiergarten'daki güzel yuvasında Lotte'nin yanında oturup onunla satranç veya kart oynarken bazen başbakan haber vermeden, gürültü patırtıyla odaya giriyordu. Çok iyi yürekli biri gibi durmuyor muydu? Ardında ne pis işler bıraktığı ve ertesi gün için neler planladığı, bakınca anlaşılıyor muydu hiç? Lotte'yle şakalaşıyor, bir kadeh kırmızı şarap içiyor, kocaman bacaklarını öne uzatıyor, Höfgen'le ciddi şeyler hakkında, en çok da Mephistopheles hakkında konuşuyordu.

General, "Bu herifi gerçekten anlamamı sağladınız," dedi. "Fevkalade bir oğlan! Bir yanıyla hepimize benzemiyor mu? Kastettiğim, her gerçek Alman'da bir parça Mephistopheles, bir parça soytarılık ve fenalık yok mu? Faust ruhundan başka bir şeyimiz olmasa, vaziyet nereye varırdı? Birçok düşmanımızın işine gelirdi! Yok yok – şu Mephisto Almanya'nın milli kahramanlarından. Fakat bunu ulu orta söyleyemeyiz," diye lafını bitirirken keyifle homurdandı.

Hendrik, Lindenthal'in evindeki kıymetli akşam saatlerini, güzel sanatların ve bombardıman uçaklarının dostu olan hamisine aklındaki her şeyi yaptırmak için kullanıyordu. Mesela devlet tiyatrosu sahnesinde Prusya'nın Büyük Frederik'i rolüyle çıkmayı kafaya koymuştu, buna epey hevesliydi. Şişkoya, gücenerek, "Sürekli züppeleri ve suçluları oynamak istemiyorum," diye açıkladı. "Hep bunları oynarsam seyirci beni bu tiplerle özdeşleştirmeye başlayacaktır. Artık bir defa da büyük bir vatansever rolüne ihtiyacım var. Dostumuz Muck'un kabul ettiği şu ihtiyar Frederik hakkındaki kötü piyes pek işime gelir. Tam bana göre!" General, Höfgen şu meşhur Hohenzoller'e hiç benzemiyor diye itiraz etti, ama Hendrik vatanseverlik kaprisinde diretti, üstelik Lotte Lindenthal de destekledi. "Makyajını ben yapabilirim!" diye bağırdı. "Biliyorsun ihtiyar Frederik'ten çok daha zor makyajlar yaptım!" Şişkonun, gözdesinin makyaj becerilerine güveni tamdı. Höfgen'in ihtiyar Frederik'i oynamasını emretti. Başka birini ayarlamış olan Cäsar von Muck önce dudaklarını ısırdı, sonra Hendrik'in iki elini sıkıp samimiyetle Saksonya aksanıyla konuşmaya başladı. Hendrik, Prusya kralı işini aldı, yapma burun takıyor, bastonla yürüyor ve gaklayan bir sesle konuşuyordu. Doktor Ihrig onun gitgide yeni Reich'ı temsil eden oyuncuya dönüştüğünü yazıyordu. Pierre Larue faşist bir dergiye, Berlin tiyatrosunun, on dört yıllık rezalet barış politikası boyunca asla sahip olmadığı bir mükemmelliğe eriştiğini söylüyordu.

Hendrik kudretli hamisine bu tür zararsız şeylerden başka daha neler yaptırmıyordu ki. Çok keyifli bir akşam –Lotte punç yapmış, şişko da savaş hatıralarını anlatmıştı– Höfgen, kartlarını açık oynayıp kötü geçmişinden bahsetmeye karar verdi. Büyük bir günah çıkarmaydı, kudretli adam bu davranışı merhametle karşıladı. Hendrik, için için yanan gözlerle, "Ben sanatçıyım!" diye bağırıp asabi bir kasırga gibi esip gürledi. "Her sanatçı gibi ben de bazı budalalıklar yaptım." Durdu, başını geriye eğdi, kollarını biraz açıp coşkuyla açıkladı: "Beni yok edebilirsiniz, sayın başbakan. Şimdi her şeyi itiraf ediyorum."

Fesatçı Bolşevik akımlarının kendisine de değdiğini, "solcularla" flört ettiğini itiraf etti. Istıraplı bir gururla, "Sanatçı kaprisiydi!" diye açıkladı. "Veya aklınızdan geçen buysa şayet, sanatçı budalalığıydı!"

Şişko elbette tüm bunları, hatta fazlasını, kaç zamandır biliyordu ve hiç sinirlenmemişti. Ülkede demirden bir disiplin hâkim olmalı, mümkün olduğunca çok kişi idam edilmeliydi. Fakat yakın çevresine gelince, büyük adam liberalleşiyordu. Yalnızca "Boş ver," dedi. "Gün olur herkes bir saçmalık yapar. Kötü, karışık zamanlardı."

Fakat Hendrik işini bitirmişti sanmayın. Şimdi de generale, başka meziyetli sanatçıların da kendisininkine benzer budalalıklar yaptığını açıklamaya geçmişti. "Fakat benim bağışlanan günahlarımın cezasını çekiyorlar hâlâ. İşte, sayın başbakan, bu içimi yakıyor. Belli biri için şefaat diliyorum. Bir arkadaş için. Düzeldiğini taahhüt edebilirim. Sayın başbakan, şefaatini istediğim kişi Otto Ulrichs'tir. Öldüğü söyleniyordu. Ama sağ. Ve özgür yaşamayı hak ediyor." Bunu söylerken, dayanılmaz güzellikteki bir el hareketiyle, sivri ve gotik biçimliymiş gibi duran ellerini uzatıp, neredeyse burun hizasına kadar kaldırdı.

Lotte Lindenthal irkilmişti. Başbakan homurdandı: "Otto Ulrichs... kimmiş bu adam?" Sonra komünist "Fırtına Kuşları" kabaresinin müdürü olduğu aklına geldi. Canı sıkkın, "Ama çok fena bir adam o," dedi.

Yok, fena falan değildi! Hendrik kendisine inanması için yeminler ediyordu. Biraz fevri ve biraz düşüncesizdi dostu Otto. Ama fena bir adam değildi. Üstelik değişmişti de. Ulrichs'le aylardır hiç irtibatı olmayan Hendrik, "Yepyeni biri oldu," diye iddia etti.

Lotte Lindenthal bu müşkül meselede bile Hendrik'ten yardımını esirgemeyince, inanılmaz isteğini şişkoya kabul ettirmek sonunda mümkün oldu: Ulrichs salıverildi, hatta devlet tiyatrosunda küçük bir iş teklifi bile aldı – Hendrik ile Lotte bu en uç ve en imkânsız şeyi bile güçlerini birleştirerek başarmıştı. Ulrichs ise şöyle dedi: "Bu işe yanaşayım mı, bilmiyorum. Bu canilerin merhametini kabul edip pişman günahkârı oynamaktan tiksiniyorum – tiksiniyorum işte."

Hendrik eski dostuna devrimci taktik hakkında nutuk mu vermeliydi? "Fakat Otto," diye bağırdı, "aklın kesmiyor galiba! Bugün hile ve taklit olmadan nasıl yaşamayı düşünüyorsun? Beni örnek al!"

Ulrichs iyi niyetli ve kederli, "Biliyorum," dedi. "Sen daha zekisin. Ama böyle işler çok zoruma gidiyor..."

Hendrik heyecanla karşılık verdi: "Kendini zorlayacaksın. Ben de zorladım." Rüzgâra göre yelken açmanın nefsine ne kadar ağır geldiğini anlattı ama maalesef yine de yapıyordu bunu. "Fakat aslanın inine sokulmamız lazım," diye açıkladı. "Dışarıda kalırsak ancak söver, bir şey elde edemeyiz. Ben tam ortalarındayım. Elde ettiğim şeyler var." Bu, Hendrik'in Ulrichs'in salıverilmesini kabul ettirdiğine dair bir imaydı. "Devlet tiyatrosunda yerin oldu mu eski bağlantılarını tekrar sağlayıp siyasi işlerini karanlık bir deliktekine göre daha başka halledebilirsin." Bu gerekçe Ulrichs'in aklına yattı. Başını salladı. Hendrik, "Hem," deyip dikkatini çekti, "işin olmazsa nasıl geçineceksin? 'Fırtına Kuşları'nı yeniden açmaya mı niyetlisin?" diye alayla sordu. "Yoksa açlıktan ölmek mi istersin?"

Höfgen'in Reichskanzler Meydanı'ndaki dairesindeydiler. Hendrik henüz birkaç gündür dışarıda olan dostuna, aynı semtte küçük bir oda kiralamıştı. "Yanımda oturmana izin vermek temkinsiz bir davranış olurdu," dedi. "İkimize de zarar verebilir." Ulrichs her şeye razıydı. "Sen en doğrusunu bilirsin."

Bakışları üzgün ve dalgındı, yüzü iyice çökmüştü. Ayrıca sık sık ağrılardan şikâyet ediyordu. "Böbreklerim. Çok beter davrandılar bana." Fakat Hendrik biraz hırslı bir merakla ayrıntıları öğrenmek isteyince Otto eliyle reddedip sustu. Toplama kampında başına gelenlerden bahsetmekten hoşlanmıyordu. Bir detayı anacak olsa hemen utanıp söylediğine pişman olmuş görünüyordu. Hendrik'le Grunewald'de gezmeye çıkınca bir ağacı işaret edip şöyle dedi: "Bir defasında böyle bir ağaca tırmanmak zorunda kaldım. Üstüne çıkmak hayli zordu. Tepesinde otururken beni taşladılar. Taşlardan biri alnıma isabet etti – yarası duruyor. Ağacın tepesinden yüz defa, pis komünist domuzun tekiyim, diye bağırmamı istediler. Nihayet aşağı inebildiğimde ellerinde kırbaçlar, beni bekliyorlardı..."

Otto Ulrichs –belki yorgunluk ve kayıtsızlıktan, belki Hendrik'in gerekçeleriyle ikna olduğundan– devlet tiyatrosundaki işi kabul etti. Höfgen çok memnundu. 'Bir insanı kurtardım', diye düşünüyordu gururla. 'İyilik yaptım.' Bu gibi düşüncelerle, hakkında ne söylenirse söylensin hâlâ tamamen ölmemiş olan vicdanını rahatlatıyordu. Ayrıca onu tek uğraştıran vicdanı değildi, başka bir his daha vardı: Korku. Bu kadar hamaratça iştirak ettiği bütün bu işler hep devam edecek miydi? Günün birinde büyük bir değişim ve büyük bir intikam gelemez miydi? Böylesi durumlar için işi garantiye almak uygun, hatta gerekliydi. Ulrichs'e yaptığı iyilik çok kıymetli bir sigortaydı. Hendrik yaptığı işe seviniyordu.

İşler tıkırındaydı, Hendrik'in memnun olmak için sebebi vardı. Ama maalesef bir şey başına dert oluyordu. Juliette'sinden nasıl kurtulacağını bilmiyordu.

Aslında ondan kurtulmayı hiç istemiyordu, ona kalsa Juliette'yi ebediyen bir yere yollamazdı, çünkü hâlâ seviyordu. Belki onu hiç şimdiki kadar özlememişti. Hiçbir kadının yerini alamayacağını anlıyordu. Fakat onu ziyarete gitmeye artık cesaret edemiyordu. Risk çok büyüktü. Herr von Muck ile propaganda bakanının peşine casus takmış olabileceğini hesaba katmalıydı – müdür çoğu zaman onunla, samimiyetle Saksonya aksanıyla konuşsa, bakan da fotoğraf çektirse bile böyle şeyler pekâlâ mümkündü. Zenci bir kadınla ilişkisi olduğunu, üstelik ona kendini kırbaçlattığını öğrenirlerse işi bitik demekti. Siyahi bir kadın, neredeyse Yahudi bir kadın kadar berbattı. Şu sıralar herkesin "ırk ayıbı" sayıp soysuzluk dediği şeyin daniskasıydı. Alman erkeği, sarışın kadınlarla çocuk yapacaktı, çünkü Führer'in askere ihtiyacı vardı. Prenses Tebab diye birinden, aslında karanlık şehvet oyunlarından başka bir şey olmayan dans dersleri alamazdı asla. Kendine dikkat eden bir yurttaş böyle işlere karışmazdı. Hendrik'in de artık bu lüksü kalmamıştı.

Bir müddet, Juliette kendisinin Berlin'de olduğunu anlamaz, diye aptalca bir ümit besledi. Ama elbette Juliette bunu daha ilk gününde öğrenmişti. Hendrik'in ziyaretini sabırla bekliyordu. O sessiz kalınca Juliette atağa geçti. Telefonla aradı. Hendrik, Böck'e evde olmadığını söyletti. Juliette kudurdu, tekrar aradı ve geleceğim, diye tehdit etti. Tanrı aşkına, Hendrik ne yapacaktı? Mektup yazmak pek akla yatkın durmuyordu, mektubu şantaj için kullanabilirdi. Sonunda onu, eleştirmen Ihrig'le gizlice buluştuğu sapa kafeye çağırmaya karar verdi.

Juliette kararlaştırdıkları vakit lokale geldiğinde yeşil çizmeler ve kısa ceket değil, çok sade, gri bir elbise giymişti. Gözleri kızarıp şişmişti. Ağlamıştı. Kongo kralının kızı Prenses Tebab, vefasız beyaz dostu uğrunda gözyaşı dökmüştü. İki küçük çıkıntılı bombeli alnında tehditkâr bir ciddiyet vardı. Öfkeden ağlamış, diye düşündü Hendrik, çünkü Juliette'nin öfke, hırs, tutku veya şehvetten başka hisler bildiğini pek sanmıyordu.

Kara kız, "Beni başından savıyorsun demek," deyip gözkapaklarını oynak ve kurnaz gözlerinin üstüne örttü.

Hendrik durumu temkinli ama ikna edici şekilde açıklamaya çalışıyordu. Geleceğinden babacan bir tavırla endişeli görünüyor, yumuşak bir sesle, elinden geldiğince çabuk Paris'e gitmesini salık veriyordu. Orada dansçı olarak iş bulabilirdi. Ayrıca her ay biraz para yollayacağına da söz verdi. Baştan çıkarıcı bir gülümsemeyle önüne, masanın üstüne büyük bir banknot koydu.

Fakat Prenses Tebab inatla, "Ben Paris'e gitmek istemiyorum," dedi. "Babam Alman'dı benim. Kendimi tamamen Alman gibi hissediyorum. Benim saçlarım da sarı – gerçekten, boya değil. Hem, tek kelime Fransızca bilmiyorum. Paris'te ne yapayım?"

Hendrik vatanseverliğine gülünce Juliette öfkelendi. Vahşi gözlerini açıp devirdi. "Gülmek neymiş, göreceksin," diye bağırdı. Pütürlü kara ellerini kaldırdı, Hendrik'e uzattı, sanki ona açık renkli ayalarını göstermek istiyordu. Hendrik'in gözleri dehşetle garsonu aradı, çünkü Juliette yüksek, yakınan, neredeyse ağlamaklı bir sesle sitem ve şikâyetlerde bulunuyordu. Istıraplı öfkesi içinde, "Hiç ciddiye aldığın bir şey olmadı," diye öne sürdü. "Hiçbir şeyi, hiçbir şeyi, şu dünyadaki hiçbir şeyi; o pis kariyerin hariç! Beni ciddiye almadın, bana yutturup durduğun siyasi görüşlerini de! Gerçekten komünistlerden taraf olsaydın, bütün komünistleri öldürten insanlarla şimdi bu kadar iyi geçinebilir miydin?"

Hendrik masanın örtüsü gibi bembeyaz kesildi. Ayağa kalktı. "Yeter!" dedi yavaşça. Juliette ise Hendrik'in şansına kimsenin olmadığı lokalde yankılanan, alaycı bir kahkaha attı. "Yeter!" diye Hendrik'i taklit ederken dişlerini gösteriyordu. "Yetermiş – tabii, sana böylesi yaraşır: Yeter! Canım hiç istemese de yıllarca vahşi kadını oynamak zorunda kaldım, şimdi kalkmış erkeklik taslıyorsun! Yeter, yeter tabii, bana artık ihtiyacın kalmadı – belki de memleketin hiçbir yeri dayaktan geçilmediği içindir? Ben olmadan da işini görürsün artık?! Ah, ne hergelesin sen! Ne alçak bir hergele!" Elleriyle yüzünü kapamıştı, hıçkırmaktan vücudu sarsılıyordu. Yaşlı parmaklarının arasından güçlükle, "Karının, şu Barbara'nın sana tahammül edememesini anlayabiliyorum," dedi. "Onu gördüm. Senin için çok fazlaymış..."

Hendrik kapıya varmıştı. Banknot masada, Juliette'nin önünde kalmıştı.

Yok, Prenses Tebab öyle kolay kolay baştan savılamazdı, gönüllü olarak ayrılmazdı. Bu defa pes ederse –çok iyi anlıyordu bunu– o zaman Hendrik'ini, beyaz kölesi, efendisi Heinz'ı hepten kaybederdi – başka kimsesi de yoktu. Şu Barbara denen burjuva kızla evlendiği vakitler Juliette güvenilirliğini ve korkusuzluğunu kaybetmemişti: Hendrik'in, yanına, Siyah Venüs'üne döneceğini biliyordu. Ama şimdi durum farklıydı. Artık kariyeri söz konusuydu. Hendrik onu Paris'e yolluyordu. Halbuki adı Martens'ti onun, babası Kongo'da sıtmaya yakalanmasa bugün çok saygın bir nasyonal sosyalist olurdu...

Juliette geri çekilmek istemiyordu. Ama Hendrik daha güçlüydü. İktidarla bağı vardı.

Kızcağız onu bir müddet daha mektup ve telefonla rahatsız edip başına ekşidi. Sonra tiyatronun önünde pusu kurdu. Hendrik temsilden sonra binadan çıktığında –kısmet bu ya, yalnızdı– yeşil çizmeleri, kısa eteği, kalkık göğsü ve müthiş parıldayan dişlerle karşısına çıkmıştı. Hendrik bir hayaleti kovuyormuş gibi panik içinde kollarını salladı. Hoplaya zıplaya Mercedes'ine ulaştı. Juliette peşinden tiz bir kahkaha koyuverdi. Hendrik arabada otururken, "Yine geleceğim!" diye bağırdı. Korkunç bir neşeyle, "Bundan böyle her akşam geleceğim," diye müjdeledi. Belki Hendrik'in ihanetinden duyduğu acı ve hüsrandan çıldırmıştı. Belki de sadece sarhoştu. Hendrik Höfgen'le bağının alameti olan kırmızı kırbaç yanındaydı.

Bu kadar korkunç bir olay asla tekrar edemezdi. Hendrik'in başka çaresi kalmamıştı: Bu utanç verici meseleyi şişko hamisi başbakana açılmalıydı. Yardım edebilecek tek kişi oydu. Şüphesiz riskli bir oyundu bu, kudretli adamın sabrı taşabilir, Hendrik'e lütufta bulunmayı bırakabilirdi. Sıradışı bir şey olmalıydı, yoksa uluorta bir skandal kaçınılmazdı.

Höfgen huzura kabul edilmek istedi ve yine kapsamlı bir itirafta bulundu. General, gözdesini böyle tehlikeli sıkıntılara sokan erotik taşkınlıklara şaşırtıcı büyüklükte ve neredeyse eğlenircesine anlayış gösterdi.

İyiliği Hendrik'i bu sefer gerçekten duygulandıran şişko, "Hiçbirimiz günahsız birer melek değiliz sonuçta," dedi. "Zenci kadının biri devlet tiyatrosu önünde kamçısını savuruyormuş!" Başbakan içtenlikle güldü. "İyi hikâyeymiş hani! Peki, ne yapacağız? Kızın ortadan kaybolması lazım, orası kesin..."

Prenses Tebab'ın öldürülmesini pek istemeyen Hendrik usulca rica etti: "Ama canı yanmasın!" Bunun üzerine devlet adamı muzipleşti. Parmağını sallayarak, "Sizi gidi," dedi. "Bu güzel kadına hâlâ biraz bağlısınız galiba! Bırakın, ben halledeyim!" diye babacan bir tavırla sakinleştirdi onu.

Daha aynı gün talihsiz prensesin yanında, tutuklu olduğunu bildiren gösterişsiz ama insafsız gözüken iki adam bitti. Prenses Tebab cıyakladı: "Nedenmiş?" Fakat iki adam aynı anda, direnmesine tahammül göstermeyen yavaş ve sert bir sesle, "Bizi takip edin!" dedi. O sıra hıçkırıklar içinde yalnızca, "Ben kötü bir şey yapmadım..." diyebildi.

Evin önünde bir araba duruyordu, adamlar ürpertici bir nezaketle Juliette'yi arabaya binmeye davet ettiler. Oldukça uzun süren yolculuk esnasında Juliette hıçkırarak ağlıyor, konuşup duruyordu; sorular soruyor, nereye kaçırıldığını öğrenmek istiyordu. Cevap gelmeyince bağırmaya başladı. Refakatindeki adamlardan birinin, kolunu dehşet verici sertlikte sıkmasıyla sesi kesildi. Anlıyordu, konuşmak, yakınmak boştu, bağırmak da hayatını tehlikeye atabilirdi. Yoksa işi zaten bitmiş miydi? Hendrik ona karşı iktidarı çağırmıştı. Hendrik, korunmasız bir kızı ortadan kaldırmak için acımasız iktidardan yararlanıyordu... Dehşetten büyüyen ve kör oluyormuş görünen gözlerini önüne dikmişti.

Ardından uzun suskunluk günleri geldi – on gün müydü yoksa on dört mü yahut sadece altı mı? Onu loş bir hücreye yerleştirmişlerdi; hücresi hangi binadaydı, bilmiyordu. Kimse nerde olduğu, neden ve ne kadar kalacağı hakkında bilgi vermiyordu. O da sormayı bırakmıştı. Mavi önlüklü bir kadın günde üç defa yere yiyecek bir şeyler koyuyordu. Juliette bazen ağlıyordu. Ama çoğunlukla kıpırdamadan oturup gözlerini duvara dikiyordu. Kapının açılıp onu son yürüyüşüne, anlaşılmaz, acı ama kurtarıcı bir ölümüne götürecek birinin gelmesini bekliyordu.

Bir gece rüya görmediği mışıl mışıl uykusundan kaldırıldığında hemen ve neredeyse rahatlayarak şunu hissetti: Artık vakit geldi. Fakat karşısında duran, onu öldürmekle görevli bir üniformalı değil, Hendrik'ti. Yüzü çok solgundu, şakaklarında o gergin ıstırap çizgisi vardı. Juliette ona hayaletmiş gibi baktı.

Hendrik yavaşça, "Beni gördüğüne sevindin mi?" diye sordu.

Prenses Tebab cevap vermedi. Ona bakıyordu.

Hendrik kederle, "Susuyorsun," diye belirtti. Mızmızca şakıyan bir sesle ekledi –konuşurken ona büyüleyici mücevher bakışlarını bağışlıyordu–: "Ben, sevgilim, şu an çok mutluyum. Özgürsün," deyip koluyla güzel bir hareket yaptı.

Prenses Tebab kıpırdamadan durup hâlâ yalnızca bakmakla yetinirken Hendrik, derhal Paris'e doğru yola çıkabileceğini açıkladı... Her şey ayarlanmıştı: Juliette'nin pasaportunda Fransız vizesi vardı, bavulları istasyonda bekliyordu, Paris'te belli bir adresten her ayın başında belli bir meblağ alabilecekti. "Bu büyük lütuf tek bir şarta bağlı," dedi özgürlük getiren Hendrik, bunu söylerken tatlı gözleri aniden katılaşmıştı. "Susacaksın! Çeneni tutamazsan," dedi, sesinin tonu değişmiş, hayli kabalaşmıştı, "işin bitmiş demektir. Paris'te bile kaderinden kaçamazsın. Susacağına söz verir misin, sevgilim?" Sesi burada yalvaran bir hal almıştı, kurbanına doğru şefkatle eğildi. Juliette karşı koymadı. Loş hücredeki uzun günlerinde inadı kırılmıştı. Sessizce başını salladı. Hendrik, "Akıllanmışsın," dedi ve rahatlayarak gülümsedi. Bu sırada düşündüğü şuydu: 'Kullandığım sert metot onu yola getirmiş. Korkacak bir şeyim kalmadı. Fakat onu kaybedecek olmam ne yazık, çok yazık...'

Prenses Tebab yola çıkmıştı: Hendrik rahat bir nefes aldı, bahtındaki karartı dağılmıştı. Artık uykudan uyandıran korkunç telefonlarla rahatsız edilmiyordu.

Fakat tek hissettiği rahatlama mıydı?

Juliette hayatından çıkıp gitmişti. Barbara hayatından çıkıp gitmişti. İkisine de onları daima seveceğine yemin etmişti. Barbara'ya, iyi kalpli meleğim, dememiş miydi? "Senin için çok fazlaymış." Prenses Tebab'ın sözleriydi bunlar. Hendrik, 'O kaba zenci kız benim ve karmaşık ruh halim hakkında ne bilebilir ki?' diye düşünmeye çalışıyordu. Ama gönlünde her zaman bu kadar ucuz bahanelere yer yoktu. Bazen utanıyordu: Belki kendinden, belki loş hücredeki bakışlarını acılı, sitemkâr ve tehditkârca üzerine doğrultan Juliette'den. Onu kaybettiğinden, başından savıp ona ihanet ettiğinden beri Siyah Venüs'ü hakkında düşüncelere daldığı anlar oluyordu. Enerjisini tazeleyip yenileyen vicdansız, ruhsuz bir güç olarak kadının sefasını sürmüştü. Onu, hayalini kurduğu bir tanrıçaya çevirmişti: "Viens-tu du ciel profond ou sors-tu de l'abîme, o beaté?" Bencilce kendinden geçerek bağırmıştı: "Tu marches sur des morts, dont tu te moques..." Ama belki de şeytan değildi o. Sonuçta gaddarca davranmak tarzı değildi. Artık, bir başına ve acı acı ağlayarak yabancı bir şehre gitmişti – neden ki? Gaddarca davranacağı başka birini bulduğu için mi..?

"Gaddarın tekidir": Genç Hans Miklas meşhur meslektaşı, devlet oyuncusu Hendrik Höfgen hakkında işte böyle saygısızca ifadelerde bulunuyordu. Dik başlı oğlan, ezeli düşmanının, başbakan ile büyük Lindenthal'in hususi himayesinde bulunduğunu dikkate almıyordu. Miklas tedbiri elden bırakıp kendini kaybediyordu: Yalnız meslektaşı Höfgen'e değil, onun üstünde bulunanlara da sövüyordu. Küstah ve düşüncesiz laflarıyla neleri riske attığını bilmiyor muydu acaba? Yoksa bilip de umursamıyor muydu? Her şeyi gözden çıkarmaya mı niyetliydi? Onun için artık fark etmiyor muydu?

Yüzüne bakınca böyle hisler, böylesi manevi kararlar beklenirdi ondan. Hamburg zamanlarında bile hiç bu kadar fena ve bu kadar korkunç bir inatla bakmamıştı. O zamanlar içinde ümitler vardı, büyük bir inanç vardı. Şimdi ise hiçbir şeyi kalmamıştı. Etrafta dolanıp, "Her şey boktan, aldatıldık," diyordu. "Führer bir tek iktidarı istiyormuş meğer. İktidara geçtiğinden beri Almanya'da ne düzeldi? Zenginler daha da zengin oldu. İşlerini görürken artık vatansever saçmalıkları sıkıyorlar – tek fark bu. Entrikacılar hâlâ en tepelerde." Miklas, Höfgen'i düşünüyordu. Büyük ve ıstıraplı öfkesi içinde, "Düzgün bir Alman ölse kimsenin umurunda olmaz," diye iddia ediyordu. "Ama şu patronlar yok mu – keyifleri her zamankinden daha yerinde. Şişkoya bir bakın; altın üniformalarıyla, lüks limuziniyle nasıl da dolaşıyor etrafta! Führer'in kendisi de daha matah değil – artık bunu da öğrendik! Yoksa katlanır mıydı bütün bunlara? Bunca korkunç adaletsizliğe? Bizim gibiler, o daha bir yerlere gelmemişken mücadele etti bu dava için, şimdiyse bizi kenara itmek istiyorlar. Höfgen gibi bir kültür Bolşeviği ise yine revaçta..."

Böyle dizginsiz ve soysuz nutuklar savuruyordu genç Miklas, herkes duyabiliyordu. Devlet tiyatrosu üyelerinin yanından kaçmasına şaşmamalıydı. Müdür onu bir defa yanına çağırıp ikaz etti. Cäsar von Muck, "Biliyorum, yıllardır partidesiniz," diye konuştu. "Tam da bu yüzden disiplini öğrenmiş olmalısınız, siyasi zekânıza burada çok iş düşüyor." Miklas inatçı yüz ifadesini takındı. Serkeş alnını buruşturup al al ışıltısı olan sağlıksız dudaklarını uzattı ve boğuk bir sesle yavaşça şunu söyledi: "Partiden çıkacağım." İşi son raddeye mi vardıracaktı?

Muck genç oyuncuya öfkeyle sırtını dönerken Miklas bir öksürük nöbetine yakalandı. Öksürük nöbeti yıllardır fazlaca yüklendiği cılız bedenini sarsıyordu. Müdürün odasından öksüre öksüre çıktı. Yüzü griydi, elmacık kemiklerinin altı siyah çukurlarla doluydu. Griye dönük siyah gölgelerin arasında gözlerinden parlak ve fena bir ışık yayılıyordu. Biraz şaşıran, biraz da merhamet duyan müdür, genç adamın ardından hiddetle baktı. Cäsar von Muck, 'İşi bitmiş!' diye düşündü.

İşin bitmiş, zavallı genç Hans Miklas! Onca çabadan, harcadığın onca inançtan sonra: Elinde ne kaldı? Sadece nefret, sadece üzüntü ve çöküşünü hızlandırmak için delice bir heves. Ah, çöküşün eli çabuktur zaten; en azından artık çöküşten eminsin, artık nefret etmeyecek, üzülmeyeceksin. İktidara gelmelerini hasretle beklediğin makam ve şahıslara başkaldırmaya cüret ediyorsun. Ama sen zayıfsın, genç Miklas, koruyucun da yok.

Sevdiğin iktidar zalim. Eleştiriye tahammülü yok, başkaldıranlar da paramparça ediliyor. Paramparça ediliyorsun çocuk, içtenlikle tapındığın tanrılar tarafından. Yere düşüyorsun, küçük bir yaradan bir parça kan sızıyor otlara, dudakların da ışıldayan alnın kadar beyaz artık.

Kimse ağlamaz mı acaba bu düşüşe, bu kadar büyük, bu kadar ateşli ve bu kadar fenalıkla boşa çıkarılmış bir ümidin sona erişine? Kim ağlayacaktı ki? Neredeyse hep yalnızdın. Annene yıllardır yazmıyordun, yabancı biriyle evlenmişti, baban zaten ölü, Dünya Savaşı'nda öldürülmüştü. Kim ağlayacaktı ki? Cefalarla harcanmış gençliğinin, cefalı ölümünün üstüne kim bir şeyler örtecekti? Bari biz kapayalım gözlerini de daha fazla açık kalıp bu suskun yakarış, bu tarifsiz sitemle bakmasınlar göğe doğru. Çetin yaşamının izin verdiğinden daha müsamahakâr olabildin mi artık, zavallı çocuk? Olduysan bağışlayabilirsin belki, cesedinin üstüne tek eğilenlerin biz düşmanların olmamızı.

Zira ecelin geldi, işler hızlı yürüdü. Ecelini kışkırtıp sonunu isteyen sendin. Öyle olmasa, senden daha cahil, daha genç başka oğlanları etrafına toplayıp komploculuk oynar mıydın hiç? Kimin hayatına kastedecektiniz? Bizzat Führer'inizin mi yoksa satraplarından birinin mi? Her şey "bambaşka" olacak, diyordunuz – baştan beri tek büyük arzunuz buydu. Millî devrim diyordunuz, ama sizi fena oyuna getirdiler; esas, hakiki, tavizsiz devrimin artık vadesi geldi de geçiyordu. Önderinizin vaktiyle dostu olan ve aynı sizin gibi önderinizden hayal kırıklığı yaşayan, göçmen bir adama mektup yollamamış mıydınız?

İhanete uğramayan hiçbir şey kalmadı, elbette kalmayacaktı; derken bir sabah odanda birtakım üniformalı herifler bitiverdi, daha önce de işin olmuştu onlarla, eski tanıdıklardı – aşağıda bekleyen bir arabaya binmeni rica ettiler. Çok fazla karşı koymadın. Şehrin birkaç kilometre dışında bir koruya götürdüler seni. Serin bir sabahtı, üşüyordun ama eski arkadaşlarından battaniye veya palto veren olmadı. Araba durdu, birkaç adım yürümeni emrettiler. O birkaç adımı yürüdün. Otların kokusunu bir defa daha duydun, sabah rüzgârı dokundu alnına yine. Dimdik duruyordun. Arabadakiler yüzünün tarifsiz kibirli ifadesinden korkabilirlerdi ama yüzünü görmüyorlardı, tek gördükleri sırtındı. Sonra silah sesi geldi.

Haftalardır sahne almadığın devlet tiyatrosuna araba kazası geçirdiğini bildirdiler. Haberi metanetle karşıladılar, doğruluğunu kontrol etmeye meyilli kimse yoktu. Fräulein Lindenthal şöyle dedi: "Korkunç, gencecik oğlan. Gerçi pek sevmezdim. Bilmem neden, rahatsız edici duruyordu, sizce de öyle değil mi, Hendrik? Bakışları çok fenaydı..."

Hendrik nüfuzlu dostuna bu kez cevap vermedi. Genç Hans Miklas'ın yüzünü tasavvur etmek tüylerini ürpertiyordu. Ama istese de istemese de kafasında canlanıyordu. Koridorun loşluğunda gayet belirgin, karşısında duruyordu işte. Gözleri kapalıydı, alnında bir parıltı vardı. İnatla büzüştürdüğü dudaklarında bir kıpırtı. Ne diyordu acaba? Hendrik arkasını dönüp kaçtı; sırf, ölümle büyüleyici bir güzelliğe kavuşan bu katı çehrenin verdiği mesajı işitmek zorunda kalmamak için kurtuluşu, günün hengâmesine karışmakta buldu.

IX

Farklı Şehirlerde

Aylar geçmiş, düşünce ve kanaatleri propaganda bakanlığı tarafından dikte edilen gazetecilere kalırsa büyük bir yıl, beklentilerin gerçekleştiği bir yıl, zafer yılı, galibiyet yılı, Alman milletinin uyanıp şan ve şerefle kendini ve önderini bulduğu 1933 yılı sona ermiştir.

Oyuncu Höfgen için sevindirici, muhteşem bir yıldır, orası kesin. Dertlerle başlamış ama salt huzurla bitmiştir. On parmağında on marifeti olan Hendrik, 1934 yılına güven ve keyifle başlayabilir. İktidardakilerin teveccühünden emindir. Başbakanın lütfuna güvenebilir. Büyük adam geniş, koruyucu elini ona uzatmıştır. Kendisi, Höfgen-Mephistopheles'i bir tür saray soytarısı ve parlak bir şakacı, gülünç bir oyuncak olarak görür. Oyuncunun şüpheli geçmişi, sanatçı budalalığına verilerek çoktan affedilmiştir. Oyuncu kamçılı zenci kadın derdinden kurtulmuştur. Oynayacağı pek çok güzel rol vardır. Film çeker, iyi para kazanır. Başbakan onu sık sık huzuruna kabul eder. Tıpkı eskiden müdür Schmitz'in veya Fräulein Bernhard'ın bürosuna girdiği kadar çekincesiz, generalin makamına veya hususi odasına da girebilmektedir artık. "Kuruntularını savuşturmak için / Bir asilzade olarak buradayım": Hendrik kudretli adamı bu laubali Faust alıntısıyla selamlar. Güçlü adam eli kanlı muhteşem işlerinden sonra dinlenmek için soytarıyla oyalanmaktan daha güzel bir meşgale bulamaz. Hani neredeyse Fräulein Lindenthal'i kıskançlık tutacaktır. Ama iyi niyetlidir o, üstelik Hendrik Höfgen'e onun da zaafı vardır. Korkulan şişkoyla herkesin bildiği, her yerde konuşulan dostluğu, büyük çevrelerde ona nasıl bir itibar, nasıl bir ün sağlamaktadır!

"Çocukların, maymunların hayranlığı
Şayet buysa gönlünüzün istediği..."

Hendrik meslektaşlarının, yazarların, yeni "toplumun" hanımefendilerinin, hatta politikacıların davranışlarındaki dalkavukluğa ve sadık sevecenliğe bakınca bunları düşünmek zorunda kalır bazen. Gönlünün istediği, Alman milliyetçisi Mösyö Pierre Larue'nin tatlı zırvaları mıdır gerçekten? Doktor Ihrig'in edebi iltifatları, Herr Müller-Andreä'nin görgülü övgüleriyle eğlenmekte midir sahiden de? Eski dostu Otto Ulrichs'e karşı "bütün bu lanet çeteyi" küçümsercesine ifadelerde bulunur. Yine de duyduğu sadakat yeminleri, bunca kişinin dikkatinin üstünde olması hoşuna gitmez mi? Pierre Larue'nin Espanade Oteli'nin masasındayken dekoratif SS delikanlılarının refakatinde yudumladığı şampanya leziz değil midir?

Hendrik'in sayısız dostu vardı, aralarında soytarı kılıklılar da mevcuttu. Mesela karanlık bir cazibesi olan, alabildiğine iddialı, zor anlaşılan şiirlerine birçoğu sürgünde bulunan gençlerin mest olurcasına hayran kaldığı şair Pelz. Yumuşak, mavi ve soğuk gözleri olan, sarkık yanaklı, kalın dudaklı ve son derece şehvetli güdük bir adam olan Benjamin Pelz, mahrem bir sohbet esnasında, nasyonal sosyalizme beslediği sevgiyi ilan etti, çünkü nasyonal sosyalizm, mekanik düzeni dayanılmaz hale gelen bir medeniyeti tamamen yok edecekti, çünkü nasyonal sosyalizm toplumu uçuruma götürüyordu, üstünde ölümün kokusu vardı, kısmen kusursuz bir fabrika, kısmen zayıflar için inşa edilmiş bir sanatoryum haline gelerek yozlaşan yerkürenin üzerine, hadsiz acılar serpecekti. Şair Pelz azarlayarak, "Demokrasilerde yaşam, tehlikesiz bir hal aldı," diye konuştu. "Kahramanlık coşkusu varlığımızdan kaybolmaya yüz tutmuştu. Bugün seyrettiğimiz oyun, yeni insanın doğuşunun tiyatrosudur – veya daha ziyade, çok eski, arkaik, büyülü, savaşçı insanın yeniden doğuşunun tiyatrosu. Ne kadar nefes kesici, güzel bir tiyatro! Ne heyecan verici bir süreç! Bilfiil katılabildiğiniz için gurur duyun, sevgili Höfgen!" Bunu söylerken Hendrik'e yumuşak ve buz gibi gözlerinden sevgiyle bakıyordu. "Hayat yeniden ritme ve cazibeye kavuşuyor, hareketsizliğinden uyanıyor; yakında yine, tarih olmuş o güzel çağlardaki kadar hareketli dans etmeye başlayacak. Yeni ritim görmeyi ve duymayı beceremeyenlere, uygun adımla yürüme temposu gibi gelebilir. Askeri ve arkaik yaşam tarzının kabuğundaki katılık aptalları yanıltabilir. Ne kaba bir yanılgı! Gerçekte var olansa askeri bir yürüyüş değil, sendeleyiş. Sevgili Führer'imiz bizi karanlığa ve boşluğa çekiyor. Karanlıkla ve uçurumla özel ilişkileri olan biz şairler yaptıklarına nasıl hayranlık duymayalım? Führer'imizi tanrı gibi görmek abartı değildir. Büyüden anlayan halkların kutsal bulduğu yeraltı tanrısıdır o. Hayranlığım sonsuz, çünkü aklın ıssız despotluğuna ve dar görüşlü ilerleme fetişine nefretim sonsuz. Şairlik, insanlığın kutsal ilk zamanlarına, medeniyet öncesi hallerine dönmektir. Şiir yazmak ile öldürmek, kan ile şarkı, cinayet ile marş: Hepsi birbiriyle uyum içindedir. Medeniyetin ötesine geçip tehlikelerle dolu o gizli tabakanın derinlerine ulaşan ne varsa uyum içindedir. Evet, ben felaketi seviyorum," derken yanakları hüzünle sarkan çehresini eğip gülümsedi, sanki kalın dudakları bir tatlının veya bir öpücüğün keyfini çıkarıyordu. "Ölümcül maceraları ve uçurumu merakla bekliyorum; insanı medeniyet bağlarının dışına atan, sigorta şirketlerinin, polisin, konforlu bir hastanenin onu, beklenmedik unsurların ve yırtıcı hayvanlara benzeyen düşmanının merhametsiz faaliyetinden korumadığı bir yere koyacağı aşırılık durumunu da. Hepsini yaşayacağız, emin olun, korkunç şeyler tadacağız ama bunlar benim için asla yeterince korkunç olamaz. Hâlâ çok evciliz – önderimiz galiba henüz istediği gibi davranamıyor. Uluorta işkenceler hani? Hümanist gevezeler ve akılcı dangalaklar niçin yakılmıyorlar?" Bunları söylerken küçük bir kaşıkla kahve fincanına sabırsızca vuruyor, sanki kendisini engizisyon için haddinden fazla bekleten garsonu çağırıyordu. "Hâlâ, akla zarar bu nezaket de nesi; toplama kamplarının duvarları ardındaki güzelim işkence şenliğini saklayan bu sahte utanç neden?" diye sertçe sordu. "Bildiğim kadarıyla şimdiye dek bir tek kitapları yaktılar, bu da bir şey mi şimdi? Ama önderimizin bize sağlayacağı başka şeyler de var, ona güvenim tam. Ateşin etrafa yaydığı ışıklar, yollarda kan deryaları ve sağ kalanların, şimdilik sağ bırakılanların cesetler etrafında çılgınca dans edişi görülüyor ufukta!" Yakın geleceğin canavarlıkları söz konusu olunca, şen bir iyimserliğe kapıldı. Seçkin bir nezaketle, ellerini dindarca bir duruşla göğsünde kavuşturarak, Hendrik'i temin etti: "Siz de, benim sevgili Höfgen'im, siz de cesetlerin üstünden en incelikle sıçrayanlardan olacaksınız. Sizde o yüz var, görüyorum. Çok alımlı bir yeraltı çocuğusunuz, sayın başbakanın size iltimas geçmesi tesadüf değil. Sıradışı dehanın gerçek ve üretken bilmişliğine sahipsiniz. Size karşı olağanüstü bir takdir hissiyle doluyum, benim çok sevgili Höfgen'im."

Hendrik bu inanılmaz iltifatları pis pis gülümseyerek ve esrarengiz ışıltılı gözlerle dinliyordu. Şair Pelz'in, yeni keşfettiği nasyonal sosyalizm sevdası için bulduğu derin ve rafine sebepler öyle herkese nasip olmazdı. Başkaları gayet sade şöyle diyordu: "Vatanımda idare kimin olursa olsun ben Alman bir sanatçı ve vatanseverim, öyle de kalacağım. Berlin dünyadaki başka yerlerden daha çok hoşuma gidiyor, gitmeye de hiç niyetim yok. Hem hiçbir yerde buradaki kadar para kazanamam."

Akşamları bira masasında otururken bunları söyleyen kişi şişman karakter oyuncusu Joachim'di. Bu adamın en azından ne olduğu belliydi. Hollywood'dan iyi bir teklif gelse göç eder, hararetli bir antifaşist olurdu. Ne var ki böyle bir teklif gelmiyordu: Zamanının en meşhur Alman aktörlerinden Joachim artık pek revaçta değildi. Onun için artık meslektaşlarının yanında dürüst adam tavırlarıyla açıklıyordu: "Eski Alman mahzeninden çıkma biradan daha iyisi başka nerede olur? Söyleyebilecek olan var mı?" Meydan okurcasına, biraz da sinsi, etrafına bakıyordu. Sünger yanaklı, ufak ve işkilli gözleri olan suratında gülünç ve hantal dursa da yırtıcı hayvanların en gaddarı olan ayının aldatıcı iyi kalpliliği vardı. Dalkavuklar, karakter oyuncusu Joachim'e sayın başbakana çok benzediğini söylüyorlardı. Aktör de bunu duyunca sırıtıyordu. Oysa yarı Yahudi olduğunu iddia eden birisini duyunca korkunç öfkeleniyordu. Suratı mora dönen Joachim,

"Getirin o hergeleyi!" diye bağırıyordu. "Bakalım küstah yalanını yüzüme karşı tekrarlamaya cesareti var mı! Bu kadar alçaklığa pes! Alman erkeğinin şerefine dil uzatılır mı!"

Karakter oyuncusuyla ilgili korkunç söylenti bir türlü son bulmuyordu. Büyükannelerinden birinde işler karışmış, diye bir söylenti dolaşıyordu. Alman erkeği, dedektiflere bu rezil iftiracıların kim olduğunu bulduruyordu. Tragedya oyuncusunun büyükannesinden şüphelenme bahanesiyle birçok kişi toplama kampına gönderildi. Joachim tatmin olarak, "Bu alçaklık daha fazla cezasız kalamazdı," dedi.

Atalarının soyunda kusur olmadığını erkek erkeğe, açık ve net söylemek için en nüfuzlu dost ve meslektaşlarını teker teker ziyaret etti. Bir pazar öğleden önce, gayet ciddi bir tavırla yanına uğradığı Höfgen'e, "Elini vicdanına koy," dedi. "Benimle alakalı yolunda gitmeyen bir şey yok. Her şey olması gerektiği gibi, kendimden en ufak şüphem yok." Oğullarıyla önce çekişip sonra gözyaşları içinde barışan kaba ama iyi kalpli baba rolü oynadığında takındığı sadık köpek bakışlarını öne eğmiş, öyle bakıyordu. Bu Alman erkeği, iğrenç duygusal bir sesle lafını bitirirken, "Aksini iddia eden herkesi maalesef içeri attıracağım," diye konuştu. Hendrik Höfgen bu görüşe tam manasıyla katılıyordu. Şerefi uğruna övgüye layık bir gayretle savaşan meslektaşına purosundan ve nefis, eski konyağından ikram etti. İki sanatçı kuşluk vaktinde işte böyle hem keyiflenip hem hüzünlendi. Joachim vedalaşırken hasmını boğan bir ayının hoyrat hareketleriyle meslektaşı Höfgen'i kucaklayıp Fräulein Lindenthal'e en içten selamlarını iletmesini rica etti.

Höfgen'in işte böyle arkadaşları vardı – kısmen Pelz gibi enteresan, kısmen Joachim gibi çok samimiydiler. Peki, ama eskiden dostum dedikleri nerede yaşıyordu? Ne durumdaydılar?

Barbara Paris'ten, boşanmak istediğini yazmıştı. Hukuki formaliteler, iki taraf da hazır bulunmamasına rağmen hızla ve kolaylıkla halledildi. Özel bir boşanma sebebine gerek yoktu: Hâkimler Höfgen'in konumu ve fikriyatındaki bir adamın –Prusya Devlet Tiyatrosu'nun ünlü azası ve sayın başbakanın şahsi dostunun– göçmen olarak yurtdışında bulunan, devlet düşmanı fikirlerini gizlemeyen, ayrıca, geçenlerde anlaşıldığı üzere saf ırktan olmayan bir kadınla asla evli kalamayacağını anlayışla karşılıyorlardı. Nasyonal sosyalist basının profesyonel yalancıları dahi siyasi şerefi üç paralık olan müsteşar babasının Yahudi soyundan geldiğini öne sürmeye cüret edemiyordu. Ama onu muhtemelen daha fena ve affedilmez bir şeyden ötürü kınıyorlardı: "Irk ayıbı" işlemişti, bir generalin kızı olan karısı kusursuz "ari" ırktan değildi. Barbara'nın büyük babası, askeri başarılarını artık kimsenin duymak istemediği o yüksek rütbeli subay, şüphe uyandıran liberal eğilimlerini yok yere göstermemişti. Generalin karısının subay çevrelerinde alışıldık ve uygun olan ama ölçüyü fazlasıyla kaçıran manevi canlılığı da en basit ama en utanç verici şekilde açıklanabiliyordu artık. General, Alman yurttaşı değil, alt insandı, bir Yahudi'ydi: II. Wilhelm alicenaplık göstermiş, bunu görmezden gelmiş fakat Nürnberg'deki Yahudi karşıtı bir gazete meydana çıkarmıştı. Karısı da yarı Yahudi'ydi: Pogrom gazetesi bunu ispatlayabiliyordu. Şimdi o büyük ve muhteşem geçmişi ile prenseslere yaraşır güzelliği ve vakarı ne işine yarayacaktı? Ömrü boyunca düzgün tek bir Almanca cümle kuramamış pis bir yazar müsveddesi ve küstah bir arkadaş, bu kadının milli cemiyetlerine ait olmadığı gibi bir tespite kalkışabiliyordu.

Demek Barbara'nın kanının yüzde otuzdan fazlası kirliydi: Tek başına bu bile Alman mahkemesine boşanma sebebi olarak yeterdi. Karılarının kusursuz ırktan olması sarışın Renlilerin hakkıydı. Fakat Hendrik, kesinlikle "ari" ırktan bile olsa Barbara gibi bir kadına katlanmak zorunda değildi. Kadının yaptığı işler rezalet ve apaçık skandaldı!

1933 Şubat'ında beri Paris'i terk etmemişti. Onu eskiden beri tanıyan herkes, değiştiğini fark ediyordu. Hayalperest tarafları kaybolmuştu, artık kederli veya neşeli oyunlara pek meyilli durmuyordu. Suratını bir kararlılık çizgisi kazanmıştı: Kaşlarının arasında duran bu çizgi bütün alnına hükmediyordu. Vaktiyle sallana sallana yürürken yürüyüşü bile yeni bir enerji ortaya koyuyordu artık. Bir hedefi olan ve o hedefine ulaşmadan önce durmak istemeyen birisi böyle hareket ederdi ancak.

Ufak tefek çizimler ve ağır kitaplarla, arkadaşlarına gösterdiği endişeli alakayla, küçük oyunlar ve kuruntulu düşüncelerle vaktini öldüren Barbara faaliyete geçmişti. Alman siyasi kaçaklarının olduğu bir komitede çalışıyordu. Ayrıca arkadaşı Sebastian ve Frau von Herzfeld'le birlikte, savaş hazırlıkları, kültürel ve hukuki garabetler, Alman faşizminin kiri ve tehlikesiyle ilgili bir derginin yayımlanmasını temin ediyordu. Sebastian ile Herzfeld redaksiyondan sorumluydu, Barbara işin ticari tarafını hallediyordu. Mali konularda hiç de öyle beceriksiz olmadığının, hatta biraz yetenekli bile olduğunun ortaya çıkmasına kendi de şaşırmıştı. Küçük dergileri kendi yağında kavrulmalıydı, zira kimseden destek görmüyordu. Her sayısı Almanca ve Fransızca olmak üzere haftalık çıkıyordu. Başta yalnız küçük bir abone çevresine gönderildi; basılmıyor, teksir ediliyordu. Altı ay geçtikten sonra bu birkaç yaprak, Almanya hariç tüm Avrupa şehirlerinde sevenleri olan bir dergiye dönüşmüştü. Barbara, "Stockholm'de elli, Madrid'de otuz beş, Tel Aviv'de yüz on okurumuz var," diyordu. "Hollanda ve Çekoslovakya'dan hayli memnunum. İsviçre'de durumun düzelmesi lazım. Keşke Amerika'da becerikli bir temsilcimiz olsa! Elimizdekiler henüz çok yetersiz. Söyleyeceklerimizi yüz binlerin duyması lazım." "Çok yoksuluz," diyordu, oteldeki küçük odasında "yazı işleri konferansı" veriyorlardı. "Düşmanlarımız yalanları millete yayılsın diye milyonlar harcıyor, biz posta pullarını ödemekten aciziz." Küçük, esmer yumruklarını sıktı. Gözleri o tehditkâr bakışı aldı: Nefret ettiklerini, yani "düşmanlarını" ne zaman düşünse böyle oluyordu.

Önceleri yalnız en nazik ve müşkül işlerle ilgilenen Sebastian bile değişmişti. Artık basit düşünüp basit yazmaya uğraşıyordu. "Mücadele yasası yüce bir sanat oyunu değildir," diye yazıyordu. "Mücadele yasası binlerce nüanstan vazgeçip tek bir meseleye yoğunlaşmamızı ister. Görevim artık anlamak veya güzel şeylere biçim vermek değil, gücüm yettiğince etki göstermektir. İşim fedakârlıktır – en zor fedakârlık." Bazen yorgun düşüyordu. O zaman da şöyle diyordu: "Tiksinti geliyor. Hiç anlamı yok. Diğerleri bizden çok daha güçlü, her türlü imkânları var. Don Kişotçuluk oynamak hem çok acı hem de uzun vadede çok gülünç. Katlandığımız bütün zorlukların dağılıp hiçbir gerçekliğinin kalmayacağı kadar uzak o adayı özlüyorum..."

Barbara, "Öyle bir ada yok!" diye bağırdı. "Öyle bir ada yok, olmamalı da, Sebastian! Ayrıca düşmanlarımız hiç de o kadar güçlü değil. Hatta bizden korkuyorlar da biraz. Her sözümüz, onlara karşı söylediğimiz her gerçek biraz canlarını yakıyor ve azıcık da olsa –azıcık da olsa, Sebastian!– günün birinde gelecek olan çöküşlerini hızlandırıyor." İşte böyle iyimserdi veya arkadaşı Sebastian'ın yorgun düştüğü anlarda iyimser davranabiliyordu. "Düşünsene," diye anlatıyordu, "Arjantin'den iki yeni abonemiz var; güzel değil mi, parayı bile göndermişler." Gününün yarısını, borçlu oldukları ufak meblağlardan ötürü Sofya veya Kopenhag'daki, Tokyo veya Budapeşte'deki kitapçılara ihtar mektubu yazmakla geçiriyordu.

Barbara ile Hedda von Herzfeld arasında, tam bir dostluk sayılamayacak ama beraber çalışan iki insan arasındaki soğuk münasebetten de biraz fazlası olan bir ilişki gelişmişti. Barbara, Frau von Herzfeld'e saygı duyuyor, çünkü Herzfeld enerji ve cesaret gösteriyordu. Çok yalnızdı, elindeki tek şey işiydi. Yazı işlerini Sebastian'la beraber hallettiği bu küçük dergiye, bir annenin çocuğuna bağlı oluşu gibi bağlıydı. Dergi ilk defa basılıp daha iyi bir görünüme kavuşunca Hedda, sevinçten neredeyse ağladı. Barbara'ya sarılıp –odada başka kimse olmamasına rağmen kulağına fısıldayarak– bütün bunlar için ne kadar minnettar olduğunu söyledi. Barbara, Frau von Herzfeld'in yumuşak, ince tüylü, pudralı yüzüne uzun uzun bakıp hatlarının keskinleşip derinleştiği tespitinde bulundu. Bakınca, Hedda'nın bu yıl içinde maruz kaldığı ve beraber atlattıkları iç mücadeleleri, ruhundaki şiddetli ve acı olaylar görülebiliyordu. Göçün ilk haftalarında yıllar önce evli olduğu adama rastlamıştı. Belki de bu tesadüften ötürü ümit beslemişti. Sonradan adamın Moskova'da bir kızla dost hayatı yaşadığı anlaşıldı. Daha anlaşılır bir şey olamazdı. Hedda bunu kavrayacak kadar akıllıydı. Yine de bu haber onu beklenmedik bir şey gibi incitmiş, henüz tam kabullenemediği ümitlerini hüsrana uğratmıştı.

Hâlâ ara sıra Hendrik'i düşünüyor muydu? Barbara'ya onun adını bir kez, yalnızca bir kez andı. "Acaba iyi mi?" diye sormuştu sessizce – gece geç vakitti, uzun saatler birlikte çalışmışlardı. "İşinden zevk alıyor mu? Yeni şöhretinden memnun mu?" Barbara başını kaldırmadan, "Kimden bahsediyorsun?" diye başka bir soruyla karşılık verdi. Frau von Herzfeld ironik bir şekilde gülümsemeye çalışırken biraz kızardı: "Şey, kimden olacak? Boşandığın kocandan..." Barbara sert bir cevap verdi: "Hâlâ sağ mı? Yaşadığını bilmiyordum. Benim için çoktan öldü. Geçmişin hayaletlerini sevmem, hele de bunun gibi şüpheli olanları." Bu konudan bir daha hiç bahsetmediler.

Barbara bazen Akdeniz sahilinde, Fransa'nın güneyinde bir şehirde tek başına oturan babasını ziyaret ediyordu. Babası parlamento yangınından hemen sonra Almanya'yı terk etmişti. Bu durum, "gerçek Alman gençliği", şahsı hakkında neler düşündüğünü "kızıl müsteşar"a göstermek için harekete geçtiğinde, müsteşarın evini boş bulan nasyonal sosyalist üniversite öğrencileri güruhunu öfkelendirip hüsrana uğratmıştı. Gerçek Alman gençliği dünyaca ünlü yaşlı adamı iyi bir dövmeye, sonra bir arabaya bindirip en yakın toplama kampına teslim etmeye kararlıydı. Çete, villada sadece korkudan titreyen bir hizmetçi bulunca kudurdu. Milli dava uğruna yine de bir şeyler yapmak, gece gezintilerine de biraz anlam katmak için yaşlı kadıncağızı biraz tartakladılar, üst kattaki kütüphanede eğlenmeye başlamadan önce de onu bodruma kapattılar. Gerçek Alman gençliği Goethe ile Kant'ın,

Voltaire ile Schopenhauer'in, Shakespeare ile Nietzsche'nin eserleri üstünde tepiniyordu. Bu üniformalı gençlerin tiksintiyle yaptıkları tespite göre hepsi Marksizmdi. Lenin ile Freud'un yazıları şömine ateşine düştüğünde sevinçten dans etmeye başladılar. Evlerine dönerlerken, müsteşarın evinde nihayet birkaç güzel saat geçirebildiklerini söylüyorlardı. "Ah şu yaşlı domuzun kendisi evde olacaktı ki," diye bağırıyordu şen oğlanlar, "eğlence nedir, asıl o zaman görürdük!"

Müsteşar en önemli kâğıtlarını ve kütüphanesinin küçük ama çok sevdiği bir kısmını bavullara koyup yanına alabilmişti. Birkaç haftayı İsviçre ve Çekoslovakya'da seyahatle geçirdikten sonra Fransa'nın güneyine yerleşti. Kendine küçük bir ev kiraladı, bahçesinde birkaç palmiye ile güzel çiçekli çalıları vardı, deniz manzarası da eksik değildi.

Yaşlı adam nadiren dışarı çıkıyordu, çoğunlukla yalnızdı. Küçük bahçesinde saatlerce bir aşağı bir yukarı yürüyor veya evinin önüne oturup denizin durmaksızın değişen renklerine bakarak dalıp gidiyordu. Kızı Barbara'ya, "Benim için çok büyük bir teselli," dedi, "bu güzel suların önümde olması bana çok iyi geliyor. Kaç zamandır gelmeyince Akdeniz ne kadar mavi olabiliyormuş, tamamen unutmuşum... İsminin hakkını veren her Alman buraların hasretini çeker, hepsi medeniyetimizin kutsal beşiği diye hürmet duymuştur bu denize. Ama ne olduysa, ülkemizdeki herkes nefret etmeye başladı. Bu denizin yumuşak gücünden ve güçlü merhametinden kendilerini zorla koparmak istiyorlar, güzel duruluğundan mahrum kalabileceklerini sanıyor, bu denizden artık bıktıklarını haykırıyorlar. Ama bıktıklarını iddia ettikleri asıl kendi medeniyetleridir. Niyetleri, dünyaya bizzat hediye ettikleri bütün o büyüklükleri inkâr mı etmek acaba? Galiba öyle... Ah, şu Almanlar! Daha ne kadar ıstırap çekecek ve başkalarına ne korkunç ıstıraplar çektirecekler!"

Nasyonal sosyalist rejim, müsteşarın evi ile mal varlığına el koymuş, onu vatandaşlıktan çıkarmıştı. Bruckner, "vatandaşlıktan çıkarıldığını" ve artık Alman olmadığını Fransız basınında yer alan bir haberden öğrendi. Haberi okuduktan birkaç gün sonra yeniden çalışmaya başladı. Barbara'ya, "Büyük bir kitap olacak," diye yazıyordu, "adını 'Almanlar' koyacağım. Haklarında bildiklerimi, onlar için endişelerimi, ümitlerimi hep bu kitapta bir araya getireceğim. Haklarında çok şey biliyor, onlar için çok endişeleniyor ve hâlâ çok ümitleniyorum."

Günlerini, sevdiği yabancı bir sahilde ıstırap içinde ve efkârla geçiriyordu. Bazen haftalar oluyor, evin işlerini gören kızla konuştuğu birkaç Fransızca cümle hariç, tek kelime etmiyordu. Çok sayıda mektup alıyordu. Eskiden öğrencisiyken artık göçmen olan veya Almanya'da çaresizce oturan insanlar teselli ve tavsiye için ona başvuruyordu. Bavyera'daki bir taşra şehrinden biri cesaret edip, "Adınız bizim için başka ve daha iyi bir Almanya'nın timsali olarak kalacak," diye yazabiliyordu – elbette yazısını değiştirip adresini de vermeden. Müsteşar böylesi itirafları ve sadakat yeminlerini biraz duygulanarak, biraz da acı çekerek okuyordu. 'Hissettikleri ve yazdıkları bunlardan ibaret olan tüm bu insanlar ülkemizin bugünkü durumuna gelmesine hep birlikte göz yumdu, bu suça birlikte ortak oldu', diye düşünmeden edemiyordu. Mektupları kenara koydu ve yavaş yavaş büyüyüp aşk ve bilgi, keder ve mukavemet, derin bir şüphe ve binlerce sakıncanın ardında saklı güçlü iyimserliğiyle zenginleşen eserini tekrar açtı.

Bruckner, Theophil Marder'in Nicoletta'yla beraber, kaldığı yerden elli kilometre uzak küçük bir Fransız şehrinde oturuyordu. İki adam bir defasında gezinirken rastlaşıp selamlaşmış ama ne sözleşmiş ne de bir daha görüşmüşlerdi. En az Bruckner kadar Marder de hiç sohbet, muhabbet edecek havada değildi. Hicivcinin şen, asabi saygısızlığı kaçmıştı. Almanya'nın felaketinden duyduğu dehşet, sesini kesmişti. O da tıpkı Bruckner gibi saatlerce, palmiyelerin ve çiçekli fundalıkların olduğu küçük bir bahçede oturup gözlerini denize dikiyordu. Ama Marder'in gözlerinde o sessiz ve dalgın bakış yoktu, gözleri huzursuzdu, alev alevdi, hiçbir çare ve teselli bulamadan, ışıltılar saçarak yayılan düzlüğün üzerinde dolanıyorlardı. Mor dudaklarındaki emme ve şaplatma hareketi kaybolmamıştı, ama artık kelimeler değil sessiz yakınışlar çıkıyordu dudaklarından.

Vaktiyle başını dimdik tutan Theophil artık içine kapanmış, kös kös oturuyordu. Kurşuni elleri cılız dizlerinin üzerinde bekliyor ve öyle yorgun görünüyorlardı ki sanki bir daha asla kıpırdayamayacaklardı. İki büklüm olmuş, hiç kımıldamadan oturuyor, gözleri bir sağa bir sola kayıyor, dudakları ise sessiz sessiz cefakâr bir lisan konuşuyordu. Bazen tüyler ürpertici bir surattan korkmuş gibi irkiliyordu. Sonra zar zor doğrulup artık kulak tırmalamayan, ihtiyarlıktan gaklayan bir sesle bağırıyordu. Theophil hem feryat figan hem tehditkâr bir sesle, "Nicoletta! Gel! Rica ederim, hemen gel!" diyor, bunun üzerine Nicoletta da evden çıkıyordu.

Nicoletta'nın yüzünde küstah kıvrımlı burnuna, keskin ağzına ve bombeli alnına uymak istemeyen bir yorgunluk ve mahzun bir sabır çizgisi vardı. Yanakları genişleyip gevşemiş, o iri ve güzel gözlerindeki, insanları büyüleyip huzursuz eden, meydan okuyan parlaklık kaybolmuştu. Nicoletta artık inatçı ve kibirli bir kız değil, çok sevip çok ıstırap çekmiş bir kadına benziyordu. Gençliğini feda etmişti – kramp halindeki isterinin gerçek bir tutkuyla, kıymetli bir gönül tutulmuşluğuyla birleştiği hisse kapılarak gençliğini, önündeki koltukta iki büklüm yatan bu adam için harcamıştı. "Neyin var, Theophil?" diye sordu. Bunca yıl içinde kaybettiklerine rağmen örnek telaffuzu duruyordu. "Senin için ne yapabilirim, sevgilim?"

Theophil ise kâbuslar içindeymiş gibi inliyordu. "Nicoletta, Nicoletta, çocuğum... Öyle dehşet verici ki... Çok dehşet verici... Almanya'da işkence görenlerin çığlıklarını işitiyorum... Apaçık işitiyorum, rüzgâr, denizin üstünden seslerini yanıma taşıyor... İşkenceciler şeytani uğraşları sırasında gramofon çalıyorlar, adi bir hile, kurbanlarının bağırışlarını bastırmak için ağızlarına mendil tıkıyorlar... Ama ben işitiyorum... Ne yazık ki her şeyi işitiyorum. Tanrı ölümlüler arasındaki en hassas kulağı vermekle cezalandırdı beni... Ben dünyanın vicdanıyım, her şeyi işitiyorum. Nicoletta, çocuğum!" Ona tutundu. Gözleri, karşısında korkunç biçimlerle canlanan güney manzarasında geziniyordu. Nicoletta elini adamın sıcak ve ıslak alnına koydu. Çok yumuşak bir tonla, "Biliyorum, Theophil," dedi. "Her şeyi işitiyor, her şeyin içyüzünü görüyorsun. Dünyaya bildiklerinin hesabını vermen lazım; bu senin için de dünya için de çok faydalı olur. Yazman lazım, Theophil! Yazmak zorundasın!"

Bir yıldır, çalışması için yalvarıyordu. Uyuşukluğundan ıstırap duyuyor, çaresiz ve düşünceli başıboşluğuna katlanamıyordu. Ona hayrandı, canlılar arasındaki en büyük insan olduğunu düşünüyor, onu olayların kenarında değil merkezinde, etki gösterirken, müdahale ederken, dünyayı bilinçlenmeye çağırırken, uyarırken görmek istiyordu. Theophil ise şöyle cevap veriyordu:

"Daha ne yazayım? Her şeyi söyledim. Her şeyi önceden tahmin ettim. Dolandırıcıların maskelerini düşürdüm. Bir terslik vardı, kokusunu aldım. Bu kadar çok haklı çıkmaya katlanmanın ne kadar zor bir şey olduğunu bir bilsen, çocuğum. Kitaplarım unutuldu, hiç yazılmamış gibiler. Toplu eserlerimi yaktılar. Muazzam kehanetlerimi rüzgâr alıp götürdü – yine de bugün olup bitenlerin hepsi, söylemeye kimsenin dilinin varmayacağı bütün bu cefalar, nice kehanetler barındıran eserimin ufak bir tekrarından, bir hicvinden ibaret. Eserlerimde zaten hepsi yazıyor, her şey –en kötüsü, son felaket– peşinen söylenmiş, olacaklar bile. Ben bunların ıstırabını çekip bitirdim, hepsini bir şekle soktum. Daha ne yazayım ki? Dünyanın ıstırabını omuzlarımda taşıyorum. Tüm çöküşler yüreğimde cereyan ediyor, hem şimdikiler hem gelecektekiler. Ben, ben, ben..." Bu üç harften, kapana kısılmış, karışmış zihninin telaffuz ettiği "ben" kelimesinden sonra bir daha sesi çıkmadı. Korkunç acıların güzelleştirdiği başı –artık daha zarif, narin ve keskin biçimliydi– önüne düştü. Birden uykuya dalmıştı. Nicoletta eve döndü. Karanlık, serin sofada durdu. Kollarını yavaşça kaldırıp elleriyle yüzünü kapadı. Ağlamak istiyor ama gözyaşları dökülmüyordu, tükenmişlerdi. Nicoletta avuçlarının içine fısıldadı: "Artık dayanamıyorum. Artık dayanamıyorum. Buradan gitmem lazım. Daha fazla katlanamayacağım."

Hendrik'in dostum dedikleri, başka ülkelere dağılmış, farklı farklı şehirlerde yaşayan insanlardı. Bazılarının durumu iyiydi, mesela "profesör"ün hiç şikâyeti yoktu, onunki gibi dünya çapında birinin şöhreti hemen tükenmezdi, ömrünün sonuna kadar Barok mobilyalı ve goblenli şatolarda veya uluslararası otellerin prenslere layık dairelerinde kalacağı tahmin edilebilirdi. Yahudi olduğu için Berlin'de oyun sahnelemesini istemiyorlar mıydı artık? Öyle olsun ya da bunu Berlinliler düşünsün. Profesör, dilini avurtlarında heybetle gezdirdi, kakırdadı, birkaç gün boyunca kızgın kızgın homurdandı ve nihayet zaten son zamanlarda işlerinin fazlalaştığı kanaatine vardı, yani Berlinliler tiyatrolarını kendileri yapabilirdi; "şu Höfgen" Führer'i için komedi oynasındı – profesörün bu sezon Paris'te iki büyük opereti, Roma ve Venedik'te iki Shakespeare komedisi ve Londra'da bir tür dini revüsü vardı sahnelenecekti. Ayrıca "Hile ve Aşk" ve "Yarasa" oyunlarıyla Hollanda ve İskandinavya'da çıkması gereken turneleri vardı, baharda da Hollywood'da olması lazımdı, büyük bir film kontratı imzalamıştı.

Viyana'daki iki tiyatrosunu Fräulein Bernhard ile Herr Katz idare ediyordu; ikisinin de endişe edilecek bir tarafı yoktu. Herr Katz, Berlinlileri o çok derin "Suç" dramıyla tongaya düşürüp kendini İspanyol nörolog diye tanıttığı keyifli zamanları bazen hüzünle hatırlıyordu. "Bu şakalar bir şeye benziyordu hiç değilse!" deyip efendisi ve üstadını andıran bir heybetle, dilini avurtlarında gezdiriyordu. Artık Dostoyevski ruhuyla yapılacak bir şey kalmamış, Herr Katz ticaret dairesine kesinkes hapsolmuştu. Fräulein Bernhard da Kurfürstendamm'ı, hele hele Höfgen'i düşündü mü, hüzünleniyordu. Dalıp dalıp, "Ne muhteşem bir kötülük vardı gözlerinde!" diyerek hatırlıyordu onu. "Hendrik'im; onu Nazilere nasıl bıraktık, bu kadar güzelini gerçekten hak etmiyorlar." Diğer yandan, Höfgen kadar şeytani olmamakla birlikte daha zarif ve iddiasız genç bir Viyanalı ehlikeyfin "Rose" diye seslenip çenesini gıdıklamasına izin veriyordu.

Dora Martin, Berlin'deki bütün başarılarını gölgede bırakan ikinci yükselişini, yeni zaferini Londra ile New York'ta yaşadı. Hırslı bir mektep çocuğu veya yabancı bir ülkeyi fethetmek isteyen bir maceraperest gayretiyle İngilizce öğrenmişti. Vaktiyle Berlin'i büyüleyip şaşırttığı başına buyruk taşkınlıklarını yeni lisanıyla da yapabiliyordu artık. Sesli harfleri yayıyor, kuğuruyor, yakınıyor, kıkırdıyor, sevinç çığlıkları atıyor, şarkılar söylüyordu. On üç yaşındaki bir oğlan kadar ürkek ve hoyrat, bir Elf perisi kadar hafifti. Hantal ve kaprisli tavırlarla tuluat yapıyor gibiydi, gerçekteyse ileri zekâsı, efsunlu seyircisini gülümseten veya ağlatan, küçük ama özenli etkilerin her bir nüansını hesaplıyordu. Bile isteye, Almanya'dakine göre bir numara daha hissi, bir nebze daha kadınsı ve mülayim olmuştu. Kaba ve kısık tonları artık çok daha nadir çıkarıyor, daha ziyade masum, çocuksu, çaresiz, belermiş gözlerle insanları duygulandırmayı tercih ediyordu. "Tipimi azıcık değiştirdim," derken başını işveli işveli omuzlarına gömüyordu. "Gerektiği kadar tabii; İngilizlerin ve Amerikalıların hoşuna gidecek kadar." Londra ile New York arası mekik dokuyor, her iki şehirde de aynı piyesi yüzlerce kez peş peşe oynuyordu. Gündüzleri film çekiyordu. Fiziksel performansı ve dayanıklılığı şaşırtıcıydı. Zayıf, çocuksu bedeni yorulmak nedir bilmiyordu, sanki şeytani bir güç kazanmıştı. Amerika ve İngiltere'deki gazeteler onu, yeryüzünün en büyük sahne sanatçısı diye övüyordu. Temsilden sonra bir çeyrek saatliğine Savoy Oteli'nde görünse orkestra bir fanfar çalıyor, içeridekiler de şerefine ayağa kalkıyordu. Berlin'den kovulan Yahudi aktrise, her iki Anglosakson başkentin toplumu da teveccüh gösteriyordu. Dora Martin İngiltere Kraliçesi tarafından kabul edildi, Galler Prensi soyunma odasına gül yolladı, genç Amerikalı yazarlar onun adına piyesler yazdılar. Bazen Viyana veya Budapeşte'den röportaj yapmaya gelen muhabirler, bir gün yine Almanca oyunlarda oynayıp oynamayacağını soruyorlardı. Dora'nın cevabı şöyle oluyordu: "Hayır. Canım istemiyor. Ben artık Alman bir aktris değilim." Fakat şöyle düşündüğü de oluyordu: 'Yeni başarılarım hakkında Berlin'dekiler ne düşünüyor acaba? Haberleri oluyor mu? Elbette oluyordur. Biraz kızıyorlardır, ümit ederim. Zira orada zaferlerime sevinecek kimse olmayacaktır. Beni delicesine sevmekle böbürlenen bu yüz binlerce insan, bana hiç olmazsa şimdi kızmalılar ki adımı hepten unutmasınlar.'

Başrol oynadığı büyük bir İngiliz filmi Berlin'de gösterime girdi fakat yalnız birkaç günlüğüne, sonra gürültü çıktı. Propaganda bakanı "spontane saldırı" emri verdi. Nazi hücum kıtası SA'nın adamları sivil giydirilip sinemaya yollandı. Dora Martin'in yüzü, yakın çekimle beyaz perdede görününce, salonun her yerine dağıtılan oğlanlar ıslıklamaya, yuhalamaya ve koku bombası atmaya başladılar. Seyirci kılığına girmiş baldırı çıplaklar, "Alman sinemasında pis Yahudileri istemiyoruz artık," diye böğürüyorlardı. Işıkların yakılıp gösterinin kesilmesi gerekti. Şüpheli gösteri için bir araya gelen meraklılar ve pervasızlar, paniğe kapılıp korkarak binadan çıktılar. Kaçanlardan Yahudi'ye benzeyenler –Dora Martin'i görmeye epey Yahudi gelmişti– yakalanıp dövüldü. Propaganda bakanlığı Londra'da, liberal görüşlü Alman hükümetinin filme müsaade ettiği, Berlin seyircisininse bu tür şeylere artık sabretmediği haberlerini yaydı. Kamunun öfkesi doğrudan, şiddetli, üstelik çok da anlaşılırdı. Bundan böyle aktris Martin'in rol aldığı her film yasaklanacaktı. Dora Martin kendi yüzünden –daha doğrusu filmi yüzünden– Yahudilere kötü muamele edildiğini öğrenince, zehirli bir yemekten midesi bulanmış gibi iki büklüm oldu. "Pislikler," diye mırıldandı, gözlerinden kapkara öfke alevleri fışkırıyordu. "Adiler, alçak herifler!" Yumruklarını sallarken –kızıl perçemi de yüzünün etrafında savrulurken– intikam isteyen kahraman kadın figürlerini andırıyordu.

Farklı farklı şehirlerde yaşıyorlardı, iltica ettikleri ülkeler de farklı farklıydı:. Mesela Oskar H. Kroge geçici olarak Paris'e yerleşmişti. Yahudi de, komünist de değildi ama edebiyatın eski öncülerindendi: tiyatroyu ahlaki bir kurum olarak görüyor, adalet ve özgürlük gibi ebedi ideallere inanıyordu, onca hayal kırıklığına rağmen saf ve iyimser coşkusunu bırakmak istemiyordu, bu nedenle yeni Almanya'da yeri yoktu. Frankfurt'taki güzel günlerinin asil geleneklerine yeniden bağlanmaya karar vererek Prag'da, heyecanını anlayıp emrine birkaç bin Çek kronu verecek insanlar aramaya koyuldu; banliyöde bir bodrum katında edebiyat sahnesi açmak istiyordu. Para verecek kişileri buldu –verdikleri yeterince azdı– bodrumu ayarladı ve birkaç genç oyuncu ile bol bol "insanlıktan" ve "daha güzel zamanların şafağından" bahseden bir piyes buldu, sonra da genç oyuncularıyla provaya başladı; sonunda piyes sahnelendi. Dostuna sadık kalan Schmitz mali işlerle uğraşırken Kroge –inatçı idealist, inatla yücelik ve güzellik hayalleri kuran bu adam– rahatsız edilmeden yalnızca sanat çevresinde kalmak istiyordu. Ah, ne var ki Schmitz, böylesine yükseklerde gezinmesine daha fazla izin veremezdi. Muhtaç durumdaydılar – muhatapları belki maddi zorlukları bilen ama hiç fakirlik görmemiş eski Bohemya burjuvasıydı. Kroge bu kadar gülünç miktarda bir parayla en mütevazı tiyatronun bile idare edilebileceğine ihtimal vermezdi. İşler yürüyordu – ekonomik zorluklara bir de siyasi zorluklar eklenmesine rağmen işler şimdilik yürüyordu yürümesine ama Prag'daki Alman elçiliği, pasifist çılgınlığını tedirgin edici gördüğü bu Hamburg muhaciri tiyatro müdürüne karşı devlet dairelerinde entrikalar çeviriyordu. Kroge ile Schmitz karşı koyuyorlardı, sebatkârdılar, pes etmiyorlardı. Gelgelelim bir yandan da halden düşüp yaşlanıyorlardı. Schmitz'in yüzündeki pembelik gitmiş, Kroge'nin endişeli alnında ve kedi ağzının etrafındaysa gittikçe derinleşen kırışıklar çıkmaya başlamıştı.

Farklı farklı şehirler ve ülkelerde...

Juliette Martens, namı diğer Prenses Tebab veya Kongo prensesi, Montmartre'da küçük bir kabarede iş bulmuştu; gece yarısı ile sabah üç arası –dolar düştü düşeli Paris'te sayıları azalan– Amerikalılara, Fransa'nın taşrasından birkaç çakırkeyfe ve pezevenge, güzel vücudunu, sanatsal steplerini gösteriyordu. Üstünde yeşil, cam incilerden küçük bir sutyen, yeşil ipekten minnacık, üç köşe bir külot, arka tarafında da bolca yeşil devekuşu tüyüyle sahneye neredeyse çıplak çıkıyordu. Tüylü ihtişamını ima ederek küçük bir kuş olduğunu iddia ediyordu. Sürekli şunları tekrarlıyordu: Ben küçük bir kuşum, Montmartre'de yuva kurmak için okyanusu aşıp geldim. Gerçekteyse kuşa benzer bir tarafı yoktu. Rue de Martyres'deki hazin odası da yuvaya falan benzemiyordu. Kapkaranlıktı, dar, pis bir avluya bakıyordu. Boş ve lekeli duvarlarındaki tek süs, oyuncu Hendrik Höfgen'in bir fotoğrafıydı: Juliette geçirdiği bir öfke ve acı nöbeti sırasında fotoğrafı parçalamış fakat sonra parçaları özenle birbirine yapıştırmıştı – Hendrik'in ağzı artık biraz yamuk duruyor, bu durum yüzüne hiddetli bir ifade veriyor, alnından geçen bir tutkal şeridi de yara izine benziyordu; bunun haricinde güzelliğine mümkün mertebe yeniden kavuşmuştu.

Juliette her aybaşı, sahibini tanımadığı bir evin kapıcısından Hendrik'in gönderdiği ufak meblağı almaya gidiyordu. Montmartre Kabaresi ile Berlin'den gelen takviye toplasan toplasan ancak, orospuluk etmeden yaşamaya yetiyordu. Görüştüğü pek kimse yoktu, sevgilisi de. Berlin maceralarından kimseciklere bahsetmiyordu, zira hem hayatını veya en azından küçük aylık gelirini kaybetmekten korkuyor hem de Hendrik'in başına iş açmak istemiyordu. Çünkü gönlü hâlâ ondaydı.

Hiçbir şeyi unutmamış ve affetmemişti. Ne ıstıraplar çektiği o loş hücreyi her gün hiç yoksa bir kez nefret ve ürpertiyle hatırlıyordu. İntikam ama esaslı ve tatlı bir intikam almayı düşünüyordu, bayağı ve zavallıca olmamalıydı. Prenses Tebab uzun geçen günlerinin uzun saatlerinde, kirli yatağına uzanıp hayallere dalıyordu. Afrika'ya dönüp bütün siyahileri etrafına toplayacak – halkını büyük bir isyana, Avrupa'ya karşı büyük bir savaşa sokmak için bütün siyahilerin kraliçesi ve savaşçı prensesi olacaktı. Yerkürenin beyaz kısmı çöküşe hazırdı: Juliette, Berlin Gizli Devlet Polisi memurlarını evinde ağırladıktan beridir bundan kesinkes emindi. Yerkürenin beyaz tarafı mahvolmalıydı, Prenses Tebab kara kardeşleriyle Avrupa'nın başlıca şehirlerinde zafer geçitleri yapmak istiyordu. Yerkürenin beyaz tarafını örten ayıbı emsalsiz bir kıyım temizleyecekti. Küstah efendiler köle olmalıydı. Hayal kuran prenses, Hendrik'in en gözde kölesi olup ayaklarına kapandığını görüyordu. Of, ne eziyetler ederdi ona! Of, ne kadar şımartırdı onu! Hendrik'in açık alnını çiçeklerle taçlandırmak istiyordu ama tacını diz çökerek taşıyacaktı. Aşağılanıp süslenmiş en kıymetli ganimet olan bu şirret adam, sevgilisiyle ve tebaasıyla birlikte yürüyecekti.

Siyah Venüs böyle hayaller kurarken güçlü ve pütürlü parmakları, örgü deriden kırmızı kırbacıyla oynuyordu.

Çıktığı bir akşam gezintisinde, Madeleine'den Place de la Concorde'a doğru hareket eden insan selinin arasında Barbara'nın, yanından geçtiğini gördü. Hendrik'in uzun zaman kıskanç veya duygudaş düşüncelerinin konusu olan karısı aceleyle ve dalgın dalgın yürüyordu. Juliette parmak uçlarıyla koluna hafiften dokunup pes ve boğuk sesiyle, "Bonsoir, Madame," dedi. Böyle derken de başını biraz eğdi. Muhatabı şaşırıp başını kaldırdığında zenci kadın çoktan gitmişti. Barbara onun sadece geniş sırtını gördü, sonra bu sırt da başkalarının sırtları, başkalarını bedenleriyle örtüldü.

Farklı farklı şehirler ve ülkelerde... Bazıları Danimarka'da, bazıları Hollanda'da, bazıları Londra, Barselona veya Floransa'da yaşıyordu. Rüzgâr bir kısmını da Arjantin'e veya Çin'e atmıştı.

Nicoletta von Niebuhr, evlendikten sonraki soyadıyla Marder, günün birinde yine Berlin'e geldi. İçi şapka dolu, lime lime olup çürümüş kırmızı bavullarıyla Hendrik Höfgen'in Reichskanzler Meydanı'ndaki dairesine gitti. "İşte geldim," derken gözlerini alabildiğine ışıldatmaya çalıştı. "Güneye dayanamaz olmuştum artık. Theophil harika biri, tam bir dâhi, onu her zamankinden çok seviyorum. Fakat zamanın ve gerçek olayların dışına çıktı. Hayalperestin birine, bir Parsifal'e döndü – buna katlanamıyorum. Anlıyor musun, Hendrik, katlanamıyorum?"

Hendrik anlıyordu. Hayalperestlere tamamen karşıydı, zamana ve zamanın gerçek olaylarıyla kurulması gereken irtibata bizzat sahipti. "Göç zayıflara göre bir şey," dedi sert sert. "Fransa'nın güneyindeki kaplıcalardaki bu insanlar kendilerini kahraman sanıyorlar ama sadece firariler. Biz burada cephede duruyoruz, dışarıdakiler ise cephe gerisine sıvışıyorlar."

Kocasını terk eden Nicoletta, "Mutlaka tekrar tiyatro oynamak istiyorum," dedi.

Hendrik o işin çok sıkıntı olmadan halledilebileceğini söyledi. "Devlet tiyatrosunda canımın istediği hemen her şeyi kabul ettirebiliyorum. Cäsar von Muck hâlâ müdür maalesef, ama başbakan onu sevmiyor, propaganda bakanıysa sadece prestijden ötürü kolluyor. Bizim Cäsar'ın berbat bir tiyatro müdürü olduğu herkesin dilinde. Sıkıcı bir repertuarı var, ona kalsa hep kendi piyeslerini sahneye koyacak. Oyunculuktan da anladığı yok. Tek becerdiği iş, açık verip durmak."

Memlekete geri dönen Nicoletta devlet tiyatrosunda iş bulacağına kesin gözüyle bakabilirdi. Ama Hendrik onunla önce Hamburg'da Barbara Bruckner'le evlenmeden hemen önce, Baltık plajlarında turnedeyken oynadıkları iki kişilik piyeste misafir oyuncu olarak oynamak istiyordu. Hamburg Sanatçı Tiyatrosu iktidarın dostu bu meşhur ve eski üyesini, misafir olarak ağırlamaktan gurur duyacaktı. Kurumun yeni müdürü ve Kroge'nin halefi Baldur von Totenbach adlı birisi Höfgen ile refakatçisini istasyonda bekliyordu. Herr von Totenbach muvazzaf subaydı, yüzünde meç yaraları vardı, gözleri de Herr von Muck gibi çelik mavisiydi, tıpkı Muck gibi bu da Saksonya aksanıyla konuşuyordu. "Hoş geldiniz, dostum Höfgen!" diye seslendi, Hendrik'in geçmişinde kültür Bolşevikliği değil de subaylık varmış gibi söylemişti bunu. Meslektaşlarını karşılamak için Herr von Totenbach'la beraber istasyona koşturmuş olan bazı başkaları da, "Hoş geldiniz!" diye bağırdılar. Aralarında Motz da vardı, Hendrik'e sarıldı, gözlerinde sahici duygulanmışlığın yaşları vardı. Mert kadın, "Ne kadar zaman geçmiş!" diye haykırırken ağzının içindeki altın ışıldadı. "Neler neler yaşamışız!" Çocuğu olmuştu, Nicoletta ile Hendrik'in çok geçmeden öğrendiğine göre, küçük bir kızı vardı, baba rolleri oyuncusu Petersen'le yıllardır süren ilişkisinin geç, aslında biraz da şaşırtıcı meyvesiydi bu. "Alman kızı," dedi, "adını Walpurga koyduk."

Petersen hiç değişmemişti. Gemici sakalı artık olmadığından yüzü biraz çıplak duruyordu. Girişkenliğinden, zor kazandığı parayı savurma ve genç kızlara takılma alışkanlığını bırakmadığı fark ediliyordu. Muhtemelen Motz onu Petersen'e göre hâlâ daha çok seviyordu. Yakışıklı Bonetti siyah SS üniformasıyla ortaya çıktı, göz kamaştırıcı görünüyordu, seyirciden eskiye nazaran çok daha fazla aşk mektubu aldığı anlaşılıyordu. Mohrenwitz artık tiyatroda değildi. Motz elini ağzına kapayarak, "Yahudi soyundandı," diye tıslarken küçük ve ahlaksızca bir kahkahayla sarsıldı, sanki müstehcen bir şey söylemişti. Rolf Bonetti –belki de vaktiyle Rahel'le işlediği bütün ırk ayıplarından ötürü– tiksinmiş bir yüz ifadesi takındı. Şeytani genç kız –Hendrik'e anlatılanlara göre– kanının saf olmadığı meydana çıkınca intihar teşebbüsünde bulunmuş, sonunda da Çekoslovakyalı bir ayakkabı fabrikatörüyle evlenmişti. Motz küçümser bir dille, "Maddiyata bakarsan hali vakti yerindedir herhalde, yurt dışında kendisi..." diye tahminde bulunuyor, başparmağı omzunun üstünden arkasını işaret ediyordu, sanki uzakta, çirkin bir yerlerdeydi şu "yurt dışı".

Tiyatronun yeni üyeleri –haşin bir neşeyi katı askeri disiplinle takdire şayan şekilde birleştiren sarışın, yarma denebilecek oğlanlar ile kızlar– kendilerini büyük Höfgen'e tanıtıp sadakatlerini sundular. Bir masal prensiydi Höfgen, haset ve hayranlığı, payına düşen vergi olarak cebine atan büyüleyici bir yakışıklıydı. Evet, dünya üzerine inmiş, kısa süreliğine ayrıldığı aşağıdaki mekânına geri dönmüştü. Üstelik cana yakın görünüyor, Motz'un kolunu omzuna koymasına ses etmiyordu. Motz, "Ah, eskisine göre hiç değişmemişsin," diye kendinden geçip Höfgen'in elini sıktı. Petersen'den "Hendrik daima harika bir arkadaş olmuştur," lafları işitilirken Herr von Totenbach konuyu kapatarak, biraz sertçe bir açıklamada bulundu: "Yeni Almanya'da hangi konumda olursa olsun sadece arkadaşlar vardır."

Hendrik, Herr Knurr'u –hani gamalı haçını hep yakasının altında saklayan ve "kültür Bolşeviği" Höfgen'in, locasının yanından vicdanı sızlayarak istemeye istemeye geçtiği şu sahne perdecisi Knurr'u– selamlama arzusunu dile getirdi. Bu eski parti üyesi, başbakanın dostu ve gözdesi Hendrik'in elini sıkabilse sevinçten titremez miydi? Herr Knurr'un Höfgen'i oldukça soğuk karşılaması şaşırtıcı olmuştu. Perdecinin odasında, hiç Führer resmi görülmüyordu, hâlbuki resmi şimdi göstermesi meşru, hatta makbul karşılanırdı. Hendrik nasıl olduğunu sorduğunda, adam dişlerinin arasından pek nazik gelmeyen bir şeyler mırıldandı, Höfgen'e doğrulttuğu bakışları da zehir gibiydi. Durum aşikârdı: Önderi ve kurtarıcısı, aynı zamanda bütün o muhteşem milliyetçi hareket Herr Knurr'u çok derin hayal kırıklığına uğratmış, birçoklarında olduğu gibi bütün ümitlerini boşa çıkarmıştı. Pilot generalin dostu Höfgen için perdecinin odasının önünden geçmek, eskiden olduğu gibi şimdi de utanılacak bir şeydi: Herr Knurr'la ilişkisi düzelmemişti.

Eskiden yumruğunu sıkıp kızıl cephe selamıyla karşıladığı komünist sahne işçilerinden hiçbirinin tiyatroda bulunmadığını görünce bir ferahlık hissetti. Kaldıkları yeri sormaya cesaret edemiyordu. Belki döve döve öldürülmüş, belki içeri atılmış, belki göç etmişlerdi.

Tiyatro, akşam kapalı gişe oynadı, Hamburglular Berlin'de –önce profesörün, sonra şişko başbakanın yanında– muhteşem bir kariyer yapan eski gözdelerine tezahüratta bulunuyorlardı. Nicoletta herkesi hüsrana uğratmıştı. Onu tutuk, yapmacık, hatta biraz da tekinsiz bulmuşlardı. Sahiden de tiyatro oyunculuğunu epey unutmuştu. Tavrı hamlamış, sesi acayip boş, acıklı bir tona bürünmüştü. Sanki içindeki bir şeyler donmakla kalmamış, kırılıp parçalanmıştı da. Üstelik seyirci artık büyük burnundan da işkilleniyordu. Acaba kanında biraz Yahudilik mi var? diye fısıltılar geliyordu ön sıralardan. Yok, yok, diyordu diğerleri, öyle olsa Höfgen onunla ortalığa çıkar mıydı hiç!

Ertesi sabah Hendrik'in aklına Frau Mönkeberg'i ziyaret etmek gibi tuhaf bir fikir geldi. O da –Hendrik'i kibar tavrıyla yıllarca aşağılayan Frau Mönkeberg de– Hendrik'i bütün ihtişamıyla görmeliydi. Müsteşarın kızı Barbara, birinci kata çaya davet edilmişti hemen. Ama Hendrik'e nezaket ve alayla gülümsemişlerdi. Hendrik şimdi Mercedes arabasıyla yaşlı hanımefendinin yanına gitmek istiyordu.

Villa'ya vardığında yabancı bir kapıcıdan Frau Mönkeberg'in öldüğünü öğrendi ve hayal kırıklığına uğradı. Tam ona göreydi bu! Mahcup olacağı bir karşılaşmadan, kaçarak kurtuluyordu. Şu kibar, eski toprak burjuvalar –parasız ama asil bir geçmişi ve şefkatli bir yüzü olan, kibar tabakanın bu içli insanları– yok muydu: onlara hiç ulaşılamaz, hiç rast gelinemez miydi? Kanlı iktidarla anlaşan, Mephisto'laşan küçük burjuvanın, bunlara karşı kazandıkları zaferin keyfini çıkarmaya asla hakkı olmaz mıydı?

Hendrik kızdı. Çok eğleneceğini düşündüğü bir girişim başarısızlığa uğramıştı. Bunun dışında Hamburg'u ziyaretinden hayli memnun kaldı. Herr von Totenbach vedalaşırken, "Ben ve bütün kumpanyam sizi ağırlamaktan gurur duyduk Höfgen arkadaş!" demişti. Motz ise küçük Walpurga'yı, elinde bağıran yavrucağı takdis etmesi ricasıyla Höfgen'e uzattı. "Takdis et onu, Hendrik!" diyordu. "O zaman adam olur bundan! Walpurga'mı takdis et!" Petersen de hemfikirdi.

Hendrik gezisinden dönünce Lotte Lindenthal, üst kademelerde şahsı hakkında şiddetli tartışmalar geçtiğini bildirdi. Başbakan –Lotte daha şimdiden "kocam" diye bahsediyordu– Cäsar von Muck'tan memnun değildi, bunu herkes biliyordu. Herkesin pek bilmediği şeyse Prusya Devlet Tiyatroları müdürüne pilot generalin kimi halef seçtiğiydi: Seçtiği kişi Hendrik Höfgen'di. Propaganda bakanı ve onunla birlikte "radikal düşünceli," "yüzde yüz nasyonal sosyalist", hele de kültürel meselelerde her tür tavize karşı olan kıdemli parti mensupları ise karşı çıkıyordu.

Propaganda bakanı, "Böyle güzide, böyle temsili bir makama partinin mensubu olmayan ve geçmişi baştan aşağı kültür Bolşevikliğiyle dolu birini getirmek doğru değil," diye açıklıyordu.

Büyük kudret ve ihtişamı içinde sık sık ürperti veren liberal kaprislere kapılabilen başbakan, "Sanatçı parti mensubuymuş, değilmiş, benim için birdir. Asıl mesele yetenekli olmasıdır," diye karşılık vermişti. "Höfgen'in idaresinde Prusya Devlet Tiyatroları iyi hasılat yapacaktır. Herr von Muck'un müdürlüğü vergi mükelleflerimiz için fazla lüks."

Himayesindekilerin ve gözdelerinin kariyeri söz konusu olunca general birden vergi mükelleflerini bile düşünüyordu ki bu kadarına nadir rastlanırdı.

Propaganda bakanı itiraz etti, Cäsar von Muck Führer'in dostu ve eski bir dava arkadaşıydı, onu kapı önüne koymak imkânsızdı. Pilot general neşeyle, "Tannenberg" dramının yazarı, yazar akademisinin başkanı yapılsın, diye teklifte bulundu, "orada kimseyi rahatsız etmez", öncesinde de güzel bir seyahate yollanabilirdi.

Propaganda bakanı, dinlenmek için Bavyera dağlarında kalan Güher'i arayıp otoritesini kullanmasını, yetenekli ve becerikli olmakla beraber çok kötü nitelikleri bulunan Höfgen gibi bir komedyenin, imparatorlukta tiyatronun başına geçirilmesini engellemesini istedi. Başbakansa Bavyera Alplerine iki gün önce bir ulak göndermişti. Karardan kaçınan Führer cevap yolladı: Durum kendisini ilgilendirmiyordu, kafasında daha büyük ve önemli işler vardı, arkadaşlar bunu bir zahmet aralarında halletsinlerdi.

Tanrılar çarpışıyordu. İş propaganda bakanı ile başbakan, yani topal ile şişko arasında büsbütün iktidar ve itibar meselesine dönmüştü. Hendrik beklemedeydi – tanrıların kavgasından ne sonuç çıkmasını isteyeceğini pek bilmiyordu. Bir taraftan müdüriyet ümidi, kibrini ve nüfuz tutkusunu feci tahrik ediyordu, diğer taraftaysa birtakım sakıncalar vardı. Bu devlette yüksek bir resmi makama geçerse, kendini tamamen ve ebediyen rejimle özdeşleştirmiş olacaktı; kaderini, ellerini kan bürümüş maceraperestlerinkiyle kayıtsız şartsız bağlayacaktı. Bunu ister miydi? Niyeti bu muydu? İçinde bu adımı atmaması için uyaran sesler yok muydu? Vicdan azabının sesi ve bu sesin yol açtığı korkunun sesleri yok muydu?

Tanrılar savaşıyordu ve hüküm verildi: Şişko galip gelmişti. Höfgen'i yanına çağırıp resmen devlet tiyatrolarının müdürlüğünü teklif etti. Oyuncu, sevinmekten ziyade kafası karışarak kalakalıp coşku yerine neredeyse şaşkınlık gösterince başbakan öfkelendi.

"Tüm nüfuzumu sizin için kullandım! Halt etmeyin şimdi! Üstelik Führer de müdür olmanız taraftarı," diye yalan söyledi.

Hendrik hâlâ tereddüt ediyordu, kısmen içindeki susmak bilmeyen sesler yüzünden, kısmen elini kan bürümüş iktidarın kendisine ricada bulunması hoşuna gittiğinden. Bana ihtiyaçları var, diye içten içe seviniyordu. Neredeyse göçmen olacakken şu an karşımda duran kudretli adam, tiyatrolarını iflastan kurtarayım diye yalvarıyor! Yirmi dört saat düşünme mühleti rica etti. Şişko söylenerek onu salıverdi.

Hendrik gece Nicoletta'ya danıştı.

"Bilmiyorum," diye yakınıyor, gözkapaklarını kısarak işveli, mücevher bakışlarını boşluğa yolluyordu. "Kabul edeyim mi etmeyeyim mi? Her şey o kadar zor ki..." Başını arkaya devirip yıpranmış asil yüzünü tavana doğrulttu.

Nicoletta tiz, keskin ve tatlı bir sesle, "Elbette etmelisin!" dedi. "Kendin de çok iyi biliyorsun ki etmelisin, etmek zorundasın. Buna zafer denir, sevgilim," diye kuğurdarken yalnız ağzıyla değil, bütün vücuduyla kırıttı. "Galibiyet denir buna! Senin olacağını hep biliyordum."

Hendrik –soğuk ve parıltılı bakışı hâlâ tavana dönükken– sordu: "Bana yardım edecek misin, Nicoletta?"

Nicoletta yataktaki yastıkların arasında diz çöktü. Güzel ve iri, kedi gözleriyle ışıl ışıl bakarken cevap verdi, her heceyi enfes bir şeymiş gibi biçimlendiriyordu: "Seninle gurur duyacağım."

Ertesi gün harika bir hava vardı, Hendrik dairesinden başbakanın sarayına yayan gitmeye karar verdi. Bu sıradışı uzunca gezinti, günün şen karakterinin altını çizecekti. Hendrik Höfgen'in yeteneğini ve ismini elini kan bürümüş iktidarın emrine olduğu gibi verdiği gün, şenlik günü değil de ya neydi?

Nicoletta dostuna eşlik ediyordu. Güzel bir gezintiydi. Her iki aylağın da keyfi ve neşesi yerindeydi, yolda karşılaştıkları bir tesadüf ise bu havayı maalesef biraz bulandırdı.

Hayvanat bahçesinin yakınlarında dimdik duruşu ve güzel, beyaz, kibirli yüzüyle bakanları gıpta ettiren yaşlı bir kadın geziniyordu. Biraz eski moda ama zarif kesimli inci grisi bir kostüm giymiş, başına da parlak, siyah kumaştan üçgen bir şapka takmıştı. Şapkanın altından şakaklarında iyice kıvrılan, beyaz perçemleri görülüyordu. Yaşlı kadının başı 18. yüzyıl aristokratlarına benziyordu. Küçük ama emin adımlarla yavaşça yürüyordu. Kırılgan, zarif ama dimdik duran bedeninde eski çağların hüzünlü vakarı vardı; o çağlarda insanlar muhataplarından güzel ve dik bir duruş beklerlerdi, iş güç telaşıyla dolu olsa da büsbütün değersizleşmeye doğru sakıncalı bir seyir izleyen bu boş ve ihmalkâr günlerde pek de beklenmeyen bir duruştu bu.

Nicoletta saygıyla ürpererek sessizce, "Generalin karısı," dedi, ardından da durdu. Biraz kızarmıştı. Hafif ve gri şapkasını çıkarıp iyice eğilirken Hendrik de kızardı.

Generalin karısı, mavi mücevherlerden uzun bir zincirle göğsüne astığı gözlüğünü kaldırdı. Yalnız birkaç adım uzağında duran genç çifti gözlüğüyle uzun uzadıya ve rahatça süzdü. Güzel ihtiyarın yüzü hareketsizleşti. Oyuncu Höfgen'in selamına karşılık verdi, refakatindeki kadınıysa es geçti. İkisinin nereye gittiğini, eskiden Barbara'yla evli olan Hendrik'in bir saat içinde hangi sözleşmeyi imzalayacağını biliyor muydu? Bunu veya benzer bir şeyleri seziyordu belki. İkisi hakkında ne düşüneceğini biliyordu. Gelişmeleri takip ediyordu, ikisiyle de hiç uğraşmamaya kararlıydı. Generalin karısının saplı gözlüğü hafif bir tıkırtıyla aşağı indi. Yaşlı kadın Hendrik ile Nicoletta'ya sırtını döndü. Gücün ve mağrur bir maneviyatın, sağlamlık hatta belli bir canlılık bahşettiği ufak ve yorgun adımlarla yanlarından uzaklaştı.

X

Tehdit

Müdür keldi. Tabiatın geride bıraktığı son ipeksi perçemlerini de kazıyordu. Asil biçimli kafatasından utanmasına gerek yoktu. Sayın başbakanın tutulduğu Mephistovari başını vakar ve kurumla taşıyordu. Solgun ve şişkince yüzündeki soğuk mücevher gözleri her zamankinden daha karşı konmaz şekilde parlıyordu. Şakaklarındaki hassas ıstırap çizgisi, saygıyla karışık bir acıma uyandırıyordu. Yanakları biraz sarkmaya başlamıştı, oysa çenesi ortasındaki belirgin çentik ile zorbaca güzelliğini korumuştu. Tarz gereği çenesini kaldırdığında hem imrendirici hem tahrik edici duruyor, gelgelelim yüzünü eğecek olsa boynunda kırışıklar çıkıyor ve aslında gıdığı olduğu anlaşılıyordu.

Müdür yakışıklıydı. Yakışıklılığının büsbütün gerçek ve meşru olmadığını, tabiatın hediyesinden çok iradesinin başarısına dayandığını tespit etme cüretine ancak generalin karısı gibi saplı gözlüğünden gözlerini kısarak bakanlar kalkışabilirlerdi. Her şeye bir kulp bulan art niyetli kimseler, "Yüzü de aynı elleri gibi," diye iddia ediyorlardı: "Elleri geniş ve çirkin olsa da ince ve gotiklermiş gibi göstermeyi beceriyor."

Müdür çok ağırbaşlıydı. Monoklünü geniş çerçeveli bir kemik gözlükle değiştirmişti. Dimdik, derli toplu, adeta kaskatı duruyordu. Vücudunu saran yağ tabakalarının üstünü şahsiyetinin büyüsü kapıyordu. Çoğunlukla kısık, boğuk ama buna rağmen şakırcasına bir sesle konuşuyordu, sesi buyurgan, hazin ve işveli tonları çaktırmadan değiştiriyor, bazen de örneğin kutlama yapılırken insanları şaşırtarak birdenbire parlayabilen madeni bir tını çıkarıyordu.

Fakat müdür neşeli de olabiliyordu. İşlerini görmesini yarayan repertuarında, Ren Bölgesi'ne has olmakla beraber şahsındaki taşkınlığın mührü olan neşenin önemli yeri vardı. Bezgin sahne işçilerini, dik kafalı oyuncuları veya zar zor başa çıkılan iktidar temsilcilerini kazanmak söz konusu olunca şaka yapmayı nasıl da beceriyordu! Ciddi toplantı salonlarına gün ışığı getiriyor, uzun çabalarla mükemmelleştirdiği doğuştan nüktedanlığıyla bulutlu prova günlerini aydınlatıyordu.

Müdür popülerdi. Hemen herkesçe sevilir, cana yakınlığı övülür, iyi biri olduğu düşünülürdü. Sadece gizli buluşmalarda, sıkı sıkıya kapalı mekânlarda görüşlerini dile getirebilen siyasi muhalefet bile ona karşı yumuşak tavırlıydı. Höfgen'inki gibi önemli bir makamda nasyonal sosyalist olmadığını beyan eden birinin oturması –rejimden memnun olmayanlar böyle söylüyordu– büyük şanstı. Bu komplocu çevrelerde devlet tiyatrosu müdürünün bakanlıklara karşı bazı şeyleri başardığını, bazı istisnalar yaptırdığını bildiklerini söylüyorlardı. Otto Ulrichs'i Prusya sahnesine çıkarmıştı – riskli olduğu kadar övülesi bir hareketti. Hatta birkaç zamandır, Yahudi veya yarı Yahudi bir özel kalem tutmuştu kendine: Genç adamın adı Johannes Lehmann'dı, yağlı görünen gözleri yumuşak ve ela rengiydi, müdüre de sadık bir köpek gibi bağlıydı. Lehmann Protestanlığa geçmişti ve çok dindardı. Germanistik ve tiyatro tarihinin yanında ilahiyat dersleri de almıştı. Siyasete merakı yoktu. "Hendrik Höfgen büyük insan," deyip durur, ailesi vasıtasıyla irtibatının olduğu Yahudi çevrelerinde ve dindarlığı sayesinde ilişki kurduğu muhalif ve dini çevrelerde kanaatini gayretle dile getirirdi.

Hendrik sadık Johannes'in ücretini kendi cebinden ödüyordu; ayaktakımı ırkından birini hizmetinde tutup kendini rejim karşıtlarına saydırmak için kesenin ağzını biraz açıyordu. "Ari" bir özel kalemi olsa parasını devlet tiyatrosu karşılardı ama "ari olmayan" birine maaş bağlarken kamu bütçesinden talepte bulunamıyordu. Başbakan belki bu keyfiliğini bile bağışlardı. Ama Hendrik bu maddi fedakârlığı yapmaya önem veriyordu. Her ay ödediği, üstelik bütçesine neredeyse hiç yük bindirmeyen iki yüz markın epey faydasını görüyordu. Çünkü işlediği hayra ağırlık kazandırıp etkisini arttıran işte bu paraydı. Genç Johannes Lehmann, Höfgen'in çok büyük risklere girmeden sağlayabildiği şu "sigortaların" arasında önemli bir getiriydi. Bunlara ihtiyacı vardı, bunlar olmasa durumuna tahammül edemez, mutluluğu da gariptir ama susmak bilmeyen vicdan azabıyla ve bu büyük adamı bazen rüyalarına kadar takip eden gelecek korkusuyla mahvolurdu.

Laubali davranmayı tiyatroda –yani kıdemli memur olarak bulunduğu bir yerde– bile hiç yerinde bulmuyordu: Propaganda bakanı ile basını yakın takipteydi. Sanatın rezil rüsva edilmesini, acemi işi piyeslerinin sahnelenmesini, sarışınlıktan başka hiç özelliği olmayan oyuncuların işe alınmasını engelleyebilmesi bile mutlu olması için yeterdi.

Tiyatroda, sahne çalışanlarından, rejisör yardımcılarından, perdecilerden yıldız oyuncularına kadar elbette tek bir

Yahudi bile yoktu. Şeceresinin dördüncü, beşinci nesle kadar kusursuz olduğu ispatlanamayan bir yazarın piyeslerinin kabul edilmesi tabii ki düşünülemezdi. Rejimin yakışıksız görebileceği bir düşünce barındırdığı tahmin edilen piyesler ise zaten söz konusu olamazdı. Bu şartlar altında repertuar oluşturmak çok basit değildi, çünkü klasiklere de güven olmuyordu. Hamburg'daki "Don Carlos" temsilinde Marki Posa, Kral Philipp'ten "düşünce özgürlüğü" talep edince salondan kışkırtıcı, neredeyse başkaldırıcı alkışlar gelmiş, Münih'te "Haydutlar"ın yeni mizanseni, hükumet yasaklayana kadar kapalı gişe oynamıştı: Schiller'in gençlik eseri, güncel devrimci dramlara benzer etkide bulunmuş, seyirciyi coşturmuştu. Müdür Höfgen ne "Carlos"a ne "Haydutlar"a cesaret edebiliyordu, halbuki hem Marki Posa'yı hem Franz Moor'u oynamaktan hoşlanırdı. 1933 Ocağına kadar iddialı bir Alman sahnesinin oyun planında yer alacak neredeyse bütün modern piyesler –Gerhart Hauptmann'ın henüz güçlü sayılan ilk eserleri, Wedekind'in, Strindberg'in, Georg Kaiser'in, Sternheim'ın dramları– sahip oldukları kültür Bolşeviği ruhtan ötürü, kati surette öfkeyle karşılanıp reddediliyordu: Müdür Höfgen birini bile sahnelemeyi önermeye cüret edemiyordu. Kabiliyetli genç dramcılar neredeyse istisnasız göç etmişti veya Almanya'da parya hayatı yaşıyorlardı. Müdür Höfgen, güzelim tiyatrolarında ne oynatacaktı? Nasyonal sosyalist yazarlar –siyah veya kahverengi üniformalı şu yaman oğlanlar– tiyatrodan biraz anlayan herkesin tüyleri ürpererek yüz çevireceği varakpareler yazıyorlardı. Müdür Höfgen, bu militan çocuklardan ancak zerre miktar yetenek kıvılcımı gördüklerine iş veriyordu. Beş tanesine daha işe başlamadan birkaç bin mark ödetmişti ki sonunda eline bir piyes geçsin. Sonuçlarsa vahimdi. Teslim edilenler, isterik liselilerin baştan savma işi gibi görünen vatansever trajedilerdi. Hendrik yakınlarına, "Bu Almanya'da bir nebze olsun adamakıllı tiyatro yapmak kolay iş değil," diyor, ellerini solgun, yıpranmış, biraz tiksintili duran yüzüne dayıyordu.

Durum çok zor, ama Müdür Höfgen çok becerikliydi. Modern güldürüler olmadığından, eski farsları keşfedip büyük başarılar elde etti, atalarımızı eğlendiren tozlu bir Fransız komedisiyle tiyatroları aylarca doldurdu. Kendisi bizzat başrol oynuyor, harika nakışlı bir Rokoko kostümüyle seyircinin karşısına çıkıyordu, nefis makyajlı suratı, çenesindeki siyah sahte benle öyle müstehcen bir etki bırakıyordu ki ön sıralardaki bütün kadınlar, birileri gıdıklıyormuş gibi aldıkları hazdan kıkırdaşıyorlardı. Tavırlarında bir neşe, konuşmalarında bir şevk vardı, böylece sıradan ihtiyarlara yazılmış bu oyunu en parlak modern piyesler gibi gösteriyordu. Schiller'in özgürlük diye diye adı çıktığından, basının büyük Cermen ve en muhteşem halk dehası ilan ettiği Shakespeare'i yeğliyordu. Bir yarı tanrının gözdesi ve Yeni Almanya'nın resmi oyuncusu olan Lotte Lindenthal, yazarının tamamen çağdışı akıl sevdası ve Yahudi severliğinden ötürü kötü bir üne sahip olan bir komedide Minna von Barnhelm olarak sahne almaya cesaret edebiliyordu. Lindenthal pilot generalle aşk meşk ettiğinden Gotthold Ephraim Lessing'in "Bilge Nathan"daki kabahatini affediyorlardı. "Minna von Barnhelm" de iyi hasılat yapıyordu. Yazar Cäsar von Muck'un idaresinde berbat durumda olan devlet sahnelerinin geliri, yeni müdürün mahareti sayesinde gözle görülür artış gösteriyordu.

Führer'in özel görevlendirmesiyle Avrupa'da konferans ve propaganda turnesine çıkan Cäsar von Muck'un, halefinin zaferlerine kızmak için çok bahanesi vardı. Gerçekten de kızıyor ama kızdığını göstermediği gibi "dostu Hendrik"e Palermo'dan veya Kopenhag'dan kartpostal yolluyordu. Özgürce ülke ülke dolaşmanın ne kadar güzel ve muhteşem olduğunu yaza yaza bitiremiyordu. Stockholm'deki Grand Hotel'den, "Biz yazarlar, hepimiz avareyiz," yazıyordu. Yanına bolca döviz almıştı. Bütün gazetelerin tam sayfa yayımlamaya mecbur olduğu kısmen lirik, kısmen militan köşe yazılarında birçok lüks lokanta, tiyatro locaları ve elçilik resepsiyonlarının sözü ediliyordu. "Tannenberg" trajedisinin yaratıcısı, dünyevi eğilimlerini keşfediyordu. Diğer taraftan payına düşen hazları, yüce birer ahlaki görev olarak görüyordu. Alman diktatörlüğünün yurtdışındaki monden ve şairane ajanı, şüpheli faaliyetini "papazlık mesleği" diye niteliyor, Üçüncü Reich'ın reklamını müdürünün –yani topalın– yaptığı gibi rüşvet yedirerek değil daha ziyade ufak tefek, narin aşk şarkılarıyla yapmak istediğini vurgulamaktan hoşlanıyordu. Dört bir yanda önemli ve bir o kadar da cazip maceralar yaşıyordu. Mesela Oslo'dayken Avrupa'nın en kuzeyindeki telefon kulübesinden birisi aramıştı. Kutuplardan telaşlı bir ses, "Almanya ne âlemde?" diye soruyordu. Papaz seyyah ise bunun üzerine, içinde bulunduğu karanlıkta bir avuç dolusu kar çiçeği, kardelen ve baharın ilk menekşeleri gibi açacak birkaç cümle telaffuz etmeye çalıştı huşu içinde. Her yer güzeldi, Mazurya Bataklığı Muharebesi'nin şarkıcısı, kendini yalnız Paris'te huzursuz hissediyordu. Çünkü yabancı görüp hoşlanmadığı militarist ve savaşçı bir ruh, zihnini karıştırıyordu. Yazar eve, "Paris tehlikeli," diye yazıyor ve ciddi ciddi duygulanarak Potsdam'a hâkim şenlik havasındaki huzuru düşünüyordu. Herr von Muck seyahatinin beraberinde getirdiği verimli tecrübelerinin arasında, dostu Hendrik Höfgen'e karşı, mektup ve telefon yoluyla alttan alta entrikalar çeviriyordu. Alman yazar Paris'te bazı casuslar –Gizli Devlet Polisi ajanları veya Alman Elçiliği mensupları– vasıtasıyla Höfgen'le ahlaksız ve çirkin ilişkiler içinde bulunmuş, Höfgen'in bugün bile bakımını üstlendiği zenci bir kadının varlığını ortaya çıkarmıştı. Cäsar güneyli ahlaksızlığına karşı doğuştan gelen tiksintisini yenip Prenses Tebab'ın Montmartre'da kuş kılığında sahneye çıktığı sakıncalı işletmeye gitti. Kendine ve siyahi kadına şampanya söyledi fakat kadın Berlin'den geldiğini ve Hendrik Höfgen'in erotik geçmişi hakkında bir şeyler öğrenmeyi arzuladığını öğrenince ayağa kalktı, yeşil tüylü süslerin dalgalandığı güzel poposunu uzattı ve bu davranışına dudaklarını büzüştürerek çıkardığı, fena çağrışımlarda bulunabilecek bir sesle eşlik etti. Lokaldeki herkes eğleniyordu. Alman yazar gülünç düşüp rezil oldu. Çelik gözleriyle tehditler savuruyordu, yumruğunu masaya vurdu, Saksonya aksanıyla birkaç öfkeli cümle söyleyip lokali terk etti. Propaganda bakanına aynı günün gecesi telefonla, yeni müdürün aşk hayatında yolunda gitmeyen bir şeyler olabileceğini haber etti. Şüphe yoktu: Ortada karanlık bir sır vardı, başbakanın favorisi bazı zayıflıklar gösteriyordu. Propaganda bakanı verdiği ilginç haberler için yazar dostuna hararetle teşekkür etti.

Ama imparatorluğun baş tiyatrocusuna, iktidarın ve seyircinin büyük favorisine fenalık yapabilmek çok zorlaşmıştı! Hendrik herkesçe takdir görüyordu, işini sağlama almıştı. Şahsi hayatı da iyi intibalar bırakıyordu. Sayın genç müdür, kendine has bazı asabi ve başına buyruk davranışlarıyla, aile hayatında dediğim dedik birine dönüşmüştü.

Hendrik ebeveynini ve kardeşi Josy'yi Köln'den Berlin'e getirtmişti. Onlarla birlikte Grunewald'da, şato gibi büyük bir villada oturuyordu. Kira sözleşmesinin birkaç ay daha süreceği Reichskanzler Meydanı'ndaki dairede geçici olarak Nicoletta kalıyordu. Parkı, tenis kortu, güzel terasları ve geniş garajlarıyla villa, genç müdüre ihtiyaç ve istek duyduğu yüksek tabakaya mahsus zemini sağlıyordu. Sandalete benzeyen tokalı ayakkabıları, tiril tiril deri paltosu, gözüne sıkıştırdığı monoklüyle –dikkat çeken, adeta gülünç denebilecek kılığıyla– sokaklarda koşturmasının üstünden ne kadar zaman geçmişti? Lüks bir hayat tarzı olsa da Reichskanzler Meydanı'ndayken bile bohem olduğu söylenebilirdi. Grunewald'daysa tam bir beyefendi olmuştu. Paranın hükmü yoktu, sevdikleri söz konusu oldu mu cimriliğin esamisi okunmuyor, her şeyin parası ödeniyordu, hayattan tek beklentisi temiz bir gömlek ile komodinin üstünde duran bir şişe kolonya olan oyuncu Höfgen'in gücü yarış atlarına, çok sayıda hizmetçiye, otomobil dolu bir parka yetebiliyordu artık. Kurduğu görkemli hayatı eleştirecek neredeyse hiç kimse yoktu. Genç müdürün, işinin yorgunluğunu attığı güzel muhit bütün dergilerde görülebiliyordu: "Hendrik Höfgen, malikânesinin bahçesinde meşhur cins köpeği Hoppi'yi beslerken." "Hendrik Höfgen, villasının Rönesans tarzı yemek odasında annesiyle kahvaltıda." Çoğu insana göre iyi kazanmak, vatanı uğruna bunca hizmette bulunan bir adamın hakkıydı. Ayrıca kudretli efendisi ve dostu olan pilot generalin herkesin gözüne sokarcasına övüne övüne yaşadığı masalsı lüksle kıyaslayınca etrafındaki bütün bu şaşaa ufak ve mütevazı kalıyordu.

Grunewald'daki villa genç müdürün mülküydü, buraya "Hendrik Hall" diyordu; villayı Londra'ya taşınan Yahudi bir banka müdüründen nispeten düşük bir meblağ karşılığı satın almıştı. Hendrik Hall'de her şey alabildiğine zarif ve elbette "profesör"ün sarayındaki kadar da muhteşemdi. Uşaklar gümüş şeritli, siyah üniformalar giyiyordu, etrafta biraz pasaklı dolaşabilen tek kişi ufak Böck'tü. Çoğunlukla mavi beyaz çizgili, kirli bir ceketle, bazen de kahverengi SA üniformasıyla görülüyordu. Gözleri yaşlı, sert saçları kafasında hâlâ fırça gibi duran budala oğlan, Hendrik Hall'de özel ve seçme konumunun keyfini sürüyordu. Şatonun efendisi onu, geçmiş zamanlara dair gülünç ve küçük bir hatıra gibi saklıyordu. Esasında ufak Böck'ün işe alınmasının tek sebebi, efendisinin inanılmaz değişimine durmadan şaşırıp kendinden geçmesiydi. İşini de yapıyordu hani, her gün en az bir defa şöyle diyordu: "Efendim, ne güzel, ne kadar zengin olduk! Anlatılır gibi değil! Akşam yemeği yiyebilmek için yedi buçuk mark borç aldığımız zamanları düşününce!" Ufak Böck bunu hatırlayıp duygulanıyor, saygıyla kıkırdıyordu. Höfgen onun için, "Uslu hayvan," diyordu. "Kara günlerimde de bana sadıktı." Ufak Böck'ten bahsederken dostluğunu vurgulamasında sanki bir inat saklıydı. Kimeydi bu inat, kime karşıydı? Sadık kölesi Böck'ü ona layık görmeyen Barbara değil miydi? Hamburg'daki dairede yalnızca, generalin karısının malikânesinde on yıllık hizmetini geride bırakan bir kadına göz yumulmuştu – aman müsteşarın kızı hanımefendinin hayatında hiçbir şey değişmesin. Bütün ihtişamına rağmen Hendrik geçmişin en ufak yenilgilerini dahi unutamıyordu.

"Artık evin efendisi *benim*!" diyordu.

Eşiğinden ona hayranlık ve saygıyla bakan insanlardan başka hemen kimsenin geçmediği evin efendisi artık oydu. Hayatının şatafatlı güzelliğine ortak kıldığı ailesi de kaprislerinden nasibini alıyordu. Hendrik bazen şömine ateşinin başında geçirilecek rahat akşamlar veya bahçede içlerini açacak pazar kahvaltıları düzenliyordu. Sık sık solgun, hakarete uğramış dadı suratını takınıyor, odasına kapanıp sitemle, migreninin tuttuğunu iddia ediyordu. "Siz işe yaramazlar için para kazanmam, çok çalışmam gerekiyor." Bunu doğrudan söylemese de ıstıraplı ve gergin varlığıyla gayet belirgin ima ediyordu. Ailesine, "Beni umursamayın!" diyor, birkaç saat yanına uğrayan olmayınca da epey güceniyordu.

Onunla en iyi geçinen kişi annesi Bella'ydı. "Koca oğluna" yumuşak ve müşfik sayılabilecek bir tavırla davranıyordu. Hendrik annesine nadiren laubali davranıyordu. Kibar bir kadın olan annesine gerçekten bağlıydı ve onunla gurur duyuyordu. Annesi güzel ve faydalı bazı değişimler geçirmişti ve yeni, nazik durumunun üstesinden geldiği su götürmezdi. Meşhur oğlunun büyük evini vakur bir incelik ve tecrübeli bir özenle çekip çevirmeyi beceriyordu. Şu zarif kadına bakıp da içki alemlerinde hayır işi yaparken kötü dedikodulara malzeme olduğunu görebilecek birisi var mıydı? O günler çok geride kalmıştı, o aptal eski hikâyeleri bilen kimse yoktu artık. Frau Bella, Berlin sosyetesinin mesafeli ama gözden kaçmayacak bir ferdi haline gelmişti. Başbakan hazretlerine takdim edilmişti, en önemli evlere girip çıkıyordu. Gayet şirin ve permalı, kır saçlarının çevrelediği ve meşhur oğlunun çehresinin çok benzediği yüzünde hâlâ taze renkler vardı. Frau Bella sade ama özenli giyiniyordu. Kışın koyu gri, sıcak vakitlerde de inci grisi ipeği tercih ediyordu. Frau Bella'nın, gelininin güzel büyükannesinde yıllar önce görüp de hayran kaldığı kostüm de inci grisiydi. Generalin karısının Grunewald'daki villayla münasebetinin olmaması anne Höfgen'i derinden üzüyordu. "Yaşlı kadını evimizde ağırlamak hoşuma giderdi," diyordu, "biraz Yahudi kanı olsa da. Üstesinden gelebilirdik, değil mi Hendrik? Ama bize kartını bırakmaya bile tenezzül etmedi. Bizi yeterince kibar bulmuyor mu acaba? Çok parası da kalmadı galiba," diye lafını bitiren Frau Bella, biraz acıyıp biraz da gücenerek başını salladı. "Düzgün bir aileden alaka gördüğü için memnun olmalı"

Frau Bella'yla yakaladığı şaşaaya babası Köbes'le ulaşmak maalesef mümkün değildi. Köbes tuhaf birine dönmüştü, her Allah'ın günü eski bir yün hırkayla ortalıkta dolanıyor, saatlerce karıştırıp durduğu kurs kitaplarına ve pencere kenarında baktığı küçük kaktüs koleksiyonuna merak duyuyor, nadiren tıraş oluyor, misafir gelince saklanıyordu. Renlilere mahsus mizahı kaybolup gitmişti. Çoğu zaman susup bön bön bakınıyordu. Köln hasreti çekiyordu, hâlbuki orada da evden çıkmaz olmuş, bütün ticari teşebbüsleri kötü bitmişti. Ama sosyeteye terfi eden oğlunun evinde boş durmaktansa Köln'de varlığı için sürdürmek zorunda kaldığı mücadele daha iyiydi. Hendrik'in şan ve şöhreti ihtiyar adamı şaşırtıp duruyor, hatta kahrediyordu. "Başımıza nasıl gelir böyle bir iş!" diye mırıldanıyordu, sanki başlarına bir bela gelmişti. Çok sevilen nüfuzlu çocuğuna gelen bir yığın mektubun şaşkınlığını yaşıyordu her sabah. Johannes Lehmann iş yükünü kaldıramayacak gibi olunca bazen baba Köbes'den şu veya bu işi halletmesini rica ediyordu. Böylelikle ihtiyar bazı öğle öncelerini oğlunun fotoğraflarını imzalamakla geçiriyordu, zira Hendrik'in el yazısını özel kaleminden daha iyi taklit ediyordu. Müdürün eşref saatine denk gelirse, "Nasılsın bakalım, babacığım? Pek bitik görünüyorsun. Bir eksiğin yok ya? Evimde sıkılmıyorsundur umarım?" diye sorduğu oluyordu. Birkaç günlük sakalının altı biraz kızaran baba Köbes, "Yok yok," diye homurdanıyordu. "Kaktüslerimle ve köpeklerimle çok eğleniyorum." Köpeklere yalnız o yiyecek verebiliyor, yanlarına hiçbir uşağı yanaştırmıyordu. Hendrik güzel İtalyan tazılarıyla yalnızca fotoğraf çektirirken babası her gün büyük bir gezintiye çıkıyordu. Hayvanlar baba Körbes'i seviyordu, Hendrik'e karşıysa çekingendiler, çünkü aslında Hendrik de onlardan korkuyordu. "Isırıyorlar," diye iddia ediyor, baba Körbes ne kadar karşı çıksa da üsteliyordu: "Hele Hoppi çok ısırıyor. Günün birinde bana korkunç bir şeyler yapacağı kesin."

Kız kardeşi Josy'nin villanın üst katında edalı bir üslupla döşenmiş bir dairesi vardı. Ama sürekli seyahate çıkıyor, çoğunlukla burada oturmuyordu. Kardeşi iktidarla elbirliği ettiğinden beri bütün radyolarda şarkı söylemesine izin veriliyordu. Ren ağzıyla canlı parçalar söylüyor, şirin suratı bütün radyo dergilerinde görülüyor, nişanlanmaya da bol bol fırsatı oluyordu. Nişanlanıyordu da ama artık tabii ki önüne gelen onu isteyemiyor, yalnız konumuna denk talepler söz konusu oluyordu: SS üniformalı genç erkekler tercih ediliyor, bunların dekoratif endamları Hendrik Hall'u canlandırıyordu. Josy müjdeyi verdi: "Kont Donnersberg'le gerçekten evleneceğim." Kardeşi şüphelerini ifade edince de ağlamaya başladı; güçbela, "benimle hep alay ediyorsun," dedi. Frau Bella teselli etti, gözyaşı dökmesinden Hendrik de hoşlanmıyordu, hepsi birden Josy'nin güzelliğinden dem vurmaya başladı. Gerçekten de güney Almanya'nın üniversite şehrindeki istasyonda Barbara'yla tanıştığı zamana göre çekiciliği epey artmıştı. Belki bunun bir sebebi de artık pahalı elbiseler alabilmesiydi. Cilveli burnundaki çil öbeğini zahmetli bir kozmetik tedavisiyle neredeyse tamamen temizletmişti. "Çiller kaybolmazsa, Dagobert nişanı atmakla tehdit etti," diyordu.

Genç Dagobert von Donnersberg'in de kaprisleri vardı, kaprislenmek yalnız Hendrik'e mahsus değildi yani. Hendrik, çevresine aristokratları toplamaktan hoşlanan Lindenthal'in evinde tanışmıştı kontla. Hoş olduğu kadar parasız, aptal olduğu kadar şımarık Dagobert hemen Hendrik Hall'a davet edildi. Fräulein Josy atla gezmeye çıkmayı teklif etti. Hendrik güzel atlarını çok az hareket ettiriyordu: Vakti kıymetliydi, üstelik ata binmekten de hazzetmiyordu. Ata binmeyi film çekimleri için zor zahmet öğrenmişti, eyere doğru dürüst oturamadığının farkındaydı. Hayvanlara bakmasının esas sebebi dergi fotoğraflarında iyi durmalarıydı; hiç itiraf etmese de tıpkı ufak Böck gibi atlar da, sabahları yaptığı at gezintileriyle kendisini sürekli kızdıran Barbara'dan aldığı geç kalmış, çaresiz ve anlamsız bir intikamdı. Ama Barbara uzaktaydı, attan haberi yoktu, Paris'te siyasi kaçaklarla ve Balkanlar, Güney Amerika, İskandinavya ve Uzak Doğu'dan abone bulduğu küçük, girişken bir dergiyle ilgileniyordu... Fräulein Josy ile Dagobert açık havada at biniyordu. Genç kont, şen kıza yavaş yavaş âşık oluyordu. Hatta kız önemsediği için Dagobert onunla nişanlanmıştı ama elbette unvanına daha fazlasını ödeyebilecek kadınlara bakınmayı da ihmal etmiyordu. Fakat küçük Höfgen'i terk etmek için şimdilik acelesi yoktu, hem başbakanla bizzat görüşen bir aileye haşin davranmayı da yerinde görmüyordu. Ayrıca Hendrik Hall'u gayet eğlenceli buluyordu.

Müdür, evini İngiliz tarzına uydurmaya çalışıyordu. Frau Bella viski ve marmelatları doğrudan Londra'dan getirtiyordu. Bol bol tost yiyorlar, tercihen açık şömine ateşinin başında oturuyorlar, bahçede tenis veya kriket oynuyorlar, pazar günleri ise şayet ev sahibi oyun oynamıyorsa misafirler öğle yemeği için gelip gece geç vakitlere kadar kalıyorlardı. Akşam yemeğinden sonra sofada dans ediyorlardı. Hendrik smokin giyiyordu, iddiasına göre akşam olunca kendini en iyi hissettiren kıyafet buydu. Josy ile Nicoletta da çok cici oluyorlardı. Küçük cemiyet bazen birdenbire tuhaf heveslere kapılıyordu: Akşama doğru üç otomobille Hamburg'a gidip St. Pauli'de gezintiye çıkıyorlardı mesela. Kont Donnersberg biraz sertçe, "Burada yeterince araba var ne de olsa," diyor, komedyenin teki para içinde yüzerken kendisi gibi bir aristokratta bir şey olmamasına da sinirleniyordu. Müdürde üç tane büyük, bir sürü de küçük araba vardı. En güzeli –pırıl pırıl gümüşi renkte dev gibi bir Mercedes– sayın başbakanın hediyesiydi: Hendrik yeni yuvasına taşındığında, şişko hamisi, Grunewald'a bu ihtişamlı arabayı yollayacak kadar ince davranmıştı.

Müdür büyük partiler vermeyi sevmiyor, böyle toplantıları nadiren tertipliyor ama Hendrik Hall'de misafirlerin kendiliğinden toplanması hoşuna gidiyordu. Nicoletta tamamen aileden sayılıyordu. Haber vermeden yemeğe geliyor, mesleki konularda Hendrik'e tavsiyede bulunuyor, hafta sonu için bavulunu getiriyordu. Epey geniş bir bavulu oluyordu – aslında sadece bir tuvalet, bir pijama, bir de pudra ponponu koymak için fazla genişti. Bir defasında meraktan çatlayan Josy, içinde daha neler var diye gizlice baktı. Cırtlak kırmızı, yumuşak rugandan bir çift uzun çizme keşfedince de bir hayli şaşırdı.

Nicoletta, Theophil Marder'den boşanmak üzereydi. "Oyunculuğa geri döndüm," diye mektup gönderdi. "Seni hep sevecek, ömrüm boyunca sana saygı duyacağım. Ama tekrar çalışabilmek beni mesut ediyor. Yeni Almanya'mızın her yerinde bir canlılık, yalnız hayatında hayal bile edemeyeceğin coşkulu bir çalışma azmi hâkim." Müdür Höfgen'in ilk resmi işlerinden biri Nicoletta'yı devlet tiyatrosuna almak olmuştu. Nicoletta Hamburg'daki zaferiyle kıyaslanabilecek başka bir başarı elde edemedi. Ama tutukluğu yavaş yavaş kayboluyor, sesi ve hareketleri gevşeyip canlanmaya başlıyordu. Hendrik müjdesini verdi: "Dikkat et, oyunculuğu yeniden öğreniyorsun! Aslında seni bir daha sahneye çıkarmamak lazımdı, çılgın şey! Hamburg'da yaptığın çok ayıptı – zavallı Kroge'ye değil, kendine yaptıklarını kastediyorum." Aslında Nicoletta aktris olarak istediği kadar beceriksiz davransın, meslektaşları ve basın tarafından her halükarda seçkin bir saygıyla muamele görecekti, çünkü müdürün arkadaşı sayılıyordu. Büyük adamın üstünde nüfuzu olduğu biliniyordu. Yeri geldi mi kendini aynı safta gösteriyordu. Hendrik'e basın balosunda tuvaletinin metal zırhı içinde şangır şungur eşlik ediyordu. Ne çift ama: Hendrik ile Nicoletta – ikisi de biraz dehşet verici bir cazibeye sahip, tehlikeli ve ürpertici şıklıkta iki yeraltı ilahıydı. Onlara "Oberon ile Titania" adını takma fikri, yazar Benjamin Pelz'in aklına gelmişti. Irkçı faşizm diktatörlüğünü, bir tür kanlı ve fantastik yaz gecesi rüyası diye gören şair, "Dansı siz idare edin, yeraltı majesteleri!" diyerek kendinden geçiyordu. "Tebessümünüzle, mucizevi bakışlarınızla bizi baştan çıkarıyorsunuz. Ah, kendimizi size emanet etmekten ne kadar mutluyuz! Bizi yerin altına, en dip tabakaya, duvarlarından kanlar akan, savaşanların çiftleştiği, sevişenlerin vuruştuğu, aşk, ölüm ve kanın bir cümbüş havasında birbirine karıştığı büyülü mağaraya götürüyorsunuz..." Yeni Almanya'nın en zarif ve iddialı salon dedikodusu buydu. Yazar Benjamin Pelz bu tarza epey hâkimdi. Vaktiyle biraz dünyadan bihaber kalmışsa da sosyalliği ve maharetleri gittikçe artıyordu. Sosyete dünyasına çabucak alıştı, müstesna muhitlere girmesini sağlayan, en alt tabakalara, büyülü mağaraya ve çürümenin tatlı kokusuna duyduğu fazlasıyla modern düşkünlüğüydü. Derneğin ilk başkanı Cäsar von Muck, o sıralar yurtdışında papazlık mesleğinin peşinden koştururken, yazar akademisindeki işleri asbaşkan olarak Pelz yürütüyordu. Benjamin Pelz, Hendrik Hall'ün sevilen konuklarındandı. Müller-Andreä, Doktor Ihrig ve Pierre Larue beyefendilerle birlikte Grunewald'daki villanın gediklilerindendi.

Bütün centilmenler, zarif Frau Bella'nın elini öpüp Fräulein Josy'ye ne kadar çekici göründüğünü söylemekten şeref ve zevk duyuyordu. Pierre Larue'nün ufak Böck'le biraz flört etmesine iyi niyetle göz yumuluyordu. En keyifli saatler, eğlenceli karısıyla gelen karakter oyuncusu Joachim bol bol bira söyleyip etli yüzünü buruşturarak, "Çocuklar, ne derseniz deyin! Dünyanın hiçbir yeri, Grunewald kadar güzel değil," dediğinde yaşanıyordu. Bazen Joachim birini kenara çekip kendisinde yolunda gitmeyen hiçbir şeyin olmadığını söylüyordu. "Birkaç gün önce aksini iddia eden birini yine içeri attırmak zorunda kaldım," diye açıklayan karakter oyuncusunun gözleri kötücül bir hal alıyordu.

Bazen Angelika Siebert de geliyordu, ismi değişmiş, çünkü bir film yönetmeniyle evlenmişti. Genç kocası yakışıklıydı, kestane rengi gür saçlarına masmavi, ciddi ve iri gözleri eşlik ediyordu. Bu yozlaşmış toplumda tam bir Alman kahramanı olan, korkmayan, çekinmeyen, şövalye görünümlü tek kişi kocasıydı. Ama şaşırtıcıdır, muhalif eğilimler gösteren de oydu. Çocuksu kuruntularla dolu kafası Almanya'da olup bitenlere çoktandır razı değildi. Nazilere ilkin hayranlık duymuştu ama şimdiki hayal kırıklığı da bir o kadar büyüktü. Yeteneği ve sanat becerisine gerçek bir hayranlık beslediği Höfgen'e ısrarla ciddi sorular yöneltiyordu. Genç adam, "En yüksek makamlarda belli bir nüfuzunuz var," diyordu. "Çok aşırı korkunçluklardan hiç değilse bazılarını engellemeniz mümkün değil mi? Sayın başbakanı toplama kamplarındaki durum hakkında bilgilendirmek göreviniz..." Korkmayan, çekinmeyen genç şövalyenin açık tenli uslu suratı konuşmanın hararetiyle kızarıyordu.

Sinirleri yıpranan Hendrik başını oynattı. Sabırsızca, "İstediğiniz nedir, genç arkadaşım?" dedi. "Benden ne istiyorsunuz? Niagara Şelalesi'ni şemsiyeyle mi durdurayım? Sizce böyle bir teşebbüs ümit vaat eder mi? Anladınız mı!" diye küstahça ve karşısındakinin fikrini çürütüp ikna etmişçesine bir tonla lafını bitirdi. "Gördünüz mü!" derken pis pis gülümsüyordu.

Müdürün taktiğini ara sıra tamamen değiştireceği tutuyordu. Çehresi, bilmiş bir arsızlıkla birdenbire bütün güzellemelerden, mazeretlerden vazgeçiyor, açık, asabi bir kırmızıya bürünmüş halde –utanmanın verdiği kırmızılık değildi bu– kahkahalardan sarsılarak oda oda dolaşıp biraz yakınarak muzaffer bir edayla durmadan bağırıyordu: "Ben hergelenin teki değil miyim? *Akıl almaz* hergelenin teki değil miyim?" Arkadaş çevresi eğleniyor, hatta Josy zevkten alkış tutuyordu. Gözlerinde yağlı bir parıltı olan Johannes Lehmann kederle gülümseyip Angelika da uğrunda onca gözyaşı döktüğü dostuna üzüntü ve şaşkınlıkla bakarken, korkmayan ve çekinmeyen genç şövalyenin suratı katılaşıp reddedici bir ifadeye bürünüyordu.

Hendrik iktidarla sıkı fıkı olan veya bizzat bir parçasını teşkil eden misafirler varken elbette ne Niagara Şelalesi'nin şiddetinden ne kendi akıl almaz hergeleliğinden bahsediyordu. Kont Donnersberg'in yanındayken bile dikkatsiz sözlerden sakınıyordu. Lotte Lindenthal ziyaretiyle şeref verdiğinde ise en büyük dikkati en ışıltılı neşeyle birleştirmeyi becerebiliyordu.

Bu başak sarısı saçlı, şefkatli kadın sık sık bir el masa tenisi oynamak veya ev sahibiyle ufak bir dans etmek için Hendrik Hall'a gelirdi. Gelişi her defasında tam bir şölen olurdu! Anne Bella kilerden, sunulacak en leziz şeyleri getirtir, Nicoletta yüce kadının menekşe moru gözleri hakkında tane tane telaffuz ettiği iltifatlarda bulunur, Pierre Larue ufak Böck'ü umursamayı bırakır, genç kızların taşkınlığına benzer kahkahalarla mekânı dolduran dik göğüslü kadına baba Köbes bile kapı aralığından bir bakış atardı.

Fakat Hendrik Hall'ün cümle kapısında bir uçağın tehditkâr gürültüsüyle duruveren devasa limuzinden inen de kimdi? Evin kapısı kimin için telaşla açılıyordu? Sofada kılıcını şangırdatarak gürültü eden kimdi? Kolon gibi bacaklarının üstünde sallanan muazzam göbeğini, heybetle bombeleşen, nişanlarla ışıldayan göğsünü hürmetten donakalan topluluğa uzatan kimdi? İlahi taht için kılıcıyla nöbet bekleyen şişkonun ta kendisiydi bu. Lotte'sini alıp Mephisto'suna iyi akşamlar dilemeye gelmişti.

Lindenthal boğazına atıldı. Gurur ve heyecandan neredeyse düşüp bayılacak olan Frau Bella ise –iç geçiriyor gibi konuşuyordu– ağzında şunları geveledi:

"Ekselansları, sayın başbakan, size bir şeyler ikram edebilir miyim? Soğuk bir şeyler? Belki bir kadeh içki?"

Ev sahibinin şöhreti ile sevecenliğinin, seçkin mutfağın, şarap mahzeninin, tenis kortlarının, seçme gramofon plaklarının, muhitteki bütün o gıpta edilecek lüksün cazibesiyle birçok insan Hendrik Hall'de bir araya geliyordu. Çeşit çeşit insanlar vardı: Oyuncular ile generaller, şairler ile kıdemli memurlar, gazeteciler ile egzotik diplomatlar, metresler ile komedyen kadınlar, en hoş öğlen, ikindi ve akşam saatlerini burada geçiriyordu. Ne var ki geçmiş günlerde Hendrik Höfgen'le çok samimi ilişkileri olan birkaç kişi vardı ki bu şen ve lüks kalabalığa katılmıyordu. Generalin karısı, Hendrik Hall'de görünmüyor, Frau Bella kartvizitini boşuna bekliyordu. Yaşlı kadın malikânesini satmak zorunda kalmıştı, Hayvanat Bahçesi'nin yakınlarında bir dairede yaşıyordu. Vaktiyle önemli rol oynadığı Berlin sosyetesiyle irtibatını gitgide kaybediyordu. "İnsanın ahlakını bozan canilerle veya çılgınlarla yüz yüze geleceğim evlere gitmenin benim nezdimde hiç kıymeti yok," diye gururla açıklıyor, arkasından muhatabına dik dik bakarken kullandığı uzun saplı gözlüğünü takır tukur seslerle tekrar indiriyordu. Belki Hendrik Hall'de de sabıkalı veya patolojik tiplere rastlamak tehlikesine gireceğini sanıyordu – sadece temelsiz değil aşağılık bir şüpheydi bu, zira söz konusu olan, hükümet yetkililerinin girip çıktığı bir evdi.

Müdürün mülkünden uzak duran biri de Otto Ulrichs'ti. Ulrichs villaya davet edilmiyordu, edilse bile böyle bir daveti kabul edecek durumda değildi. Çok meşguldü, hem ruhani hem bedensel kuvvetlere şiddetle ihtiyaç duyduğu bir meşguliyetti bu. Üstelik yıllar önce arkadaşı Hendrik hakkında zihninde oluşturup o gün bu gündür sadakat ve sabırla kalbinde sakladığı tasavvuru yavaşça gözden geçirmeye başlamıştı. Ulrichs bütün devrimcilik coşkusuna rağmen çok iyi niyetli, hatta mülayim bir insana dönüşmüştü. Höfgen'e büyük ve sarsılmaz bir güveni vardı. Dostunun ahlaki ve politik güvenilirliğine duyduğu şüpheyi dillendiren herkese ikna edici sıcak sesiyle, "Hendrik bizden!" diye cevap vermişti. Hendrik bizden! Buna bugün de inanıyor muydu? Birçok hayali kenara bırakmıştı, Hendrik Höfgen'le alakalı olanları da. Artık iyi niyetli değildi, mülayim falan da değildi. Bakışları önceleri bilmediği, tehdit edici, adeta pusu kurucu bir ciddiyet kazanmıştı. Gözleri sempatik açıklığını yitirmişti, artık muhatabını iyiden iyiye tartan, içine işleyen, sakin ve kusursuz bir kuvvete sahipti.

Otto Ulrichs'te daima tetikte olması gereken bir insanın gergin ve dikkatli yüz ifadesi, hem temkinli hem cesur, saldırmaya da kaçmaya da hazır tavırları vardı artık. Gerçekten de zor ve tehlikeli günlerinin her saatinde teyakkuzda olması gerekiyordu. Çünkü Otto Ulrichs cüretkâr bir oyun oynuyordu. Devlet tiyatrosundan ayrılmıyordu ama sırf bizzat Hendrik'in verdiği tavsiyeye –muhtemelen pek ciddiye aldığı yoktu– uymak için, resmi kurumdaki konumunu, Gestapo memurlarının sıkı kontrol ve gözetiminden korunmasını sağlayan bir tür siper olarak kullanıyordu. En azından ümidi ve hesapları böyleydi. Belki yanılıyordu. Belki baştan beridir gözetliyor, daha sonra kesinkes yakalamak ve evinde, olabildiğince kapsamlı suçlanmasını sağlayacak deliller bulmak için yalnızca biraz mühlet tanıyorlardı. Ulrichs peşinde olduklarını sanmıyordu. Daha önce gördüklerinde şüpheyle yollarını değiştiren tiyatro çalışanları artık arkadaşça bir samimiyetle yaklaşıyorlardı. Erkeksi bir sadelikle, sokulgan ve neşeli varlığıyla onları kazanmayı başarmıştı. Çünkü ikiyüzlülük sanatını öğrenmişti. Hedefine ne olursa olsun ulaşmak isteyen, her fedakârlığa baş koyan iradesi aklını başına getirmişti.

Hatta Lindenthal'le bile şakalaşacak duruma gelmişti. Karakter oyuncusu Joachim'i saf ırktan olduğuna en ufak şüphe duymadığı konusunda temin ediyordu. Sahne çalışanlarını, kurallarda yazdığı şekilde, peşinden diktatörün isminin söylendiği "Heil!" sloganıyla selamlıyordu. Başbakan kendisini izlerken, bu büyük adamın karşısında oynadığı için kalbinin küt küt attığını iddia ediyordu. Hakikaten de kalbi böyle atıyordu ama zafer ile korkunun karıştığı bir ürpertiden ötürüydü. Zira kendisiyle aynı kafadan olan perdeci, bölümünü oynayıp sahneden ayrılırken kanunsuz bir toplantıyla alakalı bir şeyler fısıldamıştı kulağına. İşkence odalarının ve kampların dehşetini bilen ufak oyuncu, korkunç şişkonun, yani her tarafı madalyalarla dolu en kıdemli celladın gözleri önünde, iktidarın altını oyacak, bölücü, isyankâr uğraşını yapmaya neredeyse devam edecek cüreti gösteriyordu.

Bu korkularla karşılaşmak, gücünü sadece kısa süreliğine felce uğratmıştı. Cehennemden tahliyesinden sonraki ilk haftalar bir donukluk haliyle yaşamıştı. Hiçbir gözün gam ve kederden körelmeden bakamayacağı şeyler görmüştü: zincirlerinden boşanmış, ürkütücü bir titizlikle organize edilmiş çırılçıplak alçaklığı, savunmasızlara işkence ederken kendini kutlayan, vatansever hareket ya da "halka yabancı yıkıcı unsurlara" ahlak terbiyesi verirken gösterilen başarı, uyanan vatan için ahlaki, zaruri ve adil hizmet adına kendini yücelten mutlak ve totaliter adiliği görmüştü.

Ulrichs, "İnsanları bir defa bu durumda tanıdın mı, haklarında bir daha bir şey duymak ve bilmek istemiyorsun," diyordu. Ama insanları seviyor, düşünceleri de günün birinde bu insanlardan adamakıllı bir şeyler olabileceğini söylüyordu. Kahır dolu kayıtsızlığını yendi. "Böyle kötünün kötüsü bir şeye şahit olunca," diyordu, "tek bir seçimin kalıyor: Ya intihar yahut eskisinden de daha tutkulu çalışmaya devam etmek." Sıradan ve cesur biriydi. Sinirleri güçlüydü ve şoku atlattı. Çalışmaya devam etti.

Kanunsuz ve muhalif çevrelerle irtibat kurması zor olmadı. Faşizme duydukları nefretleri, zamanın çok tehlikeli ve neredeyse ümitsiz şartları altında bile devam edecek kadar tutarlı işçiler ve entelektüeller arasında çok dostu vardı. Prusya Devlet Tiyatrosu çalışanı, rejime karşı yeraltı faaliyetlerine katılıyordu. Gizli buluşmalara, yasak ilan, gazete ve broşürlerin dağıtılmasına, fabrikalarda, diktatörlüğün kamuya açık şenliklerinde, radyo yayınlarında, film gösterimlerinde yapılan eylemlere katılan oyuncu Otto Ulrichs taşın altına elini koyup hayatını riske atıyordu.

Faşizme karşı direnişi çok ciddiye alıyor ve sindirilmiş, korkudan felç edilmiş kamuoyu üzerinde gösterecekleri psikolojik etkiye çok değer veriyordu. "Hükümettekilerin rahatını kaçırıyoruz ve diktatörlüğe düşmanlığı devam etse de düşüncelerini itiraf etmeye cesareti olmayan milyonlara, özgürleşme iradesinin yok olmadığını ve koca bir casus ordusunun gözetlemesine rağmen faaliyete geçebildiğini gösteriyoruz." Oyuncu Ulrichs'in düşündükleri, konuştukları ve yazdıkları bunlardı işte. Ne var ki küçük eylemlerin işin en önemli tarafı olmayıp aslında yalnız amaca götüren birer vasıta olduklarını hiç unutmuyordu. Amaç, hedef, büyük ümit ise direnişin dağınık kuvvetlerini toplamak, sosyal açıdan ve düşünce olarak farklı tabakalardan bir araya gelen bir muhalefetin birbiriyle çatışan menfaatlerini birleştirmek, cepheyi kurup büyütmek ve diktatörlüğe karşı halk cephesini faaliyete geçirmekti. Ulrichs'in de bildiği gibi, "Mesele yalnızca ve yalnızca bundan ibaretti".

Bundan ötürü ittifak kurdukları sadece yakın durduğu parti ve düşünce arkadaşları değildi. Muhalif Katolikler, eski sosyal demokratlar veya partisiz cumhuriyetçilerle irtibat kurmayı daha önemli görüyordu. Komünist, özelikle burjuvanın ve liberal kesimlerin güvensizliğiyle karşılaşıyordu. Ulrichs'in ateşli ve samimi hitabeti, sakıncaları aşmayı çoğu zaman başarıyordu. Demokratlar, "Siz de en az Naziler kadar özgürlüğe karşısınız!" diye ithamda bulunuyordu. O da şöyle cevap veriyordu: "Aksine! Biz özgürleştirme yanlısıyız. Daha sonra kurulacak düzen hakkında mutabık olunacaktır." Vatansever cumhuriyetçiler, "Sizde vatan sevgisi yok," diyorlardı. "Siz yalnız sınıf bilirsiniz, o da uluslararası zaten." "Vatanımızı sevmesek," diye cevap veriyordu Otto Ulrichs, "onu alçaltıp mahvedenlerden bu kadar çok nefret edebilir miydik? Vatanımızı kurtarmak için günbegün riske atar mıydık hayatımızı?"

Ulrichs kanunsuz hizmetinin ilk haftalarındayken Hendrik Höfgen'e sırrını açmaya çalıştı. Ama müdür korktu, asabileşip gerildi. Telaşla, "Duymak istemiyorum," dedi. "Bunları duyamam – anlıyor musun beni? İki gözümü de yumarım, ne işler karıştırıyorsun, görmem. Ama asla sırrına ortak olamam."

Dinlenmediğine kanaat getirdikten sonra dostunu kısık sesle temin etti, kendini sürekli ve tutarlı olarak saklamak zorunda olması çok zor ve acı vericiydi. "Ne yapalım, ben bu taktikte karar kıldım, çünkü bence en doğrusu ve etkilisi," diye fısıldayan Hendrik, komplocu bakışlarıyla tekrar bir deneme yaptıysa da Ulrichs karşılık vermedi. "Rahat bir taktik değil ama devam ettirmeliyim. Düşman karargâhının ortasındayım. İktidarlarının altını oyuyorum..."

Otto Ulrichs artık dinlemiyordu. Belki de tam o sırada hayallerinden kurtulmuş, Hendrik Höfgen'in içyüzünü nihayet anlamıştı.

Müdür kendini ne kadar ustaca saklıyordu! Performansı cidden büyük oyunculara layıktı. Hendrik Höfgen'in nasyonal sosyalist rejimin altını oymaktansa yalnızca para, iktidar ve şöhreti umursadığı sanılabilirdi gerçekten de.

Başbakanın geniş gölgesinde kendini öyle emin ve salim hissediyordu ki tehlikeyle cilveleşebileceğini, felaketin dehşetlerini muziplikle çağırabileceğini sanıyordu. Oyuncularından birini ödünç almak istediği Viyana'daki bir tiyatro müdürüyle telefonlaşırken nazlana nazlana, seslileri yayan, ağlamaklı, şakırcasına çıkan sesiyle şöyle dedi: "Şey, azizim – belki birkaç haftaya bir bakmışsınız Viyana'da, yanınızdayım... Burada iki hafta daha durur muyum, bilmem. Keyfim k–anlıyorsunuz değil mi?– keyfim öyle *feci* kaçtı ki..."

Gerçekteyse onu düşüşe geçirebilecek yalnız iki ihtimal vardı: Pilot generalin himmetini üstünden çekmesi ya da iktidarına zarar gelmesi. Buna rağmen şişko, Mephistopheles'ine, nasyonal sosyalist kesimlerde pek rastlanmayan, dolayısıyla da şaşkınlık uyandıran bir sadakat gösteriyordu. Diğer taraftan tombul devin yıldızı hâlâ yükselişteydi: İdam ve duygusal sarışın sevdalısı adam gitgide daha fazla unvan, gitgide daha fazla servet, devletin idaresinde gitgide daha fazla nüfuz kazanıyordu. Şişkonun güneşi tepesinde durdukça Höfgen'in, topalın sinsi saldırılarını ciddiye almasına gerek yoktu. Propaganda bakanı, müdüre karşı açıktan harekete geçmeye cüret edemiyordu. Aksine, yeri geldikçe yanında görünmeye önem veriyordu. Hem oyuncu Höfgen'le kurduğu temasta bir miktar entelektüellik de vardı. Şayet Höfgen şeytani mondenliği, bilmiş bilmiş eğlenceli esprileriyle pilot generali büyüleyip etkisi altında bırakmayı becerebildiyse, "eski doktor" propaganda bakanıyla da pekâlâ sohbet edebilirdi, zira ikisi de yalnızca aynı Ren ağzıyla konuşmuyorlar –böylelikle sohbetleri candan ve samimi bir nitelik kazanıyordu– benzer sıradışı terminolojiyi de kullanıyor ve istismar ediyorlardı. İcabında oyuncu Höfgen "devrimci dinamik," "kahramanca yaşama hissi" ve "kuvvetli irrasyonalizm" hakkında gevezelik edebiliyordu. Böylece ezeli rakibiyle birkaç saat yarenlik de etmişlerdi – elbette bu, Hendrik'e karşı entrikalarına devam etmesine mani olmuyordu.

Keyifli yurtdışı turnesinden memlekete dönen Cäsar von Muck, Hendrik'in güya marazi bir şekilde cinsel bir bağ kurduğu ve Paris'te sırtından geçinerek rezalet içinde ihtişamlı bir hayat süren zenci kadınla ilgili dedikoduyu yaymak için akla gelebilecek her şeyi yapıyordu. Anlatıldığına göre Hendrik bu kadınla sadece ırk ayıbı işlemeye devam etmek için değil onu aynı zamanda göçmenlerin en karanlık ve tehlikeli kesimleriyle irtibat kurabileceği birisi olarak kullanmak niyetiyle de gizli gizli randevulaşıyordu, dedikodulara göre bu kesimler, Hendrik'in kâğıt üstünde ayrıldığı kadının – Barbara Bruckner'in– başını çektiği kişilerden oluşuyordu.

Devlet tiyatrosunda müdürün siyahi sevgilisinden başka bir şey konuşulmuyordu, en önemli dergilerin, gündeme yön veren kesimlerin Paris'te şatafat içinde yaşayan kara kadından haberleri vardı: "Üç maymunu, bir aslan yavrusu, iki tane yetişkin panteri, bir düzine de Çinli kölesi var," diye iddia ediliyordu. Fransız genelkurmayı, Kremlin, masonlar ve Yahudi finans devleriyle bir olup nasyonal sosyalist devletin başına çoraplar örüyordu. Durum Höfgen için tatsızlaşmaya başladı. Nahoş dedikoduları kesmek için Nicoletta'yla evlenmeye karar verdi. Başbakan, zeki gözdesinin bu kararından çok memnun oldu. Müdürden şüphelenmeye cüret eden herkesi şiddetle uyardı. Şişko tehdit ederek ve üstüne basa basa, "Dostumun düşmanı benim de düşmanımdır," diyordu. Zenci kadının varlığını bir daha ağzına alacak olan, pilot generalin korkunç şahsıyla ve Gizli Polisi'yle yüz yüze geleceğini hesaba katmalıydı. Tiyatroda, sahne girişinin yanındaki kara tahtaya, müdür beyin şahsi hayatı veya geçmişi hakkında dedikodular anlatan veya bunları dinleyen herkesin vatan hainliği yapmış olacağını yazan bir ilan asılmıştı hemen. Üstelik herkes, Höfgen'in özel casusluk cihazı karşısında tir tir titriyordu. Kurnazlığı tehlikeli bu adamdan bir şeyler gizlemek imkânsızdı: Emrindeki küçük muhbir ordusuyla her şeyden haberi oluyordu. Yaratıkları her yerdeydi. Gestapo kusursuz bir düzene sahip bu sistemi kıskanabilirdi.

Cäsar von Muck'un bile huzuru kaçtı. "Tannenberg" tragedyasının yazarı, Hendrik Hall'a gidip ev sahibiyle samimi Saksonya ağzıyla sohbet etmekten geri durmadı. Bizzat Frau Bella'nın nefis hafif atıştırmalıklar ikram ettiği iki adama eşlik eden Nicoletta, birden tiz ve hilekâr bir sesle zencilerden bahsetmeye başladı. Marder'in dulu hem Hendrik'in hem kendisinin bu siyahilerden neredeyse tiksinti duyduğunu temin ederken Herr von Muck gözünü bile kırpmadı. Nicoletta, "Bu çirkin ırktan birini uzaktan dahi görecek olsa Hendrik'in midesi bulanır," diye açıklamada bulunuyor, keyifli ve ışıltılı gözlerini acımasızca Cäsar'ın üstüne sabitliyordu. Meydan okurcasına, "Bu insanların kokusu bile dayanılmaz," diye konuştu. Herr von Muck, "Tabii tabii," diye doğruladı. "Doğrudur, zenciler kokarlar." Birdenbire müdür, cırtlak sesli kadın ve yazarın üçü de –uzun uzun ve içtenlikle– güldüler. Yok, Höfgen denen adamla uğraşılmazdı: Bunu anlayan Herr von Muck da, propaganda bakanı da günün birinde onu devirip işini bitirme fırsatı çıkana kadar çok nazik davranmaya karar verdiler. Hendrik şu an için dokunulmazdı.

Şişko, onun diktatörün huzuruna kabul edilmesini sağladı, çünkü Prenses Tebab'la alakalı söylentiler zatıâlilerinin kulağına kadar gelmişti. Tanrının elçisi bu durum hakkındaki fikrini tiksinç sözlerle ifade etmişti, en az Yahudiler kadar siyahları da sevmiyordu. Führer, çevresine şüpheyle, "Değersiz ırktan birileriyle görüşen kişi müdürlük makamının istediği ahlaki olgunluğa sahip olabilir mi?" diye sordu. Hendrik mücevher bakışları, şakırcasına çıkan sesi, ıstırap çeken asil görgüsü vasıtasıyla, şimdiye kadar yaşamış en büyük Alman'a nüfuz edip ahlaki kalitesini gösterecekti.

Müdürün bütün Cermenlerin Mesih'i huzurunda geçirdiği yarım saat yorucu, hatta ıstıraplıydı. Sohbetleri biraz sert geçmişti: Führer tiyatroyla pek ilgilenmiyor, Wagner'in operalarını ve Universum Film şirketinin filmlerini tercih ediyordu. Höfgen, eski alçak "sistem" döneminde büyük ilgi uyandıran opera mizansenlerinden bahsedemedi, çünkü Cäsar von Muck'un o zamanlar bu bölücü deneyler hakkında verdiği yıkıcı hükümleri Führer'in hatırlayabileceğinden korktu. Neyden söz edeceğini hiç bilmiyordu. İktidarın somut varlığı kafasını karıştırıyor, onu korkutuyordu. Karşısında oturan adamın muazzam şöhreti, bu şöhret delisini ürkütüyordu.

Efsanevi yağlı saç perçeminin düştüğü alnın altında iktidarın kör gibi duran ölü ve donuk bakışları vardı. Çehresi kurşuni beyazdı, şişkindi, gevşek ve gözenekli bir maddedendi. Çok sıradan bir burnu vardı – şaşkınlığına isyan, hatta alay karışan Hendrik içinden 'adi bir burunmuş', diye geçirmeye cüret etti. Oyuncu, iktidarın kafasının arkasının hemen hemen hiç olmadığını fark etti. Kahverengi gömleğinin altından yumuşacık göbeği beliriyordu. İktidar, bağırmaktan kısılan sesini korumak için yavaş konuşuyordu. Oyuncuya "tahsilli olduğunu" ispatlamak için zor kelimeler kullanıyordu. Güney Almanya ağzını elinden geldiğince bastırıyor, ezberinden okuyan hırslı bir ilkokul öğrencisinin ağzından çıkıyormuş gibi duran zarif bir Almanca konuşma gayretiyle, "Kuzeyli kültürümüzün menfaatleri mutlaka, ırkının bilincinde ve hedefleri belli olan enerjik bir ferdin kullanılmasını gerektirmektedir," diye ahkâm kesiyordu.

Hendrik yirmi beş dakika sonra saraydan çıktığında terden sırılsıklam olmuştu. Berbat göründüğüne ve her şeyi mahvettiğine dair bir his vardı içinde. Fakat hemen aynı akşam pilot general vasıtasıyla öğrendi ki iktidarda bıraktığı intiba hiç de öyle kötü olmamıştı. Diktatörün asıl şaşkınlığı müdürün çekingenliğinden ileri geliyordu. Führer yanına gelenlerin lakayt, hatta mükemmel davranmasından hoşlanmıyor, bunu terbiyesizce bir küstahlık olarak görüyordu. Kudretinin karşısında saygıyla sükût etmek lazımdı. Göz alıcı bir Hendrik, Cermenlerin Mesih'i nezdinde muhtemelen kızgınlığa yol açardı. Mutlak kudret sahibi kafası karışan ve korkan adam hakkında yumuşak bir hüküm verip, "Pek uslu biri şu Herr Höfgen," dedi.

Nasıl pul veya kelebek toplayanlar varsa aynı böyle unvan toplayan başbakan, dostlarının da en çok mükâfatlara sevineceğini düşünürdü. Höfgen'i "devlet müşaviri" yaptı, "senatörlüğe" terfi ettirdi. Müdürün üçüncü Reich'ın bütün kültürel kurumlarında önemli bir konumu vardı. Cäsar von Muck ve birkaç üniformalı adamla birlikte "Kültür Senatosu"nun idare heyetindeydi. Bu birleşmenin ilk "dostluk gecesi" Hendrik Hall'de düzenlendi. Propaganda bakanı da gelmişti, Fräulein Josy en revaçtaki şarkılardan birini söylerken bakanın yüzünü bir sırıtma kapladı. Genç şarkıcıya piyanoda eşlik eden, Cäsar von Muck'un ta kendisiydi. İkram son derece sadeydi. Hendrik, annesi Bella'dan yalnız bira ve sucuklu ekmek servisi rica etmişti. Üniformalı adamlar hayal kırıklığına uğramış, zira müdürün villasındaki muhteşem lüks hakkında neler neler duymuşlardı. Zaten evde de yedikleri sandviçlerden sunduktan sonra bütün bu zarif uşaklar neye yarardı? Propaganda bakanı, neşeli tarzıyla içerinin havasına keyifli bir hareketlilik katmasa bütün kültür senatosu usanacaktı. Yalnız neyden söz edeceklerini de tam bilmiyorlardı. Kültür, senatörlerin çoğu için alakasız bir konuydu. Üniformalılar çocukluklarından beri hiç kitap okumadıkları için gurur duyuyorlardı, bu durumla övünebilirlerdi, zira herkesin saydığı, geçenlerde vefat eden ve Führer'in huzurunda toprağa verilen sayın feldmareşal ve cumhurbaşkanı da hiç kitap okumamıştı... Çok sıkıcı oldukları için kitaplarına kimsenin el sürmediği ama resmiyette çok takdir gören, ileri yaşta bir romancı, "Bir Halk Şahlanıyor" üçlemesinden bir bölüm okumak istediğine dair teklifte bulununca ufak bir panik yaşandı. Çok sayıda üniformalı ayağa fırlayıp ellerini gayriihtiyari ama tehditkâr bir hamleyle tabanca kılıflarına götürdü, propaganda bakanının yüzündeki sırıtış kayboldu, Benjamin Pelz derinden bir iç çekti, sanki göğsüne korkunç bir darbe yemişti, Frau Bella mutfağa kaçtı, Nicoletta'dan tiz ve asabi bir kahkaha işitildi – şayet Höfgen şakırcasına çıkan, yaltakçı sesiyle durumu kurtarmasa işler felaket bir hal alacaktı. "Bir Halk Şahlanıyor" üçlemesinden uzun ve geniş bir bölüm dinleyebilmek muhteşem ve sevindirici olurdu diye temin etti, yüzü pis gülümsemesiyle aydınlanmıştı, ama vakit biraz ilerlemişti, hem konuşulacak çok fazla acil ve güncel mesele vardı, kimsenin zihni bu büyük edebî hazza yeterince konsantre olamayacaktı; kendisi, Höfgen, bu okuma için, herkesin dikkatini toplayıp gelebileceği hususi bir gece ayarlanmasını teklife ediyordu. Bütün senatörler rahat bir nefes aldılar. Yaşlı edebiyatçı yaşadığı hüsrandan ötürü neredeyse ağlayacaktı. Herr Müller-Andreä göğüsten gelen gerçek bir öfkeli sesle "yolsuzluk yılları" dediği zamana dair iğrenç anekdotlar anlatmaya başladı. Zamanında çok meşhur olan

"Haberiniz Var Mı?" sütunundan birkaç inciden ibaretti anlattıkları. Akşam ilerlerken, karakter oyuncusu Joachim'in hem köpek havlaması hem tavuk gıdaklaması taklitlerinin çok komik olduğu meydana çıktı. Lotte Lindenthal gülmekten neredeyse yere düşecekti, zira Joachim papağan taklidi yapmaya geçmişti. Kendisi de senatör olan ve Hamburg'dan Berlin'e sırf bu kültürel organizasyon için seyahat eden Baldur von Totenbach ayrılmadan önce, ayakta Horst Wessel şarkısını söyleyip öndere yüzüncü defa bağlılık yemini etmeyi önerdi. Herkes biraz mahcubiyet duyduysa da söylenen elbette yapıldı.

Kültür senatörlerinin, müdürün evindeki hoş ve fikrî açıdan da bir o kadar verimli bu dostluk gecesi hakkında basında uzun uzadıya haberler yer aldı. Hendrik Höfgen'in sanat veya vatanseverlik faaliyetleri hakkında halkı bilgilendirmek adına gazeteler zaten hiçbir fırsatı kaçırmıyordu. Höfgen'i "Alman kültürünün iradesini en kibar ve faal biçimde taşıyanlardan" sayıyor, en az bakanlar kadar onun da fotoğrafını çekiyorlardı. Başkentin ünlüleri "kış yardımı" için sokaklarda ve lokallerde yardım toplarken müdür de en az hükümet erkânı kadar rağbet görüyordu. Fakat hükümet erkânının etrafı, bağışta bulunacak halkın yanlarına yaklaşamayacağı kadar ağır silahlı dedektif ve Gestapo memurlarıyla çevriliyken, Hendrik elini kolunu sallayarak dolanmaya cesaret edebiliyordu. Elbette tehlikeli proletarya ile temasa geçmekten korkmayacağı bir yer aramıştı kendine: Adlon Oteli'nin girişinde yardım topluyordu. Mutfağa inmekten de geri durmamıştı, orada çalışan her çocuk Lotte Lindenthal'in demin narin parmaklarıyla yüz marklık bir banknot sokuşturduğu kutuya cebindekileri atmak zorundaydı. Müdür, şişman mutfak şefiyle kol kola fotoğraf çektirdi. Fotoğraf *Berliner Illustrierte* dergisinin kapağına basıldı.

Müdürün düğününde basın adeta düğün resimleriyle dolup taştı. Hendrik Nicoletta'yı eve götürdü, Müller-Andreä ile Benjamin Pelz nikâh şahidiydiler, başbakan düğün hediyesi olarak Hendrik Hall'ün parkındaki küçük havuz için birkaç siyah kuğu yolladı. Birkaç siyah kuğu! Gazeteciler fikrin orijinalliği karşısında kendilerinden geçtiler; çok eskilerde güzel sanatlar düşkünü bir rütbelinin de gözdesine aynı armağanı verdiğini hatırlayan sadece –generalin karısı gibi– birkaç ihtiyar vardı: Bavyera kralı II. Ludwig ile bestekâr Richard Wagner'di bunlar. Bizzat diktatör genç çifti telgrafla tebrik etti, propaganda bakanı bir sepet dolusu orkide gönderdi, öyle zehirli duruyordu ki bu çiçekler, amaçlanan sanki alıcısının bunların kokusuyla ölümü solumasıydı; Pierre Larue Fransızca uzun bir şiir kaleme aldı, Theophil Marder telgrafla sövüp saydı, daha yeni çocuğu olan Angelika kayıp aşkı uğruna son bir kez daha ağladı; bütün yazı işleri Höfgen ile Prenses Tebab hakkında ellerinde olan malzemeleri en gizli alt çekmecelere sakladı, Doktor Ihrig ise sekreterine dikte ettiği yazıda, Nicoletta ile Hendrik'i "kelimenin en güzel ve derin anlamıyla *Alman* çifti" olarak, "iki körpecik, bununla birlikte olgun, bütün kuvvetleriyle yeni toplumun emrinde, ari ırktan ve en asil kumaştan insan" diye kutluyordu. Fakat bir gazete vardı ki –propaganda bakanlığıyla çok yakın ilişkileri olduğu söyleniyordu– Nicoletta'nın şüpheli geçmişine dair kinayelere cüret etti: Genç kadını "Yahudi tohumu ve kültür Bolşeviği göçmen Theophil Marder"i terk edip ulusun kültürel hayatına tekrar fiilen katıldığı için tebrik ediyordu. Biraz yaldızlı olsa da acı bir haptı bu. Theophil'in adı tebrik yazısının güzel konseri içinde rahatsız edici bir falso etkisi bırakıyordu.

Nicoletta bavulları ve şapka kutularıyla Reichskanzler Meydanı'ndan Grunewald'a taşındı. Bavulları açmasında yardımcı olan hizmetçi, yüksek konçlu kırmızı çizmeler meydana çıkınca hafiften ürperdi fakat genç hanımefendi lafı hiç eğip bükmeden, bu ayakkabılara bir Amazon kostümü için ihtiyaç duyduğunu söyledi. Tuhaf bir zafer edasına bürünen sesiyle, "Bunları Penthesilea rolünde giyeceğim!" diye bağırdı. Hizmetçi kulağa egzotik gelen bu isimden ve efendisinin parıldayan kedi gözlerinden öyle korktu ki başka soru sormaktan kaçındı.

Akşam Hendrik Hall'de büyük kabul vardı –alabildiğine tantanalı bu şenlikle kıyaslandığında, ilk düğününde müsteşarın evinde yapılan kutlama ne mütevazı kalıyordu! Oberon ve Titania tehlikeli bir sevecenlik ışıltısıyla misafirlerin oluşturduğu gruplar arasında dolanıyorlardı. Dimdik duruyorlardı: Hendrik çenesini kaldırmıştı, Nicoletta metalik gece elbisesinin parlak, şakır şakır eteklerini topluyordu, omuzlarına ve saçlarına camdan mamul, iri iri, muhteşem çiçekler takmıştı. Nicoletta'nın çehresi sert ve suni renklerle ışıldıyor, Hendrik'in yüzü yeşilimsi solgunluğuyla fosfor gibi parlıyordu.

Belli ki gülümsemek ikisine de büyük zahmet, hatta acı veriyordu. Tavırları sahteydi. Donuk bakışları, kurum satarak yürürken selamladıkları insanların içinden geçip adeta boşluğa saplanıyordu. Peki ama bütün bu frakların, madalyalarla dolu üniformaların ve pahalı ropların ardında gördükleri neydi? Gözleri ne görüyordu ki kısık bakışlarının altında böylesine donuklaşmışlardı? Hendrik ile Nicoletta'nın dudaklarındaki tebessümü dondurup ıstırapla ekşiyen bir yüz ifadesine döndürecek kadar hüzünlü bir güce sahip nasıl karanlık insanlardı bunlar?

Belki de uzakta ve yaban ellerde ciddi ve zor görevini yapan Barbara'nın şüpheli bakışlarına rastlıyorlardı. Belki de kendisini ve kendisiyle birlikte inatla seçtiği yazgısını da terk eden Nicoletta'ya keder ve öfkeyle bakan Theophil Marder'in –çılgınca bir benlik tutkusunun yol açtığı gurur ve kibrin sebep olduğu günahların kefaretini kısmen körü körüne, kısmen bilerek ödeyen bu adamın– grotesk, kahraman çehresi beliriyordu önlerinde. Ama gördükleri belki de belli birinin yüzü değil hayal meyal, kısacık bir özet halinde gençliklerinin resmi, yapabilecekken günahkâr bir hırsa kapılarak yapma fırsatını kaçırdıklarının toplamı, hainliklerinin uzun ve rezil hikâyesi, –sadece başkalarına değil, kendilerine de– kendi varlıklarının daha asil, iyi ve saf yanına yaptıkları bir ihanet, çöküşlerinin ve budala bir dünyaya kendini yükseliş diye sunan düşüşlerinin acı, utandırıcı ve bulanık tarihçesiydi. İkisini bu muzaffer düğüne getiren –budala dünyanın dediğine göre– yükselişleriydi, halbuki bu düğün saati, mağlubiyetlerini mühürlüyordu. Parıldayan, ışıldayan, gülümseyen bu iki insan artık ebediyen birbirlerine aitti – tıpkı iki hainin, tıpkı iki caninin ebediyen birbirine ait olması gibi. Suçluları birbirine bağlayan da aşk değil nefret olacaktı.

"Kültür Senatosu" hoş dostluk geceleri tertiplerken, memleketin kodamanları güya yoksul yurttaşları için topladıkları ama toplananla aslında Üçüncü Reich'ın yurtdışı propagandasını finanse ettikleri ufak yardımları otel lobilerinde cebe indirirken, düğünler kutlanır, şarkılar söylenir, sayısız nutuklar verilirken, totaliter, militan ve aşırı kapitalist diktatörlük rejimi, korkunç yolunda yürümeye devam ediyor, yolun kenarındaysa cesetler birikiyordu.

Bir hafta Berlin'de, birkaç gün de taşrada kalan yabancılar –İngiliz lordları, Macar gazeteciler veya İtalyan bakanlar– bu alçak ülkede gözlerine çarpan kusursuz temizlik ve düzeni öve öve bitiremediler. Onlara göre herkesin yüzü gülüyordu, tespitleri şöyleydi: Führer seviliyordu, adeta bütün halkın sevgilisiydi ve muhalefet diye de bir şey yoktu. Bu arada muhalefet, partinin kalbinde bile o kadar şiddetlenmiş, o kadar tehdit edici bir hal almıştı ki korkunç üçlü heyetin –Führer, şişko ve topal– "bir anda" müdahale etmesi gerekti. Diktatörün özel ordusunu kuran, propaganda şefinin daha evvelki gün baştan çıkarıcı bir biçimde sırıtarak baktığı ve devlet şefinin daha dün "en sadık dostum" dediği adam, bir gece bizzat Führer tarafından yatağından kaldırılıp birkaç saat sonra da vurularak öldürüldü. Silah patlamadan önce bütün Cermenlerin Mesih'i ile en sadık dostu arasında, yüksek rütbeli adamlar arasında pek alışıldık olmayan bir sahne yaşandı. En sadık dost, Mesih'e bağırdı: "Sen pisliksin, hainsin: İşte sen busun!" Böyle bir samimiyet gösterecek cesareti ancak ecelinin geldiğini fark edince bulmuştu. İnadı inat yüzlerce sabık parti üyesini de ölürken beraberinde götürdü. Şişko, topal ve Führer aynı zamanda birkaç yüz komünisti de öldürtmekle kalmayıp hazır, geniş çapta cinayete girişmişken şahsi meselelerinin olduğu veya gelecek için endişe duydukları kişileri, generalleri, yazarları, emekli başbakanları da ortadan kaldırttılar – ayrım gözetilmedi, elleri değmişken bazı kadınları da öldürüverdiler. Daha nice başlar kesilecekti, Führer bunu hep söylemiş, şimdi o işin de sırası gelmişti. Küçük bir "temizlik faaliyetiydi" – sonradan gelen beyanlar böyleydi işte; lordlar ile gazetecilere göre önderin enerjisi mucizevi bir şeydi: Öyle mülayim biriydi ki o, hayvanları sever, ete el sürmezdi ama en sadık dostları geberirken gözünü dahi kırpmadan seyrederdi. Bu kan cümbüşünden sonra halk sanki tanrının elçisini eskisinden de çok sevmeye başlamıştı, tiksinip dehşete düşenler memlekette bir başına ve dağınık haldeydiler, "görmem lazım," diye yakınmıştı bir defasında Doktor Faust, "görmem lazım, küstah katillerin övüldüğünü".

Totaliter devletin gizli tutmak istediği bir şeyleri ifşa ettikleri iddiasıyla soylu genç kızların kafaları kesildi –vurun kelleyi– bu defa gidenler iki narin kadın başıydı. Sosyalist görüşü bırakmak istememelerinden başka suç bilmeyen erkeklerin de kelleleri uçtu – ama onları infaz ettiren Mesih de kendine sosyalist diyordu. Barışı sevdiğini iddia ediyor, fakat işe bakın ki pasifistlere toplama kamplarında işkence ettiriyordu. Önce öldürüyorlar, sonra da pasifist domuz kendini astı veya firarda vuruldu haberiyle mühürlü kavanozlara koydukları küllerini aile fertlerine yolluyorlardı. Alman gençliği "pasifist" kelimesini sövülecek isim diye öğreniyordu, Alman gençliğinin Goethe veya Platon okumaya ihtiyacı yoktu artık; ateş etmeyi, bomba atmayı öğreniyor, geceleyin arazi talimleriyle eğleniyor, Führer barış diye zevzeklendiğinde mahsustan söylediğini hemen anlıyorlardı. Asker gibi organize edilmiş, disiplinli ve talimli gençliğin bildiği tek bir hedef, tek bir perspektif vardı: İntikam ve fetih savaşı. Alsas Loren, İsviçre, Hollanda, Danimarka, Çekoslovakya, Ukrayna Alman'dı; hele Avusturya öyle Alman'dı ki üstüne söylenecek laf yoktu, Almanya bu kolonilerine tekrar kavuşmalıydı. Böylece bütün ülke ordugâha dönüşmekteydi, silah sanayii altın çağındaydı, her şey seferber edilmekte, diğer ülkeler ise birazdan kendini yiyecek yılana bakan tavşan gibi tutuk, dehşet uyandıran bu muazzam oyunu seyretmekteydi.

Diktatörlüklerde de eğlence vardır. Parola, "Neşeyle güçlenmek"tir, halk şenlikleri tertiplenir, örneğin "Sar Nehri Alman'dır" adlı bir halk şenliği vardır. Şişko nihayet Lindenthal'le evlenir ve ona milyonluk düğün hediyeleri alır: İşte bu da bir halk şenliğidir. Almanya Milletler Cemiyeti'nden çıkar, "silah üstünlüğü" yine Almanya'dadır; ortalık halk şenliğinden geçilmez. Versay Anlaşması, Locarno Anlaşması veya bunu takip eden "plebisit" olsun, fark etmez, her anlaşmanın feshi halk şenliği olur. Yahudi zulmü ve Yahudilerle "ırk ayıbı" işleyen kızların alenen prangaya vurulmasıysa iyice uzatılan halk şenlikleridir; Yahudilerden daha iyi olmadıkları yeni yeni anlaşılan ve milli önderleri yurtdışına servetler kaçırırken küçük nedenlerden ötürü muzipçe "döviz davaları" açılan Katoliklere yapılan zulüm ile ne idüğü belirsiz "gericilik" zulmü de öyledir. Marksizm'in kökü kazınmıştır ama hâlâ tehlike oluşturmakta ve toplu davalara bahane edilmektedir; Alman kültürü "Yahudilerden arınmış," fakat öyle yavanlaşmıştır ki kimse adını dahi duymak istemez; tereyağı kıt olsa da toplar daha önemlidir, önceleri proletaryanın kutlama günü olan 1 Mayıs'ta, bugün –esaslı bir şampanya düşkünü olan– ayyaş doktorun biri hayat neşesi hakkında bir şeyler anlatmaktadır. Acaba bu halk, tertiplenen bunca şüpheli şenlikten hiç bezmez mi? Belki çoktan bezmiştir. Belki inlemeye bile başlamıştır. Ama megafonlar ile mikrofonların gürültüsü acılı sesini bastırmaktadır.

Rejim korkunç yolunda yürümeye devam etmektedir. Yolun kenarında cesetler birikir.

Başkaldıran, neyi göze aldığını bilmekteydi. Doğru söyleyen, yalancıların intikamını hesaba katmalıydı. Hakikati yaymaya çalışan ve bu uğurda mücadele eden, ölümle ve Üçüncü Reich'ın zindanlarında ölümün yolunu hazırlayan bütün korkularla yüz yüzeydi.

Otto Ulrichs çok ileri gitmeye cüret etmişti. Siyasetteki dostları ona en çetin ve tehlikeli görevleri havale ediyorlardı. Devlet tiyatrosundaki mevkiinin onu bir dereceye kadar koruduğu görüşündeydiler yahut bunu ümit ediyorlardı. Her halükarda Ulrichs'in durumu sahte isimlerle sığınaklarda yaşayan bazı arkadaşlarına göre daha elverişliydi – bunlar sürekli Gestapo ajanlarından kaçıyor, suçlular gibi polis takibatına uğruyorlardı; canilerin ve hırsız takımının eline düşen bu ülkede, hırsızlar veya caniler gibi kovalanıyorlardı. Dostlarının kesin olarak sonunu hazırlayabilecek bazı şeylere Otto Ulrichs cesaret ediyordu. Fazla cüretkârdı. Derken bir sabah tutuklandı.

O sıralar devlet tiyatrosunda "Hamlet"i çalışıyorlardı, başrol bizzat müdürdeydi. Otto Ulrichs, Hofmann Güldenster'i oynayacaktı. Mazeret belirtmeden provaya gelmeyince ne olup bittiğini hemen anlayan, anlamasa da sezen Höfgen korktu. Provadan vakitsizce çekildi, kumpanya çalışmaya onsuz devam etti. Müdür, Otto'nun ev sahibinden, üç sivil adamın onu sabah erkenden alıp götürdüğünü öğrenince başbakanın sarayını arattı. Şişko gerçekten de ahizeye kadar geldi ama Hendrik, Ulrichs'in tutuklanmasıyla alakalı bir bildiği var mı, diye sorunca huysuzlaştı ve dikkati dağıldı. Pilot general, bilgisinin olmadığını açıkladı. Biraz asabi, "Ben zaten yetkili değilim," dedi. "Adamlarımız o herifi içeri tıkıyorsa muhakkak bir haltlar yemiştir. Çocuğa zaten baştan beridir güvenmiyorum. Şu 'Fırtına Kuşları' da hiç tekin pabuç değildi zaten." Hendrik daha sonra, durumunu yumuşatmak için bir şeyler yapılamaz mı, diye sorunca şişko acımasızlaştı. "Yok yok, azizim – siz bence bu işten elinizi çekin!" diyen tok ve keskin sesi işitildi. "Kendi işinize bakmanız daha akıllıca olur." Söyledikleri, kulağa tehditkâr geliyordu. Höfgen'in de bizzat "yoldaş" olarak sahne aldığı "Fırtına Kuşları" imasının da hoşlanılacak tarafı yoktu. Eski dostunun kaderini umursamayı sürdürürse en büyük hamisini kaybetmeyi göze alması gerekeceğini anladı. 'Bırakayım, birkaç gün geçsin', diye karar verdi. 'Şişkoya eşref saatinde rastlarsam tedbiri elden bırakmadan bu konuya dönmeye çalışırım. Otto'yu bir kez daha dışarı çıkaracağım, Columbia veya başka bir toplama kampı, fark etmez. Ama şimdilik yeter! Bu çocuğun yurtdışına çıkması lazım. Saçma dikkatsizliğiyle, antika ve çocukça kahramanlık anlayışıyla başıma feci işler açacak yoksa...'

İki gün geçtiği halde Ulrichs hakkında haber almayı başaramayınca huzuru kaçtı. Başbakanı yine telefonla rahatsız edecek cesareti yoktu. Uzun uzun düşündükten sonra Lotte'yi aramaya karar verdi. Büyük adamın iyi yürekli karısı önce, Hendrik'in tatlı sesini tekrar duyduğuna memnun olduğunu söyledi. Hendrik biraz telaşlı temin etti, onun sesi de pek tatlıydı fakat aramasının başka, özel bir sebebi vardı. "Otto Ulrichs için kaygılanıyorum," dedi. Başak sarısı kadın Rokoko odasından, "Niye kaygılanıyorsun ki?" diye karşılık verdi. "Öldü zaten." Şaşırmış, Hendrik'in bunu henüz bilmiyor olmasını neredeyse gülünç bulmuştu. Hendrik sessizce, "Ölmüş..." diye tekrarladı. Generalin karısını hayrete düşürürcesine, vedalaşmadan telefonu kapattı. Sonra da arabasıyla derhal başbakanın yanına gitti.

Kudretli adam onu çalışma odasında karşıladı. Manşetleri ve yakası kakım kürküyle kaplı muhteşem bir ev kıyafeti vardı üstünde. Ayaklarının dibinde muazzam bir Danua köpeği yatıyordu. Arkasında siyah bir perde olan yazı masasının üstünde geniş, dişli bir kılıç parıldıyordu. Kör gözlerle iki fotoğrafa bakan Führer'in büstü mermer bir kaidede duruyordu. Fotoğraflardan birinde Minna von Barnhelm kılığındaki Lotte Lindenthal, diğerinde yaralı maceraperesti vaktiyle İtalya'da gezdiren ve şimdi kül kavanozunun üstünde devasa bir mezar taşının kabardığı İskandinav kadının portresi vardı. Dul adam, "şükranımı ifade ediyor" dese de, yaldızlı taştan, ışıltılı bir mermer kümbetle kendi kibrini abideleştiriyordu.

Kapıda duran Hendrik, "Otto Ulrichs ölmüş," dedi.

Şişko yazı masasından, "Elbette," diye cevap verdi. Hendrik'in yüzünü beyaz bir alevin yansımasına benzer bir solgunluğun yaladığını görünce ilave etti: "Galiba bir intihar söz konusu." Başbakanın yüzü bunu söylerken hiç kızarmamıştı.

Hendrik bir saniyeliğine sendeledi. Dehşetini açık seçik ifade eden kontrolsüz bir tavırla alnını tuttu. Bu belki de başbakanın oyuncu Höfgen'de gördüğü tamamen samimi, hiç yapmacık olmayan ilk hareketti. Maharetli gözdesindeki bu metanetsizlik büyük adamı hayal kırıklığına uğrattı. Başbakan ayağa kalktı, doğrulmasıyla yüreklere korku salan bir büyüklüğe kavuştu. Korkunç köpek de birlikte kalkıp homurdanmaya başladı.

Pilot general tehdit edercesine, "Size zaten tavsiyede bulunmuştum," dedi, "bir söylediğimi bir daha söylemek âdetim değildir ama tavsiyemi tekrarlayayım: Bu işten elinizi çekin!" Söylediği gayet açıktı. Hendrik kenarında dolanıp durduğu ve bu şişko devin, canı isterse onu dibine yollayabileceği uçurumun yakınlığını ürpererek hissetti. Başbakan kafasını eğmiş bekliyordu, boğa gibi ensesinde üç tane şişkin ve geniş kıvrım belirmişti. Küçük gözleri ışıldıyordu, gözkapakları şişmişti, gözlerinin akı da kırmızıya döndü, sanki kızgın zorbanın başına bakışlarını bulandıran bir kan dalgası hücum etmişti. "İşin içinde iş vardı," diye konuştu. "Bu Ulrichs pis işlere karışmıştı, intihar etmesi sürpriz olmadı. Benim devlet tiyatrolarımın müdürü, mahut bir vatan hainine bu kadar ilgi göstermemelidir."

General "vatan haini" derken böğürmüştü. Hendrik'in başı dönüyordu, uçurumu artık ayaklarının tam dibinde görüyordu. Düşmemek için ağır Rönesans koltuklarından birinin kolçağına tutundu. Gitmek için izin istediğinde başbakan başını acımasızca sallayarak onu azletti.

Meslektaşları Ulrichs'in "intiharı" hakkında konuşmaya tiyatrodaki hiç kimse cesaret edemiyordu. Buna rağmen nasıl öldüğünü esrarengiz bir şekilde hepsi öğrendi. İdam edilmemiş, ölene kadar işkence görmüştü. İş arkadaşlarının ve dostlarının isimlerini gaddarca işkencelerle ağzından almaya çalışmışlardı. Fakat o direnmişti. Gestapo'nun öfkesi ve hüsranı muazzamdı, zira Ulrichs'in dairesinde de delil bulamamışlardı, yazılı hiçbir şey, tek bir not, adres belirten tek bir kâğıt bile yoktu. Bir şeyler koparmak ümitleri hepten kesilince sırf inadını cezalandırmak için işkenceyi arttırmışlardı. Belki işkencecilere öldürmeleri emredilmemişti, ama kurban üçüncü "sorgu"da ellerinde kaldı. Kana bulanan vücudu biçimsiz bir yığından ibaret kalmıştı, taşrada bir yerlerde yaşayan ve intiharını öğrendiğinde kederden kalakalan annesi bile oğlunun yüzü dedikleri şişmiş, patlamış, dağılmış, irin, kan ve dışkıya bulanmış suratını görse imkânı yok tanıyamazdı.

Nicoletta kocasına oldukça soğuk ve alaycı sayılabilecek bir merakla, "Sana çok mu dokundu, Hendrik?" diye sordu. "Zihnini meşgul mü ediyor?"

Hendrik bakışına karşılık vermeye cüret edemedi.

Yavaşça, "Otto'yu çok uzun zamandır tanıyordum..." dedi, sanki bir şey için af diliyordu.

Nicoletta, "Neyi göze aldığını biliyordu," diye açıkladı. "Oyun oynuyorsan bahsi kaybetmeye hazır olman lazım."

Hendrik sohbet canını sıkınca mırıldandı: "Zavallı Otto!" Sırf konuşmuş olmak için konuşmuştu.

Nicoletta keskin bir sesle cevap verdi: "Neden zavallıymış?" Sonra da ilave etti: "İnandığı dava uğruna öldü. Ona ancak gıpta edilir." Biraz aradan sonra dalgın dalgın devam etti: "Marder'e yazıp Otto'nun ölümünü anlatacağım. Sabit fikir uğrunda hayatını gözden çıkaran insanlara hayrandır Marder. İnatçıları sever. Kendisi de inattan ötürü hayatını feda etmeye muktedirdir. Belki de şu Ulrichs'in bir şahsiyeti olduğu, disiplinli biri olduğu kanaatine varır."

Hendrik sabırsız bir el hareketi yaptı. "Otto hiç de özel bir şahsiyet değildi," dedi. "Sıradan biriydi, büyük davanın sıradan bir neferi..." Burada sesi kesildi, soluk yüzünü uçuk bir kızarıklık aldı. Söylediklerinden utanıyordu. Otto'nun ölümüyle, ciddiyetinin eskisine nazaran daha da farkına vardığı sözler sarf ettiği için mahcubiyet duydu. Böylesi sözlerin ağırlığını ve heybetini anlayınca, şimdi, şu kısa an içinde anlayınca, bu sözleri ağzına almakla kutsiyetlerini bozduğunu sezdi. Kendi ağzından çıkınca kulağa alay gibi geldiklerini hissediyordu.

Hayatına "gönüllü olarak ve kamu mahkemesinin adil cezasından korkarak" son veren Otto Ulrichs'in cenazesine kimse katılamadı. Devlet, eciş bücüş cesedi telef olmuş bir köpek gibi gömdürdü. Fakat müteveffanın dindar bir Katolik olan annesi tabut ile küçük bir mezar taşı için para yolladı. Yağ ve gözyaşı lekelerinden neredeyse okunmaz hale gelen bir mektupla, oğluna en azından Hıristiyanlığa uygun bir cenazeyi layık görmelerini rica ediyordu. Kilise geri durmak zorundaydı: Müntehirin tabutunun ardından hiçbir papaz gidemezdi. Kadıncağız sefil odasında kayıp oğlu için dua etti. "O sana inanmadı, sevgili tanrım, çok günah işledi. Ama kötü biri değildi. Yanlış yola saptı, inadından değil, doğru sandığı için. İyi niyetle gidilen tüm yolların sonu sende olmalı, sevgili Tanrım. Onu bağışlayacak, ebedi azaptan kurtaracaksın. Zira sen kalpleri görürsün, ebedi babamız, yoldan sapan oğlumun kalbi temizdi."

Gerçi yaşlı kadının tabut ile mezar taşının parasını tedarik etmesi mümkün değildi, çünkü hiçbir şeyi, tek kuruşu ve paraya çevrilebilecek tek eşyası bile yoktu. Yırtık pırtık çamaşırları yamayarak geçiniyor, çoğu zaman açlık çekiyordu, artık Otto da destek olamayacağına göre durumu daha içler acısı ve fena bir hal alacaktı. İsmini vermeyen bir dostu, müteveffanın cenaze masraflarının tutarını, parayı yollayacağı yerlere dair talimatlarla birlikte Berlin'den göndermişti. Meçhul şahıs, "Bağışlayın, adımı veremiyorum," diye yazıyordu. "Beni temkinli olmaya zorlayan sebepleri muhakkak anlayacak ve hoş göreceksinizdir."

Yaşlı kadının bir şey anladığı yoktu. Biraz ağladı, şaşırdı, başını salladı, dua etti, Berlin'den daha yeni gelen parayı tekrar oraya yolladı. 'Şehirliler aklını kaçırmış olmalı', diye düşündü. 'Madem Berlin'den geliyor ve Berlin'e teslim edilecek, neden Almanya'nın yarısını dolaşmak zorunda kalıyor bu para? Ama Otto'm için bunu yapanın iyi bir insan, iyi ve dindar biri olduğu kesin.' Dualarına, meçhul bağışçıyı da dâhil etti.

Böylelikle maktul devrimcinin mezar taşı ile tabutu müdür beyin nasyonal sosyalist devletten aldığı yüksek maaştan ödendi. Hendrik Höfgen'in dostu Otto Ulrichs için yapabileceği son ve tek şeydi bu. Fakat para Ulrichs'in annesine gittikten sonra içi ferahladı. Vicdanı artık biraz olsun huzur bulmuş, kalbinde "sigortaların" çetelesini tuttuğu tarafa yine bir artı konmuştu. Kötü geçen bu son günlerde, yaşadığı gerilim gevşedi. Üzerindeki baskı kalktı. Bütün enerjisini Hamlet'e yoğunlaştırmayı başardı.

Bu rol ona hazırlıklı olmadığı zorluklar çıkarıyordu. Danimarka prensini bir zamanlar Hamburg'da nasıl bir dikkatsizlikle doğaçlamıştı! İyi yürekli Kroge köpürmüş, temsili daha genel provadayken iptal etmek istemişti. Fikir tiyatrosunun yaşlı öncüsü, "Çünkü ben tiyatromda böyle adiliklere tahammül göstermem!" diye haykırmıştı. Hendrik bunu hatırlayıp gülümseyiverdi.

Yanında, "adiliklerden" bahsetmeye cüret edecek kimse kalmamıştı artık. Ama yalnız kaldığında, kimsecikler duyamazken iç geçiriyordu: "Başaramayacağım!"

Mephisto'da, her ton ve her sesten baştan itibaren emindi. Danimarka prensi ise zordu, çekiniyordu. Hendrik mücadele veriyordu. "Seni bırakmam!" diye bağırıyordu. Hamlet ise sırtını dönüp, hüzün, alay ve sonsuz bir kibirle cevap veriyordu: "Sen kavradığın ruha benziyorsun – bana değil!"

Komedyen, prense bağırıyordu: "Seni oynamaya *mecburum*! Çuvallarsam işim bitik demektir. Ateşle imtihansın sen ve bu sınavı geçmek zorundayım. Bütün ömrüm, girdiğim tüm günahlar, büyük ihanetim ve işlediğim ayıpların hepsi yalnız sanatçılığımla haklılık kazanabilir. Sanatçılığım da Hamlet olmamla mümkün sadece." Prens, "Sen Hamlet değilsin," diye cevap veriyordu. "Sen ancak ıstırap ve bilgiyle elde edilebilecek zarifliğe de sahip değilsin. Yeterince ıstırap çekmedin, edindiğin bilgiye verdiğin kıymet hoş bir unvan ve dolgun bir maaştan daha fazla değildi. Sen zarif değilsin, çünkü iktidarın maymunu, canilerin kafa dağıtmasına yarayan bir palyaçosun. Üstelik Hamlet'e de hiç benzemiyorsun. Şu ellerine bir daha bak – ıstırap ile bilginin asilleştirdiği birinin elleri mi? Senin ellerin hantal, istediğin kadar kibar tut ve parmakların gotikmiş gibi davran. Ayrıca çok da şişmansın. Sana bunu söylemek zorunda kalıyorum, kusura bakma, ama böyle kalçaları olan bir Hamlet: Aman derim!" Prens burada, efsanevi uzaklıktaki ebedi şöhretiyle, alaycı ve boğuk bir kahkaha attı.

Komedyen gergin ve dargın, "Sahnede hâlâ çok zayıf durabiliyorum, biliyorsun!" diye bağırdı. "Ezeli düşmanımın, koca kalçalarımın hiçbir tarafını fark edemeyeceği bir kostüm tasarlattım. Zaten bu kadar asabiyken bir de kalçalarımı hatırlatman çok alçakça! Beni incitmekle eline ne geçecek? Benden bu kadar mı nefret ediyorsun?"

"Senden nefret falan etmiyorum." Prens küçümsercesine omuz silkti. "Seninle hiç alakam yok. Sen benim dengim değilsin. Tercih hakkın vardı, azizim: Zarafet mi kariyer mi. Eh, sen kararını verdin. Mutlu ol ama beni rahat bırak!" Derken bu hayal meyal suret kaybolmaya başladı.

Komedyen bir defa daha, "Seni bırakmam!!" diye ıkınıp sıkındı ve gölgenin aşağılarcasına sözünü ettiği ellerini prense uzattı ama elleri boşluğa gitti.

Kibirli bir yabancının sesi çok uzaklardan şöyle diyordu: "Sen Hamlet değilsin!"

Hamlet değildi ama onu oynuyordu, marifeti onu yarı yolda bırakmadı. Rejisör ile meslektaşları, "Harika olacak!" diyorlardı – belki cehaletlerinden, belki de müdüre yaranmak için. "Büyük Kainz'tan bu yana böyle bir performans hiçbir Alman sahnesinde görülmedi!" Ne var ki mısralara asıl içeriklerini, esrarını veremediğini biliyordu. Oynayışı belagate sıkışıp kalıyordu. Kendini emin hissetmediği ve gerçek Hamlet vizyonuna sahip olmadığı için farklı denemeler yapıyordu. Manevi bütünlükten mahrum nüansları ve ufak şaşırtma efektlerini asabi bir şiddetle yan yana koyuyordu. Danimarka prensinin erkeksi, enerjik bileşenlerini vurgulamaya karar vermişti. Meslektaşları ile rejisöre, "Hamlet pısırık değildir," diye açıklıyor, gazetecilerle de bu minvalde konuşuyordu. "Kadınlaşıp çıkmış… Kaç nesil oyuncu onu kadınlaşmış bir tip olarak algılama hatasını işlemiş. Hamlet'in melankolisi boş bir kaçıklık değil, elle tutulur sebepleri var. Prens bilhassa babasının intikamcısı olarak çıkıyor ortaya. O bir Rönesans insanı; büsbütün aristokrat, bilmişliği de eksik kalmıyor. Benim için en önemlisi, geleneksel yorumun onu boğduğu hüzünlü, ağlatan hatları üzerinden almak."

Rejisöre, meslektaşlarına ve gazetecilere göre bu çok yeni, cesur ve enteresan bir hamleydi. Hamlet hakkında uzun uzun sohbet ettiği Benjamin Pelz, yaratımına hayran kalmıştı. "Bugünün insanları –bilgili, enerjik insanlar olan bizler– için Danimarka prensi ancak dehanızın hissedip kavradığı haliyle katlanılabilir," dedi.

Hendrik Höfgen Hamlet'i nevrastenili bir Prusya subayına dönüştürmüştü. Boş oyunculuğunu örtbas etmek için yaptığı bütün vurgular ölçüsüz ve sivriydi. Bir an dimdik duruyor, hemen sonra gürültü patırtı içinde bayılıyordu. Yakınacağı yerde bağırıp kuduruyordu. Kahkahası çınlıyor, hareketleri tutuluyordu. Mephisto kılığında gösterdiği derin ve esrarengiz melankoli –istemeden, farkına varamadan, akıl almaz bir yasaya uyarak– Hamlet'inde eksik kalıyordu. Büyük monologları, örnek olacak beceriklilikte bir yapı içerisinde sunuyordu ama "sunmak"la kalıyordu.

> "Ah, eriyiverse de şu sımsıkı et keşke,
> dağılsa ve şebnem şebnem çözülse!"

Bu yakınmayı seslendirirken sertlik kadar musiki de, çaresizlik kadar güzellik de eksik kalıyor, bu sözler ağzından dökülmeden neler düşünüldü, ne acılar çekildi, hissedilmiyordu, konuşmasını ne his ne bilgiyle asilleşebiliyordu; söyledikleri şuh bir feryat, gücenmiş ve işveli, küçük bir şikâyetten ibaret kalıyordu.

Buna rağmen "Hamlet"in prömiyeri baş döndürücü bir başarı yakaladı. Berlin'in yeni seyircisi oyuncuları, sanat performanslarının saflığı ve yoğunluğundan ziyade iktidarla ilişkilerine göre değerlendiriyordu. Üstelik tüm mizansen, yüksek rütbeli askerler ve gözünü kan bürümüş profesörler ile bunların, aklı fikri kocalarınınki kadar kahramanlıkla dolu karılarının bulunduğu ön sıraları etkilemeye bir hayli uygundu. Rejisör, Shakespeare'in trajedisindeki kuzeyli karakteri kaba saba ve göstere göstere vurgulamıştı. Olay Nibelungen efsanesinin yiğitlerine yaraşacak kunt dekorasyonlar önünde cereyan ediyordu. Kasvetli bir loşlukta bulunan sahnede sürekli şakırdayan kılıçlar ve hoyratça bağırış çağırışlar vardı. Yontulmamış herifler arasında Hendrik trajik bir yapmacıklıkla hareket ediyordu. Bir defasında bir masada dakikalarca kıpırdamadan oturup, şok geçiren seyirciye yalnız ellerini göstermek gibi bir şakaya kalkıştı. Yüzü karanlıkta kalıyor, kireç beyazına boyalı ve projektörle ışıl ışıl aydınlanmış elleri masanın siyah tablasında duruyordu. Müdür, çirkin ellerini mücevher gibi teşhir ediyordu: Bunu kısmen işi ne kadar ileriye götürebileceğini görmek için taşkınlıktan, kısmen kendine eziyet etmek için yapıyordu: çünkü geniş, sıradan parmaklarını teşhir etmekten şiddetli bir ıstırap duyuyordu.

Doktor Ihrig propaganda bakanlığının ayarladığı ön görüşmede, "Hamlet tipik *Cermen* dramıdır," diye ilan etti. "Danimarka prensi Alman insanının büyük sembollerindendir. Onda en derin varlığımızın bir kısmının ifadesini buluruz. Hölderlin bizim hakkımızda şöyle haykırıyordu:

> 'Zira siz Almanlar, siz de
> eylem fakiri, fikir zenginisiniz.'

Demek Hamlet Alman insanının da bir *tehlikesi*ydi. O hepimizin içinde, onu hepimiz yenmeliyiz. Çünkü zaman bizden yalnız fikir ve kılı kırk yarıcı teemmül değil, aksiyon istiyor. Hamlet'in, bu tipik entelektüelin, kuruntularla kendini tecrit ettiği ve uzaklaştığı milli beraberlik uğruna, Führer'in alnımıza yazdığı bir yazgı, bizi eyleme geçmeye yükümlü kılıyor." Genel kanaat Höfgen'in, Hamlet temsilinde, Alman insanının diğer bütün canlılardan çok ilginç şekilde ayıran trajik çatışmasını, faaliyet hazırlığı ile fikir derinliği arasında bir yerde bizzat hissettirdiği yönündeydi. Çünkü Höfgen, prensi, hem cesaret hem nevrasteni huzursuzluklarını anlayan bir seyircinin karşısına asabi bozukluklardan mustarip gözüpek biri olarak çıkarıyordu.

Kostümü gerçekten de delikanlıların dar kalçalarını gösterecek biçimde maharetle dikilmiş müdür kendini sürekli öne çıkarmaktan geri durmuyordu. Pek inandırıcı olmayan ve donuk ama bilhassa cinnet sahnelerinde dokunaklı bir Ophelia'yı canlandıran genç karısı Nicoletta Höfgen de yanında reverans yapıyordu.

Erguvan, altın ve gümüş içinde ışıldayan başbakan ile gök mavisi kıyafetiyle göz alan Lotte'si, localarında yan yana durmuş, göstere göstere alkış tutuyorlardı. Kudretli adam saray soytarısıyla barışıyordu: Mephistopheles-Hendrik bunu minnettarlıkla karşılıyordu. Güzel ve solgun durduğu Hamlet kostümüyle yüce çiftin önünde derin bir reverans yaptı. Bitkinlik alameti olsa da güzel bir daire çizen bir hareketle sağ elini kalbine götürürken, 'Lotte bana yine âşık oldu', diye düşündü. Titiz bir özen göstererek koyu kırmızıyla çizdiği büyük ağzında müteessir bir gülümseme vardı, kaşlarının yuvarlak ve siyah kavislerinin altından gözleri baştan çıkarıcı, tatlı ve soğuk bir ışık yayıyor, şakaklarındaki yıpranmış ıstırap çizgisi, çehresini asilleştirip adi edasına dokunaklı bir etki kazandırıyordu. Pilot generalin karısı, gök mavisi robuyla aynı rengi taşıyan ipek mendilini salladı. General sırıtıyordu.

Hamlet ferahlayarak, 'Teveccühünü yeniden kazandım', diye düşündü.

Bütün davetleri reddetti, büyük bir yorgunlukla af dileyip şoförüne eve sürmesini söyledi. Çalışma odasında tek başına dururken uykusunun kaçtığını fark etti. Morali ve asabı bozulmuştu. Alkış tufanı başarısızlığını unutturmuyordu. Gerçi uğrunda tir tir titremek zorunda kaldığı şişkonun lütfunu yeniden kazanması önemliydi. Ama gecenin bu başlıca ve önemli başarısı bile yüce talepleri ile ikbal hırsının karşılaştığı fiyaskoyu teselliye yetmiyordu. Gam keder içinde, 'Hamlet değildim', diye düşündü. 'Her zerremin Danimarka prensi olduğuna gazeteler beni temin edecekler. Ama söyleyecekleri yalan. Sahteydim, kötüydüm – bunu bilecek kadar kendimi eleştirebiliyorum hâlâ. 'Olmak veya olmamak' derken ağzımdan çıkan boş sesi hatırlayınca başımdan aşağı kaynar sular dökülüyor...'

Açık duran pencerenin kenarındaki bir koltuğa bıraktı kendini. Elini uzattığı kitabı, sinirleri bozulup, tekrar kenara bıraktı: Baudelaire'in *Elem Çiçekleri*'ydi bu kitap; ona Juliette'yi hatırlatıyordu.

Pencereden bakınca, güzel kokular ile nemin yükseldiği karanlık bahçe görünüyordu. Hendrik soğuktan titriyordu, ipek pijamasını göğsünde kavuşturdu. Hangi aydaydılar? Nisan mı yoksa mayıs başı mı? Baharın yaklaşıp güzel güzel yaza dönüşünü kaç zamandır gözden kaçırdığına, birden, çok hayıflandı. Acı ve öfkeyle, 'Şu lanet tiyatro', diye düşündü, 'beni yiyip bitiriyor. Onun yüzünden hayatı kaçırıyorum.'

Boğuk bir ses ona, "Hey! Müdür bey!" diye seslendiğinde, gözleri kapalı, oturuyordu.

Hendrik havaya sıçradı.

Adamın biri bahçeden penceresine tırmanmıştı; akrobatik bir başarıydı bu, zira duvarda tırmanacak herek falan yoktu. Adam, pencere pervazından göğsüne kadar görülüyordu. Gördüğü acaba hayal mi, karşısındaki fazla gerilen sinirlerinin bir mahsulü mü, diye birkaç saniye düşündü. Fakat hayır, adam halüsinasyona benzemiyordu. Gayet kesindi, oradaydı. Siperli gri bir şapka ile pis, mavi bir gömlek vardı üstünde. Yüzünün üst kısmı koyu bir gölgede kalıyordu. Alt tarafı ise kızıl renkte kirli bir sakalla örtülüydü.

Höfgen, "Ne istiyorsunuz?!" diye bağırdı, bağırırken de yazı masasında duran zili yokluyordu.

Sesinden biraz kaba bir iyi niyet duyulan adam, "Öyle bağırmasana!" dedi. "Sana zarar vermeyeceğim."

Hendrik bu defa biraz yavaş, "Benden ne istiyorsunuz?" diye tekrarladı.

Penceredeki adam, "Sana yalnızca selam iletmeye geldim," dedi. "Otto'nun selamını."

Hendrik'in suratı, boynuna doladığı ipek şal gibi beyaza büründü. "Hangi Otto'dan bahsediyorsunuz, bilmiyorum." Sesi çok kısık çıkıyordu.

Pencereden cevap olarak gelen kısa kahkahanın gerçekten ürpertici bir tınısı vardı. Ziyaretçi tehditle karışık takılarak, "E, doğru tahmin edeceğine hangi bahse girelim?" diye sordu. Fakat devam ederken tamamen ciddileşti: "Otto'dan aldığım son notta sana selam söylememiz gerektiği yazıyordu. Sakın buraya zevkine geldiğimi sanma. Biz Otto'nun arzularına saygı duyarız."

Hendrik sadece şöyle fısıldayabildi: "Derhal ortadan kaybolmazsanız polis çağıracağım!"

Adamın kahkahası bunun üzerine adeta samimileşti. Neşeyle, "Senden beklenir, yoldaş!" diye bağırdı. Hendrik mümkün olduğunca göze çarpmadan yazı masasının çekmecesini açıp içindeki silahı cebine indirdi. Penceredeki konuğun fark etmeyeceğini umuyordu ama o çok küçümser bir tavırla şapkasını alnından kaldırarak seslendi: "O şeyi çekmecede de bırakabilirdin, müdür bey. Ateş etmenin manası yok, başına iş açar. Hem neyden korkuyorsun ki? Sana bu defalık zarar vermeyeceğimi daha demin söyledim ya."

Adam, Hendrik'in başta sandığından çok daha gençti: Şapkanın gölgesi alnından çekilince anlamıştı. Geniş, Slavlara mahsus elmacık kemikli, oldukça koyu renkli ve parlak yeşil gözlü, güzel, vahşi bir yüzü vardı. Kalın ve sert sakalında görülen kızıl renk, kaşlarıyla kirpiklerinde de mevcuttu. Yüzünün derisi de bütün gün dışarıda çalışan veya yan gelip yatarak güneşlenen insanlarda rastlanan, parlak kiremit kırmızısıydı.

Hendrik, 'Belki de delidir', diye düşündü, akla gelebilecek en kötü ihtimalleri içerse de bu düşüncenin rahatlatıcı, adeta avutucu bir yanı vardı. 'Aklı yerinde olsa hayatına mal olabilecek, kimseye de yaramayacak bu çılgın ziyarette bulunmazdı. Aklı başında hiç kimse beni biraz korkutmak için bu kadar şeyi göze alamaz. Ona bu görevi veren kişinin Otto olması pek muhtemel değil. Otto asla kaçıkça davranmazdı. Kuvvetlerimize daha ciddi şeyler için ihtiyacımız olduğunu bilirdi...'

Hendrik pencereye yaklaştı. Adamla artık hasta biriymiş gibi konuşuyor, elini ev kıyafetinin cebindeki silahın kabzasında tutmayı yine de yerinde buluyordu. "Defolup gidin buradan! Size iyilikle söylüyorum! Uşaklardan biri aşağıdan görebilir. Karım veya annem her an içeri girebilir. Yok pahasına çok büyük tehlikelere sokuyorsunuz kendinizi! Kaybolun gözümden!" Adam pencere pervazında hareketsiz kalırken Hendrik gerginlikle işte böyle bağırıyordu.

Adam, Höfgen'in iyi niyetli tavsiyelerine uyacak yerde, aniden derin ve oldukça sakin bir sesle karşılık verdi:

"Ölmeden bir saat önce Otto'nun bana, 'Zaferimizden ömrümde hiç olmadığım kadar eminim', cümlesini ilettiğini hükumetteki dostlarına anlat. Bunu söylerken bütün vücudu paramparça haldeydi ve neredeyse konuşamıyordu, çünkü ağzı kan doluydu."

Nefesi hızlanıp kesik kesik gelen Hendrik, "Nereden biliyorsunuz?" diye sordu.

"Nereden mi biliyorum?" Ziyaretçi yine o ürpertici ve neşeli, kısa kahkahasını attı. "Sonuna kadar yanında kalan ve aslında bizden olan hücum kıtasındaki bir adamdan. Otto'nun ölürken söylediği her şeyi aklında tutmuş. 'Zafer bizim olacak!' deyip duruyormuş. 'Bu kerteye gelince insan artık yanılmıyor', demiş. 'Zafer bizim olacak!'"

İki kolu pencere kenarına dayalı ziyaretçi, gövdesini öne eğdi ve ev sahibini, belki de bir delinin gözleri olan ışıl ışıl yeşil gözleriyle tehdit edercesine süzdü. Hendrik bu bakıştan ötürü ateşi ellemiş gibi geri çekilip ıkına sıkına, "Bütün bunları bana ne diye anlatıyorsunuz?!" diye sordu.

Adam sesindeki fena ve boğuk sevinçle, "Üst makamlardaki dostlarının bilmesi için!" diye bağırdı. "O koca hergeleler öğrensin diye! Sayın başbakan öğrensin diye!"

Hendrik'in sinirleri boşalmaya başladı. Tutuk tutuk hareketler yapıyordu; elleri yüzüne çarpıp aşağı düşüyordu, dudakları seğiriyor, kıymetli gözleri fıldır fıldır dönüyordu. "Ne demek oluyor bu?!" diyebildi güçbela, ağzı biraz köpürmüştü. "Bu saçma şakadan maksadınız nedir?! Bana şantaj mı yapmak istiyorsunuz? Benden para mı istiyorsunuz? İşte, şurada biraz var!" Elini manasızca, içinde yalnız tabancanın bulunduğu, hiç paranın olmadığı robdöşambrının ipek cebine daldırdı. "Yoksa niyetiniz, beni sindirmek midir yalnızca? Başaramayacaksınız! İktidara geleceğiniz zamandan korkacağımı sanıyorsunuz galiba – elbette günün birinde iktidara geleceksiniz!"

Müdür adeta sıçramaya benzeyen uçar adımlarla odayı arşınlarken, morarmış ve seğiren dudaklarla konuşuyordu. Tiz bir sesle, "Ama aksine!" diye bağırıp odanın ortasında durdu. İsterik bir sesle, "Asıl o zaman çok büyüyeceğim! Sanıyor musunuz ki o durum için kendimi emniyete almadım?! Oho!" diye bayram etmeye başladı. "Sizinkilerle çok iyi ilişkilerim var! Komünist Parti beni takdir eder, bana minnettardır!"

Burada cevap olarak alaylı bir kahkaha geldi. Korkunç adam pencereden, "Tam da sana göre," diye seslendi. "Bizimkilerle çok iyi ilişkisi varmış! İşiniz o kadar basit olmayacak! Uzlaşmazlığı öğrendik, müdür bey, bunu sana göstermek için, hususi, yukarı tırmandım. Hafızamız iyidir, harika bir hafızamız vardır, dostum! Kimseyi unutmayız! İlk kimi asacağımızı biliyoruz!"

Hendrik burada artık gıcırdayan bir sesle konuştu: "Şeytan alsın sizi!! Beş saniye içinde kaybolmazsanız polisi çağırırım, ona göre, o zaman görürüz, önce seni mi asıyorlar, beni mi!"

Öfke nöbetiyle titrerken kötü adama bir şeyler fırlatacaktı, maksadına uygun bir şey bulamayınca kemik gözlüğünü çektiği gibi gözünden aldı. Karga gaklamasına benzer bir çığlıkla pencereye doğru attı. Ama sefil mermi hasmına isabet etmeyip hafif bir şangırtıyla duvarda parçalandı.

Korkunç konuğu gözden kaybolmuştu. Hendrik arkasından bir şeyler söylemek için pencereye koştu. Karanlık bahçeye, "Kimse benden vazgeçemez!" diye bağırdı. "Tiyatronun bana, her rejimin de tiyatroya ihtiyacı var! Ben olmadan hiçbir rejim idare edemez!"

Cevap gelmedi, kızıl sakallı tırmanıcıdan geriye hiç iz kalmamıştı. Gece karanlığına gömülen bahçe sanki yutmuştu onu. Siyah ağaçlar, beyaz çiçeklerin donuk bir parıltı verdiği karanlık çalılar hışırdıyordu. Bahçe hoş kokularını ve serinletici nefesini yolluyordu. Hendrik terli alnını sildi. Eğildi, gözlüğü kaldırıp paramparça olduğunu anlayınca bedbinleşti. Odayı bocalarcasına adımlarla yavaş yavaş geçerken körler gibi mobilyalara tutunuyordu, zira dehşetten gözleri daha da bulanmıştı, üstelik gözlüğü de her zamanki yerinde değildi.

Alçak ve geniş koltuklardan birine oturduğunda ne kadar uykusu geldiğini hissetti. 'Ne akşam ama!' diye düşündü, sabrettiği şeyleri gözden geçirince kendine derin bir merhamet duydu. 'Böyle işe en sağlam adam dayanmaz.' Bu sırada ellerini nemli yüzüne dayadı. 'Ki ben en sağlamı da değilim.' Şimdi biraz ağlasa içi açılırdı. Ama kimse görmezken yaş dökmek istemiyordu. Ardında bıraktığı onca korkudan sonra sıcak birinin teselli verici yakınlığına hakkı olduğunu düşündü.

'Hepsini kaybettim', diye yakındı. 'İyi kalpli meleğim Barbara'yı, kuvvetimin kara kaynağı Prenses Tebab'ı, sadık dost Frau von Herzfeld'i, hatta ufak Angelika'yı bile – hepsi elden gitti.' Hüznünün büyüklüğü içinde, ölen Otto Ulrichs imrenilecek durumda, diye düşündü. Artık acı çekmesine gerek yoktu, bu acı hayatın yalnızlığından kurtulmuştu. Son düşünceleri de inanç ve gururlu bir iyimserlik olmuştu. Miklas bile imrenilecek halde değil miydi – şu dik kafalı küçük düşmanı Hans Miklas? İnanabilen herkes imrenilecek haldeydi, hele de inanç sarhoşluğuyla hayatını verenlere iki kez imrenmeliydi...

Bu akşamı nasıl atlatacaktı? Boşluğa dalan ve ümitsizlikle veren bir özlem, derin çaresizlik ve korkuyla dolu bu saat nasıl aşılacaktı? Hendrik yalnızlığa birkaç dakika bile tahammül edemeyeceğini sanıyordu.

Yukarıda, odasında, karısı Nicoletta'nın beklediğini biliyordu. Muhtemelen hafif ipek elbisenin altına parlak kırmızı deriden uzun ve esnek çizmelerini giymişti. Kutuların, macunların ve parfüm şişelerinin yanında yeşil kırbacı duruyordu. Oysa Juliette'de kırbaç kırmızı, çizmelerse yeşildi.

Yukarıya, Nicoletta'nın yanına gidebilirdi. Nicoletta keskin ağzını kıvırıp onu selamlar, kedi gözlerini alabildiğine parıldatır, örnek telaffuzuyla muzip bir şeyler söylerdi. Yok, şu an istediği, acilen ihtiyaç duyduğu şey bu değildi.

Ellerini yüzünden çekti. Bulanık bakışları odanın loşluğunda yol bulmaya çalışıyordu. Kütüphaneyi, büyük çerçeveli fotoğrafları, halıları, bronzları, vazo ve tabloları güçbela seçebiliyordu. Evet, içerisi ince ve zarif görünüyordu. İşi hayli ilerletmişti, kimse inkâr edemezdi. Devlet müşaviri ve senatör, az önce de Hamlet rolüyle kutlanan müdür, şahane yuvasının konforlu çalışma odasında dinlenmekteydi...

Hendrik tekrar iç geçirdi. O sıra kapı açıldı. İçeri giren Frau Bella'ydı. Annesiydi.

"Burada bir ses duydum sanki," dedi. "Ziyaretçin mi vardı, tatlım?"

Hendrik soluk yüzünü yavaşça çevirdi. "Hayır," dedi kısık sesle. "Kimse yoktu."

Annesi gülümsedi: "İnsan nasıl da yanılabiliyor!" Sonra yaklaştı. Hendrik annesinin yürürken el işiyle meşgul olduğunu ancak o zaman fark etti: Büyük, yünden bir parçaydı, muhtemelen atkı veya süveter olacaktı. Annesi, gözleri örgüsünde, "Bu akşam tiyatroya gelemediğim için kusura bakma," dedi. "Biliyorsun işte, migrenim tuttu, kendimi hiç iyi hissetmiyordum. Nasıldı? Kesin çok iyi geçmiştir? Anlatsana biraz!"

Hendrik gayriihtiyari cevap verdi, annesini ıskalayan ama aynı zamanda tuhaf ve dalgın bir hırsla içinden geçiyormuş gibi görünen gözlerini üstüne dikmişti: "Evet, başarılıydı."

Annesi memnun, "Tahmin ediyordum," diyerek başını salladı. "Ama yorgun görünüyorsun. Bir şeyin mi var? Sana çay yapayım mı?"

Hendrik sessizce başını salladı.

Annesi yanına, koltuğun geniş kolçağına oturdu. "Gözlerin bir acayip." Ona endişeyle bakıyordu. "Gözlüğün nerede?"

"Kırıldı." Hendrik gülümsemeye çalışıyordu ama denemesi başarısız oldu. Frau Bella parmak uçlarıyla Hendrik'in kel kafasına dokundu. Üstüne doğru eğilip, "Ah çok saçma!" dedi.

Hendrik o sırada ağlamaya başladı. Vücudunu öne savurdu, alnı annesinin kucağına düştü, ağlamanın verdiği kasılmayla omuzları sarsılıyordu.

Frau Bella oğlunun asabi hallerine alışıktı. Buna rağmen korktu. Sezgileriyle anladığına göre bu ağlayışın oğlunun sık

sık geçirdiği ufak nöbetlerden başka, daha derin ve fena sebepleri vardı.

"Ne oluyor, neyin var..." diyordu. Oğlununkine çok benzeyen –ama onunkinden daha masum, aynı zamanda daha tecrübeli duran– yüzü, Hendrik'in hemen yanı başındaydı. Hendrik'in gözyaşlarını ellerinde hissediyordu. Hendrik hızlı bir hareketle annesinin boynuna uzandı, sanki sıkıca tutunmak istiyordu. Annesinin permalı saçları birbirine girdi. Frau Bella, Hendrik'in kesik kesik soluyup inlediğini duyuyordu. Yüreği merhametle doldu, taştı. Acıyarak her şeyi anladı. Oğlunun bütün suçunu, büyük başarısızlığını, ümitsizliğe kapılıp yetersiz kalan pişmanlığını, neden buraya yatıp hıçkıra hıçkıra ağlamaya başladığını kavrıyordu. "Ama Heinz!" diye fısıldadı. "Ama Heinz, sakinleş artık biraz! O kadar da kötü değil! Heinz..."

Bu hitapla, ikbal hırsının ve kibrinin fırlatıp attığı gençlik yıllarının ismiyle birlikte, ağlaması bir o kadar daha şiddetlendiyse de sonra yavaşladı. Omuzları durulmuştu. Yüzü Frau Bella'nın dizlerinde sakin sakin bekliyordu.

Yavaşça doğrulduğunda dakikalar geçmişti. Kirpiklerinde hâlâ yaşlar asılıydı; yanakları, nice insanı baştan çıkaran, zaferle kıvrılmış dudakları ve galibiyet ânında gururla kaldırmayı becerdiği, şu anda ise acınası halde titreyen asil çenesi gözyaşlarıyla ıslanmıştı. Yaşlara boğulan bitkin çehresi biraz geriye düşünce çare arayan, güzel ve acıklı bir tavırla kollarını açarak bağırdı: "İnsanların benden istedikleri ne? Beni neden takip ediyorlar? Neden bu kadar katı yürekliler? Bir oyuncu parçasından başka neyim ki ben!"

Bu kitaptaki bütün kişiler, insan tiplerini temsil eder, portrelerini değil.

Klaus Mann

MODERN KLASİKLER

MODERN KLASİKLER

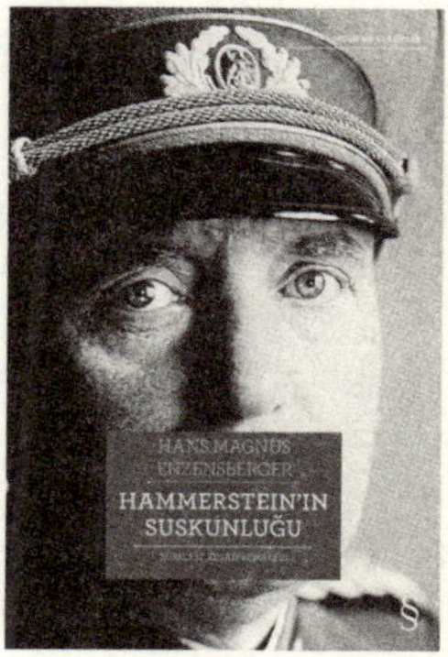

MODERN KLASİKLER

MODERN KLASİKLER

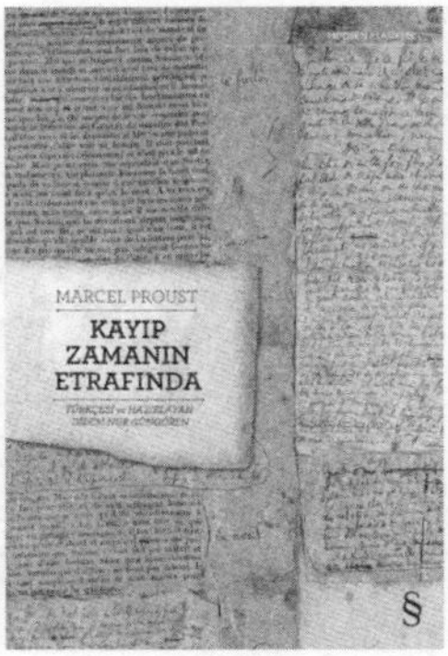

MODERN KLASİKLER

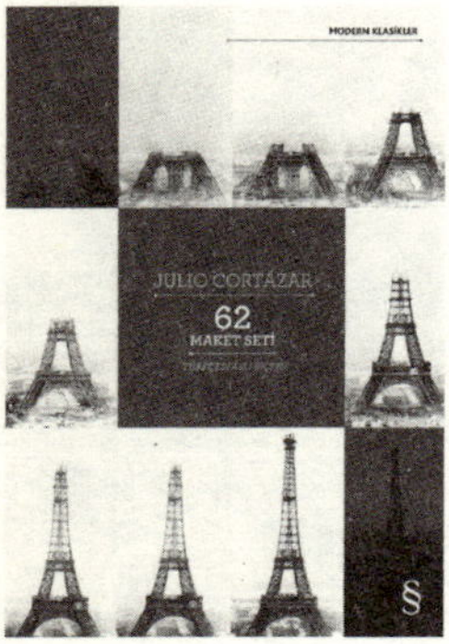